Les Dames de la Villandière

DU MÊME AUTEUR

Le Secret d'Alix, Nouvelles Plumes, 2019
Le Choix d'une vie, Nouvelles Plumes, 2017
L'Orpheline de Saint-Aubin, Nouvelles Plumes, 2015

Isabelle CHAVY

Les Dames de la Villandière

Éditions de Noyelles,
avec l'autorisation des Éditions Nouvelles Plumes

31, rue du Val de Marne, Paris

ISBN : 978-2-298-16536-4

« La valeur des choses n'est pas dans la durée
mais dans l'intensité où elles arrivent.
C'est pour cela qu'il existe des moments inoubliables,
Des choses inexplicables
Et des personnes incomparables. »

Fernando Pessoa, *Le Livre de l'intranquillité*

À Carole

Prologue

Le bleu des gyrophares trouait la nuit. Clignotements spasmodiques, entêtants, hypnotisants. Parfois un flash argenté ou le rouge vif d'une veste venaient en briser le rythme. Des silhouettes se mouvaient en silence, comme au ralenti. Elle voyait bien que les gens s'interpellaient, qu'ils se disaient des choses importantes, graves, mais aucun son, aucun bruit ne semblait franchir leurs lèvres. Elle était là sans être là, comme si elle assistait à la scène de très loin. Le corps et tous les sens engourdis, les pieds scellés au sol. Paralysée. Déconnectée.

Soudain, elle sentit qu'on la saisissait par les épaules, et ce fut comme une décharge électrique, violente, qui la fit tressaillir de la tête aux pieds : « Alice, oh, oh ! Tu m'entends ? On t'appelle… Il faut venir. Ils veulent te parler… »

Machinalement elle saisit la main tendue.

« Allez, viens ! Je suis avec toi, on va y aller ensemble… »

Deux ans plus tôt

1

Trois petites vieilles dans une immense maison

La sonnerie du téléphone retentit brusquement dans l'obscurité, déchirant le silence. Alice se réveilla en sursaut, hagarde et affolée. Le cœur battant à tout rompre. Bon sang, quelle heure était-il ? Qui pouvait appeler si tôt ? L'hôpital ? Ce n'était pourtant pas son jour de garde. Dans la chambre, il faisait nuit noire. Des ténèbres épaisses comme au fond d'un puits. Elle ne distinguait même pas les contours de l'armoire, l'aube était encore loin.

En bas, la sonnerie persistait, stridente et oppressante, comme amplifiée.

Stressée, Alice se redressa trop vite et dut patienter quelques secondes avant que la désagréable sensation de tournis se dissipe. Tâtonnant à la recherche de l'interrupteur, elle bouscula au passage sa pile de livres, qui s'écroula avec fracas. Elle pesta à voix basse, gagnée par la nervosité. *Vite, vite, vite… oui, minute, j'arrive !…* Renonçant à allumer, elle bondit hors du lit et, sans prendre le temps d'enfiler chaussons et peignoir, se jeta dans l'escalier. Le froid la cueillit telle une décharge électrique quand ses pieds nus touchèrent le carrelage. Sa main agrippa machinalement la rambarde. *Pas la peine de te rompre le cou*, protesta sa petite voix intérieure. *Ralentis ! De toute façon, tu vas arriver trop tard, le répondeur va se déclencher !*

Elle n'était qu'à mi-chemin lorsqu'il prit effectivement le relais, amplifiant la voix chevrotante de Paulette :

« Alice ? Tu dors encore ? Tu m'entends ? Allô, c'est toi ? Allô, il y a quelqu'un ? Je suis désolée de t'appeler si tôt. Pourrais-tu venir ? On a un petit souci à la Villandière. Viens quand tu peux, bien sûr. Rien d'urgent. Allô ? Je ne t'entends pas ! Tu es là ? C'est peut-être notre téléphone qui débloque ? »

Des « toc, toc » résonnèrent à l'autre bout de la ligne comme si Paulette tapotait sur le combiné ou le secouait dans tous les sens. *« Tu m'entends Alice ? Bon, merci ma chérie, viens quand tu pourras. »*

Alice dévala les dernières marches.

« Oh, Paulette, tu es sur le répondeur ! S'il te plaît, ne raccroche surtout pas, j'arrive ! »

Peine perdue ! Son message délivré, Paulette raccrocha brutalement, laissant place à des bips ironiques. Dépitée, Alice lâcha une bordée de jurons à voix basse. L'horloge du four indiquait 4 h 59 en caractères lumineux. Que se passait-il pour que Paulette appelle si tôt ? Ce n'était pas normal, pas son genre, du tout. Saisie d'un mauvais pressentiment, elle composa dans la foulée le numéro de la Villandière puis se mit à arpenter le salon de long en large, fébrile, visualisant en esprit l'antique téléphone à cadran orange qui devait être en train de tressauter furieusement sur son petit guéridon, à l'autre bout de la ligne. Et pesta de plus belle. *« Allez, répondez donc ! Pourquoi c'est si long ? »* Paulette ne pouvait pas s'être déjà autant éloignée !

Dire que quelques mois plus tôt, elle avait espéré pouvoir remplacer leur archaïque combiné par un téléphone sans fil qui les suive partout dans leur trop grande maison ! Mais voilà, comme toujours, elle s'était montrée un brin trop optimiste et avait sous-estimé le public visé, particulièrement coriace et buté sous ses petits airs angéliques… Durant tout le temps qu'avaient duré ses démonstrations pleines d'un entrain excessif – fallait bien ça ! –, les tantes s'étaient pourtant montrées tout ouïe et pleines de bonne volonté, s'extasiant en chœur devant *« les incroyables inventions de notre époque »* : les numéros de téléphone qu'on pouvait enregistrer pour se simplifier la tâche, plus besoin d'un répertoire papier, merveilleux ! La présence d'un répondeur, un simple bouton sur lequel il suffisait d'appuyer, rouge de surcroît. Un jeu d'enfant ! Tellement pratique et facile d'utilisation ! *« Celui qui avait inventé ça est un génie ! »* De vraies petites écolières, exemplaires et zélées ! Trop emphatiques pour être honnêtes, en réalité. Alice aurait dû le savoir, depuis le temps. Au lieu de ça, elle s'était laissée embobiner, comme toujours. Eugénie avait pris des notes d'une écriture appliquée sur un petit calepin, étape par étape, pour tout bien mémoriser. Suzanne avait accepté de manipuler l'appareil en suivant méticuleusement les directives, l'air aussi concentré que s'il s'agissait d'amadouer une bête féroce et imprévisible. Quant à Paulette, elle avait fait écho à toutes ses paroles, hochant la tête avec gravité, histoire de montrer à quel point elle était appliquée et concernée.

Résultat, une semaine plus tard, le téléphone sans fil avait déjà disparu.

Comme des gamines prises sur le fait, elles avaient clamé leur innocence en prétendant qu'elles l'avaient perdu quelque part dans l'immensité de la maison. Posé à un endroit puis malencontreusement oublié, impossible de remettre la main dessus, c'était vraiment ballot. Elles avaient cherché partout, promis, juré, mais en vain.

Ce fut le regard papillonnant de Paulette qui, malgré

lui, avait fini par révéler le pot aux roses en la dirigeant vers le placard sous l'escalier. Le téléphone dormait là, soigneusement rangé dans son emballage d'origine, au milieu de boîtes à chaussures. Une disgrâce sans appel qui sur le coup démoralisa Alice, à la fois vexée et furieuse. Quant à l'indéboulonnable téléphone orange, triomphant, il avait retrouvé son guéridon, là où était sa place depuis des décennies et ce jusqu'à la fin des temps. Retour à la case départ.

Les yeux fermés et les tempes douloureuses, tentant d'ignorer le froid qui commençait à lui grignoter les orteils et à remonter insidieusement le long de ses jambes nues, Alice se mit à compter mentalement les sonneries qui s'égrenaient dans le silence, lancinantes. Elle n'était pas loin de penser que même le vieux téléphone orange se liguait contre elle, une manière comme une autre de se venger du sale tour qu'elle avait essayé de lui jouer. Mais pourquoi diable Paulette mettait-elle autant de temps pour décrocher ? Ce n'était pas comme si elle était du genre à galoper comme un lièvre, déjà à l'autre bout de la maison ! Aurait-elle fait un malaise ? Et où étaient donc Suzanne et Eugénie ? 27, 28, 29 sonneries…

Quand soudain, enfin, un inespéré et vacillant :

« Oui ? C'est qui ? »

Submergée par le soulagement, Alice se mit à crier :

— Tantine, c'est moi ! Tu as essayé de me joindre ? Qu'est-ce qui se passe ?

— Oh ! c'est toi, ma chérie ? Bonjour ! Tu vas bien ? Ne t'inquiète pas. C'est juste qu'on aurait besoin de toi pour relever Eugénie. Tu comprends, on a essayé mais on n'y arrive pas.

— Qu'est-ce qui lui arrive à tante Eugénie ?

— Elle est tombée.

— Quoi ? Où ça ?

— Dans les toilettes. Et c'est tellement exigu, impossible de la dégager.

— Bon sang ! Elle est là depuis combien de temps ?

— Oh ! pas longtemps. C'est arrivé vers deux heures du matin…

— Deux heures du matin ! Bon, j'arrive ! Mais si je suis trop longue et si elle ne va pas bien, appelez Edmond… ou le Samu ! C'est ce que vous auriez dû faire !

— Mmm… On préfère t'attendre, ma chérie. Sois prudente sur la route, surtout.

Dire qu'Eugénie gisait sur le carrelage des toilettes depuis déjà trois heures ! Le cœur étreint par l'angoisse et la contrariété, Alice remonta à toute allure dans sa chambre, attrapant au hasard ses vêtements de la veille qu'elle enfila en quatrième vitesse. Puis, en clopinant, jean et chemise à moitié boutonnés, elle se rua dans la salle de bains, évitant de s'attarder sur son reflet dans le miroir, expédiant le brossage de dents et des cheveux. Cela ne faisait que dix minutes que le téléphone l'avait extirpée du lit, mais elle était remontée comme un coucou. Sa petite voix intérieure lui serinait qu'il ne fallait pas trop traîner, quoi qu'en dise Paulette qui, même sur le point de se noyer, de l'eau jusqu'aux narines, aurait été capable d'assurer que non, elle ne faisait que prendre un inoffensif bain de pieds et qu'il y avait de la marge. Avant de partir cependant, elle marqua un arrêt devant la chambre de sa fille et entrebâilla doucement la porte. Bien que Camille ait l'habitude depuis toute petite de se réveiller parfois seule dans la maison, Alice n'avait jamais aimé partir comme une voleuse, mordue par la culpabilité. Une odeur de pièce mal ventilée assaillit ses narines. Sans franchir le seuil, elle chuchota dans le vide : « Camille, je dois partir. Une urgence chez les tantes. Je ne sais pas à quelle heure je rentrerai. Je ne travaille pas aujourd'hui, donc on se voit quand tu rentres du collège. »

En guise de réponse, une masse informe remua sous la couette roulée en boule.

— Mmm grrrr.

— Passe une bonne journée, ma puce. À tout à l'heure. Je file.

Elle vérifia que Camille avait bien réglé son réveil pour 6 heures puis referma doucement la porte. Par acquit de conscience, elle griffonna un message sur une feuille volante qu'elle laissa en évidence sur la table de cuisine puis, attrapant son sac au vol, quitta enfin la maison.

Le pare-brise de la vieille Punto avait gelé. Tandis que le moteur tournait, Alice gratta la glace dans le triangle de lumière jaune que distillaient les phares. Les alentours étaient plongés dans une obscurité brumeuse – c'est à peine si elle distinguait la silhouette des maisons voisines –, trouée ici et là par les halos diffus des réverbères de la rue, pareils à des points d'ancrage dans un océan d'encre. Enfin elle démarra, le désembuage à fond, et la voiture se mit à vibrer comme si elle allait se désintégrer.

Par chance, à cette heure matinale, il n'y avait pas un chat dans les rues de Marsans, excepté des camions de livraison garés devant les devantures de certains commerces. Les rideaux de fer étaient à moitié relevés, de la lumière filtrait des arrière-boutiques, dessinant des flaques miroitantes sur les trottoirs. La ville émergeait lentement de sa torpeur, guère encouragée par une météo qui s'annonçait maussade. Perdue dans ses pensées, Alice laissa glisser son regard sur les persiennes closes. Les rues luisaient sous la lueur blafarde des lampadaires. Un fin crachin se mit à tomber, poissant la chaussée et l'obligeant à mettre les essuie-glaces.

Elle sortit sans encombre de la ville. Les lumières artificielles s'estompèrent peu à peu et la Punto se retrouva seule sur la petite départementale qui s'élançait en direction de la Villandière, à quinze kilomètres de là. C'était une nuit sans lune, gonflée de nuages menaçants, et le faisceau des phares peinait à percer l'obscurité. Pas rassurée, Alice roulait prudemment. C'est à peine si elle distinguait les bas-côtés. Soudain, un mur blanc, épais et dense se dressa brusquement devant elle, comme s'il cherchait à lui couper la route, et en quelques secondes, la voiture fut avalée par un silence ouaté, ainsi que toute la campagne alentour. Changement brutal de décor, sans la moindre visibilité à plus de deux mètres à la ronde. Cramponnée au volant, Alice sentit l'appréhension familière lui nouer la gorge et eut l'impression d'avoir brusquement changé d'espace-temps. Ce genre de phénomène était pourtant habituel par cette saison : c'était un pays d'étangs, de bois touffus et de marécages, préservé et mystérieux, avec peu d'habitations à la ronde. Des nappes de brouillard surgissaient fréquemment dans cette zone précise, parfois sans crier gare, et il fallait toujours rester sur ses gardes.

Lorsqu'elle arriva enfin à la Villandière, Alice était à bout de nerfs, tendue comme un arc. Elle aperçut avec soulagement la majestueuse grille du domaine qui se découpait dans l'obscurité, trop rouillée et empêtrée dans les ronces, cependant, pour qu'on puisse encore la fermer. La maison n'était plus loin maintenant, tapie derrière la masse sombre d'un bosquet.

La vieille Punto s'engagea lentement dans l'allée bordée de platanes centenaires dont les feuilles jonchaient le sol en couches épaisses. Par les vitres ouvertes, une forte odeur d'humus envahit l'habitacle. Autrefois, l'allée aurait été ratissée, nettoyée. Aujourd'hui, cela sentait l'abandon avec de vagues relents de pourrissement. Puis la vue se dégagea sur un terre-plein gravillonné envahi par une profusion de mauvaises herbes, et la demeure apparut dans la lueur du jour qui peinait à se lever, grisâtre, ne dévoilant que des formes estompées et incomplètes, comme s'il était encore trop faible pour lutter contre les dernières ombres de la nuit.

Autrefois, on appelait ce genre de demeure une « folie » et c'était peu dire. Fruit des rêves de grandeur d'un aïeul au dix-neuvième siècle, elle était en tout point conforme aux lubies architecturales de l'époque : immense et tarabiscotée, avec trois étages en comptant le grenier, des tourelles et des clochetons, un imposant perron à balustrade, sans parler des dépendances, écuries et granges, des vestiges d'une serre et d'une orangerie. Le summum étant le mausolée familial perdu dans un bosquet attenant.

Perdue dans un immense parc dont la plupart des murs d'enceinte s'étaient écroulés avec le temps, la maison était fort isolée. Beaucoup trop pour trois vieilles dames à moitié impotentes déterminées à finir leurs jours au domaine familial. L'habitation la plus proche était la ferme des Millot. Au-delà, ce n'étaient que champs, bois et vallons, sans la moindre âme qui vive aux alentours, si ce n'étaient quelques troupeaux de vaches ou de moutons. Le village le plus proche était à plus de trois kilomètres.

Tout en se garant devant le perron, Alice nota une faible lueur à l'une des fenêtres du rez-de-chaussée, celle du salon. Sans perdre de temps, elle sortit de son véhicule et s'élança en direction de la porte d'entrée dont elle avait toujours la clé sur elle, malgré son poids et sa taille encombrants.

— Suzanne ? Eugénie ? Paulette ? C'est moi !

Le vestibule, immense et très haut de plafond, était plongé dans la pénombre et un froid humide l'accueillit. Du regard, elle embrassa l'endroit familier : son vieil ennemi, le vieux téléphone orange trônant sur son guéridon, l'escalier en bois qui s'enfonçait dans les ténèbres de l'étage, les patères auxquelles était accrochée une ribambelle de gabardines et de paletots, les paires de bottes en caoutchouc soigneusement alignées dessous. Quelques parapluies suspendus, des chapeaux de soleil oubliés, un cabas remplis de journaux périmés. De vieilles photos encadrées sur les murs, qui pour l'heure faisaient des taches de léopard sur le papier peint. Elle ne s'attarda pas, se dirigeant vers le salon chichement éclairé par une simple ampoule – toutes les autres qui garnissaient l'imposant lustre en cristal ayant été dévissées pour des raisons d'économie. La pièce en paraissait d'autant plus sinistre et vieillotte. Une odeur de feu de bois persistait dans l'air, même si l'âtre de la cheminée n'était plus utilisé depuis belle lurette ; une odeur fossilisée qui renvoyait invariablement à des temps anciens, avant le grand sommeil, ce triste déclin. Comme pour mieux enfoncer le clou, la vieille comtoise, fondue dans l'obscurité, égrenait ses secondes dépressives avec une régularité de métronome, clac, clac, clac. Sur la grande table gisait toute la ménagère en argent en attente d'être frottée, rendue à son éclat d'origine : les tantes et leur frénésie de nettoyage. Comme si un duc ou un comte allait débarquer d'une minute à l'autre. Mais dans la pièce point de traces des occupantes de la maison.

— Tantine ?

— Nous sommes au cabinet ! retentit la voix de Suzanne.

Alice ressortit de la pièce en trombe et traversa le vestibule comme une flèche. Contournant l'escalier, elle prit le couloir de gauche et descendit une volée de marches avant de franchir une porte basse qui menait à cette partie de la maison autrefois réservée aux domestiques, réaménagée dans les années soixante-dix et restée, depuis, dans son jus. Déboulant à toute vitesse, elle manqua de heurter Paulette et Suzanne installées en plein milieu du passage sur des chaises de cuisine. Son irruption leur fit lever la tête et elle vit le soulagement se dessiner sur leurs traits tirés.

— Enfin, te voilà ! s'exclama Paulette en se levant d'un bond.

Alice réprima un sursaut en découvrant la nouvelle coupe de cheveux de Paulette, mèches grises cisaillées au petit bonheur la chance comme au sécateur, formant d'étranges touffes hirsutes lui donnant un air de chouette électrocutée. Elle lui adressa toutefois un sourire réconfortant, comme si de rien n'était – ce n'était pas le moment d'aborder le sujet ! Tout était rond, flasque et dodu chez la vieille dame, jusqu'à ses gros yeux globuleux qui, collés à ses verres de lunettes épais comme des culs de bouteille, papillonnaient dans tous les sens, signe indéniable de son extrême nervosité. Pour parer au froid mordant qui régnait dans le couloir, elle s'était emmitouflée dans un manteau de laine beige qui boulochait, beaucoup trop grand.

Sur l'autre chaise, Suzanne se tenait droite et raide comme la justice, engoncée elle aussi dans une surenchère de paletots qui triplait son volume. Elle avait également enfilé des gants et des bottes fourrées. N'émergeait qu'un visage émacié et pointu comme celui d'une souris, doté d'une bouche mince et sévère et de petits yeux noirs, vifs et scrutateurs, le tout surmonté d'une épaisse chevelure grise qui ondulait naturellement.

Curieusement, un dictionnaire était posé sur ses genoux, ouvert à la lettre Z. Remarquant l'air perplexe d'Alice, elle expliqua sans préambule, de cette voix un peu hautaine qui lui était propre :

— On faisait deviner des mots à Eugénie pour qu'elle ne trouve pas le temps trop long. Et en même temps, ça lui fait travailler les méninges.

— Comment va-t-elle ? Elle est consciente ?

— C'est à se demander ! Elle répond tout de travers à mes devinettes.

— Tante Eugénie, ça va ?

Une petite voix aiguë fusa depuis le fond du couloir :

— Oh, ma petite, c'est toi ? Les cruelles ! Je leur avais dit de ne pas t'appeler. J'aurais bien fini par réussir à me relever. Le temps de reprendre un peu de force. Ça me gêne, si tu savais… Un bien grand pataquès pour pas grand-chose !

— Ça fait plus de trois heures que tu es là et tu n'as pas bougé d'un pouce ! riposta Suzanne. Fallait bien qu'on agisse !

— Elles n'arrêtent pas de se chamailler depuis tout à l'heure, rapporta Paulette.

— J'ai tout entendu, glapit la voix d'Eugénie. Ce n'est pas de ma faute quand même, j'aimerais vous y voir !

Alice les interrompit :

— Allez, allez ! S'il vous plaît, ne vous disputez pas, ce n'est vraiment pas le moment !

Il lui fallut enjamber les deux vieilles dames pour pouvoir se diriger vers le rai de lumière qui provenait des toilettes. Derrière la porte entrebâillée, elle n'aperçut que le haut du buste et le visage d'Eugénie, coincée dans une position inconfortable. Pour autant, ses compagnes avaient tenté d'améliorer sa situation en calant des coussins dans son dos et contre sa tête, et en la couvrant d'une couverture marron. Alice sentit son cœur se serrer de pitié en l'imaginant patienter ainsi depuis plus de trois heures. Eugénie lui adressa un regard honteux, comme si elle avait entendu ses pensées. La jeune femme feignit de ne pas remarquer sa position indécente ni son allure négligée, elle si soignée de sa personne en temps ordinaire. Des trois, elle avait toujours été la plus coquette et Alice se sentit perturbée face à cette longue chevelure qu'elle n'avait pas l'habitude de voir ainsi dénouée et qui donnait à Eugénie des airs de Sissi impératrice décatie.

— Mais, bon sang ! Pourquoi vous n'avez pas appelé Edmond ? Il est levé aux aurores tous les matins ! Il aurait été là en cinq minutes et vous aurait aidées !

— Enfin, voyons, c'est bien la dernière personne qu'on appellerait ! Ce serait comme tendre le bâton pour se faire battre ! s'offusqua Suzanne.

— Votre entêtement n'est vraiment pas raisonnable ! Laisser Eugénie dans cet état, pour des raisons qui ne sont même pas justifiées !

— De toute façon, j'aurais bien fini par me relever toute seule, intervint Eugénie d'une petite voix contrite.

— Cela fait quand même trois heures que tu es coincée là !

La jeune femme cherchait désespérément une manière d'approcher Eugénie, un bon angle pour pouvoir la soulever et la tirer hors des cabinets. Mais la vieille dame avait beau être fluette comme un roseau, n'avoir que la peau sur les os, Alice gênée par la porte n'avait guère de prise et redoutait de lui faire mal. Comme s'il était encore question de sauver les apparences, et peut-être aussi pour l'encourager, Eugénie lui sourit vaillamment. Elle avait pourtant une joue méchamment tuméfiée, le poignet gauche gonflé et tout noir, et son petit doigt formait un angle étrange qui donna un haut-le-cœur à la jeune femme. Glissant les mains sous ses aisselles, Alice s'arc-bouta pour essayer de la faire glisser, la bougeant centimètre par centimètre, peinant, avec mille précautions.

— Tu souffres quelque part, tantine ?

— Penses-tu ! grimaça cette dernière.

— Tu me dis si je te fais mal.

— Ne t'inquiète pas !

— Tu pourrais faire un effort pour aider ! la houspilla Suzanne qui supervisait l'opération de près.

— Mais qu'est-ce que tu crois que je fais ?

— Oh, mon Dieu, ton poignet ! s'émut Paulette.

— C'est en voulant me rattraper.

— Pourquoi es-tu tombée, Eugénie ? Qu'est-ce qui s'est passé ? Tu as glissé ?

— J'ai eu un étourdissement en me relevant des toilettes... Ma vue s'est brouillée... N'oubliez pas de tirer la chasse d'eau ! Je n'ai pas pu.

— Pas grave, tantine...

— La chasse d'eau, Paulette !

— Oh, mais on s'en fiche de la chasse d'eau ! Il y a d'autres priorités, tu ne crois pas ? glapit Suzanne.

Alice extirpa laborieusement Eugénie des cabinets en la faisant glisser sur le dos, pareille à une poupée molle et inerte, mais impossible de faire autrement. Épuisée, la vieille femme n'était d'aucune aide. Une fois dans le couloir, elle l'installa contre le mur en la calant avec des coussins puis posa la couverture sur elle, le temps qu'elle-même reprenne haleine, aussi essoufflée que si elle avait couru un marathon. Eugénie était frigorifiée et tremblait de tous ses membres. Elles échangèrent un long regard qui se passait de mots. Des trois tantes, Eugénie était la plus âgée. Elle avoisinait les quatre-vingt-dix ans, âge critique où la moindre chute pouvait être fatale. Elles avaient frôlé la catastrophe, et l'une comme l'autre en avait parfaitement conscience.

— Je dois t'emmener à l'hôpital, dit alors Alice d'une voix la plus neutre possible.

La riposte des trois vieilles fusa instantanément, à l'unisson, tel un cri du cœur : « Non ! »

La jeune femme soupira. Elle ne se sentait ni l'envie ni l'énergie de batailler. Or Eugénie n'avait pas le choix, que cela lui plaise ou non.

— Nous sommes obligées : tu as sans doute le poignet cassé. Alors je t'emmène. Paulette, tu es la plus costaude, tu vas m'aider à la mener jusqu'à la voiture.

— Oh non, non, pas l'hôpital ! gémit Eugénie en se laissant soulever, sans force, le visage empreint de désolation.

Dans le couloir, ce fut le branle-bas de combat. Suzanne dégagea le passage et écarta les chaises sans ménagement. À trois, elles ne furent pas de trop pour mettre Eugénie debout. Elles l'escortèrent en ahanant, Alice sur sa gauche, soutenant tout son poids et menant le cortège à pas laborieux, Paulette la tenant par l'autre bras, guère plus vaillante, rebondissant contre les murs et les portes avec de petits couinements plaintifs, tandis que Suzanne fermait la marche, bras dressés en bouclier, de peur que sa sœur ne bascule en arrière. Les trois malheureuses petites marches à franchir en direction du vestibule, le virage après l'escalier, tout fut une épreuve, et la distance jusqu'à la voiture leur parut interminable, tandis qu'Alice sentait une crampe monter dans son épaule. Il fallut ensuite négocier les marches traîtresses du perron érodées par le temps et Suzanne, redoutant quelques complications, vint en renfort, ceinturant la taille d'Eugénie par-derrière. Quand elles furent enfin parvenues devant la voiture, Suzanne ouvrit la portière arrière et Alice déposa tant bien que mal la blessée sur la banquette. Toutes étaient à bout de souffle mais le temps ne se prêtait guère au répit. Alice rebroussa chemin pour fermer la maison à clé. « On a oublié d'éteindre la lumière dans le salon ! » lui cria Suzanne tandis que Paulette, pleine de bonne volonté et avec mille précautions, se démenait avec la ceinture de sécurité pour attacher Eugénie, le front plissé par la concentration. « Aide-moi, ma chérie, tu ne peux pas lever un tout petit peu le bras ? Attends, et si je fais comme ça ? » Mais Eugénie, plus morte que vive, ne se montrait plus d'aucun secours ; seul un long gémissement ténu s'échappait parfois de ses lèvres serrées. À bout de nerfs, Suzanne finit par bousculer sa sœur en la traitant d'empotée. Paulette éjectée *manu militari*, Suzanne boucla la ceinture en ignorant le glapissement de douleur d'Eugénie quand elle l'écrasa de tout son poids. « Voilà, on n'en parle plus ! Monte maintenant, Paulette ! » ordonna-t-elle, accompagnant ses paroles d'une vigoureuse poussée sur les fesses de sa sœur.

De retour à la voiture, Alice les découvrit serrées en brochette sur la banquette arrière, le regard fixe, les mains sagement posées sur les genoux, muettes, dignes et résignées.

— Je peux l'emmener seule, vous savez. Vous devez être fatiguées et il est inutile d'attendre toutes les trois aux urgences, ça peut être très long.

Trois regards offusqués se braquèrent sur elle, la dissuadant d'insister. Elle soupira.

— D'accord. Dans ce cas, Suzanne ou Paulette, qu'il y en ait une qui monte devant. Vous êtes toutes écrasées comme ça, à l'arrière.

— Oh non, devant, je suis toujours malade, se récria Paulette.

— Petite nature, grommela alors Suzanne en distribuant de généreux coups de coude pour s'extirper du tas qu'elles formaient.

Elle s'installa à côté d'Alice en claquant la portière plus vigoureusement que nécessaire. La jeune femme réprima une grimace puis démarra dans la foulée.

2

Jadis

Les urgences. Eugénie, qu'on avait installée à son arrivée dans un fauteuil roulant, fut enfin prise en charge après deux heures d'attente.

« Un collègue à toi, ma chérie ? » demanda Paulette, lorgnant tout émoustillée le jeune médecin avec qui Alice venait d'échanger quelques mots en aparté. La jeune femme répondit du bout des lèvres, avec lassitude : « On se connaît de vue… » De fait, l'interne était bien le cadet de ses soucis. La tension des dernières heures commençait à se faire sentir, la laissant vidée et le corps meurtri de partout. Suzanne et Paulette n'étaient guère plus vaillantes, affaissées sur leurs sièges en plastique jaune, contemplant sans mot dire, un peu sonnées, la misère humaine et ses souffrances qui déboulaient par vagues dans le hall d'accueil – un matin ordinaire aux urgences sous l'éclairage cru des néons, défilé sporadique d'éclopés, de blessés ou de malades isolés dans leur bulle de douleur, certains accompagnés, d'autres seuls, parfois en tenue de travail, des ouvriers, des mères avec leurs petits, des SDF fortement alcoolisés et braillards, mettant un peu d'animation.

Aucune d'entre elles n'avait rien ingurgité depuis un bon moment et, pour les tantes, cela risquait de commencer à faire long, surtout pour Paulette dont le taux de glycémie avait tendance à jouer au yo-yo. Alice revint du distributeur automatique avec quelques barres chocolatées et trois cafés. Des « cochonneries » qu'en temps ordinaire elle aurait évitées, mais les circonstances ne permettaient pas de faire la fine bouche. Peu encline à ce genre de scrupules, Paulette engloutit le tout avec voracité et but son café en deux gorgées. Puis lâcha un soupir d'aise.

Engourdie, Alice se rendit ensuite aux toilettes pour se rafraîchir un peu. L'éclairage se révéla sans pitié pour son reflet dans le miroir. Elle avait le teint gris des nuits trop courtes. Elle s'aspergea le visage et la nuque, se massa le front, les pommettes et les tempes. Cela ne suffit pas à estomper l'angoisse diffuse qui lui nouait la gorge.

Alice se sentit dépassée, sur le point de vaciller. Elle était leur dernière et unique parente, les tantes n'avaient plus qu'elle sur qui compter. Que se serait-il passé si Eugénie était tombée durant l'une de ses gardes ? Combien de temps aurait-elle dû attendre par terre, souffrant en silence, avant de se résoudre à appeler les secours ?

Elle revint lentement vers le hall d'entrée qui faisait aussi office de salle d'attente. De loin, elle observa Paulette et Suzanne qui luttaient contre la fatigue, le regard embrumé, à moitié hypnotisées par le va-et-vient incessant des portes coulissantes qui laissaient entrer les courants d'air et les patients mal en point. Le téléphone ne cessait de sonner et les blouses blanches se succédaient à l'accueil sans relâche.

Elle eut mal pour elles.

Peur aussi.

Tous ces nuages qui s'amoncelaient tout doucement au-dessus de leurs têtes, de plus en plus menaçants. Les tantes les voyaient-elles aussi ?

Elle avait hérité de trois vieilles dames et, bientôt, elle hériterait aussi de la Villandière.

Dire qu'aucune des trois ne s'était jamais mariée ! Comme frappées du même sort. Malédiction, fatalité, choix de vie, passivité, résignation ? Impossible à dire. Autres temps, autres mœurs. Eugénie et Suzanne avaient pourtant été fort belles dans leur jeunesse. Courtisées, elles l'avaient forcément été, comment aurait-il pu en être autrement ? Mais Alice les avait toujours connues seules. Et la jeune femme, terrifiée, ne pouvait s'empêcher d'imaginer que c'était peut-être ce qui la guettait aussi, comme une sorte de fatalité...

Curieuse, elle avait tenté de comprendre et d'en savoir plus, tentant de voler aux tantes quelques confidences. Mais concernant ce sujet précis, elle s'était systématiquement heurtée à des propos évasifs, vite éludés. Les tantes n'avaient donc rien à raconter ? C'était tellement inconcevable... Seule Paulette avait confié que n'étant ni séduisante ni jolie, aucun homme ne s'était jamais intéressé à elle. Cela avait été dit sans amertume ni regret, juste un simple constat. Mais pour Suzanne et Eugénie ? Rien à dire, vraiment ?

Concernant Eugénie, Alice avait un jour surpris une conversation troublante entre son père et sa grand-mère, aujourd'hui tous deux décédés.

Elle était encore petite, c'était l'époque où elle adorait écouter aux portes. Ils s'étaient enfermés dans la bibliothèque de la Villandière en claquant tellement fort la porte derrière eux qu'elle s'était empressée d'aller coller son oreille contre le trou de la serrure. Elle était rodée à leurs querelles, toujours vives et houleuses, mais cette fois, elle avait senti que c'était différent. La voix acerbe de sa grand-mère dominait celle de son père, plus sourde, plus retenue. Et Alice n'avait jamais pu oublier ses mots, frappée par leur virulence et tout ce qu'ils sous-entendaient de violent, de choquant et de mystérieux :

— Tellement facile de jouer les grenouilles de bénitier !

— Mais parle donc moins fort !

— Un comble, tout de même ! Se faire passer pour la sainte de la famille, quelle bonne blague ! Et donner des leçons de morale, en plus ! Tellement simple de se réfugier dans les bondieuseries, comme si ça pouvait effacer quoi que ce soit, après l'existence qu'*elle* a menée. Ah !

Puis cette phrase vibrante d'indignation prononcée par son père : « Je ne veux plus rien entendre ! Tu as toujours été injuste avec elle. Qu'est-ce qui te choque le plus, à la fin ? Qu'Eugénie ait préféré ne rien te révéler pendant plus de vingt ans ou cet amour *scandaleux*, comme tu dis ? Tu peux toujours débiner ta sœur, dans l'histoire, la seule grenouille de bénitier que je vois, c'est toi ! »

Suite à cet épisode, Alice avait naturellement cherché à en apprendre davantage, dévorée par la curiosité. Pourquoi sa grand-mère était-elle si furieuse après tante Eugénie ? Qu'avait-elle donc pu commettre de si répréhensible ? En vain. N'était pas fin limier qui voulait, surtout qu'il lui aurait fallu avouer qu'elle avait écouté aux portes. Il aurait également fallu interroger son père, si seulement il n'était pas aussi souvent absent. Et plus dur encore, finasser avec sa redoutable grand-mère, ce dragon effrayant, afin de lui tirer les vers du nez ! Autant dire que c'était mission impossible.

Perdue dans ses pensées, Alice ne remarqua pas tout de suite le jeune interne qui était de retour, planté devant elle, son stéthoscope autour du cou, et ce fut le toussotement insistant de Suzanne qui finit par la ramener dans le présent. Se levant précipitamment, elle s'enquit :

— Alors comment va-t-elle ?

— Elle va bien. Vous allez pouvoir la ramener chez elle. Nous lui avons plâtré le poignet. Il faudra revenir dans un mois pour contrôler.

Un brancardier ramena Eugénie, qu'on avait installée dans une chaise roulante. Pâle et évanescente comme un fantôme. Elle tenait son bras plâtré contre sa poitrine comme on berce un enfant, avec douceur et précaution, la mine contrite. Mue par une tendresse infinie, Alice serra sa main valide et l'embrassa sur la joue. Qu'Eugénie eût ou non un secret inavouable, qu'importe, elle avait toujours été sa tante préférée, une femme d'une douceur et d'une gentillesse sans limites.

3

Sur un fil, suspendues

Le trajet du retour se fit dans un silence pesant tandis que le paysage, morne et gris, défilait derrière les vitres de la voiture. Alice jetait de temps en temps de brefs regards dans le rétroviseur pour surveiller Eugénie qui dodelinait de la tête, cédant à la fatigue. Assise à côté, tassée sur elle-même, Paulette ne lui lâchait pas la main, fixant la route d'un air hébété. Seule Suzanne, sur le siège avant, demeurait vigilante, droite et raide, les mains croisées sur l'ordonnance du médecin et le sachet de médicaments qu'elles avaient dû acheter en sortant de l'hôpital. Comme si elle lisait dans les pensées, elle darda soudain son regard implacable sur Alice et asséna froidement :

— On n'ira pas en maison de retraite. C'est hors de question.

La jeune femme soupira :

— Je n'ai rien dit…

— Mais tu l'as pensé très fort. On fera attention, on la surveillera, ça n'arrivera plus.

Comme si cela pouvait être aussi simple ! Alice choisit de ne pas relever, elle ne se sentait pas l'énergie de lutter, encore, la gorge nouée rien qu'à songer aux soucis qui s'amoncelaient de plus en plus au-dessus de leurs têtes, obscurcissant l'avenir, inéluctablement, et le lui faisant redouter.

Ce n'était pourtant pas faute d'avoir débattu mille fois du sujet avec les tantes. La maison aussi était désormais une très vieille dame dont l'entretien s'avérait de plus en plus compliqué et onéreux. Un puits sans fond, un gouffre financier que leurs trois malheureuses petites retraites n'arrivaient plus à assumer. Sans parler du fait qu'elle n'était pas adaptée pour des personnes âgées. À l'époque, on bâtissait sans se soucier des aspects pratiques et des aléas de la vie. Seule l'apparence comptait, on raffolait des fioritures et des dorures à foison, des hauteurs sous plafond, des parquets au point de Hongrie, des cheminées en marbre et des grands lustres en cristal. On aimait aussi semer des marches traîtresses partout, de tailles diverses et variées, des petites, des très hautes, des glissantes, il ne fallait pas y chercher de logique particulière. Pas de toilettes aux étages, l'unique W.-C. étant isolé de tout, et surtout loin des chambres. Un lieu de soi-disant « commodité », mal commode au possible, qui avait été installé dans les années cinquante au fond du couloir, dans un ancien cagibi, parce qu'on le voulait pudiquement à l'abri des regards. Et que dire de l'improbable et antique baignoire sabot remplissant à elle toute seule la moitié de la salle de bains ! Une vraie pièce de musée, haute comme un évier, avec de magnifiques robinets dorés en forme de tête de dragon, qu'Alice adorait enfant mais d'une totale inadéquation, à moins d'installer un treuil pour y plonger et s'en extirper ! Et s'il n'y avait que ça ! Se posait aussi le problème du ravitaillement alimentaire depuis que l'épicier ambulant avait mis fin à sa tournée. Il avait alors fallu investir dans un grand congélateur. Puis il y avait eu la disparition de l'ancienne ligne de cars qui menait à la ville et rattachait encore la Villandière à la civilisation. Plus assez rentable. Suzanne avait bien le permis de conduire, mais depuis qu'elle s'était encastrée dans le mur de la grange, un jour qu'elle avait confondu la marche arrière avec la marche avant, elle avait remisé la vieille Peugeot 504 et n'y avait plus jamais touché. Alors, par la force des choses, elles vivaient en recluses, cloîtrées dans leur trop grande maison délabrée et dépendant entièrement d'Alice pour tout, à la merci du moindre pépin et du moindre imprévu. Une situation qui aurait suffi à décourager de plus coriaces qu'elles. Mais les tantes n'en démordaient pas, obstinées et déterminées : *Quoi qu'il arrive, on mourra chez nous. Quand on verra qu'on ne peut plus continuer, on avalera tous les cachets de Paulette et on partira comme ça, sans regret. Mais jamais, nous ne mettrons les pieds dans ces mouroirs où il n'y a que des vieux grabataires !*

Alice était prévenue.

Il était plus de midi lorsque la vieille Fiat se gara devant le perron. Les tantes s'extirpèrent difficilement de la voiture, engourdies, chiffonnées et frissonnant de froid.

— Mon Dieu, j'ai toujours mes chaussons ! s'écria Paulette consternée.

— Et ce n'est que maintenant que tu t'en rends compte ? ricana Suzanne, acerbe.

Affamée, Alice dénicha dans le bahut de la cuisine une boîte de raviolis, un reste de pain rassis, et mit la table à la va-vite. Les tantes mangèrent en silence, tout à leur mastication lente et laborieuse. Par chance, c'était son poignet gauche qui était plâtré et Eugénie arrivait à se débrouiller seule, malgré ses tremblements qui lui donnaient du fil à retordre pour piquer ses pâtes, aspergeant la nappe cirée d'un mouchetis rouge. Alice considéra ses tantes avec tendresse. Toutes avaient noué leur serviette de table autour du cou, comme de vieilles petites filles modèles. Les assiettes avaient bien vécu, elles aussi : ébréchées, leurs couleurs passées. Enfant, Alice les adorait à cause des dessins de poissons d'eau douce dont chacune était ornée. Les couverts en vieil argent étaient également chargés d'histoire, polis, patinés par des générations de mains, de lèvres et de dents, au point que certaines fourchettes avaient fondu et présentaient une curieuse dentition irrégulière ! Toutes différentes et uniques, chacune était la fourchette attitrée d'une des tantes qui les identifiaient au premier coup d'œil. Et si par malheur Alice venait à se tromper en dressant la table – ce qui arrivait invariablement –, sans un mot, Paulette, Suzanne ou Eugénie rectifiait les choses, comme s'il était inconcevable que l'une mange avec la fourchette de l'autre.

Alice expédia la vaisselle puis aida Eugénie à monter dans sa chambre pour qu'elle puisse récupérer de sa mauvaise nuit, tandis que Paulette et Suzanne allaient s'installer dans le canapé, face à l'antique téléviseur à tube cathodique, soulagées de ne pas louper leur série préférée du début d'après-midi.

Dans l'escalier, Eugénie saisit la main d'Alice et la serra très fort, les yeux brillants de larmes refoulées.

— Merci d'être passée, ma belle ! Ce n'est pas beau de vieillir, tu sais. J'ai tellement honte.

— Allons tantine, ne t'en fais pas pour ça.

Elle l'aida à grimper dans son lit. La chambre n'avait pas été aérée et sentait le renfermé, avec un vague relent d'humidité. Alice tassa bien les oreillers dans son dos puis déposa un baiser sur la peau sèche et fripée. Eugénie hocha docilement la tête et de sa main tavelée aux veines saillantes tapota la joue de la jeune femme comme lorsqu'elle était petite. Comme si c'était elle, dans l'histoire, qui avait le plus besoin d'être réconfortée, ce qui était peut-être le cas, après tout… Puis Alice se retira sur la pointe des pieds et referma sans bruit la porte derrière elle. Une fois seule sur le palier, elle marqua un arrêt, le cœur lourd, et lâcha un long soupir. Consultant sa montre, elle réalisa qu'elle avait encore un peu de marge avant que Camille ne rentre du collège. Depuis le rez-de-chaussée lui parvenait le son de la télévision, poussé au maximum. Les tantes devenaient sourdes avec l'âge, c'était une horreur pour les tympans. Pour ne rien arranger, Paulette souffrait en plus de cataracte, ce qui la contraignait à se coller à l'écran, au grand dam de Suzanne qui ne pouvait plus rien voir.

Perdue dans ses pensées, Alice longea le couloir qui distribuait de nombreuses pièces, pour la plupart fermées et inoccupées depuis longtemps. Une odeur de moisi flottait dans l'air. Le papier peint se décollait ici et là et peut-être se serait-il complètement détaché s'il n'y avait pas eu ces innombrables cadres accrochés partout : portraits de famille remontant au siècle dernier, vues du manoir à différentes époques et saisons, photographies en noir et blanc, les plus récentes, celles en couleur se trouvant dans les pièces du rez-de-chaussée que l'on continuait de chauffer.

Difficile d'imaginer que jadis, dans une autre vie, la famille Villandier y avait mené grand train, avec un bataillon de domestiques zélés à son service. La grande et puissante famille n'était plus désormais que l'ombre d'elle-même, éparpillée aux quatre coins du monde comme les étamines d'un pissenlit. Eugénie le constatait, non sans nostalgie, l'arbre généalogique s'était perdu dans une multitude de branches emmêlées, dont certaines cassées net, et d'autres de bois mort ; des cousins si éloignés qu'ils en étaient devenus des étrangers, en dépit de la transmission du patronyme et de quelques gènes hérités d'aïeux oubliés. Aujourd'hui, les liens familiaux s'étaient distendus. On gardait encore contact entre cousins, *via* Internet, une à deux fois par an. On continuait de s'envoyer des faire-part de naissance, de mariage ou de décès. Les tantes tricotaient des brassières et des bonnets en laine pour des petits-neveux qui venaient de naître et qu'elles ne verraient jamais. Parfois, elles devaient réfléchir longuement avant de savoir de quelle branche descendait le nouveau rejeton des Villandier. « Cette petite est de la famille de Paris. Le père, Antoine, est l'arrière-petit-fils de tante Sophie. Ce petit, lui, est de la famille des Nantais qui vivent maintenant à Madrid. Vous savez bien ! Les descendants de cette pauvre Jeanne, la demi-sœur de grand-père Georges… » expliquait Eugénie dont la mémoire, en dépit des ans, demeurait prodigieuse. Et toutes les trois hochaient la tête, solennelles.

Dans les années quatre-vingt-dix, Eugénie avait dû se résoudre à amputer la propriété de plusieurs terres, les plus éloignées, champs et pâtures laissés en friche depuis la guerre et qu'elle ne pouvait plus entretenir. Cette vente apporta un regain bienfaiteur, un nouveau souffle, même si l'acte fut signé la mort dans l'âme, avec le sentiment de commettre une infâme trahison. Écrasée par la culpabilité, Eugénie s'était empressée de se recueillir sur le caveau familial pour implorer le pardon des aïeux. À l'époque, tout le monde avait cherché à minimiser l'événement. Il fallait être lucide et rationnel, le sentimentalisme ne nourrissait pas son homme. Toutes ces terres laissées à l'abandon, ce n'était pas raisonnable. Et puis, elles ne tombaient pas dans l'escarcelle de parfaits inconnus puisque leurs acquéreurs étaient les Millot. Leurs voisins. Des gens de la terre, dont l'origine dans la région était au moins aussi ancienne que celle des Villandier. L'acquéreur était le père du fameux Edmond qu'elles avaient refusé d'appeler à l'aide après la chute d'Eugénie, tellement elles avaient peur qu'il profite de la situation pour faire main basse sur le reste de la propriété. Quand on songeait que les premiers Millot étaient les métayers des Villandier ! De simples employés, des domestiques. Quelle déchéance ! Il fallait être tombé bien bas pour capituler et leur céder ces quelques arpents qu'ils convoitaient depuis si longtemps, tels des rapaces. L'ordre des choses s'était inversé, quelle humiliation !

En redescendant au salon, sur le point de prendre congé, Alice découvrit Paulette le nez collé contre le téléviseur comme elle s'y attendait, le dos raide et droit malgré le dossier inconfortable de la chaise, si fascinée par les images qui se bousculaient sur l'écran qu'elle ne remarqua pas sa présence, tandis que sur le canapé, Suzanne avait fini par baisser la garde et s'était assoupie, le menton sur la poitrine, en dépit du niveau sonore insoutenable.

S'approchant doucement, Alice posa une main sur l'épaule de Paulette qui leva des yeux surpris avant d'esquisser un sourire affectueux.

— Il faut que tu te fasses opérer, Paulette.

— Mais non, je vois clair encore ! riposta-t-elle, d'un air faussement désinvolte. Tu t'en vas ?

— Oui, Camille va bientôt rentrer de ses cours.

— Quand nous l'amènes-tu, cette petite ? Ça fait une éternité qu'elle n'a pas mis les pieds au domaine…

Embarrassée, Alice esquissa un geste évasif :

— Un jour, promis… Tu embrasseras Eugénie et Suzanne pour moi, je ne veux pas les réveiller.

— Bien sûr ! Et ne t'en fais pas pour nous ! On gère la situation !

La jeune femme réprima un sourire amer : si seulement cela pouvait être vrai…

4

La vie, ce long fleuve intranquille

Alice rejoignit sa voiture puis s'engagea dans la grande allée. Dans son rétroviseur, elle regarda la maison qui se mit à rétrécir, puis disparaître complètement, tel un mirage.

Elle ne pourrait pas revenir à la Villandière avant plusieurs jours. Aussi espérait-elle que d'ici là, les tantes seraient raisonnables, prudentes et que tout se passerait bien. Préoccupée, elle prit la petite route de campagne qui longeait des bosquets enchevêtrés, laissés à l'abandon. Puis elle passa au ralenti devant des parcelles en friche, elles aussi, et dont les noms – les Combes, Le Pas-du-Loup, Pierre-Plate, Mortes-Pierres, les Genêts – évoquaient un temps révolu, un temps où la terre était encore travaillée avec des chevaux et des bœufs. Ces parcelles avaient été parmi les premières à être délaissées, dès l'entre-deux-guerres : pas assez rentables, compliquées d'accès, encaissées et parsemées de gros rochers qui interdisaient le passage du tracteur. Seules des chèvres pouvaient réellement s'en satisfaire.

Alors qu'elle dépassait le pré de Mortes-Pierres, envahi par une végétation qui avait repris ses droits jusqu'à dissimuler les fameuses pierres arrondies sur lesquelles les enfants aimaient grimper autrefois, Alice aperçut le tracteur rouge d'Edmond Millot sur le chemin de terre attenant. Agréablement surprise, elle freina brusquement et se gara à moitié sur le talus. Le tracteur s'immobilisa aussi. Sans couper le contact, son conducteur sauta à terre et vint dans sa direction à grandes enjambées alertes. Sortant de la voiture, Alice le regarda approcher en souriant. Lorsqu'il ne fut plus qu'à quelques pas d'elle, le visage de l'homme, buriné par la vie au grand air, se fendit d'un immense sourire. Il ouvrit grand ses bras et la saisit par les épaules qu'il broya vigoureusement avant de claquer deux baisers sonores sur ses joues. Pleine de gratitude, elle se laissa aller à son étreinte quasi paternelle. Cet homme était un roc et avait toujours été pour elle un pilier rassurant. Jamais son affection à son égard ne s'était démentie, et ce malgré les maints sujets de discorde et la désapprobation des tantes, malgré cette histoire ancienne entre Luc et elle qui avait mal fini, et par son unique faute. Non, lui et sa femme Berthe avaient eu l'intelligence de rester à leur place, de ne pas se mêler de leurs affaires et de garder intacte la tendresse qu'ils lui portaient, ce dont elle leur était profondément reconnaissante.

— Il y a un souci à la Villandière ? s'enquit-il en fronçant ses sourcils qu'il avait fort broussailleux.

Alice soupira, soulagée de pouvoir se confier :

— Eugénie est tombée dans les toilettes cette nuit, impossible de se relever toute seule. Je suis arrivée dès que j'ai su et j'ai dû l'emmener à l'hôpital : fracture du poignet.

— Pourquoi n'ont-elles pas téléphoné à la maison ? gronda-t-il.

— Tu les connais. Elles avaient trop peur que tu sautes sur l'occasion pour leur suggérer de vendre leurs dernières terres.

— Sans blague ? Ah décidément, ça devient compliqué pour toi. Tu ne travaillais pas aujourd'hui ?

— Non, par chance. Sinon, que cela leur plaise ou non, je t'aurais appelé ! Berthe va bien ?

— Oui, en pleine forme ! Toujours derrière ses fourneaux.

— Et du côté de Luc ?

— Ça a l'air d'aller, pour ce que j'en sais… Tu le connais, jamais été un grand bavard ! Pas un Millot pour rien, hein ? Il passe de temps en temps à la ferme le week-end pour donner un coup de main…

Alice sourit, amusée par la remarque d'Edmond qui ne pouvait mieux définir son fils.

— Toi aussi, faudra que tu viennes prendre un café, un de ces jours… reprit-il. Depuis le temps ! Cela fait longtemps qu'on ne t'a pas vue ! Même si on sait que tu es occupée… trop !

— C'est gentil, avec plaisir. Je vais devoir bientôt revenir, de toute façon. Impossible de les laisser toutes seules trop longtemps.

— Ton père en serait malade, s'il les voyait.

La jeune femme acquiesça, troublée et vaguement coupable. Elle pensa à son père décédé sept ans plus tôt d'un arrêt cardiaque juste après une plaidoirie, en plein tribunal. Le cœur, ça avait toujours été le point faible des hommes de cette famille. Trop d'alcool, trop de tabac, trop d'excès en tout genre. Accaparé par sa profession, il n'avait jamais vraiment eu le temps de s'occuper du domaine et des tantes. C'était un grand absent, un vrai courant d'air. Néanmoins, elle ne pouvait s'empêcher de penser qu'il aurait su, lui, mieux gérer le problème. Les vieilles femmes l'écoutaient plus que quiconque. Il était le neveu préféré d'Eugénie et il avait cette autorité naturelle qui ne se discutait pas. Malheureusement, il était parti trop tôt. Soucieuse, Alice reprit :

— En plus, l'annonce est confirmée : la maternité va fermer à Marsans. Trop petite, pas assez d'accouchements dans l'année, ils ont évoqué les raisons de sécurité classiques…

— Oui, on a vu ça dans le journal. Encore une histoire de gros sous, tout ça. Et toujours les mêmes qui trinquent. Quelle triste société… ça ne s'arrange vraiment pas. Et alors, que vas-tu faire ?

— Nous sommes redirigés sur le CHU de Poitiers. On s'y attendait, tu sais. Cela faisait des mois, voire plus, qu'on en parlait. Notre mobilisation n'aura servi à rien. Je n'ai encore rien dit aux tantes.

— Hum… Une décision prise de très haut et depuis très longtemps… le combat était malheureusement perdu d'avance.

— Peut-être. Je ne sais pas. On aura fait ce qu'on a pu.

Alice esquissa un sourire triste en songeant à toutes ces heures travaillées avec le bandeau « Sage-femme en grève » autour du bras, à cette incroyable débauche d'énergie parce qu'elles y croyaient et qu'elles se sentaient soutenues par la population. Pendant plusieurs mois, des banderoles avaient fleuri sur les grilles de l'hôpital, sur la façade de la mairie, les vitrines des commerces et les ronds-points. Une pétition avait circulé, récoltant un bon millier de signatures. La ville avait eu droit à des articles dans la presse locale et même quelques reportages au journal télévisé, au point qu'ils avaient presque cru gagner le combat. Mais cela n'avait pas suffi.

— On va être obligées de déménager. Mais comment leur dire ?

— On trouvera une solution, Alice. Tu dois d'abord penser à toi et à ta fille.

— Oui. Je te tiendrai au courant de toute façon. Faut que je rentre maintenant, Camille va m'attendre sinon. Embrasse Berthe pour moi !

— J'y manquerai pas ! Et ménage-toi, hein ?

— Oui, oui, promis !

Enfin ! La clé dans la serrure, l'odeur familière de la maison, le retour au bercail. Alice était harassée. L'après-midi touchait à sa fin, la luminosité déclinait déjà. Il lui semblait qu'une éternité s'était écoulée depuis le coup de téléphone de ce matin. Se délestant de son manteau, de ses chaussures et de son sac avec soulagement, elle fila à la cuisine pour se servir un grand verre d'eau qu'elle but d'une traite. Mais elle manqua de s'étrangler en découvrant l'état apocalyptique de la cuisine. Alice vacilla, complètement démoralisée. Il ne manquait plus que ça ! Camille était partie au collège en laissant tout en plan sur la table : la bouteille de lait, le jus de pomme, le beurre qui avait eu toute la journée pour ramollir, le pot de confiture dont le couvercle n'avait même pas été remis ! Ses pieds nus écrasèrent des miettes de pain grillé éparpillées par terre ; elle fit un bond en pestant à voix haute, dégoûtée. *Camille, ce n'est pas possible !* Le bol, lui, ainsi que le verre et la cuillère avaient bien atterri dans l'évier – ô miracle ! –, sans trouver toutefois le chemin du lave-vaisselle, peut-être trop loin ou trop complexe à ouvrir… Ulcérée, elle décida de ne toucher à rien. Hors de question qu'elle range pour sa fille. Depuis quelque temps, Camille dépassait trop souvent les bornes. Par terre, roulé en boule au pied de la chaise, elle trouva le mot qu'elle lui avait laissé ce matin.

Elle avait encore un peu de répit avant le retour de sa fille et rêvait d'un bain brûlant dans lequel elle pourrait se dissoudre, se diluer et relâcher toutes ses tensions. En grimpant à l'étage, direction la salle de bains, elle fit néanmoins un crochet par la chambre de sa fille et découvrit sans surprise que les volets n'avaient même pas été ouverts. L'air y était confiné, avec un fort relent de sueur et de vêtements sales, ça sentait le fauve. C'était très simple : ce n'était plus une chambre mais la tanière d'un putois. Elle se dirigea vers la fenêtre en enjambant les habits, les livres et les cahiers qui traînaient au sol. C'est à peine si on voyait encore le tapis en dessous. Dehors, le vent s'était levé. Les volets lui échappèrent des mains et claquèrent contre la façade. Une bourrasque affola les posters accrochés sur les murs. Alice contempla avec consternation l'univers de sa fille, un capharnaüm sans nom. Le bureau disparaissait sous une pile de cahiers et de classeurs qui y avaient été jetés pêle-mêle, prêts à glisser au moindre effleurement. Un tas de sous-vêtements gisait sur la chaise que Camille n'utilisait jamais puisqu'elle ne travaillait que vautrée sur son lit. Sur le sol se côtoyaient élastiques noyés dans la poussière, chaussettes dépareillées, stylos sans bouchon, feuilles chiffonnées et livres cornés. Ne pas marcher dessus relevait de l'acrobatie. Quant au lit, cela faisait un moment maintenant qu'Alice n'y touchait plus. Autrefois, en mère consciencieuse, elle venait reborder les draps, secouer la couette, aérer l'oreiller, faire un peu de rangement aussi, et passer le chiffon à poussière, mission ô combien délicate et périlleuse. Elle se souvint de sa propre mère, stricte et maniaque, qui n'aurait jamais toléré un lit défait en pleine journée et encore moins de savoir sa fille avachie dessus. Avait-elle été faible et laxiste en n'imposant pas de règles plus strictes à Camille ? Peut-être… Il est vrai que ces dernières années, elle avait eu parfois du mal à être sur tous les fronts.

Le désir d'un bain était de plus en plus pressant mais le désordre de la chambre était encore plus intolérable. Excédée, elle jeta un bref coup d'œil à sa montre. Allez, juste cinq petites minutes pour soulager la colère sourde qu'elle sentait gonfler telle la voile d'un navire ! Elle savait déjà ce qu'elle allait faire, jubilant d'avance. Rassemblant tout le linge sale, elle en fit un monticule qu'elle abandonna bien en évidence au milieu de la pièce. Elle soigna la mise en scène : à l'aide d'une dizaine d'élastiques poussiéreux, elle traça une sorte de chemin fléché en direction de la poubelle de bureau qui débordait de papiers jetés plus ou moins en boule. Une poubelle qui aurait eu besoin d'être vidée elle aussi, de temps en temps ! Sans pitié, elle la retourna et étala son contenu sur la chaise. Puis, décidée à ne pas faire les choses à moitié, elle s'approcha du lit et souleva le matelas, guidée par l'expérience pour, bingo ! tomber sur une impressionnante collection de mouchoirs sales tout aplatis et répartis partout sur le sommier, que Camille avait pris l'habitude de dissimuler là, trop feignante pour les jeter, en dépit de ses avertissements et exclamations dégoûtées. Grommelant à voix basse, elle attrapa le tout et en fit un tas sur l'oreiller. *Et voilà pour le comité d'accueil. Si après ça, le message ne passe pas…*

Alice était enfin sur le point de sortir de la pièce quand ses yeux ripèrent sur la photographie de Julien, le père de Camille. Morose, elle affronta le visage insouciant qui semblait la narguer avec son air franc et jovial, son sourire taquin et ses cheveux légèrement en bataille. Puis elle s'en détourna et referma soigneusement la porte sur le bazar de Camille et les vieux souvenirs qui n'attendaient qu'une étincelle pour se raviver.

Elle se rendit d'un pas lourd à la salle de bains. La nuit commençait à tomber, elle actionna l'interrupteur et fit couler l'eau. Tandis que la baignoire se remplissait, elle dévisagea son reflet dans le miroir, sans concession. Elle se sentit subitement vieille. Lasse et triste aussi. Des doigts, elle recoiffa ses cheveux que, sur un coup de tête, elle avait récemment coupés à hauteur du menton et les coinça derrière les oreilles. Puis elle effleura les cernes bleutés qui soulignaient son regard. Sa jeunesse et son insouciance étaient-elles donc si loin ? Sa fille avait peut-être raison : elle n'était pas la mère la plus pimpante du monde. Soignée sans être coquette, féminine sans excès, elle avait renoncé depuis longtemps au désir de plaire. Cela faisait un bail qu'elle ne se souciait plus du regard d'autrui. En contrepartie, elle avait gagné une certaine paix, l'assurance d'être elle-même sans compromis, ce qui n'avait pas de prix, même si bien sûr c'était une chose que Camille ne pouvait pas comprendre. Trop jeune, trop entière, trop intransigeante. À ses yeux, elle n'était qu'une femme discrète et ennuyeuse. Leur complicité s'était considérablement effilochée ces derniers temps.

La baignoire était presque remplie. Elle dispersa dans l'eau quelques gouttes d'huiles essentielles. Besoin de se relaxer. De se vider la tête.

La garde partagée, même à distance, n'avait jamais été simple à gérer. Camille ne pouvait voir son père qu'aux vacances. À ses yeux, c'était bien sûr trop peu. Mais impossible de faire autrement, il vivait trop loin. Ce *peu* suffisait néanmoins à métamorphoser Camille après chaque séjour, et les retours étaient toujours compliqués.

Heureuse de rentrer mais partagée et pleine de nostalgie aussi. Boudeuse et renfrognée. Mal dans sa peau. Comme si une partie d'elle était restée là-bas.

Normal ! Il suffisait de voir tous les cadeaux excessifs dont débordait sa valise à chaque retour pour comprendre le grand écart entre ses deux vies. Devoir se mouler de nouveau dans leur quotidien à Marsans, empreint d'ordinaire, était forcément un peu rude et frustrant. Comme une gueule de bois qui la laissait de mauvaise humeur pendant plusieurs jours et dont Alice faisait les frais. Elle ne pouvait l'en blâmer. C'était terrible, ce qu'ils lui infligeaient chaque fois sous prétexte d'équité, et ce depuis qu'elle était toute petite. Camille n'avait jamais connu ses parents ensemble. Elle était le fruit d'un grand amour de jeunesse aussi fulgurant qu'éphémère.

Son père avait très bien réussi dans la vie. Dans un quartier huppé de Nice, il avait fait bâtir une immense villa contemporaine, avec parc arboré, piscine et jacuzzi. Lui et sa nouvelle famille y menaient un train de vie à faire pâlir d'envie. Deux labradors, un 4 × 4 rutilant et une décapotable, une épouse sublime sortie tout droit d'un magazine de mode – rencontrée lors d'un séminaire professionnel alors qu'elle était hôtesse d'accueil – et un fils, Basile, détecté précoce en maternelle, qu'ils avaient dû faire sauter de classe deux fois ! Oui… tout n'était qu'ostentation et réussite dans la vie de Julien Lauretot, jusqu'à ses montres hors de prix qu'il aimait exhiber, ses dents trop blanches pour être naturelles et ses tarifs exorbitants de chirurgien esthétique, que toutes les vieilles peaux de la Côte d'Azur s'arrachaient, au point que c'en était caricatural. Et dire qu'elle l'avait aimé à la folie, autrefois. Mais c'était un autre homme à l'époque. Ce

Julien-là, Alice ne le connaissait pas, elle ne le connaissait plus. Le père de sa fille était très vite redevenu un étranger.

Elle glissa lentement dans l'eau presque brûlante du bain et ferma les paupières en soupirant. Ses épaules et sa nuque étaient raides, nouées et dures comme du bois. Voilà ce qui arrivait quand on décidait de faire l'inventaire de toutes ses frustrations et colères refoulées et de s'en repaître, une manière comme une autre de finir cette journée en beauté en attendant la confrontation avec Camille, histoire de couronner le tout !

Elle laissa ses pensées dériver, des pensées qui bizarrement avaient l'air de vouloir poursuivre leur cheminement tortueux vers le passé et ses souvenirs de Julien quand ils n'étaient que des étudiants.

Un jour, après une dispute particulièrement éprouvante, Camille lui avait balancé comme on lâche une bombe : « De toute façon, si papa est parti, c'est à cause de toi ! »

Que sa fille se permette de la juger et surtout de réécrire l'histoire à sa convenance l'avait choquée et humiliée. Sa riposte avait fusé sans attendre, cinglante comme une gifle.

« Tu ferais mieux de te taire, parce que tu ne sais absolument pas de quoi tu parles. »

Elles s'étaient foudroyées du regard, Alice s'étant rarement sentie aussi furieuse et insultée mais cela avait à peine ébranlé Camille, dénuée de la moindre contrition et du moindre remords, bien au contraire.

Évidemment, l'adolescente ne pouvait savoir de quoi elle parlait et si elle se permettait aujourd'hui de juger si facilement, c'était entièrement de la faute d'Alice, qui en avait conscience. Effet boomerang d'une stratégie que la jeune femme pensait pourtant la plus saine à l'époque, la plus instinctive aussi. La nécessité de tirer un trait définitif sur toute cette période de sa vie. Échaudée, tellement blessée qu'elle pensait que cela était le seul remède possible pour l'une comme pour l'autre. Le silence en guise de pansement et d'armure. Une stratégie d'évitement qui avait bien fonctionné tant que Camille était petite, mais pas faite pour résister aux questions existentielles de l'adolescence. Et ce silence qui les avait protégées jusqu'à présent avait fini par se retourner contre Alice, Camille comblant les vides et les interprétant à sa manière…

Alors, pas le choix, il avait fallu qu'Alice éclaircisse certains points, remette les pendules à l'heure. Sans tout dire, toutefois. Juste le minimum. En résistant à l'envie de tout déballer et de révéler à quel point ce père adulé avait été, en fait, particulièrement défaillant et absent. Parce qu'il en avait fallu, du temps, avant qu'il ne daigne enfin s'intéresser à sa fille !

Dans un silence de plomb, Alice avait alors parlé en pesant soigneusement ses mots. Autopsie d'une histoire d'amour brisée en plein vol, comme des milliers d'autres. Face à elle, la mine de Camille demeurait renfrognée et dubitative. Tout en elle exprimait : « Raconte toujours, je ne te croirai que si j'en ai envie. »

C'était fou comme, parfois, elle pouvait se montrer dure et cruelle. Mais Alice ne s'était pas laissé toucher, déterminée à crever l'abcès entre elles. Juste les faits et rien d'autre.

La rencontre avec son père, d'abord, lors d'une soirée étudiante à Paris. C'était le plus beau garçon qu'elle avait jamais vu. Très amoureux, ils avaient rapidement emménagé dans un petit studio sous les toits, rue Ramey, pas loin du Sacré-Cœur. Les plus belles années de leur brève et passionnelle histoire. Puis elle était tombée enceinte.

Un peu trop tôt. Ils n'étaient pas prêts. Leurs parents respectifs avaient eux-mêmes accueilli la nouvelle avec consternation. Le père de Julien, grand ponte de la chirurgie cardiaque, et sa mère, psychiatre, s'en étaient ouvertement inquiétés lors d'un repas de famille des plus tendus. Il était hors de question que Julien plante ses études de médecine à cause de *ça*. Les parents d'Alice n'avaient guère été plus chaleureux. Son père était accaparé par ses plaidoiries, quant à sa mère, elle luttait déjà à l'époque contre un cancer qui l'épuisait. Par respect des convenances, ils s'étaient néanmoins mariés civilement. Une cérémonie simple et intime, vécue comme une formalité. Ils n'avaient ni l'argent ni le temps de rêver plus grand. Alice était alors enceinte de trois mois et malade comme un chien. Son premier grand moment de solitude, la première fissure aussi dans leur couple ébranlé…

Lorsque Camille vit le jour, Alice n'avait plus de mère pour l'épauler depuis deux mois et Julien avait déjà commencé à prendre ses distances, monopolisé par ses études. N'ayant pas les moyens d'envisager un déménagement, il avait pris l'habitude de travailler tard à l'extérieur : en bibliothèque, dans les cafés, chez des copains. Puis il découcha de plus en plus souvent. Pas le choix avec un bébé qui pleurait toute la nuit. Et puis, un jour, il lui annonça sans préambule que ça ne pouvait plus continuer, que ses sentiments pour elle étaient morts, qu'il étouffait et avait besoin de prendre de la distance. Il s'était trouvé une chambre, leur laissant le studio à elle et Camille. Bien sûr, il continuerait de *les aider financièrement, etc., etc.*, mais entre eux, c'était fini. Ses sentiments pour elle *étaient morts.* Morts. Morts…

Se redressant dans la baignoire, de la mousse jusque sur les épaules, Alice fixa son reflet déformé dans le robinet qui gouttait, régulier et agaçant comme le tic-tac d'une pendule. Elle avait été cette *fille-là*. Qui aurait tout donné par amour. Et qui avait cru mourir de chagrin. Pulvérisée de l'intérieur, des milliers de petits bouts d'elle éparpillés partout, qu'il avait fallu ramasser à quatre pattes tant bien que mal. Elle n'avait jamais tout retrouvé. Elle avait juste appris, peu à peu, à vivre avec les vides en se promettant solennellement de ne plus jamais être affectivement dépendante d'un homme.

Au moment du divorce, Camille avait deux ans. Julien ne chercha pas à les retenir lorsque Alice lui annonça qu'elles retournaient vivre à Marsans, auprès de sa famille. Il était déjà passé à autre chose.

Mais pour Alice, ce fut bien plus dur. La Villandière fut un terrier, un petit trou dans lequel elle se dissimula pour panser ses blessures durant ces longues semaines où elle n'était bonne à rien, juste hébétée. Les tantes l'accueillirent à bras ouverts et la choyèrent. Il n'aurait pas fallu que Julien se pointe à la propriété à cette époque car Suzanne aurait été capable de l'accueillir avec le fusil de chasse. *Un sale type, voilà ce qu'il est ! Alice, tu ne perds rien au change ! Bon débarras ! Il a montré sa vraie nature, c'est un goujat !* Elles s'exprimaient toutes les trois en même temps, tantôt compatissantes, tantôt offusquées et scandalisées à en donner le tournis, puis s'extasiaient sur l'adorable bébé qu'était alors Camille, ce petit trésor sur lequel elles veilleraient comme des fées bienveillantes. À la Villandière, elles seraient à l'abri, Alice n'avait plus rien à craindre. Pourquoi ne resteraient-elles pas ici ? Il y avait assez de place ! Les tantes avaient tout tenté pour les garder auprès d'elles mais Alice savait qu'à la longue, l'isolement et la solitude de la Villandière l'auraient achevée psychologiquement. Cela aurait été comme s'enterrer vivante. Aussi, dès qu'elle avait commencé à aller mieux, elle était partie en quête d'une petite maison en centre-ville. Camille fut inscrite à la crèche et elle put reprendre ses études pour devenir sage-femme.

Le temps avait ainsi passé, anesthésiant et réparateur.

Elle ne chercha pas à combler le vide sentimental. Camille, le travail, la Villandière et les tantes, Edmond et Berthe, la voisine et les nouveaux collègues furent les seuls piliers de cette nouvelle vie qui débutait. Cela ne fut pas simple tous les jours. La culpabilité, la solitude et l'angoisse furent ses compagnes fidèles. Pas d'épaule masculine sur laquelle s'épancher pendant les périodes de doute, de fatigue et de stress. Des nuits blanches à la pelle quand la petite était malade, sans aucune relève possible. Les nuits de garde à la maternité, qui la tenaient éloignée de la maison et l'empêchaient de l'emmener à l'école. L'impression de courir, toujours, et d'être sur tous les fronts, avec l'obligation d'assurer quoi qu'il arrive car si elle flanchait, qui veillerait sur la fillette ? Ce n'était pas exactement la vie dont elle avait rêvé. Mais c'était comme ça.

Heureusement, Camille était une enfant facile à vivre et à élever. Intelligente, vive, mature et autonome, elle ne craignait pas de rester seule à la maison et en prit très vite l'habitude. La seule vraie contrainte demeurait les nuits de garde à la maternité, pendant lesquelles elle se retrouvait seule. Alice s'était alors organisée avec leur voisine Jeannette pour qu'elle prenne la petite chez elle ces nuits-là et l'emmène à l'école le lendemain matin. Elles s'entendaient bien et Jeannette se comportait comme une grand-mère de substitution. Chacune y avait trouvé son compte : veuve depuis dix ans, loin de ses enfants et petits-enfants, Jeannette ne demandait qu'à rendre service et Alice pouvait partir travailler l'esprit tranquille.

Jusqu'au jour où Camille entra dans l'adolescence, comme on saute à pieds joints dans les flaques d'eau, avec délectation. Sans crier gare. Les collègues à qui Alice confiait ses déboires lorsque la cocotte-minute débordait adoraient la taquiner à ce sujet. *Bienvenue au club*, gloussaient-elles. Elles étaient passées par là, alors elles compatissaient et relativisaient aussi. *Rassure-toi, tout passe ! Plus tard, tu en riras !*

Alice souriait jaune. C'était tellement tendu en ce moment avec Camille. Elle ne demandait qu'à les croire pour ne pas céder au désespoir.

À la moindre contrariété, sa fille la menaçait désormais d'aller vivre chez son père. Lui qui ne s'était jamais occupé d'elle, hormis pendant une partie des vacances, se retrouvait soudain paré de toutes les qualités imaginables, dont Alice était, bien sûr, totalement dépourvue… L'adolescente avait très bien compris où était la corde sensible et en abusait sans complexe. Mais elle était également devenue assez grande pour savoir que, dans la vie, tout n'était pas blanc ou noir…

L'eau du bain avait refroidi. Camille n'allait pas tarder. Le cœur lourd, Alice enleva la bonde de la baignoire et, genoux ramassés contre la poitrine, regarda l'eau s'évacuer, imaginant qu'elle emmenait toutes ses douleurs passées.

*

La porte d'entrée claqua. « C'est moi ! » cria Camille qui, sans passer par la cuisine dans laquelle Alice s'affairait en vue du repas du soir, monta directement dans sa chambre, le pas lourd.

Alice suspendit son geste et tendit l'oreille, curieuse. Camille venait de pénétrer dans son antre. Comment allait-elle réagir en découvrant la nouvelle décoration de sa chambre ?

Rien. Pas un bruit, pas un cri.

Juste celui de la chasse d'eau qu'on tira une, deux, trois fois ! Décidément trop paresseuse pour aller jusqu'à la poubelle, tellement plus facile de jeter tous les mouchoirs dans la cuvette des toilettes. Alice marmonna en son for intérieur, piquée au vif : *ma vieille, si tu me bouches les canalisations…*

Puis au bout d'un certain temps, le bruit de ses pas retentit à nouveau et Camille déboula enfin, la chevelure ébouriffée, l'œil maussade, une moue boudeuse sur les lèvres. Elle remarqua le petit déjeuner qui traînait toujours sur la table. Sans un mot, elle rangea, le geste sec et expéditif, claquant ostensiblement portes et tiroirs. Puis se laissa tomber sur une chaise, amorphe et resta immobile.

— Tout va bien, ma chérie ? Tu as passé une bonne journée ? Tu rentres un peu tard, non ?

— Grrr… pfff… Je discutais avec une copine à l'arrêt de bus.

— Ton bilan de maths ?

— Trop facile.

— Tant mieux.

— Qu'est-ce qui s'est passé à la Villandière ? finit-elle par grogner, en toisant sa mère avec défiance.

— Tante Eugénie est tombée et s'est cassé le poignet. J'ai dû l'emmener à l'hôpital. Pas ce week-end mais le suivant, je serai en repos. Je leur ai dit que nous irions les voir.

Long soupir de Camille.

— Je suis obligée de venir ?

— Oui. Elles te réclament et s'étonnent de ne plus te voir.

— Alors, on dort pas là-bas. Cette baraque me fout les jetons.

Alice réprima un sourire : elle n'avait pas totalement tort. Elle aussi, quand elle était enfant, avait toujours très peur de dormir à la Villandière. La faute peut-être aux histoires de fantômes dont Eugénie était friande et avec lesquelles elle avait grandi.

— Si tu veux, concéda-t-elle en riant.

5

Jeunesse et vieillesse

Dix jours plus tard, la vieille Fiat s'immobilisait devant le perron de la Villandière, sur lequel les tantes qui s'étaient alignées par ordre décroissant – Eugénie, Suzanne, Paulette – faisaient le pied de grue, Dieu sait depuis combien de temps ! Et qui, dès l'apparition de Camille, se mirent à pousser des cris de joie et à se bousculer pour se précipiter à sa rencontre, l'assaillir, l'embrasser, la palper, la pincer. C'est que ça faisait tellement longtemps ! Une éternité, leur semblait-il ! Et à cet âge, *les petits*, ça changeait tellement vite ! Prise d'assaut, l'adolescente se laissa faire, mi-amusée, mi-embarrassée, supporta sans broncher le baiser piquant d'Eugénie, la vigoureuse étreinte de Suzanne et le compliment incongru d'une Paulette radieuse mais très bigleuse : « Ma chérie, quelle jolie peau de pêche tu as ! Tu es belle comme un cœur ! », niant en bloc tous les petits boutons disgracieux qui faisaient pourtant son désespoir. Une fois n'est pas coutume, Alice échangea avec sa fille un regard plein de connivence, et découvrant Camille capable de gentillesse et de tolérance, la contempla avec fierté. Tout en continuant de piailler d'excitation, les trois petites vieilles aidèrent ensuite à vider le coffre rempli de sacs de commissions. Puis pareilles à des fourmis croulant sous la charge, s'en retournèrent en file indienne à la maison.

Le repas eut lieu dans la cuisine chauffée par le vieux poêle à bois, dans un silence religieux. Chacune avait encore un solide appétit pour son âge. Alice avait cuisiné un gratin dauphinois, accompagné d'un rôti de bœuf et fait un gâteau au chocolat, entorse exceptionnelle au régime de Paulette, qui changeait de leur ordinaire, et les tantes ne boudèrent pas leur plaisir, déterminées à ne pas en laisser une miette. À la fois fascinée et interloquée, Camille avait cessé de manger et les dévisageait sans retenue. Eugénie, surtout, monopolisait son attention. La vieille dame avait beaucoup maigri, ces derniers temps – « Je suis comme le beurre, je fonds lentement mais sûrement », constatait-elle avec humour, frêle silhouette de plus en plus évanescente – et son dentier devenu trop grand nageait dans sa bouche, comme s'il avait décidé dorénavant de n'en faire qu'à sa tête, rendant la mastication laborieuse, accompagnée de bruits de succion assez déplaisants. Au bord de la nausée, Camille ne cherchait même plus à dissimuler sa répulsion, au point qu'Alice très gênée finit par lui décocher un coup de pied sous la table, puis lui intima du regard d'être un peu plus discrète. S'ensuivit un échange de coups d'œil pleins de sous-entendus et de grimaces à peine réprimées, qu'aucune des tantes ne sembla remarquer, fort heureusement.

Après la vaisselle, Eugénie se retira pour sa sieste quotidienne tandis que Suzanne s'empressait d'allumer la télévision à tue-tête, faisant bondir Camille, horrifiée. Sans un mot, elle attrapa son manteau dans le vestibule et sortit en claquant la porte d'entrée derrière elle.

Alice la rejoignit plus tard. L'adolescente était assise à califourchon sur la balustrade de pierre qui ceignait la terrasse, côté sud. La mine renfrognée, elle contemplait l'immense pré, jadis jardin à l'anglaise, dont les allées avaient disparu sous les mauvaises herbes. Quelques statues verdies par la mousse émergeaient encore ici et là de buissons de buis échevelé. Au-delà, la masse sombre et dégarnie d'un bosquet livré à lui-même bouchait l'horizon, impénétrable et mystérieux comme une forêt vierge. Il n'avait pas fallu beaucoup de temps pour que la nature reprenne ses droits. Alice laissa errer son regard au-delà de la cime des arbres. Lorsqu'elle était enfant et venait ici en vacances, la Villandière, alors surnommée « le château », n'était déjà plus qu'une résidence secondaire dans laquelle toute la famille aimait se retrouver une ou deux fois dans l'année, par tradition. Les traditions ! L'ancienne génération y tenait beaucoup, vestiges d'une éducation et d'un esprit révolus, accrochés à des valeurs d'une autre époque. À défaut d'y vivre encore à l'année, l'oncle Pierre, grand-mère Élisabeth et tante Eugénie avaient à l'époque engagé deux jardiniers, ainsi que leur ancien métayer, Daniel Millot – le père d'Edmond –, pour veiller à l'état du domaine et parer au plus urgent, en cas de besoin, durant l'absence de la famille. Mais cela avait à peine suffi à maintenir la propriété à flot. Pour bien faire, des travaux importants auraient dû être entrepris afin d'éloigner le spectre de la lente et inévitable déchéance. Une maison aussi grande, qui n'était plus chauffée, sauf très ponctuellement, et dont on n'ouvrait plus les volets afin d'y faire entrer le soleil et la vie, était vouée à décliner. Et même si personne n'osait alors le dire, tout le monde savait que la famille Villandier n'avait plus les moyens d'entretenir correctement un tel patrimoine.

— Au printemps, il faudra que je te montre tous les recoins du domaine… Ce serait dommage que tu ne les connaisses pas. D'autant plus qu'on ne sait pas pendant combien de temps tout cela nous appartiendra encore…

— C'est complètement à l'abandon. Ça fout le cafard, marmonna Camille. Puis, se retournant pour contempler la façade décrépie du manoir : Pourtant, ça devait en jeter autrefois…

Alice soupira.

— Tu devrais prendre le temps de discuter avec les tantes. Ce sont elles qui t'en parleraient le mieux.

— Notre famille était si riche que ça, avant ?

— Apparemment.

— Et aujourd'hui ?

— Juge par toi-même : si on était riches, est-ce que le domaine serait dans cet état ?

Alice se tut, songeant au poids de l'héritage qui les guettait. Si les tantes devaient finir leur vie en maison de retraite, elles n'auraient pas d'autre choix que de vendre. Mais d'un autre côté, était-il raisonnable de souhaiter une autre issue ? C'était un héritage empoisonné.

Camille sortit son téléphone portable et, la mine maussade, s'échina à trouver un réseau, en vain.

— Cherche pas, on ne capte rien, ici.

Un bruit de klaxon retentit soudain de l'autre côté de la maison, les faisant sursauter. Elles échangèrent un regard interrogateur : elles n'attendaient personne.

Un 4 × 4 poussiéreux était garé devant le perron, portières et coffre ouverts. Un homme leur tournait le dos, s'évertuant à se faire obéir de deux braques tout fous qui jappaient sans tenir compte de ses ordres : « Assis, pas bouger ! Vous attendez là ! »

— Waouh, ils sont trop beaux ! s'exclama Camille en filant comme une flèche vers les deux jeunes chiens.

— Camille ! Tu ne les connais pas ! cria Alice, sans résultat.

L'homme se retourna et croisa le regard d'Alice, soudain sur la réserve, presque intimidée.

— Bonjour, Luc ! C'est une surprise…

— Bonjour, Alice. Tu vas bien ? Je ne veux pas que les chiens rentrent dans la maison, ils sont tout jeunes et un peu fougueux, ils pourraient faire tomber une des tantes.

Puis s'adressant à Camille qu'il dévisagea furtivement :

— Ils ne sont pas méchants, juste un peu idiots. Je ne suis pas sûr d'en tirer grand-chose. Pas fait une affaire avec ces deux-là…

Comme il tendait machinalement sa joue, Alice se hissa sur la pointe des pieds et l'effleura de ses lèvres. Comme à son habitude, Luc Millot avait une allure totalement débraillée : une barbe de trois jours, les cheveux en bataille, les vêtements couverts de poils de chiens et les bottes crottées comme s'il sortait directement d'un marécage.

— J'ai pris l'habitude de klaxonner pour ne pas leur faire peur en débarquant. Elles deviennent un peu sourdes, non ? dit-il, embarrassé, en passant une main dans ses cheveux, dans l'espoir illusoire de peut-être les discipliner un peu.

Alice sourit :

— À cette heure, elles sont devant la télé avec le son à fond. Je ne crois pas qu'elles t'aient entendu…

— Mmm… tant mieux, pas plus mal pour ce que j'ai à faire !

Intriguée, elle soutint quelques instants son regard, aussi bleu que celui de son père. Il détourna la tête le premier en se raclant la gorge.

— Je ne savais pas que tu serais là. Je me serais changé, si j'avais su…

— Tiens donc ! Comme si je ne te connaissais pas…

— Je viens abattre les branches du cèdre qui touchent le toit.

— Oh ! Elles ont fini par accepter ?

— Non. Donc je ne leur ai pas demandé. Et avec un peu de chance, elles ne s'en rendront même pas compte ! grimaça-t-il avec embarras.

La jeune femme éclata de rire. Voilà finalement à quoi ils en étaient tous réduits face à l'obstination des tantes : une tendance à la dissimulation, au mensonge par omission et au contournement du problème, d'une manière ou d'une autre...

— Ce n'est pas un peu dangereux ? Je peux faire appel à un professionnel. C'est à moi de m'en occuper...

— Et ça te coûterait une fortune. T'inquiète. Ce n'est rien. Puis se tournant vers Camille assaillie par les chiens : Ça t'ennuierait de les emmener derrière pour les faire courir un peu ? Au moins, ils ne seraient pas dans mes jambes et ne risqueraient pas de faire tomber l'échelle.

— Bien sûr ! Comment ils s'appellent ?

— Dom et Tom.

Camille lui décocha un regard perplexe tandis qu'Alice réprimait un vague sourire. Autrefois, Luc avait eu deux labradors qu'il avait nommés Jekyll et Hyde. Apparemment, certaines habitudes ne se perdaient pas... L'adolescente, enchantée d'avoir de la compagnie, siffla les chiens et les entraîna de l'autre côté du manoir, dans le grand pré, courant devant eux. Luc la suivit du regard, amusé.

— On va voir qui épuise l'autre en premier ! Elle a quel âge, maintenant ? Ça fait longtemps que je ne l'avais pas vue. Elle a changé... et grandi.

— Quatorze ans...

— C'est vrai. Un an de plus que Nina.

— Oui. Ta fille va bien ?

— Ça a l'air.

— Tant mieux.

— Camille te ressemble beaucoup quand tu avais son âge… reprit-il brusquement.

Troublée, Alice observa la silhouette filiforme de sa fille, tout de noir vêtue, regrettant en son for intérieur qu'elle ne mette pas davantage en valeur sa magnifique chevelure dorée qu'elle préférait dissimuler dans une sorte de chignon biscornu.

— Tu veux dire dans le genre renfrogné ? plaisanta-t-elle.

Il esquissa un petit sourire et, tendrement, lui ébouriffa les cheveux : « Tu sais très bien ce que je veux dire. »

Le cœur d'Alice fit une embardée avant de se ressaisir aussi vite.

Sur ce, sans crier gare, Luc tourna les talons et prit la direction des anciennes écuries qui jouxtaient le manoir. Machinalement, elle lui emboîta le pas. Bien sûr, il connaissait les bâtiments comme sa poche et n'avait pas besoin d'elle pour savoir exactement où aller ; il avait fréquenté les lieux depuis son plus jeune âge, lorsqu'il accompagnait son grand-père qui louait alors des terres aux Villandier. Il aurait pu s'y diriger les yeux fermés.

Elle en profita pour jeter un coup d'œil inquiet sur la charpente du bâtiment qui laissait filtrer la pluie par endroits. Cela sentait la vieille paille moisie bien qu'il n'y en ait plus depuis très longtemps. Au-dessus de leurs têtes, les poutres étaient constellées de nids d'hirondelles abandonnés, couverts de fientes. Les écuries étaient aussi un refuge pour les chauves-souris qui, les soirs d'été, virevoltaient au-dessus du parc dans un ballet vertigineux. Dans les stalles autrefois occupées par les chevaux du domaine s'entassait désormais un bric-à-brac d'objets bons pour la déchèterie : arrosoirs percés, brouettes déformées par la rouille, vieux seaux en fer-blanc, fourches et râteaux disparaissant sous les toiles d'araignées. Il y avait aussi, chose plus rare, une petite voiture à bras que des chiens ou des chèvres tiraient pour la promenade des enfants, ainsi qu'un char à bancs qui servait aux escapades dans la campagne. Des pièces de musée, oubliées depuis des décennies, pourrissant sur place. Au-dessus de chaque box, une plaque de cuivre terni rappelait le nom du cheval qui y avait vécu – Bataille, Lancelot, Capitaine, Gitan –, accompagné pour certains de ses prix ou récompenses. Toutes des dates étaient antérieures à 1915. Après la guerre, il n'y avait plus jamais eu de chevaux à la Villandière. Alice se souvenait que les bêtes avaient toutes été réquisitionnées par l'armée ; un drame vécu presque aussi douloureusement que le départ des hommes au front. Des chevaux de race que l'on bichonnait et qui devaient coûter une fortune. Ni les bêtes ni les hommes de la famille Villandier n'étaient revenus de cette boucherie.

Luc déboucha dans l'ancienne sellerie qui hébergeait maintenant la fameuse Peugeot 504 de Suzanne, protégée par une bâche grise de poussière, et dont tous les pneus étaient à plat. Leur intrusion dérangea quelques moineaux qui s'enfuirent à tire-d'aile. Luc plongea alors sans hésiter dans un tas de toiles d'araignées aussi dense que de la barbe à papa grisonnante et en extirpa une échelle double couverte de fientes. Fallait savoir qu'elle était là, si bien cachée ! Alice recula instinctivement, honteuse de l'état dans lequel se trouvait l'endroit, de ce laisser-aller général conscient et assumé, dans la seule attente fataliste que tout s'effondre et qu'il n'y ait plus d'autre solution que de tout raser.

Ils ressortirent à l'air libre, sans un mot, en direction cette fois du grand cèdre bleu qui menaçait la toiture depuis tant d'années. Luc cala l'échelle contre la façade. « Éloigne-toi ! » lança-t-il. Et sans attendre de réponse, la scie dans une main, grimpa avec l'agilité de celui qui ne connaît pas le vertige.

Pleine d'appréhension, Alice le suivit des yeux. La tâche était ardue et dangereuse. Et même si Luc s'était toujours montré casse-cou et téméraire, elle n'en revenait pas qu'il prenne encore tous ces risques pour elle et les tantes, pourtant si malcommodes et ingrates à son égard. Cela faisait des années que les Millot n'étaient plus leurs métayers. Ils n'avaient plus aucun compte à leur rendre. Malgré tout, ils étaient toujours présents en cas de besoin, fidèles et loyaux, et ne ménageaient pas leur peine. Suzanne qui avait la réflexion facilement acerbe prétendait que c'était intéressé. Ce qui faisait chaque fois bondir Alice ! Elle savait très bien qu'il n'en était rien. Un lien invisible unissait leurs deux familles depuis des générations, d'abord de maîtres à employés, puis entre voisins, et cela depuis une époque où la solidarité et l'entraide n'étaient pas des mots vides de sens.

Quant à Luc… Le fil de ses pensées s'égara furtivement vers le souvenir de certains jeux inavouables quand ils avaient l'âge de Camille, et bien que Luc soit perché suffisamment haut pour ne rien remarquer de son émoi, elle se sentit bêtement rougir. Étaient-ils vraiment *si jeunes* ? À ses yeux, sa fille était encore un bébé…

L'approche de la quarantaine allait comme un gant à Luc. Il s'était bonifié, étoffé, il dégageait une impression de force tranquille. Du moins était-ce ainsi qu'elle le percevait, sans doute très subjectivement. Le connaissant, cela pouvait être tout aussi bien un détachement calculé ou une sorte d'humeur blasée, telle une armure invisible servant à ne rien révéler de ses sentiments réels. Luc avait toujours été un terrien avec les pieds bien ancrés dans le sol, un taiseux également, difficile à cerner.

La vie et ses aléas, ses virages imprévisibles et tortueux… Tenant instinctivement l'échelle à deux mains et les yeux rivés sur lui, ressentant le vertige comme si elle était à sa place, elle fut brusquement submergée par un sentiment de reconnaissance incrédule et de gratitude. Dire qu'il était toujours là dans sa vie, en dépit de tout ce qu'ils avaient vécu tous les deux, et pas que du bon. C'en était presque… euphorisant. Pourquoi ne s'en rendait-elle compte que maintenant, subitement, cramponnée à son échelle ? Elle l'ignorait. Il y avait eu des périodes où ils avaient été tout le temps fourrés ensemble. Avant de se séparer, de s'éloigner jusqu'à presque couper les ponts. En grande partie à cause d'elle. Ils avaient ensuite vécu à quelques kilomètres l'un de l'autre comme de parfaits étrangers. Avant de se rapprocher à nouveau, en filigrane, de façon inattendue, peu à peu.

Leur trait d'union avait toujours été la Villandière. C'était là qu'enfants ils se retrouvaient aux vacances. Qu'ils avaient échangé leurs premiers baisers et caresses. Et que tout avait pris fin, aussi, brutalement.

Aujourd'hui encore, un certain malaise subsistait entre eux, comme une résurgence. Ils se jaugeaient alors du regard comme deux idiots sur la défensive. Un peu évasifs et fuyants. Conséquence de non-dits et de ressentiments mal digérés, dont on aurait pu imaginer la prescription, depuis le temps. Cela viendrait bien, un jour. En attendant, chacun se contentait d'une amitié courtoise et prudente, et ce n'était pas si mal. *Contente-toi de ça, c'est déjà inestimable*, ne cessait-elle de se morigéner.

Au bout d'un temps qui parut interminable à Alice, à en attraper un torticolis à force de le surveiller, Luc retrouva enfin le plancher des vaches. Ses épaules et ses cheveux étaient couverts d'aiguilles et de sciure, son vieux pull taché de résine. Un vrai homme des bois. Il s'ébroua, rangea la scie puis partit remettre l'échelle à sa place. Le tout sans rien dire, le visage impénétrable comme toujours. Alice l'aida ensuite à entasser les branches du cèdre dans le coffre du 4 × 4. Puis, aussi collante et poussiéreuse que lui, elle lui proposa de venir prendre un café à la maison. Elle mourait d'envie de prolonger ce moment et espérait intensément qu'il accepte. Mais il déclina l'invitation.

— Non, merci, j'ai encore beaucoup à faire.

Elle tâcha de dissimuler sa déception même si, au fond, elle n'était pas surprise. Un fossé invisible mais quasi palpable persisterait toujours entre eux. Elle se sentait pourtant prête à le franchir, tellement désireuse d'effacer les vieux griefs, mais Luc semblait encore très réticent. Peut-être était-ce trop tôt. Ou trop tard. Peut-être même qu'ils avaient loupé le coche, laissant filer leur unique chance. Et qu'il n'y en aurait plus d'autres.

Ils se dévisagèrent en silence quelques instants. Puis abruptement, la prenant de court, il lâcha :

— Mon père m'a dit que la maternité allait fermer pour de bon, cette fois-ci ?

— Oui. L'été prochain.

— Tu vas déménager ?

— Sans doute. C'est ce qui serait en tout cas le plus logique. Et puis Camille serait plus près des facs, plus tard.

— Oui, je comprends. Normal. Bon… je vais y aller.

— Oui. À un de ces jours alors. Et merci beaucoup…

— De rien. Bon courage avec les tantes…

Il l'embrassa rapidement sur la joue puis siffla entre ses doigts. Deux boules de poils surgirent comme des bolides, se jetant dans les jambes d'Alice et la bousculant comme une toupie. Il les fit monter dans la voiture, lui adressa un dernier regard indéchiffrable puis démarra. Elle regarda le 4 × 4 s'éloigner puis, saisie par l'humidité soudaine qui commençait à tomber, s'en retourna lentement vers la maison devant laquelle l'attendait Camille. Se levant à son arrivée, celle-ci s'enquit : « On rentre bientôt ? »

La nuit arrivait de plus en plus tôt. Quelle sinistre saison… Elles mangèrent sous la lumière blafarde de l'unique ampoule de la cuisine, leurs ombres décuplées se mouvant en silence. Seuls résonnaient le cliquetis des couverts sur les assiettes et le bruit de claquettes du dentier d'Eugénie. Tout le reste de la maison était plongé dans l'obscurité et craquait sous les rafales du vent qui s'était levé dans la soirée. Alice expédia la vaisselle, désireuse de ne pas rentrer trop tard car Camille avait cours le lendemain. Quant à elle, sa garde débutait à sept heures.

— Vous revenez quand ? demanda Paulette, les yeux humides et le menton tremblant, pendant qu'elles enfilaient leurs manteaux en silence.

Eugénie s'approcha. Son corps fluet disparaissait dans une chemise de nuit trop grande qui lui descendait jusqu'aux pieds. Elle brandit son poignet plâtré d'un air désolé :

— Ce truc me gratte ! Et c'est pas commode pour faire ma toilette ! J'aimerais qu'on me le retire. Une semaine suffit largement, c'est réparé !

— Et puis quoi encore ? la rabroua sèchement Suzanne. Arrête d'embêter Alice avec tes jérémiades. Prends ton mal en patience et, la prochaine fois, tu feras pipi dans le pot de chambre, comme tout le monde. Ça nous épargnera du tracas… Et non, c'est pas réparé. Tu as des os comme du plâtre, ma pauvre. Un rien te casserait en morceaux. T'occupe pas de nous, Alice. Elles aiment se faire plaindre, tu les connais. Tu as ta vie et d'autres choses à faire que de t'embêter avec des vieilles comme nous.

— Je reviendrai dès que j'aurai un moment, dit-elle en les embrassant chacune à leur tour, évitant de s'attarder sur le regard larmoyant de Paulette et la mine abattue d'Eugénie. Vous téléphonez s'il y a le moindre problème. Et en cas d'urgence, vous appelez Edmond ! Lui sera là en cinq minutes.

— Pfff, marmonna Suzanne.

De nouveau, Camille se laissa étreindre, presser, pincer et embrasser. Elle ne dut son salut qu'à l'intervention de sa mère qui, la tirant par le bras, décréta qu'il était temps de prendre la route.

— Brave petite, chuchota alors Eugénie en lui glissant incognito une pièce de monnaie dans la main. Tu t'achèteras ce qui te fait plaisir.

Puis, posant un doigt sur sa bouche, lui fit un clin d'œil mutin.

La pièce resta serrée dans sa main jusqu'à ce qu'elles soient dans la voiture. Là seulement, elle osa écarter les doigts pour découvrir cinquante centimes. Voyant sa mine perplexe hilarante, Alice éclata de rire :

— Eugénie a un peu de mal avec les euros.

— C'est quand même gentil, concéda Camille. Tiens, je te la donne, ça te fera une pièce pour le chariot.

— Oh, trop généreuse ! Tu ne t'es pas trop ennuyée, ça va ?

— Ç'aurait été mieux s'il y avait du réseau, mais bon,

ça allait, répondit-elle, le regard perdu au-delà de la vitre. Et puis c'était trop bien avec les chiens. Tu crois que Luc reviendra ?

Alice contempla avec tendresse son profil si délicatement ciselé. Cela n'avait pas été une si mauvaise journée.

6

Seaux et pots de chambre

Alice avait affiché dans sa cuisine un grand calendrier qui lui permettait d'organiser ses semaines. Tout ce qui concernait les tantes était noté en rouge. Le vert était réservé à Camille, ses diverses activités extrascolaires, les réunions parents-professeurs au collège et les rendez-vous médicaux. Le bleu, enfin, concernait son propre planning, ses périodes de garde et de repos, ainsi que les quelques rares sorties qu'elle s'octroyait. Certains mois, il n'y avait quasiment plus d'espace libre, comme en ce mois de décembre qui s'annonçait éreintant avant même d'avoir été vécu. Cette année, il était convenu que Camille passerait Noël chez son père. Elle serait absente la semaine entière, tandis qu'Alice passerait le réveillon avec ses collègues, de garde à la maternité. Le dernier Noël avant la fermeture définitive. Le personnel s'était lâché sur les décorations, dans une débauche de guirlandes scintillantes et de boules multicolores bon marché. Dans la salle de repos, un sapin en plastique avait été posé de guingois à côté des revues et clignotait sans discontinuer. Tout cela s'efforçait d'être joyeux.

Quelques minutes avant la fin de son service, vers cinq heures du matin, Alice assista à la naissance d'un petit garçon de plus de quatre kilos, vigoureux et braillard. Après avoir prodigué les soins, elle remit le nouveau-né à son père, un grand gaillard baraqué qui n'en menait pas large et pleurait en silence. C'était leur premier. Elle le félicita puis, discrètement, laissa les jeunes parents en tête à tête avec leur petit. Elle ferma sans bruit la porte derrière elle. Sa garde s'achevait sans anicroche ni complication. Une nuit comme elle les aimait et qui mettait du baume au cœur.

Dans la salle de repos, Marjolaine l'attendait déjà afin de faire leur rapport à l'équipe de jour. Ensemble, elles accueillirent au compte-gouttes Adeline, Fanny et Farida, aux mines plus ou moins bien réveillées. Moqueuse, Marjolaine les interpella avec des gloussements. Comme toujours elle pétait le feu, en dépit de la longue nuit blanche qu'elles venaient de passer. Embrassades. Fanny amenait des croissants chauds. Des cernes énormes sous les yeux lui mangeaient la moitié du visage, gris comme du papier mâché. Son petit dernier avait encore mal dormi cette nuit, l'empêchant de fermer l'œil, impitoyable :

— Il aura ma peau, je vous le dis, vous êtes témoins !

— Oui, faites des gosses, j'vous jure, quelle idée ! surenchérit Marjolaine en faisant un clin d'œil à Alice.

— Moi, la mienne fait ses nuits, c'est déjà ça ! rétorqua cette dernière.

Il n'était pas tout à fait sept heures du matin et dehors il faisait encore nuit. L'hôpital brillait de tous ses néons, illuminé tel un paquebot au cœur d'une mer d'encre. Marjolaine remonta ses manches, dévoilant d'innombrables bracelets dont les couleurs vives tranchaient sur sa peau pain d'épice, puis ouvrit le registre sur lequel elles devaient consigner le déroulement de chaque garde dans ses moindres détails – deux accouchements cette nuit –, les petites complications rencontrées et le suivi des parturientes à planifier.

— Des choses à ajouter ? demanda-t-elle à Alice de sa voix chantante qui fleurait bon le soleil et les îles.

Alice secoua la tête, lessivée :

— Non, c'est bon.

— Tu sais quoi ? Je rentre, je me douche, je pique un roupillon et puis après, je fais un flan à la noix de coco ! J'y ai pensé toute la nuit. Une de ces envies ! Bizarre, hein ? Tu passes à la maison cet après-midi pour qu'on se le déguste avant que les garçons ne se jettent dessus ?

Alice éclata de rire.

— Oh, j'aurais adoré ! Mais faut que j'aille à la Villandière. Aujourd'hui, on doit retirer le plâtre d'Eugénie ! Tu m'en garderas quand même une part ?

— Évidemment ! Tu auras droit à ton petit Tupperware demain, comme d'hab, quitte à frustrer mes morfales !

Elles s'attardèrent encore quelques minutes, le temps de prendre des nouvelles des unes et des autres, portées par le rire contagieux de Marjolaine, de boire un café et de déguster les croissants. Leur sas de décompression.

Puis, après avoir jeté un rapide coup d'œil sur l'horloge murale, Alice prit congé, pressée par le temps. Marjolaine la rejoignit dans les vestiaires alors qu'elle était en train de se changer.

— Grosse journée en perspective ? s'enquit-elle en ouvrant son casier.

— Oui…

— Quel sacerdoce… Ma vieille, tu as une sale tête ! C'est comme avec le gosse de Fanny, tes tantes aussi auront ta peau…

— Hé bien, merci !

— Tu portes trop de choses sur les épaules à toi toute seule. Et tu aurais besoin de te changer les idées.

— Elles ne sont pas embêtantes, tu sais… Si elles pouvaient se faire oublier, elles le feraient…

— Tu vas encore râler mais figure-toi que j'ai rencontré un type qui pourrait te convenir… Je pourrais organiser un rendez-vous le week-end prochain.

Mi-amusée, mi-agacée, Alice lui jeta à la figure la blouse qu'elle venait d'ôter.

— Arrête avec ça, Marjolaine ! Le dernier était un homme marié, tu te souviens ?

— Pas de ma faute s'il ne portait pas son alliance, non ? Et puis, je ne vois pas pourquoi ça te freinerait, après tout ? Pas d'engagement, que du plaisir, sans contrepartie. Que du bonus, quoi !

Alice se figea, la contemplant pensivement tandis qu'elle se déshabillait en gloussant, son énorme poitrine café au lait jaillissant d'un soutien-gorge fuchsia bien trop pigeonnant. Comme si elle en avait besoin…

— Tu sais bien que ce n'est pas ce qui me convient, finit-elle par murmurer.

— Oui. Désespérément sentimentale et fleur bleue. Je sais…

— En fait ? Même pas, je crois… Pas envie, c'est tout.

Marjolaine esquissa une grimace avant de l'étreindre vigoureusement contre elle, une accolade de Mama exubérante à broyer les os. « Sache que je ne désespère pas », lui chuchota-t-elle à l'oreille.

— Tu as une petite mine. Est-ce que tu dors assez ?

Après Marjolaine, c'était au tour d'Eugénie de s'inquiéter pour Alice, la dévisageant à la dérobée, sans aucune retenue. *Décidément, je dois vraiment avoir une mine affreuse*, songea Alice mortifiée. Concentrée sur sa conduite, elle ne quittait pas la route du regard, les doigts cramponnés au volant pour résister aux rafales de vent. Il pleuvait à verse, leur donnant l'impression d'être embarquées dans le tambour d'une machine à laver. Elle avait mis la ventilation à fond pour chasser la buée sur le pare-brise, et les essuie-glaces battaient frénétiquement la mesure dans un grincement qui n'augurait rien de bon. La route transformée en torrent était à peine visible. Perdue dans ses pensées, elle ne releva pas. Son esprit, comme cela lui arrivait parfois, avait fait un bond de seize ans en arrière lorsque, par un temps similaire, elle avait perdu le contrôle de sa vieille Clio qui avait fini dans le fossé. Un accident qui lui avait valu plusieurs côtes cassées, une minerve et un traumatisme psychologique dont elle avait eu du mal à se remettre. Mais Eugénie était d'humeur causante. Comme tous ceux qui n'avaient jamais appris à conduire, elle ignorait tout de la concentration que cela exigeait parfois, notamment en cas de situation météorologique extrême. Délivrée de son plâtre, heureuse de leur petit tête-à-tête pas si fréquent, elle en profitait donc, toute pétillante :

— Ce docteur est si aimable. Et bel homme, tu ne trouves pas ? Un collègue à toi, ma chérie ?

Alice sourit en son for intérieur, amusée. Décidément, elles s'étaient toutes passé le mot. Il n'y avait pas plus fleur bleue qu'une petite vieille, même au cœur de la tempête. Elle n'osa pas lui révéler la cruelle vérité, à savoir que le beau docteur Moreau était marié et père de trois jeunes enfants, ce qui aurait été indélicat et perturbant, compte tenu de la propre histoire d'Eugénie, pour ce qu'elle pensait en savoir. Elle éluda donc, les yeux vrillés sur le pare-brise :

— Mmm… C'est un nouveau… Connais pas. Ah !

C'est pénible, on n'y voit rien… Il faut vraiment que je pense à remplacer ces fichus essuie-glaces… Ça m'apprendra à toujours repousser à plus tard, voilà le résultat…

— Je n'ai même pas pris mon ciré, constata alors Eugénie. On va se faire tremper en descendant de voiture…

Une vision cauchemardesque assaillit brusquement Alice :

— Vous avez bien mis des seaux dans la chambre bleue ?

— Ils y sont en permanence, ma chérie. Par contre, est-ce qu'on les a vidés depuis la dernière fois ? J'ai un doute. Ça risque peut-être de déborder un peu.

— Pitié ! Il ne manquerait plus que ça !

— Ne te tourmente donc pas, ma chérie. Je suis certaine que Suzanne y a veillé.

Comme Alice ne répondait pas, front et yeux plissés, Eugénie insista :

— Tu m'as vraiment l'air fatigué, Alice. Cela m'inquiète. As-tu des soucis en ce moment, ma belle ?

— Oh, non ! Non, pas du tout, ne t'en fais pas, tantine ! répondit la jeune femme en s'évertuant à lui sourire le plus sereinement possible.

La vieille dame hocha la tête, lui tapotant la main tendrement.

— Je sais qu'on te fait beaucoup courir. Avec ton travail et ta fille…

— Il y a des périodes comme ça. Et puis, c'est l'hiver. Je déteste cette saison.

La jeune femme gara la voiture le plus près possible du perron. Il n'était que quatre heures de l'après-midi mais il faisait déjà presque nuit. La cour gravillonnée n'était plus qu'une flaque d'eau géante. Pataugeant dans la boue, elle batailla avec son parapluie qu'un coup de vent retourna comme une crêpe. Pestant à voix basse, elle fit le tour de la voiture en courant pour aider Eugénie à s'extirper de son siège. En moins de deux secondes, elle fut trempée comme si elle avait été sous la douche tout habillée.

Paulette surgit du salon en les accueillant avec des hauts cris.

— Mais vous êtes complètement trempées ! Vous allez attraper la mort !

— Mais non, ça va. Est-ce que tu pourrais juste aider Eugénie à se changer ?

— Mon Dieu, mon Dieu ! Viens, ma pauvre ! Il ne faudrait pas qu'il t'arrive la même chose qu'à cette pauvre tante Philomène ! À ton âge !

— Ça n'avait rien à voir, voyons ! Elle est morte d'une indigestion !

— Après un refroidissement !

Leurs voix chamailleuses s'estompèrent dans l'escalier tandis qu'Alice se délestait de son manteau ruisselant et le suspendait à une patère en grelottant. Elle se serait bien collée au poêle : tous ses vêtements ventousaient sa peau à en avoir la chair de poule. Mais elle se contenta de retirer chaussures et chaussettes – à tordre elles aussi –, essora ses cheveux puis appela Suzanne, une fois, deux fois…

Pas de réponse. Son instinct, pas très optimiste, lui dicta de monter l'escalier et elle se rendit directement à la fameuse chambre bleue, immense pièce mansardée qui dans le temps faisait office de nursery pour les enfants du domaine. Personnellement, elle ne l'avait jamais connue autrement qu'utilisée comme débarras, plus accessible que le grenier qui devait lui aussi crouler sous des vieilleries insoupçonnées – le propre des maisons anciennes. Répugnant à jeter ce qui ne servait plus, la famille avait pris l'habitude d'y entreposer tout ce qui était devenu inutile ou hors d'usage. Un vrai paradis pour brocanteur, allant du mobilier disparate de toutes les époques et tous les styles aux tapis mangés par les mites. On y trouvait aussi de vieux tableaux sombres – œuvres d'un aïeul quelconque – et des miroirs que le temps avait rendus opaques. De vieilles pendules dont le balancier s'était arrêté depuis une éternité, d'affreux bibelots et tout un bric-à-brac indistinct et peu ragoûtant, entassé pêle-mêle dans ce genre de malles que des explorateurs du siècle passé auraient emportées avec eux dans leurs expéditions. Un vieux landau, une chaise haute dont la peinture s'écaillait et qui avait vu passer des générations de postérieurs. Un cheval à bascule et un gramophone. Un perroquet empaillé aussi, le fameux Coco de l'arrière-arrière-arrière-grand-mère, qui paraît-il aboyait comme un chien, plus terrifiant qu'un pitbull sauf avec sa maîtresse envers qui il était, paraît-il, jaloux et exclusif. Le tout recouvert de draps blancs, sortes de suaires mortifères qui donnaient à l'endroit un petit air fantomatique délicieusement effrayant. Pour rien au monde, enfant, elle ne s'y serait aventurée la nuit. Mais de jour, c'était une vraie caverne d'Ali Baba pour celui qui ne redoutait pas la crise d'asthme. Les enfants adoraient ramper sous les draps comme des lapins dans leur terrier, invisibles et exultant. Un territoire inexploré et qui regorgeait de surprises, avec ses méandres, ses culs-de-sac et ses passages secrets. L'endroit idéal pour se raconter des histoires terrifiantes, juste éclairé d'une lampe torche, et laisser filer l'imagination. Ils faisaient parler Coco comme s'il était ressuscité. C'était bizarre de le toucher, un peu dégoûtant.

Évidemment, il ne fallait pas s'étonner si le soir ils avaient ensuite un mal fou à trouver le sommeil, tétanisés de peur dans leurs grands lits.

Devenue adulte, Alice voyait désormais la pièce d'un tout autre œil. Elle se trouvait dans un état de délabrement avancé, plus pitoyable qu'inquiétante : des taches de moisissure recouvraient ici et là la tapisserie autrefois bleue, tandis qu'un trou dans le plafond laissait entrevoir les poutres depuis que le plâtre imbibé d'eau avait cédé. Un courant d'air glacial venu tout droit du grenier s'engouffrait dans la pièce.

Suzanne était bien là, vêtue d'un imperméable et chaussée de bottes en caoutchouc. Elle avait éparpillé tout un patchwork de serpillières sur le parquet délavé et, armée d'un balai-brosse, épongeait avec férocité l'eau que rien ne semblait pouvoir stopper. Un combat sans fin, désespérant, digne du supplice des Danaïdes. On pouvait entendre le goutte-à-goutte de la pluie tombant dans les divers seaux et bassines disséminés dans toute la pièce. Car maintenant, il s'agissait de protéger l'étage d'en dessous, en l'occurrence la chambre d'Eugénie.

Elle découvrit la scène avec accablement. C'était bien pire que ce qu'elle craignait.

— Je crois que le trou dans le toit s'est agrandi, minimisa Suzanne avec un flegme qui ne lui ressemblait guère.

— Est-ce qu'il y a d'autres seaux ailleurs ? demanda Alice en tentant d'endiguer la vague de panique qu'elle sentait monter en elle.

— Il doit bien rester dans un coin quelques vieux pots de chambre, répondit Suzanne avec ironie. Sinon, on prendra celui d'Eugénie.

— Je téléphone au couvreur. Ça ne peut plus attendre !

— Et on fera comment pour le payer ? Toute la toiture est à refaire !

— On a repoussé trop longtemps ! Ça ne peut plus durer, Suzanne ! Le toit va nous tomber sur la tête !

Et je suis tellement fatiguée de cette foutue baraque ! Elle le pensait tellement fort qu'elle dut se mordre la langue pour ne pas hurler, puis elle s'élança dans l'escalier, le dévalant à toute allure, à la fois furieuse et exaspérée. *Marre d'y passer mes week-ends, de rogner sur les bouts de chandelle, de tout gérer, toute seule, tout le temps !* Prise dans son élan, elle manqua une marche et se rattrapa de justesse. Les larmes lui vinrent aux yeux. Elle qui rêvait de profiter d'une soirée tranquille, au chaud avec un bon bouquin, elle était condamnée à patauger dans l'eau et à téléphoner à tous les artisans du coin pour leur demander en urgence un devis, qui, à coup sûr, les laisserait sur la paille.

Suzanne lui avait emboîté le pas, la mine lugubre.

— Conseil de famille ! aboya-t-elle à la cantonade en déboulant dans le vestibule, tandis que ses bottes laissaient derrière elle des petites flaques sur le carrelage.

Eugénie, qui s'était mise en chemise de nuit et robe de chambre, échangea avec Paulette un regard inquiet. Elles se dirigèrent en silence vers la salle à manger pendant qu'Alice parlementait au téléphone. Une fois qu'elles furent assises autour de la table, Suzanne leur exposa la situation avec une mine d'enterrement :

— Le toit est en train de pourrir ! Cette maison prend l'eau de partout ! On manque de seaux et de bassines. Il va bientôt falloir dormir avec un parapluie au-dessus de la tête ! La situation devient critique, pour ne pas dire catastrophique.

— Mon Dieu, si grand-père Georges voyait ça…

Eugénie se signa et se mit à claquer du dentier, comme à chaque fois qu'elle était en proie au stress.

— Oui, oui, on sait, il se retournerait dans sa tombe ! l'interrompit sèchement Suzanne qui n'était vraiment pas d'humeur.

Pendant une heure, les trois vieilles femmes tergiversèrent et se chamaillèrent sur la suite des événements. Il n'était plus question de rafistolage de fortune, il fallait envisager de vrais travaux. Malgré tout, il était difficile de s'y résoudre et tous les arguments étaient bons pour se débiner : *« Bonnot ? Trop cher, hors de question ! Arthus ? Un incompétent notoire porté sur la bouteille ! Nicollet ? Toujours débordé et pas très aimable, en plus ! Maurepas ? Connais pas ! Un nouveau, pas de la région ! »* Alice déboula à cet instant, mettant un terme un peu sèchement aux atermoiements stériles :

— Bonnot est le seul qui a accepté de venir dans un délai aussi court. Et oui, je sais, il est cher mais il travaille très bien ! Et c'est ça ou rien.

Un silence consterné accueillit la nouvelle. Trois paires d'yeux aussi hébétés que si elle avait annoncé une invasion des Martiens fixèrent la jeune femme. Puis Suzanne finit par soupirer, raide sur sa chaise, les lèvres pincées par la contrariété.

— Très bien. Puisqu'on n'a pas le choix…

— On pourrait faire un emprunt, suggéra Paulette avec candeur.

— À ton âge, tu crois qu'un banquier s'y risquerait ? ricana Suzanne avec férocité.

— Tu n'es pas obligée de me parler sur ce ton. Je ne suis pas stupide.

— On a assez d'argent. Il dort depuis des années, il est temps qu'il serve à quelque chose, intervint Eugénie.

— Eugénie a parfaitement raison, on ne l'emmènera pas au paradis, renchérit Paulette en décochant un regard plein de défi à Suzanne.

— Soit. Quand peut-il venir ? grommela cette dernière en se tournant vers Alice.

— J'ai réussi à le convaincre de passer aujourd'hui. Il sera là dans une heure. Je vais l'attendre avec vous, ce sera plus simple… Il fait froid ici, non ? Je vais aller faire du thé… Qui en veut ?

— Moi ! Moi ! s'écrièrent Eugénie et Paulette en battant des mains, ravies.

C'était fou comme il leur suffisait de peu de chose pour oublier les problèmes qui s'accumulaient, songea Alice, abattue. Comme si une simple tasse de thé avait des vertus magiques capables de tout arranger. Elle s'esquiva sans un mot vers la cuisine, le moral en berne. Besoin de s'isoler pour encaisser le nouveau coup dur. La pluie continuait de fouetter les vitres et le reste de la maison était plongé dans une pénombre démoralisante. Passant devant le téléphone, elle s'arrêta et laissa un message sur le portable de Camille pour la prévenir qu'elle rentrerait plus tard que prévu.

7

Noël

Elle n'avait pas eu le temps de reprendre son souffle que les fêtes de Noël se profilaient déjà. Partout dans la ville illuminée, l'effervescence était à son comble. Camille ne faisait pas exception, excitée comme une puce. Sa valise était prête depuis plusieurs jours, encombrant l'entrée exiguë de la maison, avec à l'intérieur plein de petits cadeaux pour son père, sa belle-mère et son demi-frère. Le vendredi soir, Alice passa la chercher au collège à la sortie des cours pour l'emmener directement à la gare de Poitiers. Le collège entier semblait s'être déversé sur le trottoir. Une masse grouillante d'ados traversant n'importe où, se hélant par-dessus les voitures à l'arrêt, d'un trottoir à l'autre, se faufilant entre les pare-chocs. La rue était totalement embouteillée. Des véhicules garés en double file bloquaient le passage, le car scolaire était coincé à l'intersection, un vrai bazar.

— Oh là là, on va être en retard pour le train ! s'affola Camille en se jetant sur le siège passager, son sac à dos entre les jambes. Allez, démarre !

— T'inquiète, on a de la marge ! Ta journée s'est bien passée ?

— Mouais. T'as bien mis ma valise dans le coffre ?

— Oui !

— Et t'as pas oublié le pique-nique ?

— Non !

— Oh ! mais tu voudrais pas klaxonner, là ? Pourquoi il avance pas, l'autre débile devant ?

— Hé, oh ! Relax, Camille, tu es en vacances ! Et tu vois bien, pour l'instant, on est bloquées…

La circulation en accordéon jusqu'à Poitiers, laborieuse, interminable, finit de transformer Camille en véritable boule de nerfs, agrippée à la portière comme si elle se tenait prête à bondir, une lueur meurtrière dans les yeux et le juron au bord des lèvres si seulement les oreilles maternelles n'avaient pas été aussi proches et sensibles. À croire que ce soir-là tout le monde s'était donné le mot pour prendre sa voiture et saturer les routes. Il faisait déjà nuit et pour ne rien arranger, il se mit à pleuvoir. Comme dilués, les phares se firent éblouissants. Lorsqu'elles arrivèrent enfin à la gare, fatiguées, à cran, Camille jaillit de la voiture comme un diable de sa boîte. Le visage crispé, elle récupéra sa valise et son pique-nique dans le coffre puis, sans attendre sa mère partie payer à l'horodateur, fila en direction du quai, poussant sa valise devant elle tel un char d'assaut, la mine vindicative, prête si besoin à foncer dans le tas. Alice la retrouva sur le quai, mêlée à la foule bigarrée des voyageurs. La jeune femme zigzagua entre les bagages, tâchant de ne pas perdre de vue le bonnet rouge à gros pompon de sa fille, tel un phare au cœur d'une marée humaine qui donnait presque le tournis. Elles avaient encore quinze précieuses minutes devant elles. Le temps de se dire au revoir comme il faut, et surtout de faire redescendre la tension. Transies, elles piétinèrent pour se réchauffer. Sur le quai, le vent se faisait particulièrement mordant. Camille, enfin, céda à l'étreinte maternelle. Enlacées, joue contre joue, chevelures mêlées, Alice lui chuchota à l'oreille :

— Passe de belles fêtes ma chérie, profites-en bien.

— Toi aussi maman. Tu seras avec Marjolaine, hein ?

Garde baissée, Camille avait maintenant le regard inquiet et légèrement coupable.

— Mais oui. On a prévu de se faire un petit réveillon toutes les deux. Ce sera bien !

— Je t'appellerai, promis. Je penserai à toi.

— Je sais ma puce.

Alice enchaîna sur quelques dernières recommandations que Camille écouta poliment, distraite, l'esprit déjà ailleurs. Plantées comme des piquets au milieu de la houle incessante qui les frôlait, les contournait, les bousculait dans un mouvement de balancier, elles prolongèrent l'étreinte, résistant aux violents contre-courants. Elles étaient dans leur bulle, encore au moins pour quelques secondes, figées dans l'instant fragile. Mais présageant déjà les années à venir. Ce jour où Camille volerait de ses propres ailes. Ne pas y penser encore. Pour l'heure, Alice sourit vaillamment en tâchant d'ignorer son petit pincement au cœur.

Le coup de sifflet péremptoire du chef de gare mit un terme à leurs effusions. Camille s'arracha des bras de sa mère, de nouveau pressée et tendue, et s'empressa de rejoindre sa place dans le compartiment, faisant la queue au milieu de la file d'étrangers. Depuis le quai, Alice la suivit des yeux. Rien à faire, elle avait beau se croire rodée, c'était toujours le même déchirement. Camille se retrouva coincée à côté d'une grosse bonne femme qui la dissimula à moitié. Dépitée, Alice avait beau se tordre le cou, elle eut du mal à distinguer sa fille dont le profil flou se superposa à son reflet, dans la vitre sale. Alors elle lança dans le vide un dernier au revoir de la main tandis que le train s'ébranlait. Autour d'elle, le quai se vida aussitôt comme par magie, il n'y resta que les courants d'air. Elle attendit toutefois que le dernier wagon ait disparu dans le virage pour se résoudre enfin à rebrousser chemin avec l'étrange impression de sonner creux.

Le soir de Noël, Alice téléphona aux tantes depuis la petite salle de repos de la maternité. En fond sonore, les voix et les rires des collègues, des verres qui tintaient, des chaises qu'on bougeait. La pièce croulait sous les guirlandes lumineuses qui se reflétaient à l'infini sur les vitres sombres. Dehors la nuit était tombée depuis longtemps, dévoilant en contrebas la ville qui scintillait telle une arche de Noé perdue dans les ténèbres. Sur la table, chacune avait apporté de quoi faire un minifestin entre deux soins ou accouchements. C'était joli et coloré, de quoi ouvrir tous les appétits, même les plus réticents. Marjolaine avait amené des branches de houx pour décorer la table et Adeline avait mis des chants de Noël en sourdine sur le vieux lecteur de CD.

À l'autre bout de la ligne, les tantes mirent du temps à décrocher. Alice jeta un bref coup d'œil à la pendule. Vingt heures trente, elles étaient peut-être déjà couchées…

Cela faisait des années que les tantes n'aimaient plus fêter Noël. Tout comme le Nouvel An, d'ailleurs. Pour autant, Alice ne se voyait pas les ignorer ce jour-là. Elle gardait encore en mémoire les Noëls éblouissants de son enfance, quand toute la famille se réunissait pour l'occasion à la Villandière. L'oncle Pierre et l'acariâtre Élisabeth étaient encore de ce monde, régnant en quasi-divinités sur leur nombreuse et tumultueuse descendance. Les cousins et cousines débarquaient au grand complet, annoncés par des coups de klaxon ostentatoires. Quelle euphorie !

Chacun s'entassait comme il pouvait dans les différentes chambres et l'escalier résonnait d'incessants va-et-vient, du choc des valises et des cavalcades des enfants livrés à eux-mêmes, déchaînés. Naturellement, les premiers arrivés réquisitionnaient les meilleures chambres, c'était de bonne guerre, tandis que les plus petits étaient voués à dormir tête-bêche, à quatre ou cinq dans le même lit, les chambres se transformant alors en dortoirs pleins de matelas d'appoint par terre. Les étages prenaient des allures de pensionnat bourré à craquer. Mais l'invité d'honneur ce soir-là, c'était l'épicéa, gigantesque, majestueux, que l'on installait dans la bibliothèque à côté de la fenêtre. C'était comme si la forêt entière s'était invitée à la fête, mêlant ses puissants effluves résineux aux odeurs alléchantes de cuisine. Il fallait un escabeau pour le décorer et c'était tout un cérémonial. Les enfants étaient assis en arc de cercle par terre comme au spectacle, tandis que l'oncle Pierre et Eugénie s'employaient à disposer savamment boules scintillantes, étoiles dorées et petits personnages. Un feu énorme ronflait dans l'âtre devant lequel dormait le gros chat blanc d'Eugénie. Un matou tellement vieux et obèse qu'il ne savait plus se déplacer tout seul et que les tantes devaient le porter, tantôt pour qu'il prenne un peu l'air, tantôt pour qu'il aille à sa gamelle, tantôt pour qu'il fasse ses besoins. Couvé, surprotégé, assisté, un chat-objet, un chat-coussin, Satin de son vrai nom, mais que les enfants avaient rebaptisé Patapouf. Puis, pendant que les adultes préparaient le réveillon et discutaient entre eux, les cousins et cousines partaient en exploration à travers la maison, faisant le tour de toutes les cheminées afin de découvrir celle par où passerait le Père Noël. Celle de la bibliothèque semblait le mieux convenir, assez vaste pour laisser passer un Père Noël gros gabarit, hotte comprise.

Le suspense et l'excitation étaient à leur comble. Les repas gargantuesques n'en finissaient pas, traînant en longueur et en palabres. Les plus jeunes capitulaient bien avant la bûche. Et cette nuit-là, parfois blanche de neige – quelle magie ! –, personne n'arrivait réellement à trouver le sommeil, tous étaient trop agités, trop impatients.

Aujourd'hui, le seul avantage que les tantes y avaient encore, c'était le programme à la télévision qui sortait un peu de l'ordinaire et leur suffisait amplement. Pas de quoi déroger à leurs habitudes, toutefois : à vingt et une heures trente, au plus tard, elles étaient couchées. Plus l'âge ni l'envie de veiller.

Enfin, on décrocha à l'autre bout de la ligne. C'était Suzanne.

— Bonsoir tantine ! Joyeux Noël ! Comment ça va à la Villandière ? Vous avez bien mangé ?

— Bonjour, ma chérie ! C'est gentil d'appeler ! Joyeux Noël à toi aussi. Oui, ça va. Figure-toi que Berthe est venue tout à l'heure nous apporter trois petites bûches glacées, parfum café vanille, du fait maison. On ne s'y attendait pas. Elles n'étaient pas mauvaises du tout, faut reconnaître. Et cette goulue de Paulette en aurait bien mangé une deuxième !

— Oh, trop gentil ! Ça ne m'étonne pas d'elle ! J'espère que vous l'avez bien remerciée !

— Bien sûr, pour qui tu nous prends ?

— Hum… Et qu'est-ce que vous allez faire, ce soir ?

— Pour Paulette, c'est réglé, elle est déjà couchée. Tu la connais. Mais avec Eugénie, on va regarder le début d'*Autant en emporte le vent*. Ils le rediffusent sur la troisième chaîne. Qu'est-ce que c'est vieux, ce film, ça ne nous rajeunit pas ! Et puis on le connaît par cœur. Mais au moins, ça change des navets d'aujourd'hui. C'est à être dégoûté de la télévision. Franchement, dans quel triste monde vit-on, tu n'es pas d'accord ? Ce n'est pas possible autrement, l'humanité a sombré dans la dépression collective. La preuve, il n'y a plus que ça : des films de guerre, des policiers affreux et sanglants, à croire que le monde est peuplé de psychopathes, de sadiques et de pervers. D'ailleurs, pour imaginer des histoires pareilles, faut être psychopathe soi-même ou très perturbé ! Et toutes ces histoires de fin du monde, on ne voit plus que ça. Ça tourne à l'obsession ! Ils veulent nous pousser au suicide ou quoi ? Je ne suis pourtant pas de nature nostalgique mais faut reconnaître qu'à notre époque, on était un peu plus joyeux et optimistes. Et pourtant, notre génération avait connu la guerre, la vraie, pas celle qu'on voit dans les films. Non, on vit vraiment une triste époque...

Alice rit sous cape, amusée par la longue diatribe enflammée de Suzanne :

— Tu as raison, on ne vit pas une époque très euphorique... J'adorais *Autant en emporte le vent* quand j'avais l'âge de Camille. Je pense bien l'avoir vu une dizaine de fois...

— Paulette était folle amoureuse de Clark Gable, à l'époque. Tu imagines ? Le couple totalement improbable ! Qu'est-ce que ça me faisait rire. Bien sûr, tu le gardes pour toi, sinon elle va encore dire que je me moque d'elle.

— Moi aussi j'étais amoureuse de lui !

— C'était un alcoolique, en réalité, le sais-tu ?

— Oui mais on s'en fiche, il était trop beau !

— On ne regardera que le début. Ça dure trop longtemps, on s'endormira avant la fin et puis, c'est pas comme si on ne la connaissait pas, la fin, hein ?...

— Oui, c'est vrai... Bonne soirée alors ! Je vous embrasse très fort toutes les trois.

— Toi aussi ma chérie, et prends soin de toi. Il y aura peut-être un petit Jésus qui va naître, cette nuit ?

— Pas l'impression pour l'instant. Calme plat à la maternité !

— Hé bien, c'est pas plus mal, comme ça, vous pourrez réveillonner tranquilles ! Joyeux Noël, ma belle !

De fait, aucun petit Jésus ne naquit cette nuit-là à la maternité de Marsans. Et bientôt, il n'y aurait plus de naissance tout court.

Sur le coup de minuit, le téléphone d'Alice vibra. C'était un SMS de Camille, truffé d'émojis éloquents : « Joyeux Noël ma maman chérie. Demain quand tu rentreras, avant de te coucher, regarde dans mon armoire, sous ma pile de pulls, le Père Noël sera peut-être passé. Gros bisous !!! »

Les larmes aux yeux, Alice sourit. Et répondit dans la foulée : « Merci ma puce adorée, j'irai voir. Et toi, va voir ce qu'il y a au fond d'une de tes chaussettes bleues... »

Elles étaient convenues d'échanger leurs cadeaux de Noël au retour de Camille. Néanmoins, l'une comme l'autre avait craqué. Dans la fameuse chaussette bleue, Alice avait glissé un tout petit paquet-cadeau contenant de jolies boucles d'oreilles fantaisie en forme d'étoiles. Un avant-goût en attendant leurs retrouvailles d'ici quelques jours.

Au petit matin, après une garde tranquille, Alice rentra enfin chez elle. Elle rêvait d'une bonne douche et de quelques heures de sommeil. Mais auparavant, elle fila dans la chambre de sa fille. Sous la pile de pull-overs, elle découvrit en effet un petit paquet rose, soigneusement dissimulé. Elle se mit à rire. Rien qu'en le tâtant, elle devina ce que c'était : un livre de poche. Camille la connaissait bien. Le dernier Fred Vargas, avec ce petit mot : « Dis-moi que tu ne l'as pas déjà !!! »

Non, elle ne l'avait pas. Puis se saisissant de son téléphone : « Merci mon cœur. »

En fin de journée, Alice s'apprêta pour aller réveillonner chez Marjolaine. Le choix de la tenue fut vite fait, une petite robe noire toute simple mais raffinée, de jolies boucles d'oreilles grenat pour la touche de couleur, des chaussures à talons qu'elle ne mettait qu'exceptionnellement, lorsqu'elle savait qu'elle n'aurait pas à les garder aux pieds trop longtemps et de fait, c'était la première chose dont elle se débarrasserait en arrivant chez son amie. Un peu de mascara, un soupçon de rouge à lèvres, de quoi être un peu plus élégante qu'en temps ordinaire, sous peine de se faire houspiller par l'exigeante Marjolaine. Heureusement pour elle, ses quelques heures de sommeil avaient été réparatrices et Alice se sentait requinquée, les traits du visage reposés.

Son amie habitait une jolie petite maison de ville bâtie tout en hauteur, pas très loin de la maternité, tout au fond d'une impasse aux faux airs campagnards – volets grenat, pierres apparentes, jardinet et terrasse ombragée pour les beaux jours, de la glycine courant sur la façade. Elle aussi, cette année, était seule pour Noël, ses garçons étaient chez leur père. D'où l'idée d'un petit gueuleton « maison » entre filles esseulées, arrosé d'un punch corsé comme il se devait pour tenir à distance la solitude qui, ces jours-là, pesait double forcément. Déterminée, elle n'y avait pas été de main morte sur le rhum et Alice – qui n'avait pas l'habitude de boire, même pas un simple verre de vin de temps en temps – en subit très vite les premiers effets. Estourbie, elle finit par s'écrouler, telle une naufragée, sur le canapé au milieu des coussins chamarrés, dans l'espoir que la tempête s'apaise aussi vite qu'elle s'était levée. De la musique créole, pleine d'entrain, résonnait dans toute la maison et sous son crâne, décuplée. Tout tanguait autour d'elle, comme sur un bateau à la dérive, flottant dans un autre espace-temps, les veines en feu. Garder les yeux ouverts lui coûtait. Elle dut lutter pour ne pas s'allonger, et encore plus pour ne pas glousser bêtement, sans aucune raison. *Mon Dieu, je suis pathétique*, songea-t-elle. *Mais au moins, je ne tomberai pas plus bas. Ne plus bouger. Ça va passer.* Cela faisait longtemps maintenant que ses chaussures à talons avaient valdingué quelque part sous un meuble. Son maquillage aussi avait légèrement filé. Elle n'osa imaginer la tête qu'elle avait, groggy comme elle était. Depuis la cuisine, Marjolaine s'esclaffa, moqueuse : « Je crois que tu vas rester dormir ici ! Tu tiens vraiment pas l'alcool ma pauvre ! C'est pas du sang qu't'as dans les veines, c'est du jus de navet ! »

Elle revint avec un plateau sur lequel elle avait déposé des petits toasts.

— Tiens, avale ça, histoire d'éponger un peu… T'as bu qu'un verre, pourtant ?

— Oui, mais avec quelle quantité de rhum dedans ? marmonna Alice, soupçonneuse. Laisse-moi quelques minutes, ça va passer… Si je ferme les yeux…

— Ne t'allonge pas maintenant, hein ? Ou sinon tu vas roupiller et je vais être obligée de réveillonner toute seule !

Sous le regard vigilant de Marjolaine, Alice engloutit plusieurs amuse-bouches dans l'espoir d'atténuer les effets perturbants de l'alcool.

— Au dessert, évite peut-être le baba au rhum, suggéra Marjolaine, prévenante et attentive.

Alice lui décocha un regard noir :

— Ne me parle plus jamais de rhum…

— Tiens, bois un peu d'eau. Allez, encore ! Ça va mieux ? T'as l'esprit plus clair, maintenant ?

— Mmm… oui, oui…

— Parce que je voudrais te montrer un truc.

— Quoi ? Là, maintenant, tout de suite ? gémit Alice.

— Oui ! Ça ne prendra qu'une minute, t'inquiète ! Regarde !

Sans la moindre transition, Marjolaine lui colla son téléphone portable sous le nez. Il fallut quelques secondes à Alice pour ajuster sa vue et comprendre ce qu'elle regardait. La tête complètement embrumée, elle cligna plusieurs fois des yeux. Il s'agissait d'un site professionnel. Son auteur était en photo : un séduisant quadragénaire, chevelure poivre et sel taillée au cordeau, barbichette soignée, le regard droit et direct. Sa posture respirait la confiance en soi et une certaine assurance. Un cliché trop léché, trop parfait pour être vraiment authentique. Perplexe, ses yeux papillonnèrent en quête de détails significatifs ; elle ne comprenait pas ce que Marjolaine tenait absolument à lui montrer. Le type en question semblait être sophrologue. Sur son site, il proposait des animations et des formations ; il recevait également à son cabinet, à Poitiers, sur rendez-vous.

— Tu veux te reconvertir dans la sophrologie ? lâcha-t-elle dubitative.

Marjolaine éclata de rire.

— Pas du tout ! Non ! C'est juste *lui*. Une vieille connaissance !

— Comment ça ? Qu'est-ce que tu racontes ? C'est qui, ce type ?

— Hé bien, un amour de jeunesse ! Mon premier !

— Non ? Tu plaisantes !

De nouveau, Alice fixa la photographie, perplexe, les yeux anormalement écarquillés par l'effort que cela lui demandait.

— Pas du tout. Un soir, par curiosité... Oh, Alice ! Arrête de me regarder avec cette tête-là, quoi ! Un soir donc où j'étais d'humeur nostalgique, j'ai tapé son nom sur Internet et bingo ! Je suis tombée direct sur son site. Je ne m'y attendais pas, sincèrement ! Ç'a été une sacrée surprise, crois-moi !

— Et ?

— Et quoi ? éluda-t-elle, malicieuse.

— Allez, je te connais, Marjo !

— Hé bien, tu as vu, il y a un numéro de téléphone, là...

— Oh... Tu veux le contacter ?

— Pourquoi pas ? Ce serait drôle, vingt ans plus tard !

— Mais pourquoi ?

— Comment ça, pourquoi ?! Mais enfin, Alice ! Ça ne te démangerait pas, toi ?

— Euh...

— Retrouver ton premier amour !

— Mmm...

— C'était qui, ton premier amour à toi ?

— Hum... Bah, je le vois encore, c'était Luc Millot...

— Oh ! Intéressant...

— Arrête ça...

Alice se sentit subitement dégrisée et se mit à fixer Marjolaine avec sérieux, un peu inquiète.

— Pour quelles raisons vous étiez-vous séparés, à l'époque ? Tu avais quel âge ?

Elle haussa les épaules, évasive et désinvolte.

— J'avais vingt ans. Et c'est moi qui suis partie. J'avais flashé sur un autre gus… À l'époque, j'étais pas très sérieuse… Je papillonnais beaucoup.

— Et aujourd'hui, ne me dis pas que tu as des regrets ? De la nostalgie ?

— Non, mais… avoue que ce serait troublant si jamais il se souvenait encore de moi… Tu imagines ? On s'entendait très bien, si tu vois ce que je veux dire…

— Tu te rends compte que c'est de la régression pure ?

— Et alors ?

— Il est sans doute marié. Il a une tête d'homme marié.

— Hé bien, dans le pire des cas, je me prendrais un vent et puis c'est tout… En revanche, imagine s'il était agréablement surpris de m'entendre et s'il était libre…

Alice fit la moue, sceptique.

— Qu'est-ce que j'ai à perdre, de toute façon ? Qui n'ose rien n'a rien ! Et ça ne m'engage pas !

— Donc, tu vas l'appeler ?

— Je pense, je me tâte encore… Je me laisse quelques jours de réflexion, mais peut-être bien, oui… J'ai envie d'un coup d'éclat pour commencer cette nouvelle année ! Tiens, j'ai même retrouvé des vieilles photos de nous ! Attends que je te montre ! Tu vas rire !

Marjolaine se leva d'un bond et revint avec un énorme album photo, du temps où c'était encore de l'argentique et que l'on faisait développer les pellicules. Elle le posa sur les genoux d'Alice puis tourna les pages à toute vitesse, jusqu'à ce qu'elle tombe sur des clichés un peu roussis, un peu surexposés d'elle quand elle était toute jeune, beaucoup moins en chair mais déjà pétillante de vie et de couleurs, tant et si bien qu'elle en éclipsait presque le falot jeune homme qui se tenait à ses côtés.

— Il s'appelle comment ? T'es sûre que c'est le même gars ? Ils ne se ressemblent pas beaucoup, dit Alice, perplexe.

— Oui, oui, sûre et certaine ! Théodore Guillemot. C'est drôle parce qu'à l'époque, il faisait des études de droit. Il se destinait à la magistrature. Rien à voir avec la sophrologie. Je me demande bien ce qui a pu lui arriver…

— Théodore ?!

— Oui, je sais, ça fait un peu « grand siècle ». Théodore et Marjolaine. Faut avouer qu'on détonait un peu ensemble… En fait tout le monde l'appelait Théo.

— Tu m'étonnes ! Hé ben…

Avec enthousiasme, Marjolaine referma l'album d'un coup sec, un sourire jusqu'aux oreilles, éclatant et irrésistible. Comme si la vie, après tout, n'était qu'une immense blague, un jeu sans conséquence, qu'on avait tendance à prendre toujours trop au sérieux, à tort. *Comment c'est possible de péter le feu comme ça, tout le temps, sans avoir jamais peur de rien ?* songea Alice admirative. *Elle est folle… Mais c'est elle qui a raison… Elle est folle de vie… Mon Dieu, qu'est-ce que je raconte ?*

Subissant le contrecoup de son ivresse aussi fulgurante que passagère, la jeune femme s'abandonna sans crier gare contre l'épaule de Marjolaine et ferma les yeux :

— Et toi, tu en as bu combien, des verres de punch ? Théodore… Mais c'est quoi ce nom à coucher dehors ?

8

Marcher sur des œufs

L'accalmie des fêtes ne dura qu'un temps, tout comme les retrouvailles entre mère et fille et les vapeurs de rhum, qui se dissipèrent. La vie avait repris son train-train plombé par la grisaille des mois d'hiver traînant en longueur. Depuis quelques jours, la tension entre Alice et sa fille était à nouveau montée d'un cran. Pour quelles raisons, Alice n'aurait su le dire. Comme un malaise général, flou et imprécis. Mais insidieux. Une accumulation de plein de petites choses – une météo maussade, le manque de lumière, la fatigue, une ambiance pas très joyeuse à la maternité et sa fille à fleur de peau. Toujours est-il qu'à la moindre discussion, elle avait l'impression de devoir agiter sans cesse le drapeau blanc.

— Mais ne te fâche pas, ma puce ! Qu'est-ce que j'ai dit de mal ? Je disais juste que ça t'irait très bien si tu coupais un peu tes cheveux, seulement les pointes pour les renforcer, et puis ils seraient moins difficiles à démêler le matin…

Tentative diplomatique pour aborder le sujet épineux de l'hygiène corporelle de Camille, fâchée avec tout ce qui ressemblait de près ou de loin à une brosse : à cheveux, à dents…

— Grrr… Mais laisse-moi avec ça ! Arrête d'insister !

T'es lourde à la fin ! J'ai pas envie, je suis très bien comme ça, c'est bon !

— D'accord. Mais parle-moi sur un autre ton, s'il te plaît.

— Pfff...

— Quoi ?

— Rien !

Fréquemment, le repas en tête à tête dégénérait en querelle vaine et puérile et Alice avait beau multiplier les tentatives d'apaisement, rien ne pouvait plus dérider l'adolescente une fois partie sur ses grands chevaux à bride abattue. Mâchoire saillante et regard noir, elle finissait de manger à la va-vite, tournant ostensiblement la tête pour mieux éviter le regard maternel. Puis, sans un mot, débarrassait ses couverts avec fracas et montait s'enfermer dans sa chambre, la mine offensée.

Si Alice ne s'était pas sentie aussi seule parfois, elle en aurait presque ri tant la situation était caricaturale et excessive.

Claquement brutal de la porte.

Puis le silence, désapprobateur et culpabilisant.

Encore une soirée ratée.

Résignée, Alice allumait alors la radio et finissait de manger, même si l'appétit l'avait désertée, contemplant d'un œil morne la place laissée vacante et la serviette jetée en boule au milieu des miettes de pain. La radio discourait toute seule. Un fond sonore en guise de compagnie et de diversion.

Le sommeil la désertait. Pourtant elle était fatiguée. Mais elle se sentait tendue comme une corde de violon. Trop de pensées négatives, d'angoisses insidieuses la maintenaient en veille. L'enchaînement des gardes de nuit n'arrangeait pas les choses. Elle avait bien conscience que son organisme récupérait de moins en moins bien de l'effort qu'elle lui imposait. Et au réveil, l'inévitable et implacable confrontation avec le miroir. Les traits tirés, des cernes mauves sous les yeux et cette indicible lassitude dans le regard.

Elle pensait encore à la mine perplexe de Camille le jour où elle était tombée par inadvertance sur de vieilles photographies qu'elle avait décidé de trier, un soir. Des clichés qui dormaient depuis des années dans des boîtes à chaussures empilées au fond de l'armoire. Alice s'était dit qu'il serait bien de les classer dans de jolis albums. Il y en avait une telle quantité, qu'elle avait dû en étaler partout, sur la table basse, le tapis et le canapé, une vraie mosaïque d'époques, de visages et de lieux pêle-mêle. En découvrant sa mère sur certaines photos, avec quinze, vingt ans de moins, Camille avait eu une moue incrédule, puis ce petit commentaire assassin qui avait fusé :

— Tu étais comme ça, avant ? Waouh… Tu as drôlement changé !

— Tu veux dire que j'ai vieilli et que je me suis enlaidie ? avait plaisanté Alice d'un ton faussement badin.

Camille n'avait pas tout de suite répondu, comme en état de sidération. Puis, du bout des lèvres, comme à contrecœur :

— Tu étais drôlement jolie…

— Oh ! Merci.

Alice était agréablement surprise et ça faisait du bien de voir Camille baisser un peu la garde.

— Est-ce que je te ressemble ? avait-elle demandé.

Elle paraissait tellement troublée et songeuse que cela en était presque comique.

— C'est ce que tout le monde dit, en tout cas… Mais tu seras bien plus belle que moi, sans aucun doute… avait répondu Alice en l'embrassant sur les cheveux.

— Heureusement qu'aujourd'hui, on ne s'habille plus comme ça ! C'était vraiment horrible ! Tu n'avais pas le droit de choisir toi-même tes vêtements ?

Un vrai cri du cœur. Alice s'était mordu les lèvres pour réprimer un sourire. Elle avait failli oublier que derrière la caresse, le coup de griffe n'était jamais loin.

Un dimanche de février, Alice réussit à traîner Camille tant bien que mal à la Villandière, après d'âpres négociations qui avaient eu pour effet de plomber encore plus l'ambiance à la maison. Une semaine affreuse et éprouvante. Mais cela faisait trop longtemps qu'elle cédait devant la mauvaise grâce de sa fille qui n'avait pas remis les pieds au domaine depuis trois mois. Les tantes s'étonnaient de ne plus la voir. La questionnaient, de plus en plus pressantes. Et Alice commençait à être à court d'excuses.

Une petite victoire, au goût amer cependant. En guise de représailles, Camille faisait la tête depuis quatre jours sans faiblir. Pas un mot, pas un regard. Juste un silence glacial lorsqu'elles se retrouvaient dans la même pièce. Lasse, Alice avait pris le parti de ne pas envenimer la situation et continuait de vivre comme si de rien n'était, faisant les questions et les réponses dans le vide, juste curieuse de voir combien de temps durerait sa mise en quarantaine. Rancunière et coriace, Camille ne semblait pas décidée à baisser la garde.

Ce matin-là, elle monta dans la voiture en marmonnant entre ses dents, le regard meurtrier, tâchant de dissimuler derrière son cache-col un gros bouton purulent qui poussait en plein sur son nez et lui pourrissait la vie depuis trois jours, à son grand désespoir. Elle tenta le tout pour le tout, une dernière fois :

— Je pouvais rester toute seule à la maison ! Tu ne me fais pas confiance !

Alice soupira, agacée :

— Là n'est pas la question, Camille. Je te fais confiance ! Mais les tantes te réclament. Tu peux faire un effort, quand même. Juste une journée ! Il fait beau, on pourra aller se promener toutes les deux.

— Je m'ennuie comme un rat mort là-bas.

— Oh, tu exagères ! Quand tu étais petite, tu adorais explorer la maison et le parc. Et les tantes t'adorent !

— Hé bien, au cas où tu ne l'aurais pas remarqué, j'ai changé !

— Ok, puisque tu es devenue grande, tu prendras sur toi et tu te morfondras en silence ! rétorqua Alice excédée.

Le début du trajet se fit dans un silence lourd de tension, chacune ruminant en son for intérieur. Le visage de Camille était si éloquent de rage contenue qu'Alice pouvait presque voir des petits nuages noirs et des éclairs crépiter au-dessus de sa tête.

— Et puis, il me fait mal ce bouton… gémit-elle en s'agitant sur son siège.

— Arrête de le triturer…

— C'est plus fort que moi ! Je suis moche et…

Prise d'une impulsion soudaine, elle attrapa brutalement le rétroviseur central et l'orienta dans sa direction pour se contempler dans le miroir, consternée et rageuse.

Sidérée, Alice s'exclama :

— Mais Camille, ça ne va pas !? Tu as un petit miroir dans le pare-soleil devant toi ! Ne me prends pas le rétroviseur, c'est dangereux ce que tu fais !

— Tu vois, tu râles tout le temps après moi ! Tu me cries sans arrêt dessus !

Alice s'étrangla à moitié de stupeur :

— Non mais là, c'est un comble ! Et toi, tu t'entends ?

Non, évidemment, Camille ne s'entendait pas et en guise de réponse, furieuse, tourna ostensiblement le dos.

La campagne était magnifique, toute blanchie de givre et figée dans un silence irréel, sous un ciel d'un bleu intense. Il n'y avait pas un souffle de vent. Le thermomètre extérieur de la voiture indiquait trois degrés. Une belle journée hivernale, lumineuse et qui donnait l'envie irrépressible de s'évader, de se perdre dans la campagne. Autrefois, elles auraient savouré cette escapade, se réjouissant à l'avance de faire crisser la glace sous leurs bottes, glissant sur les plaques de verglas en riant comme des folles, emmitouflées jusqu'au bout du nez dans des écharpes colorées. Mais aujourd'hui, ni l'une ni l'autre n'avait le cœur d'en apprécier la beauté. La tension était à son paroxysme lorsqu'elles arrivèrent à la Villandière. Alice jeta un regard sur la toiture qu'une grande bâche bleue recouvrait en partie. Les travaux avaient pris beaucoup de retard et elle pensait encore à la tête du couvreur, éberlué, lorsqu'il avait découvert la situation. Et encore, il n'avait pas tout vu…

Camille jaillit comme une furie et claqua la portière de la voiture avec violence, laissant sa mère se débrouiller seule avec les trois sacs de commissions. Alice remarqua alors le 4 × 4 de Luc garé près des anciennes écuries. Sa présence n'était pas prévue. Que se passait-il ? Elle se dépêcha et gagna le perron.

À l'intérieur, Camille n'était visible nulle part, comme engloutie par la maison.

— Coucou, c'est moi ! claironna-t-elle en posant les sacs dans le vestibule.

Passant devant la porte entrebâillée du salon, elle aperçut Eugénie en train de regarder la télévision dans un pieux recueillement, mains croisées sur les genoux. C'était l'heure de la retransmission de la messe, moment qu'elle ne manquait sous aucun prétexte, comme hypnotisée. Un chant liturgique emplissait toute la pièce. Alice s'approcha et déposa un baiser furtif sur la joue de la vieille dame, la faisant sursauter.

— Oh, c'est toi ma petite ?

— Bonjour Eugénie ! Tout va bien ici ? Luc est là ?

— Bonjour ma belle ! Luc Millot ? Non, il n'y a personne.

— Ah bon. Et c'est quoi ce bruit dans la cuisine ?

— Quel bruit, ma chérie ?

Un énorme raffut provenait pourtant bel et bien de la cuisine, comme si quelqu'un s'amusait à claquer toutes les portes des placards à la volée. Était-ce Camille qui passait ses nerfs, décidée à lui faire payer son abus de pouvoir ? Si oui, elle dépassait franchement les bornes ! Exaspérée, Alice retourna dans le vestibule, se débarrassa de son manteau à la va-vite, remarquant au passage la veste de Luc suspendue à une patère et ses bottes pleines de terre sur le carrelage.

— Qu'est-ce qui se passe ici ? gronda-t-elle en déboulant dans la pièce.

Elle se figea net en découvrant avec stupeur Suzanne juchée sur un tabouret branlant qu'elle avait rehaussé, au mépris de toute prudence, de trois bottins et un dictionnaire et qui, sur la pointe des pieds, farfouillait dans les placards à grands gestes courroucés. Des paquets de bonbons, de sucettes, de chocolats et de biscuits jonchaient le sol de la cuisine, comme tombés du ciel. Et d'autres continuaient de voler à travers la pièce.

— Je te jure, on ne peut pas la laisser deux minutes toute seule ! Regarde-moi ça !

— D'où ça sort tout ça ? s'exclama la jeune femme éberluée, manquant d'écraser un paquet de fraises Tagada.

— À ton avis ? Hier, Paulette a profité que j'accrochais la lessive pour téléphoner à Berthe et lui demander si elle pouvait l'emmener faire quelques courses. Bien sûr, l'autre andouille n'y a vu que du feu ! C'est comme ça que j'ai découvert le pot aux roses !

— Mais il était convenu que c'est moi qui apportais les provisions !

— Depuis hier soir, je cherche partout dans la maison pour voir où elle a planqué ses saletés ! Elle le sait qu'elle ne doit pas manger tout ce sucre, cette bourrique, mais c'est plus fort qu'elle ! Une vraie gamine ! Aucune discipline !

— Elle a acheté tout ça hier ?!

Il y en avait tellement, c'était comme si Paulette avait dévalisé le rayon entier.

— Hier, il y a un mois, comment savoir ! Il y a tellement de cachettes possibles dans cette baraque ! J'ai trouvé pleins de paquets périmés ! Elle est prête à s'empoisonner pour sa dose de sucre. Elle s'est fait des petits tas, partout, comme un écureuil ! J'ai même trouvé un paquet de biscuits entamé au-dessus de la chasse d'eau, tout moisi ! Tu te rends compte ? Manger dans les toilettes, en cachette, quelle dégoûtante ! Et tu crois qu'elle m'aiderait ? Non, mademoiselle *n'est au courant de rien* ! *Ce n'est pas elle. C'est arrivé là tout seul !*

— Où est-elle ?

— En train de pleurnicher dans sa chambre. Une vraie gamine, je te dis !

— Et pourquoi Luc est là ? Il y a un problème ?

— Ce n'est pas moi qui l'ai appelé ! C'est encore Paulette. Le lavabo de la salle de bains qui fuit…

— Ok. Je vais aller voir. Mais toi, tu devrais descendre de ce tabouret, c'est dangereux. Je chercherai le reste avec toi, tout à l'heure…

Suzanne haussa les épaules, le regard furibond. Alice soupira. La journée commençait bien.

Elle fila à la salle de bains. Elle y retrouva Camille, perdue dans la contemplation de culottes géantes et de soutiens-gorge délavés d'une autre époque, tous plus déformés les uns que les autres, qui séchaient en ribambelle sur une corde à linge de fortune. Une humidité extrême régnait dans la pièce. De la buée recouvrait les fenêtres, les murs carrelés et jusqu'au miroir, et il y faisait un froid glacial.

— Qu'est-ce que tu fais ? Ne reste pas plantée là, tu vas attraper froid !

— C'est monstrueux… On dirait des hamacs pour éléphanteaux ! Les seins doivent traîner par terre avec des soutifs pareils ! lâcha-t-elle sidérée.

Un rire retentit dans leur dos, faisant sursauter Alice. Elle remarqua alors une paire de jambes qui dépassait de sous l'évier, au milieu d'outils posés en vrac. Elle s'accroupit pour mieux voir sous l'évier Luc en pleine contorsion.

— Salut ! Qu'est-ce que tu fais là un dimanche ? J'aurais appelé un plombier, tu sais…

— Pas grave. Tu sais bien que ça ne me dérange pas.

C'est juste un joint à changer, un peu récalcitrant… mais on va y arriver…

— Tu es trop gentil avec elles, murmura-t-elle touchée.

— Ce n'est pas pour elles que je le fais…

Luc se redressa et leurs regards se croisèrent brièvement. À quelques pas d'eux, bras croisés sur la poitrine, Camille les dévisageait tour à tour, le visage maussade.

— Luc n'a pas amené les chiens, marmonna-t-elle.

— Mais tu peux quand même aller faire un tour dans le parc, si tu veux. Il fait beau, profites-en, rétorqua sa mère avec agacement.

Camille soupira bruyamment et ne bougea pas d'un pouce.

— Nina est à la ferme ce week-end, intervint alors Luc. Ça fait longtemps que vous ne vous êtes pas vues mais peut-être que vous vous entendriez bien ?

Une faible lueur d'espoir s'alluma dans le regard de Camille.

— Je pourrais y aller, maman ?

— Ça ne dérangerait pas tes parents ?

— Bien sûr que non ! Tu saurais y aller toute seule, Camille ?

À vol d'oiseau, la distance était dérisoire entre la ferme d'Edmond et Berthe Millot et le domaine. Passer par la route rallongeait un peu, celle-ci sinuant entre les bosquets et les pâtures et faisant quelques détours. Mais si Camille passait directement par le parc, en coupant à travers la grande prairie laissée en jachère et en rattrapant le chemin qui reliait autrefois le domaine à la métairie, elle pouvait y être en à peine quinze minutes.

Camille hocha vigoureusement la tête, son enthousiasme retrouvé, déjà prête à se sauver.

— Mais si tu passes par le parc, je ne sais pas dans

quel état est le chemin, objecta Alice. Ça fait des années que je n'y ai pas mis les pieds... Il a peut-être complètement disparu.

— On a fauché cet été, elle le retrouvera. On ne peut pas se perdre, de toute façon : il n'y en a qu'un ! En dix minutes, elle y est !

— Allez, maman ! supplia-t-elle en trépignant sur place.

— D'accord. Je viendrai te chercher tout à l'heure pour le repas !

— Génial !

— Ne te perds pas !

— Oh maman ! Je n'ai plus cinq ans !

Luc ramassa ses outils et s'ébroua pour chasser la poussière qu'il avait dans les cheveux et sur les vêtements. Alice préféra ne pas s'attarder sur la propreté toute relative de la salle de bains. Une femme de ménage passait une fois par semaine mais vu la taille de la maison et la quantité de pièces à entretenir, la tâche était tout bonnement colossale. Elle se contenta d'allumer le petit radiateur électrique pour réchauffer un peu l'endroit, de peur que les tantes n'y attrapent une pneumonie, même si en hiver elles privilégiaient l'évier de la cuisine pour faire leurs ablutions.

— Je suis arrivé en plein branle-bas de combat tout à l'heure, confia Luc tout en rangeant son matériel dans sa caisse à outils.

— C'est ce qui est extraordinaire avec les tantes, soupira-t-elle. Elles ne s'ennuient jamais. Il y a au moins un psychodrame par jour...

— Suzanne a décidé de faire son ménage de printemps ? Elle n'y va pas de main morte.

— Non, c'est à cause de Paulette.

Ils retournèrent à la cuisine mais la lumière était éteinte et les placards refermés. À l'évidence, l'endroit avait dû révéler tous ses secrets et Suzanne sévissait dans une autre partie de la maison. Un seul paquet de biscuits semblait avoir été oublié sur la table. Il était déjà entamé. Machinalement, Alice attrapa un gâteau et proposa le reste à Luc, qui accepta sans broncher.

— Pas mauvais pour des biscuits périmés depuis trois mois... Un peu mous, c'est tout... constata-t-il en se resservant.

Du bruit leur parvint depuis l'autre bout de la maison. Luc lui adressa un regard interrogateur :

— Suzanne qui poursuit son ménage ?

— Ça m'en a tout l'air...

Ils partirent en direction du devant de la maison, remontant l'étroit couloir qui desservait autrefois la partie réservée aux domestiques et tranchait par son dépouillement avec le reste de la demeure. Un timide rayon de soleil transperçait les vitraux de la grande porte-fenêtre qui donnait sur la terrasse, disposant ici et là sur le carrelage en damier des touches de couleurs vives, tremblantes comme les feuilles d'un arbre féerique. Il suffisait de peu de chose finalement, juste un rai de lumière miraculeux, pour que la demeure se métamorphose.

Le vestibule distribuait plusieurs pièces : le salon et la salle à manger qui communiquaient par une porte à double battant, sur leur droite. La bibliothèque et un bureau sur la gauche. Toutes étaient de grande proportion et très hautes de plafond, pour le plus grand bonheur des toiles d'araignées qui ornaient les moulures soigneusement ouvragées dont la peinture s'écaillait par gros morceaux. Chacune avait sa cheminée en marbre, aujourd'hui condamnée, avec au-dessus tantôt un immense miroir piqué par le temps, tantôt un portrait de famille peint au siècle dernier. Au sol, le parquet de chêne n'était plus encaustiqué depuis belle lurette et grinçait au moindre pas. De grandes et larges fenêtres laissant entrer la lumière mais aussi les courants d'air révélaient tantôt une vue sur le parc en friche, tantôt sur la cour et l'allée de platanes envahies par les mauvaises herbes. Un lent déclin, difficile à nier. Mais un déclin digne car où que l'on posât le regard, ce n'étaient que meubles anciens et précieux, bibelots rares et authentiques tapis persans, le tout accumulé au fil des générations ; des souvenirs de voyages exotiques et des objets empreints d'histoire donnant au lieu des allures de musée. *Cette maison aussi est une très vieille dame, au charme certes suranné mais tellement envoûtant...* songea Alice avec tendresse.

En passant devant le salon, ils aperçurent Eugénie qui s'était assoupie devant la télévision, le menton sur la poitrine. Paulette était toujours invisible, barricadée dans sa chambre. Quant à Suzanne, elle fouinait désormais dans la bibliothèque, dérangeant chaque livre un par un dans des nuages de poussière. La chasse aux sucreries semblait avoir été fructueuse, à en juger par le petit tas de confiseries et autres chocolats qui s'amoncelait sur le tapis. Alice confia à voix basse :

— Il y a sans doute là des mois et des mois de stockage clandestin. Des sucreries pour un régiment, c'est complètement fou. Mais Paulette doit oublier ses cachettes au fur et à mesure car la moitié est périmée...

Luc hocha la tête en silence, la mine impressionnée.

— Tu crois qu'elle perd la tête ? Elle n'a pas l'air, comme ça.

La jeune femme haussa les épaules, désemparée :

— C'est à cause du diabète, je pense. Parfois, c'est comme si elle retombait en enfance. Besoin de se faire des petits plaisirs. De transgresser des interdits. Les tantes n'ont pas eu une enfance très tendre ni très facile. Paulette moins que les autres. Et Suzanne a toujours été si autoritaire avec elle. Alors elle fait ses coups en douce, comme une petite fille qui sait qu'elle fait une bêtise.

Sans se concerter, dans un même mouvement, ils attrapèrent leurs manteaux et, laissant Suzanne à son exploration, quittèrent la maison sur la pointe des pieds. La porte était difficile à fermer, le bois avait travaillé. Luc laissa Alice batailler quelques secondes avant de prendre le relais. Un bon coup brusque et la porte récalcitrante retrouva toute sa docilité. Depuis le perron, Alice se tourna alors face à la façade et la contempla longuement, sans un mot, imitée par Luc dont elle sentait la présence dans son dos. Au bout d'un certain temps, elle murmura :

— Si tes parents rachetaient la maison, ils en feraient quoi ?

— Des chambres d'hôtes, je crois.

— Ce ne serait pas si mal…

— Tu sais, pour eux aussi cette maison a une histoire…

— Je sais… Quand j'étais toute petite, je croyais dur comme fer qu'elle était magique… ou ensorcelée. Elle est si grande, ce n'était pas possible d'en connaître toutes les pièces. Et dans ma tête d'enfant, je pensais qu'elle dissimulait un mystère. Un secret. Parfois, il m'arrivait de compter les fenêtres et, bizarrement, je ne retombais jamais sur le même nombre ! Comme si la maison n'en faisait qu'à sa tête ! Et j'y croyais vraiment, tu sais ! Tous ces cousins, ces tantes et oncles qui débarquaient… On aurait dit que la maison les ingurgitait, à croire qu'il y avait toujours assez de chambres pour tous, que la place n'était pas un problème. Alors, tu vas rire, mais j'étais persuadée qu'elle était vivante, qu'elle créait ou fermait des chambres à sa guise, comme si elle « sentait » à l'avance qu'elle allait devoir accueillir de nouvelles personnes...

— C'était peut-être le cas, va savoir...

— Tu te moques !

— Pas du tout ! s'exclama-t-il taquin.

En guise de riposte, elle lui décocha un petit coup dans les côtes, qu'il feignit d'esquiver, moqueur.

Frissonnant de froid, elle resserra son manteau contre elle.

— Je t'emmène à la ferme pour que tu puisses rentrer avec ta fille ? lui proposa-t-il.

— D'accord.

Ils se dirigèrent vers le 4 × 4. Alice grimpa tant bien que mal sur le siège passager après avoir poussé à l'arrière tout un bric-à-brac d'outils épars, de vieilles chaussures de rechange, un pull couvert de poils, une boîte de mouchoirs et une paire de jumelles.

— Toujours aussi bordélique, hein ?

— Tu trouves ?

— Sans commentaire...

La voiture démarra bruyamment, dans un soubresaut, l'habitacle vibrant de partout, comme sur le point de se désintégrer. Instinctivement elle s'accrocha à la portière tandis que Luc enclenchait la première dans un affreux raclement.

Alors qu'ils prenaient de la distance avec le manoir, Alice sentit sa poitrine s'alléger d'un poids. Luc était perdu dans ses pensées, le regard posé au loin. Le ronronnement du moteur emplissait l'espace et dispensait de tout effort de conversation. Ce qui était très bien. Cette petite escapade improvisée était comme une mise entre parenthèses, un moment de répit, un droit à l'oubli. Elle regarda le domaine disparaître dans le rétroviseur et, l'espace d'un instant, se mit à croire follement que cela fût vrai.

Luc conduisait lentement, comme s'il n'était pas pressé d'arriver. Elle put contempler à loisir la campagne dont la blancheur scintillait sous le soleil matinal. La gorge nouée. En proie à une tristesse infinie.

— Tu le sais, toi, à quel point je suis attachée à cet endroit... lâcha-t-elle, submergée par une émotion soudaine.

Il se contenta d'acquiescer en silence, la mine grave, attendant la suite. Les mots se bousculaient dans sa bouche, comme un besoin irrépressible de tout déballer, tandis qu'elle luttait contre des larmes aussi impromptues qu'embarrassantes, la voix tremblante.

— Ce sont mes racines. J'y ai passé mes plus belles années. Mais aujourd'hui... j'étouffe. Je me sens complètement... vidée. Notre famille ne pourra pas garder le domaine. Quand les tantes ne seront plus là...

— Tu ne dois pas culpabiliser pour ça, murmura-t-il sans la regarder.

— Mais tout cet héritage familial... les souvenirs... Je sais que ça me brisera le cœur de perdre la Villandière.

— Pas forcément. Tu seras peut-être soulagée, au contraire.

Elle le fixa à la dérobée, bouleversée. Il reprit :

— Et la maternité va fermer.

— Je n'ai pas encore pris de décision, objecta-t-elle un peu trop fort.

— C'est pourtant la meilleure solution. Cet endroit te vampirise. Il faut savoir couper.

Alice encaissa en silence, détournant le visage pour qu'il ne voie pas ses yeux remplis de larmes.

Les deux chiens de Luc, surexcités, les accueillirent en faisant fuir poules et canards dans toutes les directions. Luc coupa le moteur mais ni l'un ni l'autre ne fit mine de descendre tandis que les chiens dépités tournaient autour du 4 × 4 en gémissant d'impatience. Ils restèrent silencieux de longues minutes, le regard braqué sur le vieux corps de ferme – une longère en pierre blanche et aux volets bleus écaillés, flanquée d'une écurie, d'une étable et d'une grange en enfilade, que des hortensias roses ornaient en été. À l'écart, un hangar récent abritait les tracteurs et les machines agricoles. Des bâtiments plus modernes avaient été ajoutés derrière la maison : la nouvelle bergerie, plus spacieuse et aérée, prolongée d'une grande pièce qu'ils appelaient « la cuisine ». C'était là que les Millot fabriquaient les yaourts et les fromages au lait de brebis qu'ils vendaient ensuite sur les marchés. Là encore, pour Alice, les lieux étaient empreints de souvenirs. Petite, elle n'aurait manqué pour rien au monde la période de la tonte où chaque mouton passait sous le rasoir, à la queue leu leu, bon gré mal gré, pour en ressortir tout nu et tout rose. Un spectacle incroyable. Ces pauvres bêtes semblaient si dépitées et ahuries. Elle se souvenait aussi des moments où elle aidait Berthe à donner le biberon aux agneaux. Leur appétit vorace qui l'avait fait tomber à la renverse, la première fois. Les petits noms qu'elle leur donnait, sans se douter que la plupart finiraient en gigot... Pendant longtemps, la ferme avait eu à ses yeux des allures de paradis.

Bien qu'enseignant au lycée de Marsans, Luc continuait d'aider ses parents, de temps en temps, sur l'exploitation familiale. Il habitait une vieille maison dans le hameau voisin, à deux kilomètres de là, acquise à l'époque où il était encore marié et qu'il avait retapée de fond en comble.

Leurs divorces respectifs : un sujet qu'ils avaient toujours soigneusement éludé comme si le terrain était trop miné pour s'y aventurer. De fait, Alice ne savait toujours pas ce qui avait provoqué la fin de leur couple et ne le saurait sans doute jamais, trop respectueuse des silences de Luc. Bien sûr, elle aurait pu jouer les curieuses et interroger Berthe, mais les scrupules l'avaient retenue, d'autant que Luc ne lui avait rien demandé non plus quant à sa propre séparation. Sujet tabou. Par indifférence ? Pudeur ? Gêne ? Elle l'ignorait. Peut-être tout simplement parce qu'ils n'étaient plus assez intimes pour ce genre de confidences. Trop écorchés vifs l'un et l'autre. Elle avait si peu connu la femme de Luc, entraperçue deux ou trois fois à peine, qu'il lui était impossible d'en déduire quoi que ce soit, sans prendre le risque d'extrapoler et d'imaginer à tort. En outre, dès le début, elle avait été tenue à l'écart. Elle avait appris la nouvelle de leur mariage par téléphone et n'avait pas été invitée à la noce.

Elle glissa vers Luc un bref regard. Il arborait cet air énigmatique et insondable qui lui était coutumier et qui l'agaçait tant autrefois. Qu'ils puissent encore se côtoyer aujourd'hui, après tout ce qu'ils avaient vécu et traversé tous les deux, relevait presque du miracle, songea-t-elle. Ils auraient pu couper tous les ponts. Emprunter des chemins diamétralement opposés et se tourner le dos. Devenir de parfaits étrangers, comme pour les cousins et cousines avec lesquels elle était pourtant tout le temps fourrée. Mais non, et même si une gêne indicible continuait de persister entre eux, inconfortable certes, leurs liens ne s'étaient pas rompus. Bien sûr, elle n'était pas naïve au point d'imaginer que ces liens suffiraient à estomper les différends du passé. Les aléas de la vie avaient laissé des éraflures invisibles. Néanmoins…

Il paraît qu'on n'oublie jamais son premier amour.

Elle se souvenait encore de son excitation à l'idée de le revoir après des mois de séparation. Son impatience grandissante tandis que la voiture paternelle s'engageait sur les petites routes familières. Son imagination galopait et s'emballait : oserait-il l'embrasser cet été-là ? Franchiraient-ils *le cap* ? Avec lui, elle n'avait pas peur. Elle était prête, impatiente de savoir, de ressentir, de vibrer, de vivre, quitte à bousculer les choses, à se faire pressante. C'était décidé, l'été de ses seize ans serait à marquer d'une pierre blanche.

Mais la vie est faite de coups de théâtre et d'imprévus. L'irruption de Julien avait fait table rase du passé, balayant tout sur son passage tel un raz de marée. L'amour avec un grand A qui allait bouleverser sa vie, bien plus qu'elle ne l'imaginait alors, faisant pâlir tous les autres sentiments au point de les rendre fades et insignifiants. Elle avait été comme le papillon attiré par la lumière.

Ce serait mentir que de prétendre qu'elle avait culpabilisé pour Luc. Il avait dégringolé du piédestal qu'elle avait inconsciemment érigé pour lui et avait été relégué dans le monde des charmes désuets de l'enfance, jeté sans état d'âme avec l'eau des souvenirs. Il n'y avait même pas eu d'explication ou d'adieu entre eux. Juste une coupure nette et radicale. Comme si cela coulait de source, pour elle en tout cas. Et puis était-ce seulement sérieux entre eux ? Ils n'étaient que des adolescents. Juste du badinage pour faire ses premières armes en terrain connu pour mieux se rassurer. Jamais il n'y avait eu de promesse ni de tronc d'arbre gravé avec leurs initiales. Luc n'était pas ce genre d'amoureux. D'ailleurs, que représentait-elle pour lui, à l'époque ? Un simple béguin ? Un vrai coup de cœur ? Un amour de vacances ? Il était tellement secret, si peu démonstratif. Une seule certitude, cependant : ils étaient comme chien et chat. Inséparables mais sans cesse à se chamailler. Il la jugeait têtue et autoritaire mais elle aurait pu en dire autant de lui. Un vrai champion de la dérobade de surcroît : impossible d'oublier la frustration rageuse qui la saisissait lorsqu'elle le voyait systématiquement prendre la tangente au moindre conflit.

Alice consulta rapidement sa montre. Déjà onze heures. Elle ne devait pas traîner si elle voulait être rentrée à temps pour préparer le repas des tantes. Elle ouvrit sa portière et Luc, comme s'il guettait son signal, l'imita. Aussitôt les chiens se ruèrent sur elle. Luc les attrapa par le collier, agacé : « Calme ! », tandis que la jeune femme contemplait sans rien dire les traces de boue sur son manteau qu'elle épousseta sans grande conviction. Luc emmena les chiens pour les enfermer dans l'étable puis la rejoignit à grandes enjambées. Ils traversèrent la cour en direction de la maison. Un carillon tintinnabula au-dessus de leurs têtes au moment où Alice poussait la porte, et Camille, Nina et Berthe levèrent la tête de concert, surprises en pleine conversation, les mains dans la farine. Un vieux transistor diffusait de la musique sur le buffet encombré de cartes postales et de bibelots. Camille afficha un sourire béat, tellement inhabituel, qu'Alice se sentit comme une intruse venant troubler leur douce quiétude.

— Bonjour !

Elle embrassa Berthe puis Nina, avant de s'arrêter près de sa fille : « Que faites-vous de bon ? »

— Une tarte aux pommes, répondit Berthe en souriant. Comment vas-tu, ma belle ? Oh, cette petite mine ! On a beau dire, les horaires décalés, ce n'est vraiment pas bon pour le métabolisme !

La mère de Luc était une toute petite femme rondelette, aux yeux très bleus comme son époux et son fils. Toujours en mouvement, le geste vif, le regard alerte et le sourire aux lèvres. Alice l'étreignit avec tendresse. Ses joues toutes douces sentaient le savon de Marseille, comme dans ses souvenirs d'enfant. Certaines choses demeuraient immuables…

— Mais si, ça va, ne t'inquiète pas. Les nuits sont un peu courtes, c'est tout. Et puis, c'est la saison qui veut ça…

— Camille m'a raconté pour les sucreries. Je suis désolée. J'ai déposé Paulette au supermarché pendant que j'allais à la banque et à la pharmacie. Je devais aussi passer chez le cordonnier et changer la pile de la montre d'Edmond. On était convenus d'une heure de rendez-vous. Elle n'avait que deux petits sacs à commission, pas grand-chose, je t'assure. Je n'ai pas pensé à vérifier ce qu'elle avait acheté.

— Ne t'en fais pas. Je parlerai avec Paulette, elle ne le fera plus maintenant qu'on a découvert le pot aux roses…

— Quand même, je me sens coupable ! Suzanne doit être furieuse !

— Ça lui passera. Chez nous, un drame en chasse un autre à la vitesse du son…

Alice chopa un morceau de pâte crue pur beurre qu'elle avala en vitesse, les yeux pétillants de malice. Sa madeleine de Proust, à fondre de plaisir… Taquine, Berthe lui asséna un petit coup de torchon sur le bras.

— On va y aller, ma puce ? Les tantes vont nous attendre.

Camille grimaça de déception mais ne tenta pas une de ces épuisantes négociations dont elle avait le secret, peut-être à cause de tous les regards qui convergeaient vers elle. Tandis qu'elle allait chercher son manteau et qu'elle enfilait ses bottes, Alice se tourna vers Nina, ébahie.

— Qu'est-ce que tu as changé ! Le temps passe trop vite !

L'adolescente sourit. À côté de Camille, filiforme, Nina était un petit gabarit tout en rondeur, dotée d'une crinière brune toute bouclée, avec de grands yeux bleus et une peau dénuée d'imperfection, à croire que la puberté n'avait aucune prise sur elle.

— Notre Nina passera la deuxième semaine des vacances d'hiver chez nous, annonça Berthe. Camille sera-t-elle là ? Ensemble, elles s'ennuieraient moins…

— Oui, elle sera là. Elle part à la montagne avec son père pendant la première semaine.

— Chouette ! s'exclama Nina en filant dans le couloir. Tu as entendu, Camille ? On se reverra aux vacances !

Berthe et Alice échangèrent un regard complice.

— J'y vais, moi aussi. J'ai du boulot, intervint alors Luc qui était resté en retrait sans mot dire.

Alice fit volte-face. Son regard croisa le sien et s'y accrocha.

— Merci pour la fuite d'eau…

— Pas de problème. Ça ne vous dérange pas de rentrer à pied par le parc ?

— Pas du tout. Au contraire !

Il se pencha vers elle, qui frotta machinalement sa joue contre la sienne, râpeuse et piquante. Son odeur, si familière. L'espace d'un instant fugace, presque un vertige, elle se prit à espérer que le contact se prolonge. Un sentiment inattendu, presque incongru et qui s'estompa aussi furtivement qu'il avait surgi, ne lui laissant qu'un vague trouble.

9

Voyage dans le temps

Camille et Alice s'engagèrent sur le chemin herbeux qui menait au domaine, s'amusant à faire craquer le givre sous leurs pas. De part et d'autre, des pâturages bordés d'aubépines et de ronces, blancs à perte de vue, scintillaient sous le soleil. Alice inspira lentement, les yeux mi-clos. Enfants, c'était ici qu'ils cueillaient les mûres. Il y en avait une telle quantité ! Ils revenaient le visage barbouillé de jus et les bras tout égratignés. Mais quelle fierté de déposer les paniers pleins à ras bord sur la table de cuisine, pareils à des trophées. Ils s'étaient donné du mal, les plus grands faisant la courte échelle aux petits, parce que les mûres les plus tentantes, les plus belles, étaient forcément les plus inaccessibles.

Elles franchirent un petit portillon en fer forgé dont il suffisait de soulever le loquet, et les prés cédèrent le pas à un espace plus boisé, tapissé de bruyère mauve ; des bouleaux, des charmes, des chênes et des châtaigniers en majorité, envahis par le lierre, le houx et le chèvrefeuille sauvage. Beaucoup d'arbres morts aussi, enchevêtrés, pourrissant au sol pour certains. Il se dégageait de l'endroit une forte odeur d'humus et de mousse. Le bois n'était plus entretenu depuis très longtemps et cela sautait aux yeux. Par endroits, le sentier semblait hésiter, s'estomper, pour resurgir un peu plus loin, là où on ne l'attendait pas. Il n'y avait pas un souffle de vent, et des oiseaux invisibles pépiaient dans les branches. Aucun autre bruit, excepté celui de leurs foulées lorsqu'elles durent se frayer un passage là où la nature avait repris ses droits.

Soudain, sur leur gauche, au cœur d'une petite clairière figée dans le givre, un bâtiment émergea. Une sorte de temple en pierre blanche de style néoclassique, flanqué d'une volée de marches qui menaient à une grille laissant entrevoir l'intérieur. Le mausolée familial. Alice réprima un vague frisson. Elle n'avait jamais aimé l'endroit, isolé et trop morbide à son goût. Sa construction remontait au dix-neuvième siècle, à l'époque des fondateurs de la Villandière et de leurs rêves de grandeur. C'était alors à la mode chez les gens fortunés de faire bâtir le caveau familial sur leurs terres. L'époque du romantisme et des grands sentiments exacerbés. Mais aujourd'hui, le lieu, tombé en décrépitude, exhalait une lugubre mélancolie qui mettait mal à l'aise. Évidemment, ce fut ce qui attira Camille qui sans crier gare fila en direction du bâtiment, bondissant par-dessus les hautes herbes avec jubilation.

— Tu viens ? cria-t-elle.

— Pour quoi faire ? objecta faiblement Alice.

— Je veux que tu me dises à qui appartenaient ces noms ! Allez, viens !

La jeune femme protesta :

— Je t'ai déjà tout dit quand tu étais petite !

— Mais j'ai oublié ! Qu'est-ce que tu crois ? Allez, viens !

Camille s'était collée à la grille qu'elle tenait à deux mains, contemplant l'intérieur d'un air frustré. Alice la rejoignit tant bien que mal, en zigzaguant à travers les broussailles épineuses, trébuchant contre des souches ensevelies et se tordant les pieds dans des trous invisibles, pestant à voix haute.

— On va être en retard pour préparer le repas…

— Allez, juste deux minutes !

La grille était fermée par un gros cadenas rouillé et Alice n'avait aucune idée de ce qu'était devenue la clé. Cela faisait en tout cas une éternité qu'on ne l'avait pas ouverte. À l'intérieur, on distinguait des dalles funéraires sur lesquelles étaient gravées des inscriptions en lettres dorées. Dans le fond, un autel blanc, nu, surmonté d'un énorme crucifix particulièrement ostentatoire. Des oiseaux devaient y nicher, vu la quantité de fientes qui jonchait le sol. Elle plissa les yeux et tressaillit, saisie par l'haleine froide qu'exhalait le lieu.

— Eugénie te raconterait mieux que moi ; on doit avoir un arbre généalogique qui traîne quelque part… Ce serait plus clair…

— Léopoldine, 1837-1915, déchiffra lentement Camille, dressée sur la pointe des pieds, les yeux plissés.

— Une arrière-arrière-arrière-grande tante…

— Paul, 1838-1858. Oh ! Il avait vingt ans quand il est mort.

— Un des frères de Léopoldine. Tu sais, à cette époque, on mourait plus jeune qu'aujourd'hui…

Intriguée, Camille continua de se tordre le cou pour essayer de lire les épitaphes.

— Augustin et Henriette… Je n'arrive pas à lire les dates, elles sont presque effacées…

— Les arrière-grands-parents de tante Eugénie.

— Ce ne sont pas aussi ceux de Suzanne et Paulette ?

— Non. Augustin était le fils aîné. Suzanne et Paulette, elles, descendent de Louis, le frère cadet d'Augustin.

— Louis ? Je ne vois pas son nom. Il n'est pas enterré ici, on dirait…

— Non, ils n'y sont pas tous. Ils devaient commencer à manquer de place… Les autres reposent au cimetière, comme tout le monde. Et puis Louis, lui, ne vivait pas à la Villandière. Ce n'est pas lui qui l'avait héritée.

— Waouh… Au fond, il y a une super vieille tombe ! Charles-Philibert et Juliette de la Villandière.

— Les parents d'Augustin, les fondateurs du domaine.

— C'était des nobles ?

— Non, absolument pas. Notre famille était issue de la bourgeoisie d'affaires mais à l'époque, c'était à la mode d'accrocher des particules à son patronyme. Une sorte de promotion sociale qui montrait qu'on avait les moyens de s'acheter une particule. Après la guerre 14, on l'a laissée tomber car ça n'avait plus beaucoup de sens. Et on est redevenus les Villandier.

— Dommage ! Tu te rends compte ! Camille de la Villandière…

Alice éclata de rire. Rêveuse, Camille poursuivit :

— J'adorerais voyager dans le temps pour savoir la tête qu'ils avaient et comment ils vivaient… On était donc si riches pour pouvoir se payer une telle propriété ?

— Oui, on l'a été… un temps. De façon assez opportuniste grâce à la Révolution française qui a décimé une grande partie de l'aristocratie. Des familles entières guillotinées. Des titres et des terres se sont alors retrouvés sans propriétaire. Ils ont été mis en vente. Notre ancêtre, ce Charles-Philibert dont tu vois la tombe, a été un de ces arrivistes à la fortune toute neuve et à qui il ne manquait qu'un blason pour achever son ascension sociale… Il a acheté ces terres dans les années 1830. Avant, il y avait ici les ruines d'un ancien château qui avait été incendié et laissé en l'état. Il a tout fait démolir pour bâtir à la place la maison de ses désirs. Voilà... Allez, viens maintenant, il se fait tard...

Camille, songeuse, emboîta le pas d'Alice qui s'évertuait à rejoindre le chemin.

— Donc ici, avant, il y avait un autre château ?

— Oui.

— Il était comment ?

— Je ne sais pas. Il avait brûlé, il n'en restait quasiment rien... C'était arrivé pendant la Révolution. Il faudrait aller au cadastre pour en savoir plus. D'après le peu que j'en sais, c'était un petit château Renaissance. Certaines de ses pierres ont pu être récupérées et ont servi à la construction de la Villandière. Mais la plus grande partie avait déjà été pillée, bien avant, par les fermiers et les villageois alentours. Il faudrait demander à Edmond, mais je sais que dans certaines fermes du coin, on peut trouver d'immenses cheminées qui étaient autrefois dans l'ancien château. Cela n'a pas été perdu pour tout le monde !

Lorsqu'elles arrivèrent enfin au manoir, Suzanne était en train de mettre le couvert dans la cuisine, aidée d'Eugénie qui disposait soigneusement les serviettes.

De l'eau bouillonnait dans une casserole, répandant de la vapeur partout sur les carreaux.

— Désolée pour le retard ! On a fait un petit détour et on n'a pas vu le temps passer...

Alice ouvrit en grand la fenêtre pour aérer la pièce transformée en hammam puis baissa le feu.

— Vous avez encore la clé du mausolée ? s'enquit Camille, déboulant à son tour.

— La clé de quoi ? fit Suzanne d'un air distrait, trop

occupée à batailler avec un paquet de coquillettes. Ah, ces emballages, on ne sait jamais par quel bout les prendre ! Mais qu'est-ce que c'est agaçant !

Alice intervint :

— Attends, je vais t'aider !

— Prends donc des ciseaux ! conseilla Eugénie.

Trop tard ! D'un geste brusque, Suzanne éventra le paquet qui se répandit partout sur la gazinière et le carrelage. Une pluie de coquillettes ! Camille explosa de rire tandis que jonglant entre la casserole sur le point de déborder et les pâtes par terre, Alice lui décochait un regard désapprobateur.

— Rien à faire, tu as toujours eu la délicatesse d'un bûcheron, ma pauvre Suzanne ! s'exclama Eugénie. C'est malin, il y en a partout !

— J'aurais aimé t'y voir avec tes doigts tout tordus !

Plantée au milieu de la cuisine, Camille continuait de se tordre de rire, le visage cramoisi.

— Ma puce, et si tu allais chercher Paulette qui est encore dans sa chambre ?

Camille se figea net, ravalant son fou rire et fixa sa mère, consternée. Alice devina sans peine ce qu'elle était en train de penser : fallait-il vraiment que cela soit *elle* qui s'en charge ? Le rez-de-chaussée passe encore ! Mais les étages lui avaient toujours flanqué la chair de poule ! Elle détestait grimper là-haut toute seule ! Mais débordée par les tantes qui se crêpaient le chignon et les pâtes qui craquaient sous ses pieds, Alice insista, implacable. La mine renfrognée, Camille obtempéra, non sans lui décocher un ultime regard furieux. Tournant les talons, elle s'éloigna en tapant des pieds très fort, faisant résonner l'escalier autant qu'une charge d'infanterie. À quatre pattes, balayette à la main, Alice réprima un sourire.

Pauvre Camille ! Faut dire qu'elle était persuadée que la maison était hantée, assurant mordicus qu'un jour elle s'était sentie *épiée*. Une autre fois, c'était un visage flou qu'elle avait soi-disant aperçu derrière une des fenêtres du deuxième étage, là où personne n'allait jamais. Alice l'avait rassurée en lui disant qu'elle avait rêvé, que c'était le reflet du soleil. Mais Camille n'avait pas été convaincue. Et depuis, chaque fois qu'elle se retrouvait seule quelque part dans la maison, elle faisait un ramdam d'enfer dans l'idée de faire fuir les éventuels fantômes, une stratégie comme une autre…

Or, manque de chance pour elle, la chambre de Paulette se trouvait tout au bout d'un long corridor particulièrement sombre, qui distribuait plusieurs pièces aux portes toutes closes et dont les murs gangrenés par l'humidité étaient couverts de dizaines de visages inconnus aux regards vides et froids. Des vieilles photographies sinistres et austères, à croire que les gens ne savaient pas sourire, autrefois. De là à penser que ces yeux vous observaient depuis l'au-delà, il n'y avait qu'un pas pour un esprit imaginatif.

Paulette n'avait pas daigné pointer le bout de son nez de toute la matinée, vexée sans doute par l'histoire des paquets de gâteaux et de bonbons illicites. Tout en ramassant les coquillettes, et tandis qu'Eugénie et Suzanne continuaient de glapir au-dessus de sa tête, Alice imagina Camille en train de toquer à la porte, toute crispée d'appréhension. Elle en était tellement assourdie qu'elle n'entendit pas tout de suite le petit sifflement discret, puis plus impatient, qui cherchait à l'interpeller depuis le couloir. Intriguée, elle s'approcha la balayette à la main et découvrit Camille qui était déjà redescendue, piaffant sur place, l'air de fort mauvaise humeur.

— T'es sourde ou quoi ? lâcha-t-elle avec exaspération.

— Qu'est-ce qu'il y a ? Paulette n'est pas avec toi ?

Camille leva les yeux au ciel et souffla comme si sa mère avait l'esprit le plus obtus de la terre. En quelques mots nerveux, elle lui exposa son dilemme : la porte de la chambre de Paulette était fermée et à l'intérieur tout était *silencieux*. Et si Paulette avait une très bonne raison pour ne pas être descendue ? Du genre : et si elle était morte ? Et puis, est-ce qu'elle avait vu la photographie couleur sépia juste à côté de la porte ?

Décontenancée, Alice acquiesça. Bien sûr qu'elle connaissait cette photo. Dans ses moindres détails, même, pour l'avoir souvent contemplée. Il s'agissait de Georges, le fameux grand-père qu'Eugénie ne cessait de citer dans les moments de crise, posant avec son épouse et leurs trois jeunes enfants. Un cliché pris en studio devant un décor peint représentant une cascade et des rochers, comme ça se faisait beaucoup à l'époque. La mode vestimentaire datait de la fin du dix-neuvième siècle et, pour l'occasion, la famille guindée et solennelle s'était endimanchée. De mémoire, Alice visualisait encore les imposants favoris noirs de Georges, le binocle qui lui donnait un air sévère, la veste sombre à grandes basques et larges revers sous laquelle on devinait un gilet brodé. À ses côtés, assise bien droite dans un grand fauteuil, sa femme arborait un air de matrone charnue et autoritaire. Des cheveux châtains emprisonnés dans un lourd chignon, un chemisier doté d'un imposant jabot en dentelle qui lui montait jusqu'au menton, une poitrine imposante. Une toute petite fille en robe de dentelle et souliers vernis, coiffée d'anglaises, tenait docilement la main de sa mère, tandis que les deux plus grands enfants, un garçon et une fille, prenaient la pause de part et d'autre, avec autant de sérieux que leurs parents. Alice ne se rappelait que le prénom du fils aîné, Alexandre, car il deviendrait plus tard le père d'Eugénie, avant de périr à la guerre 1914-1918. Pour les autres, elle ne savait plus ou vaguement.

Elle concevait parfaitement que cette photographie surgie d'outre-tombe puisse perturber Camille. Un jour, elles avaient regardé un reportage à la télévision qui rapportait que certaines tribus africaines refusaient de se faire photographier de peur qu'on ne leur vole leur âme. Cela avait fortement marqué Camille. Ce n'était pas ce qui manquait, les vieilles photographies à la Villandière. Et si ces dernières avaient la capacité de garder en mémoire l'esprit des morts ? Et *s'ils étaient encore tous là*, invisibles et impalpables, tous ces ancêtres un peu sinistres, flottant dans l'air autour d'elles comme des sortes de méduses ? Morts mais pas vraiment ? « Eugénie y croit bien, elle, aux revenants et aux esprits ! » avait-elle argumenté, ébranlée.

Tout en ramassant les dernières coquillettes par terre, Alice lui dit :

— Retourne là-haut, j'arrive, je te rejoins dans deux secondes !

— Tu me le promets ? Tu te dépêches !

— Oui ! Et cogne plus fort à la porte ! Paulette n'a peut-être pas entendu. Elle est un peu dure d'oreille.

— T'es pas drôle, tu sais !

— N'exagère pas ! Allez, courage !

— Putain, c'est vraiment nul !

— Camille, ne jure pas s'il te plaît !

L'adolescente la fusilla du regard avant de repartir en direction du vestibule, martelant ostensiblement le sol.

Oppressée, Alice finit aussi vite que possible son inspection du carrelage de la cuisine. Tant pis pour celles qui avaient glissé sous les meubles, elle verrait plus tard.

Des noms d'oiseaux continuaient de fuser au-dessus de sa tête. Suzanne avait déniché un autre paquet de pâtes, qu'elle versa en entier dans la casserole portée à ébullition. De quoi nourrir un régiment. Il y en avait trop pour la petite casserole et ça déborda. Hauts cris d'Eugénie. Riposte fleurie de Suzanne. Excédée, Alice se sauva et monta rejoindre sa fille qu'elle découvrit figée devant la porte toujours close. S'approchant, elle posa une main rassurante sur son épaule :

— Alors ? Tu n'as pas encore...

Elle n'eut pas le temps d'achever sa phrase : Camille, qui n'avait pas dû l'entendre venir, bondit de terreur et se mit à hurler à pleins poumons. Tous les poils dressés d'effroi, Alice se retint *in extremis* de hurler avec elle.

— Mais tu es folle ! vociféra Camille, aussi livide que si elle avait croisé un fantôme.

— Et toi, ça ne va pas de hurler comme ça ? cria-t-elle en retour. Tu m'as fait une de ces peurs ! Ce n'est que moi ! Je viens voir ce que tu fabriques, on vous attend en bas, les pâtes vont refroidir !

— Tu m'as sauté dessus !

— Mais pas du tout ! Je pensais que tu m'avais entendue...

Camille peinait à retrouver son calme, haletante. Si avec tout ce boucan Paulette dormait encore...

— Bon ! Paulette, c'est moi, j'entre ! annonça Alice en tournant la poignée avec détermination.

La porte s'ouvrit dans un affreux grincement. Tendue, Camille se colla dans le dos de sa mère en agrippant son pull. Vu la frayeur qu'elles venaient de se faire toutes les deux et leur état de nervosité extrême, elles n'étaient pas loin d'imaginer le pire, le corps de la tante gisant sans vie sur le lit, les yeux vitreux et la bouche grande ouverte dans un ultime appel au secours, les mains levées vers le plafond, tordues sous l'effet de la douleur ou de la terreur…

— Je ne veux pas regarder ! Tu me dis si je peux ouvrir les yeux ! gémit Camille, à fond dans son délire morbide.

— N'exagère pas quand même ! chuchota Alice mal à l'aise.

— Je n'ai pas faim du tout, pas la peine d'insister ! retentit une petite voix enfantine, têtue et contrariée.

Un soulagement infini submergea Alice ainsi qu'une brusque envie d'éclater de rire. Paulette était toujours vivante !

— Mais enfin, tantine, qu'est-ce que tu fais encore au lit à midi passé ? Tu dois manger ! On t'attend dans la cuisine. Et pense à ton diabète, tu vas faire un malaise !

— Et alors ? De toute façon, personne ne se soucie de moi et de ce que je pense !

— Mais non Paulette ! Il ne faut pas broyer du noir comme ça, voyons…

Camille s'était immobilisée, sidérée. Elles venaient de pénétrer dans une chambre d'enfant d'un autre temps. Plongé dans la pénombre, l'endroit sentait particulièrement mauvais avec des relents rances de vieille urine et de transpiration, qui arracha une grimace horrifiée à l'adolescente. Alice s'empressa d'aller tirer les doubles rideaux et d'ouvrir la fenêtre en grand. L'air qui s'engouffra, glacial, les saisit. Ébahie, Camille contempla alors la pièce, ne sachant où jeter de la tête. Sur les murs au papier peint jauni, des gravures surannées, illustrant les fables de la Fontaine. Il y avait là *Le Loup et l'Agneau*, *Le Corbeau et le Renard*, *Le Lièvre et la Tortue*, *Le Chêne et le Roseau* et pleins d'autres encore… Face à la porte, une grande armoire en bois massif, sombre et menaçante, dont les portes étaient entrouvertes. Elle réprima un frisson lorsqu'elle croisa le regard inexpressif d'une dizaine de poupées au visage de porcelaine, sans doute très anciennes, alignées sagement sur la commode. Un miroir ovale près de la fenêtre lui renvoya son reflet, pâle et tendu. Puis les petits gémissements provenant d'un angle de la pièce captèrent son attention. Dans un petit lit bateau en bois d'acajou couvert d'une montagne de peluches, Paulette émergeait à peine, dissimulée sous un épais édredon, un énorme nounours miteux dans les bras, les cheveux plus hirsutes que jamais. L'adolescente en resta sans voix, choquée.

— Suzanne est méchante. Elle a toujours été tyrannique avec moi… geignit Paulette d'une petite voix. Quatre-vingts ans que je la supporte sans rien dire ! Je suis fatiguée.

Dans la pièce, Alice, le front plissé, s'affairait pour rétablir un semblant d'ordre et dénicher des vêtements propres. Lorsqu'elle ouvrit l'armoire dont les gonds grincèrent affreusement, Camille sentit tous ses poils se hérisser de frayeur.

— As-tu pris tes pilules roses, ce matin, Paulette ? Je vais t'aider à t'habiller…

— Et pourquoi faudrait-il que je voie à tout prix la vie en rose, tu peux me le dire ? Et si j'ai envie de broyer du noir ?

Allons bon, ça s'annonçait plus compliqué que prévu, Paulette n'avait pas l'air en grande forme.

— Camille, redescends à la cuisine, veux-tu ? Commencez à manger sans nous, on vous rejoint dès que possible…

La jeune fille obtempéra sans se faire prier, manquant de heurter le pot de chambre dans sa précipitation et quitta la pièce sans demander son reste. Avec douceur,

Alice s'assit alors au bout du lit et posa la main sur la jambe de la vieille dame, à travers l'édredon. Paulette renifla bruyamment, les yeux rouges comme si elle avait pleuré.

— Raconte-moi ce qui s'est passé avec les sucreries, Paulette. Tu sais que si Suzanne est dans cet état, c'est parce qu'elle est inquiète et qu'elle a eu très peur. Pourquoi tu as fait ça ?

— Mais je ne sais pas, moi ! J'en avais envie, c'est tout ! À mon âge, qu'est-ce que ça peut bien faire de toute façon ? Qu'est-ce que j'ai à perdre ? Ma vie est derrière moi !

Le jour déclinait doucement. Elles roulaient en silence, bercées par le moteur de la voiture. Sans avoir à regarder sa fille, Alice devinait les regards furtifs que celle-ci lui jetait à la dérobée. Elle la sentait tendue et mal à l'aise, perturbée forcément. Elle savait qu'elle pensait encore à Paulette et à cette fin de journée aussi bizarre qu'éprouvante, qu'elle avait décidé d'abréger pour ne pas la chambouler davantage. De fait, elles étaient reparties plus tôt que prévu, prétextant que Camille avait des devoirs à finir.

— Je suis désolée pour tout à l'heure… finit-elle par murmurer. Ça a été plus dur et plus long que prévu pour sortir Paulette du lit. Le repas a été si horrible que ça, avec Eugénie et Suzanne ?

— Oh oui !

— Les tantes étaient contrariées. Faut se mettre à leur place. L'état de santé de Paulette les inquiète. Ça les angoisse…

— Est-ce que Paulette a Alzheimer ?

— Non, ma chérie. Mais elle est un peu dépressive et le diabète n'arrange pas les choses.

— Tu as vu toutes ces peluches ?

— Oui...

— Certaines sont neuves ! C'est elle qui se les est offertes ?

Alice haussa les épaules d'un air démuni. Puis, s'efforçant à sourire :

— Oui. Mais quand elle prend son traitement, Paulette va très bien, tu sais...

— Trop bizarre quand même...

La jeune femme laissa filer quelques secondes avant de reprendre, la gorge nouée :

— Tu sais, j'aurais aimé que tu les connaisses. Avant. Telles que moi je les ai connues quand elles étaient plus jeunes. Dynamiques, vivantes et tellement drôles aussi, si tu savais. Surtout Suzanne... J'ai de la peine à l'idée que tu gardes ce type de souvenirs d'elles. Parce qu'elles n'ont pas toujours été ainsi...

— Oh ! elles sont encore très drôles, parfois...

Alice sourit, amusée.

— Oui, c'est vrai. Mais plus exactement pour les mêmes raisons...

10

La maison aux esprits

À l'âge de Camille, force est de constater que l'empathie n'a qu'une durée très limitée. Et si l'adolescente, sur le moment, s'était montrée sincèrement peinée par la situation des tantes, conciliante et compatissante, cela ne fut que temporaire. À cet âge, la vie est un train en marche qui fonce à toute allure et ne peut se permettre d'attendre. De fait, un événement en chassait un autre à la vitesse de l'éclair. Et à mille lieues des préoccupations de sa mère, Camille s'était brusquement mis en tête qu'il était enfin temps d'assouvir son rêve absolu, de corriger la grande injustice de sa vie ! Aller à Eurodisney !

— Tu attends quoi ? Que je sois trop grande pour ne plus en profiter ? On n'y a jamais été, tu te rends compte ! J'ai quinze ans et je n'y ai jamais mis les pieds ! La honte ! Toutes mes copines y sont allées, elles, au moins une fois ! Et moi, jamais ! Tu m'avais promis, maman !

— Je comprends Camille, mais tu sais bien que financièrement, c'est difficile. Ce genre de séjour coûte horriblement cher. Sans parler des interminables files d'attente. Tu ne fais que ça. Faire la queue et piétiner ! Pour quelques secondes d'attraction ! Ça ne me dit rien, à moi ! C'est tout ce que je déteste !

— Tu es vraiment rabat-joie !

— Je te remercie…

— Pour me faire plaisir, allez ! Tu pourrais faire un effort quand même ! Sinon je peux demander de l'argent à papa si c'est un problème pour toi ! Il ne refusera pas, lui !

Grincement de dents… Blessée, Alice choisit de ne pas relever, se contentant de mettre en route l'aspirateur. Le leur était particulièrement bruyant, ça tombait bien. Ne jamais sous-estimer le pouvoir occultant d'un bruit d'aspirateur. Quand Camille était bébé, curieusement, il la berçait et l'aidait à s'endormir. Aujourd'hui, il avait la précieuse vertu de la tenir à distance et de clore les discussions houleuses.

Camille, cependant, n'était pas du genre à baisser les bras si vite. Ne s'avouant pas vaincue, elle haussa la voix et suivit sa mère à la trace, la heurtant à chaque volte-face. Criant comme si cette dernière était sourde pour couvrir le vrombissement assourdissant de l'appareil. Plus coriace qu'une sangsue.

— Et puis d'abord, je sais comment faire pour ne pas attendre dans les files d'attente des attractions !

— Ah, oui ? Et comment ?

— On emmène les tantes, ça leur ferait du bien de sortir de la Villandière ! Ça leur remonterait le moral, tiens ! Paulette aurait au moins une bonne raison de sortir de son lit ! On la mettrait en fauteuil roulant et hop ! le tour est joué. On passerait en priorité !

Alice fixa sa fille avec consternation.

— Tu plaisantes ? Non, tu ne plaisantes pas. Rassure-moi, tu sais au moins pourquoi les gens sont en fauteuil ?

— Parce qu'ils ne veulent pas marcher ? rétorqua-t-elle du tac au tac, en la toisant avec défi.

C'était tellement gros et assumé qu'Alice explosa de rire. Pleine d'espoir, Camille battit des mains :

— Alors, c'est oui ?

— Non, absolument pas !

— Oh ! Tant pis pour toi alors, je demanderai à papa ! Lui, il me dira oui ! Et on ira ensemble, tiens, avec Basile !

— Mais fais, ma fille ! Ne t'en prive pas ! riposta Alice.

La porte de chambre de Camille claqua avec violence, faisant tomber du mur un cadre de photo. Alice se figea au bruit de verre qui se brisait, abasourdie. Décidément, vivre avec une adolescente, c'était tous les jours les montagnes russes. Aussi pourquoi irait-elle payer une fortune pour faire quelques tours de manège la tête en bas alors qu'elle avait déjà tout ce qu'il fallait à la maison ?

Durant la première semaine des vacances de février, Camille partit à la montagne avec son père et sa belle-famille. À son retour, Alice la retrouva toute bronzée et débordante d'énergie. Elle ne pouvait guère en dire autant à son sujet. Elle avait profité de l'absence de sa fille pour cumuler les gardes afin de se libérer durant la seconde semaine des vacances. Elle se sentait épuisée. Heureusement, la perspective cauchemardesque d'une virée à Eurodisney semblait être tombée aux oubliettes et Camille ne fit pas la fine bouche lorsque Alice lui exposa le programme qu'elle avait imaginé pour toutes les deux : quelques sorties au cinéma, un saut à La Rochelle si le temps le permettait, une virée à Poitiers pour faire les boutiques et trois jours à la Villandière, comme cela avait été convenu, profitant du fait que Nina serait chez ses grands-parents. L'occasion inespérée de faire d'une pierre deux coups ! Et lorsque

Camille lui demanda s'il était possible que Nina passe quelques nuits au domaine, argumentant qu'elle aurait ainsi *moins peur de dormir là-bas*, Alice accepta de bon cœur. Elle tempéra toutefois :

— Mais faut demander à Luc. Nina vit à Paris, ils ne se voient pas très souvent… Peut-être qu'il ne voudra pas.

— Mais si, il voudra bien, si c'est toi qui lui demandes…

— Ok. On verra…

Luc déposa Nina jeudi matin à la Villandière. Une grosse averse venait de tomber, la cour était détrempée, ne manquait plus que les grenouilles. Au bruit des portières, Camille fusa de la cuisine où elles étaient en train de préparer le repas, laissant tout en plan pour accueillir son amie. Alice lui emboîta le pas, s'essuyant les mains à la va-vite sur le torchon. Le temps de la rejoindre, Camille avait déjà entraîné Nina dans les entrailles de la maison : « Viens, je vais te faire tout visiter… » Elle n'était pas près de les revoir de sitôt. Luc et Alice échangèrent un sourire. Il demeurait sur le pas de la porte, mal à l'aise puis finit par tendre la valise de sa fille.

— Tiens ! Veux-tu que je la monte dans leur chambre ?

— Non, t'inquiète, elle n'est pas très lourde, ça ira ! En tout cas merci ! Sans la présence de Nina, cela aurait été la croix et la bannière pour attirer Camille au domaine. C'est de plus en plus compliqué…

Au-dessus de leurs têtes, le plafond vibrait sous les cavalcades et les portes qui claquaient.

— Je crois qu'elles auront de quoi s'occuper, remarqua-t-il. J'espère qu'elles ne vont pas mettre le bazar…

— Pas grave. Ça apportera un peu d'animation à cette maison. Tu veux boire quelque chose ? Entre !

— Non, je ne vais pas vous déranger, ça va bientôt être l'heure du repas et je sais que pour les tantes, l'heure c'est l'heure. Je récupère Nina demain en fin de journée ?

— Ok. Sans problème.

Masquant sa déception, elle lui emboîtait le pas pour le raccompagner quand il fit brusquement volte-face, manquant de la heurter. Surpris, ils réprimèrent un mouvement de recul :

— Laisse la porte, c'est moi qui vais la fermer… dit-il.

Elle éclata de rire :

— Oui, le bois a gonflé cet hiver, elle aurait besoin d'être rabotée !

— Je te dis à demain…

— Oui…

Il déposa un baiser furtif sur sa joue, à peine un effleurement, puis tourna les talons. Déterminé, il empoigna la porte avec vigueur et la tira dans un affreux raclement à faire grincer les dents. Elle finit par se claquer, très fort, ébranlant toute la cloison et faisant cliqueter le lustre de cristal au plafond. Figée, Alice regarda sa silhouette s'éloigner à travers le verre dépoli, un pincement au cœur. Elle aurait tellement aimé qu'il reste un peu…

Camille n'était pas la seule à être heureuse d'avoir de la compagnie. Les trois vieilles tantes aussi semblaient toutes ravigotées. Les yeux pétillants, elles babillèrent à tort et à travers pendant tout le repas, monopolisant la conversation et se coupant allègrement la parole, faisant subir à la petite Nina un flot continu de questions sur sa vie à Paris. Curieusement, aucune des trois ne semblait relever le fait qu'elle était la petite fille d'Edmond et de Berthe Millot… Elle leur ressemblait d'ailleurs si peu.

Elle avait tout pris du côté maternel, cette petite. Un bon point pour elle !

Après le repas, Eugénie insista pour leur raconter l'histoire du domaine, arguant qu'il fallait transmettre la mémoire des lieux avant qu'il ne soit trop tard. Un petit verre de vin rouge pendant le repas lui avait coloré les joues et délié la langue. Dociles, les filles se calèrent donc sur leur chaise, prêtes à prendre leur mal en patience et, bien sagement, se mirent en mode tout ouïe, telles des élèves modèles.

Eugénie croisa les mains sur la toile cirée, se racla la gorge puis, d'un air quasi mystique, la voix pleine d'emphase, commença :

— Vous savez, mes petites, cette maison a une âme pour ceux qui savent sentir certaines vibrations…

Dans leur dos, Suzanne claqua violemment une porte de placard, les faisant toutes sursauter.

— Désolée, ce sont les esprits frappeurs de la maison, ricana-t-elle férocement.

Faisant comme si de rien n'était, Eugénie poursuivit d'un air grave :

— J'ai hérité d'un don.

Cette fois-ci, ce fut une fourchette qui échappa des mains de Suzanne, rebondissant sur le carrelage avec fracas. Imperturbable, Eugénie fit comme si de rien n'était :

— Un don qu'une de nos arrière-grands-tantes possédait aussi, paraît-il. Léopoldine. Va savoir, ma chérie, tu en as peut-être hérité toi aussi !

— Moi ? s'étrangla Camille que la désagréable scène dans le couloir de l'étage hantait encore.

Alice réprima un sourire.

— Moi aussi, j'ai le don, intervint Paulette avec le plus grand sérieux. Un jour, dans ma chambre, j'ai nettement vu une silhouette qui flottait à côté de mon lit. Elle n'était pas du tout agressive, je n'ai pas eu peur… je pense qu'il s'agissait de…

— Laisse-moi deviner, c'était un jour où ton taux de glycémie était au ras des pâquerettes ? gloussa Suzanne.

— Mais pas du tout, qu'est-ce que tu racontes ?

— Pense ce que tu veux, Suzanne, interrompit Eugénie avec dédain. Léopoldine *sentait* des choses, comme moi. Une histoire de sensibilité un peu exacerbée. Ça nous tombe dessus, on ne choisit pas, c'est comme ça. En tout cas, je peux vous dire que cet endroit est toujours habité par ceux qui y ont vécu avant nous ; ils y ont laissé leur empreinte vibratoire… Et dans ma jeunesse, j'ai souvent fait tourner les tables pour entrer en contact avec eux.

— Pfff ! Tu veux vraiment qu'elles fassent des cauchemars, persifla Suzanne en décochant un regard aux deux adolescentes statufiées.

— Tu ne peux quand même pas nier que grand-père Georges nous avait prévenues pour les soldats !

Frémissement du côté de Nina et Camille qui, en chœur, lâchèrent :

— Comment ça ? Quels soldats ?

— Pendant la Seconde Guerre mondiale, le domaine a été réquisitionné par les Allemands. Notre famille s'y était réfugiée, elle avait fui Paris et les bombardements, et personne n'imaginait que les Boches viendraient jusqu'ici. Mais ce soir-là, en faisant tourner la table, j'ai nettement entendu la voix désincarnée de grand-père Georges qui disait « *Fritz, Fritz…* ». Il faut que vous sachiez que grand-père Georges haïssait les Allemands. Son fils Alexandre – mon pauvre père que je n'ai point connu – est mort sur le Chemin des Dames en 1917. Mon grand-père a aussi perdu des cousins et des neveux dans les tranchées.

C'est pour dire à quel point notre famille a payé un lourd tribut. Il n'a jamais pu pardonner !

— On n'avait pas besoin de faire tourner les tables pour savoir que les Allemands arrivaient. La nouvelle s'était déjà répandue, l'interrompit Suzanne.

— Les Allemands sont venus jusqu'ici ? s'exclama Camille.

— Oui. On a été obligés de cohabiter pendant plusieurs mois dans la maison jusqu'à ce qu'ils soient appelés sur le front de l'Est et fichent le camp. C'étaient des officiers qui logeaient ici. Ils avaient réquisitionné la bibliothèque et le bureau, et trois chambres au second étage. On les entendait marcher au-dessus de nos têtes la nuit et très tôt le matin.

— Comme les affreux rats qu'ils étaient, marmonna Suzanne.

— Certains étaient de très jeunes soldats, intervint Paulette. Des gamins. L'un d'entre eux m'avait montré la photo de sa fiancée… Je me demande ce qu'il est devenu, s'il a survécu…

Eugénie esquissa une moue empreinte de compassion et de fatalisme.

— Grand-père Georges nous a avertis trois jours avant qu'ils n'arrivent. Pour qu'on ait le temps de prendre les mesures qui s'imposaient.

— Oui, je me rappelle. J'étais dans le cerisier en train de cueillir des cerises quand je les ai aperçus sur la route. Tout ce vacarme, ils semblaient si nombreux ! J'ai eu tellement peur que j'ai failli tomber de l'échelle ! interrompit de nouveau Paulette en essuyant ses lunettes avec un des torchons qui traînait là.

— Nous avons eu le temps de prendre nos dispositions.

Nous avons caché tous les bijoux, l'argent et les papiers importants sous une dalle de l'écurie.

— Hum ! ricana Suzanne. Chaque fois qu'ils marchaient dessus, la dalle faisait toc toc ! Elle était mal scellée. On n'avait qu'une hantise, c'est qu'ils découvrent le pot aux roses ! Mais non, ils n'ont jamais rien soupçonné !

Comme mue par une inspiration soudaine, Eugénie se leva brusquement, ses mains tordues crochetant la table pour prendre appui.

— Il faut que je vous montre quelque chose pour que vous compreniez mieux de qui je parle…

— Où vas-tu donc ? soupira Suzanne.

— Attends, patience, je reviens…

S'accrochant aux meubles et aux murs, elle quitta la cuisine cahin-caha sous le regard perplexe des adolescentes. Des portes claquèrent dans la bibliothèque tandis que Suzanne, la mine éloquente, soupirait les yeux levés au ciel. Eugénie revint enfin, chargée d'une grande boîte en fer-blanc qu'elle posa sur la table tel un trophée. Ses doigts déformés par l'arthrite bataillèrent avec le couvercle qui finit par valdinguer sur le sol quand Suzanne, impatiente, entreprit de s'en mêler à son tour. Instinctivement, six têtes se penchèrent alors en avant pour en scruter le contenu qui de prime abord paraissait un décevant bric-à-brac : des vieilles montres goussets, des stylos-plume tout encrassés, des carnets de croquis, une mèche de cheveux blonds, des photographies en noir et blanc éparses (encore !), des broches… Les tantes tout émues commencèrent à exhumer les objets un à un en poussant des cris d'exclamation. Même Suzanne s'était déridée et contemplait avec amusement une vieille photographie écornée : « Mon Dieu, j'avais oublié comme déjà, à l'époque, tu avais une drôle de coiffure ! » Elle tendit le cliché à Paulette qui réajusta ses lunettes et plissa les yeux. La photographie montrait une petite fille boulotte de quatre, cinq ans, assise dans les cailloux devant la maison, à côté d'un chien noir qui semblait veiller sur elle. Elle était maculée de terre mais ce n'était pas le plus étrange. Après tout, quel enfant ne s'était jamais sali dans un jardin ? Non, le plus frappant était ces cheveux clairsemés, comme si elle avait été tondue ou qu'elle avait eu la teigne, et qui repoussaient par touffes disparates, ici et là.

— C'est toi quand tu étais petite, Paulette ! s'exclama Camille éberluée. Tu avais eu des poux ? À cause de ça, je sais qu'autrefois on rasait la tête des enfants.

Paulette haussa les épaules d'un air embarrassé.

— Votre tante avait de drôles de lubies quand elle était petite, expliqua Suzanne. C'était un jour où nous étions invitées chez des amis de nos parents. Paulette et moi avions mis de jolies petites robes à nœuds et à fanfreluches. De vraies petites poupées. Nous étions sur le point de partir quand maman m'a demandé où était passée Paulette. On allait être en retard, elle m'a dit d'aller la chercher. Je l'ai trouvée dans notre chambre au milieu d'un tapis de cheveux. Elle s'était ratiboisée la tête. Un massacre. J'entends encore les hurlements de maman.

— Waouh ! Et pourquoi tu as fait ça, tantine ?

La petite vieille fit la moue, confuse, comme si l'événement datait de la veille :

— Je ne sais plus…

— Maman a mis des mois à s'en remettre. Tu as porté des bonnets, même en été, pour cacher ton crâne rasé, tu te souviens ?

— C'est une chose qui arrive assez fréquemment chez

les jeunes enfants, intervint Alice en tapotant gentiment la main de Paulette dont les yeux fixaient un point dans le vague.

Celle-ci soupira et esquissa un sourire contraint.

— Ah ! Voici ce que je cherchais : le carnet de croquis de Léopoldine, s'exclama Eugénie en le déposant devant les adolescentes. Elle était vraiment talentueuse, très douée en dessin, attendez de voir.

Ces dernières, intimidées, esquissèrent un geste de recul, n'osant y toucher, comme s'il s'agissait d'une relique possédant quelques pouvoirs surnaturels et obscurs. Le carnet était un peu sale, tout jauni et corné par endroits. Il était fermé par un ruban d'un bleu délavé, tel un sceau inviolé depuis une éternité. Une mouche bourdonnait autour de la table, agaçante. Suzanne lui régla son compte d'un féroce coup de torchon. Retour à la réalité. Comme personne ne semblait vouloir se dévouer, Alice entreprit de dénouer le ruban dans un silence de mort, chevelures brunes, blondes et grises mêlées convergeant et se pressant autour d'elle. Le papier épais craqua sous ses doigts. Un frisson les traversa, contagieux. Chaque page était remplie d'ébauches au fusain ou à la sanguine : des paysages, des vues du manoir, du parc, des natures mortes, des bouquets de fleurs mais aussi des portraits. L'émotion saisit Alice. C'était comme faire un bond dans le temps. Troublée, elle songea à la main qui avait tourné ces pages avant elle, qui en avait caressé les feuilles, croquant tout ce qui lui tombait sous les yeux. Cette Léopoldine avait en effet un vrai don. Des fleurs séchées avaient été coincées entre certaines pages et elle dénicha même un trèfle à quatre feuilles, tout ratatiné.

— Hé bien, je me demande quel âge il a, celui-là ? On ne va pas trop y toucher, il risque de s'effriter…

Par-dessus son épaule, Camille lit à voix haute les annotations que Léopoldine avait laissées d'une petite écriture fine et serrée : « *Léonie 1846, Paul 1850, Louis 1851...* » Le doigt déformé d'Eugénie désigna le portrait de la dénommée Léonie, jeune femme au visage mélancolique, dont les cheveux noirs étaient coiffés en bandeaux.

— On dirait l'impératrice Eugénie avec cette coiffure ! remarqua Alice.

— C'était la sœur aînée de Léopoldine. Et là, deux de ses frères, Paul et Louis. Leur père Charles-Philibert Villandier était un important banquier de Poitiers. C'est l'aïeul à qui nous devons cette maison.

— Le gros monsieur bedonnant qui est sur la peinture au-dessus de la cheminée de la bibliothèque... chuchota Paulette.

Camille hocha la tête, la mine très concentrée. Elle voyait très bien de qui il s'agissait pour avoir toujours connu cette peinture grandeur nature : un homme en redingote noire, doté d'impressionnants favoris, la chevelure argentée, le teint rubicond, légèrement ventripotent et le regard lointain. L'ancêtre fondateur !

— Notre famille était issue de ce que l'on appelle la bourgeoisie d'affaires. Notre fortune était assez récente mais avait suffisamment fructifié pour que notre aïeul ait les moyens de s'offrir un domaine à la campagne, pas trop éloigné de Poitiers et de son lieu de travail. C'était à la mode chez les bourgeois de posséder une grande propriété pour y passer les beaux jours, organiser de somptueuses fêtes, inviter les amis et les meilleurs clients... Il a jeté son dévolu sur ce domaine malgré sa mauvaise réputation...

Les filles frissonnèrent.

— Comment ça ? firent-elles en chœur.

— Hé bien… les gens étaient très superstitieux à l'époque, surtout dans les campagnes. De sombres événements s'y étaient déroulés à l'époque de la Révolution et on pensait que l'endroit était hanté. Notre aïeul, qui avait un sens très aigu des affaires et ne s'encombrait pas de toutes ces croyances, a sauté sur l'aubaine et acheté le domaine pour une bouchée de pain. Mais je me souviens de grand-père Georges me racontant que la tante Léopoldine, elle, n'aimait pas la Villandière car elle prétendait que les lieux étaient imprégnés de vibrations sinistres…

Ferrées, les deux adolescentes la fixèrent avec fascination, yeux écarquillés et bouche bée.

— Fadaises ! gronda Suzanne. Léopoldine était une illuminée ! Elle a fini sa vie dans un couvent en prétendant entendre des voix. Et moi, je n'ai jamais rien ressenti d'autre que des courants d'air !

Eugénie esquissa un geste agacé.

— N'empêche, tu ne peux pas nier que ce lieu a une histoire particulière ! Ce n'est pas parce que nous ne ressentons rien et que nous sommes hermétiques à l'invisible qu'il n'existe pas !

— Pfff…

Plantant son regard dans celui de Camille, Eugénie reprit son récit sur un ton professoral :

— Les anciens châtelains ont été massacrés pendant la Révolution française, la fameuse nuit du 4 août 1789. Le domaine a ensuite été pillé puis laissé à l'abandon. Sous Napoléon Ier, il a été racheté par une famille de la petite noblesse. Mais il y a eu un terrible incendie dans lequel tout le monde a péri. C'est à ce moment-là que les gens du coin ont commencé à parler de malédiction.

Quand Charles-Philibert, notre aïeul, est arrivé sur les lieux, cela faisait déjà plus de vingt ans que cela s'était passé. Mais personne n'avait voulu se porter acquéreur. Il n'en restait plus que des ruines noircies, envahies par la végétation, plus grand-chose en fait. Charles-Philibert a fait raser le peu qui restait. Et notre maison, telle que nous la connaissons aujourd'hui, a été bâtie sur un autre emplacement que le château d'origine.

— Dans les actes notariés, il doit y avoir tout l'historique du domaine, remarqua Alice songeuse. Je serais curieuse de lire tout ça...

— Grand-père dit que notre famille est arrivée en même temps que la vôtre, l'interrompit Nina.

Si la question contraria Eugénie, elle n'en montra rien et hocha la tête d'un air très sérieux.

— En effet. Le domaine avait beaucoup de terres cultivables, des bois et des pâturages. Charles-Philibert comptait bien en tirer un revenu. Pas question de laisser dormir tout ça. La construction de la ferme date donc de la même époque. Pour occuper la métairie, Charles-Philibert a fait venir son frère de lait, qui s'appelait Gustave Millot. Ils avaient été élevés ensemble, je pense qu'ils étaient assez proches en dépit de la différence de milieu social.

— Et alors, qui était cette Léopoldine ? s'enquit Alice. A-t-on un portrait d'elle quelque part ? Elle dessinait admirablement bien...

— Oui, nous en avons. Elle est morte au début de la guerre 14, répondit Eugénie. Il doit y avoir des portraits d'elle au deuxième étage, parmi les autres...

— ... S'ils n'ont pas pris l'eau, objecta Suzanne. Il y a eu pas mal de dégâts là-haut.

Eugénie, faisant celle qui n'avait pas entendu, poursuivit :

— Et nous avons aussi d'autres photos d'elle dans des albums et diverses boîtes...

— Le problème, c'est qu'il n'y a pas toujours les noms écrits dessus et que rien n'a été classé. On ne sait plus qui est qui depuis le temps... persista Suzanne.

— Mais Léopoldine est facilement identifiable : elle était en chaise roulante...

— Oh ! firent Camille et Nina.

— Elle était handicapée ? s'étonna Alice, ferrée elle aussi.

— Oui, une chute pendant l'enfance. Paralysie des deux jambes.

— La fatalité ! La pauvre petite ! renifla Paulette, ses verres de lunettes tout embués.

Eugénie reprit le fil de son récit avec gravité :

— Son père, Charles-Philibert, était un très bel homme dans sa jeunesse, talentueux et ambitieux. Faut pas se fier au portrait au-dessus de la cheminée, ça, c'était à la fin de sa vie. Bref, c'était un excellent parti.

— C'est ce qu'on dit toujours... maugréa Suzanne. Mais ce n'était sûrement pas l'homme idéal. Et il avait les dents qui rayaient le parquet.

Eugénie se contenta de hausser les épaules :

— Il a fait un mariage de raison avec l'unique fille de son richissime patron, Juliette, qui était bien plus jeune que lui.

— Classique ! l'interrompit à nouveau Suzanne. La dot considérable de sa femme devait être très alléchante, presque autant qu'elle !

— Bon, tu as fini, à la fin ? Tu veux raconter à ma place, peut-être ?

— Oh, sûrement pas, tu es bien plus douée que moi ! rétorqua-t-elle, acerbe.

Yeux baissés, mine angélique, Suzanne fit mine de boire ses paroles comme du petit-lait. Eugénie leva les yeux au plafond avec exaspération.

— Où en étais-je ? Tu as vraiment le chic pour me faire perdre le fil ! Ah oui… Donc, je disais… Au départ, Charles-Philibert a fait construire la Villandière dans le but d'y passer les beaux jours, d'y organiser des fêtes et d'y recevoir des connaissances.

— Oui, tu l'as déjà dit !

— Ah ! Mais tu es franchement pénible, Suzanne ! J'en suis où, maintenant ?

— Tu parlais de Charles-Philibert au temps de sa jeunesse, intervint gentiment Paulette.

— Ah oui, merci ! Je disais donc qu'il y avait suffisamment de terres pour y organiser des parties de chasse. On faisait aussi des promenades en barque sur l'étang, des pique-niques dans la campagne. La famille menait grand train et possédait une pléthore de domestiques qui entretenaient la maison, même pendant ses absences. Lui était un grand amateur de chevaux et de courses. Il s'est lancé dans l'élevage de pur-sang, raflant de nombreux prix et coupes. Puis vers les années 1870, tout a basculé. Est-ce lié à la chute de l'Empire ? À de mauvais placements ? À une quelconque faillite ? J'avoue que je n'en sais rien. Sujet tabou ! La famille a continué de sauver les apparences autant que possible, comme si de rien n'était. Mais toujours est-il qu'à cette époque, elle a dû se séparer de l'hôtel particulier qu'elle possédait à Poitiers et qu'elle a été contrainte de vivre toute l'année à la Villandière.

— Ce qui ressemblait fort à une disgrâce ou un exil quand on y pense, non ? Je me demande bien dans quelle magouille l'aïeul était allé se fourrer… marmonna Suzanne.

— C'était un revers de fortune !

— Si tu veux…

— Un mauvais investissement, rien d'autre.

— Soit…

— Ah, tu m'agaces avec tes insinuations ! Tu ne sais rien du tout, tu ne fais qu'extrapoler.

— Comme toi, non ?

— Hé, oh ! On voudrait la suite de l'histoire, nous… tenta d'intervenir Alice.

Eugénie foudroya Suzanne du regard, puis reprit :

— Seul Charles-Philibert a continué de faire des allers-retours entre Poitiers et le domaine pour ses affaires ; il avait sans doute conservé une garçonnière en ville, comme ça se faisait beaucoup à l'époque.

— Tu parles ! ricana Suzanne d'un air plein de sous-entendus.

— Mais vivre ici à l'année a été très mal vécu par son épouse. Il paraît que Juliette détestait la Villandière, qu'elle s'y ennuyait à mourir. Elle regrettait la ville, son confort et sa vie sociale. Elle détestait la campagne. Et elle ne lui a jamais pardonné de l'y avoir enterrée vivante ; une vive rancœur qu'elle a nourrie à son encontre jusqu'au bout.

— Normal, non ? Il est fort probable que Charles-Philibert entretenait quelques maîtresses à Poitiers. C'était tout à fait ce genre d'homme, riposta Suzanne. Son épouse exilée à la campagne d'un côté, lui seul à Poitiers toute la semaine, la belle vie. Après, on s'étonne que l'arrière-arrière-grand-mère ait eu une réputation de femme aigrie et malcommode !

— C'est vrai, concéda Eugénie. Grand-père Georges

le disait lui-même : Juliette était une femme dure et austère. Pas commode. On la craignait beaucoup plus que Charles-Philibert. Malgré tout, mon grand-père avait beaucoup de tendresse pour elle : c'est elle qui l'a élevé et il lui en a toujours été reconnaissant.

— Par sens du devoir et non par amour… nuança Suzanne. Elle n'était absolument pas maternelle.

Eugénie fit celle qui n'avait rien entendu et poursuivit en décomptant sur ses doigts :

— Juliette et Charles-Philibert ont eu cinq enfants : Augustin, Léonie, Louis, Léopoldine et Paul qui ont été élevés par un bataillon de nourrices, de nurses, de gouvernantes et de précepteurs, comme c'était l'usage à l'époque. Puis arrivés à l'âge de raison, ils étaient envoyés dans des institutions religieuses pour poursuivre leur éducation, à Poitiers ou à Tours, et ne revenaient qu'aux vacances. Il paraît que Juliette avait une nette préférence pour son fils aîné, Augustin, le père de mon grand-père Georges.

— J'ai vu leurs noms dans le mausolée, remarqua Camille tenue en haleine.

— Oui, ils sont quasiment tous enterrés ici. Sauf Louis et Léonie. Où en étais-je ?

— Tu parlais de Juliette et de sa préférence pour son fils ! claironna Paulette.

— Ah oui ! Elle avait en effet beaucoup moins d'affinité avec ses filles qu'elle rudoyait beaucoup, d'après grand-père Georges qui en avait des souvenirs très précis. Apparemment, Juliette pouvait se montrer particulièrement cruelle et féroce. Pas du genre à badiner ni à mâcher ses mots. Les gens du village la surnommaient « le Dragon » et plus tard, « la Veuve noire »… ça voulait tout dire, n'est-ce pas ? Ses pauvres filles ont certainement dû en voir de toutes les couleurs et cela a dû être assez éprouvant à endurer au quotidien. Et puis, il y a eu l'histoire de l'héritage, à la mort de Charles-Philibert. À cette époque, leur fils aîné Augustin n'était déjà plus de ce monde. Ne restaient plus que Léonie, Louis et Léopoldine comme descendants directs. Mais Charles-Philibert n'a désigné qu'un seul héritier pour le domaine dans son testament, à savoir son petit-fils, grand-père Georges, lésant tous les autres. Or, à cette époque, grand-père Georges était encore un enfant. Alors, vous imaginez la scène ? La consternation générale ? Le scandale ? C'est à cette époque qu'on a perdu tout contact avec cette partie de la famille, celle de Léonie, de son mari et de ses enfants. La rupture a été nette et radicale. Certaines brouilles irréconciliables.

— Quelle idée aussi de léguer tout le domaine à un gosse, marmonna Suzanne. Alors que le deuxième fils, Louis, était tout désigné pour hériter ! C'était dans l'ordre des choses ! Tout ça parce qu'Augustin était le fils préféré… et qu'ils n'ont jamais arrêté de l'encenser, même après sa mort. Un vrai culte ! Pourtant, il n'y avait pas de quoi…

— Que veux-tu ? C'est comme ça, on ne peut pas réécrire l'histoire, s'agaça Eugénie. Tu m'as encore coupé la parole et je ne sais plus où j'en suis ! C'est malin !

— L'arrière-arrière-arrière-arrière-arrière-arrière-grand-père est mort et a foutu la merde avec son testament ! résuma Camille.

— Camille ! s'offusqua Alice. Et puis, pas besoin de remonter aussi loin dans les « arrière », tout ça ne date pas non plus de Mathusalem !

— Ah oui, ça y est, j'y suis ! Donc… au domaine, il ne restait plus que grand-père Georges et Léopoldine avec la vieille Juliette qui régentait son monde à la baguette. Louis, lui, était parti vivre à Tours avec sa famille où il s'était installé en tant que médecin, mais il continuait de leur rendre visite, pas trop rancunier finalement, continuant de veiller de loin au bon fonctionnement du domaine, surtout lorsque Juliette a commencé à perdre la tête et que grand-père Georges a dû partir faire ses études de droit.

— Louis est notre arrière-grand-père à Suzanne et moi, précisa Paulette avec fierté. Voilà pourquoi nous lui sommes si attachées. Normal, non ? C'était quelqu'un d'important dans la région : un médecin très réputé. Comme notre grand-père et notre père après lui. Des pionniers. Parce qu'en ce temps-là, c'était en carriole qu'il fallait parcourir les campagnes par tous les temps, nuit et jour, en côtoyant des maladies affreuses et terriblement contagieuses !

— Finalement, c'est Léopoldine qui aurait peut-être mérité d'hériter du domaine, non ? hasarda Camille.

— Sûrement, approuva Eugénie en lui tapotant affectueusement la main. Mais c'était une fille, handicapée de surcroît et élevée en paria par sa mère. Elle n'a pas eu une enfance facile. Juliette la rejetait et la brimait sans cesse. C'était le vilain petit canard qui dénotait dans la fratrie. Grand-père Georges racontait qu'elle était d'une extrême timidité et très émotive. Née sous une mauvaise étoile, la pauvre. À cause de sa paralysie, elle a été la seule des enfants à ne pas aller en pension. Sans les domestiques, elle aurait grandi dans la solitude et l'indifférence. On dit qu'elle était particulièrement liée à son jeune frère Paul ; ils n'avaient que dix-huit mois de différence. Une relation très fusionnelle. Elle se morfondait beaucoup pendant les périodes où il était en pension à Poitiers. Grand-père Georges était encore très petit lorsque Paul est mort, mais il n'a jamais oublié le chagrin de Léopoldine. Elle était déjà un peu bizarre, avec ces voix qu'elle prétendait entendre et avec qui elle disait pouvoir communiquer... Mais là, cela a été comme si elle devenait folle. Et puis, peu à peu, elle s'est rétablie. Il paraît qu'elle est entrée en contact avec l'âme de son frère défunt. Elle disait qu'il allait bien et qu'il était toujours là...

Un long silence accueillit les paroles d'Eugénie tandis que la pendule égrenait son tic-tac, impassible. Paulette renifla, les yeux rougis.

— Et qu'est-ce qui est arrivé aux parents de ton grand-père Georges ? Pourquoi c'est sa grand-mère Juliette qui l'a élevé ? finit par demander Camille.

— Oh ! soupira Eugénie. C'est une autre et longue histoire... et je suis un peu fatiguée. Je vous la raconterai une prochaine fois, si tu veux bien...

Cet après-midi-là, les filles mirent à profit leur liberté retrouvée pour se faufiler au deuxième étage avec des mines de conspiratrices. Si Camille y avait déjà mis les pieds autrefois, elle ne s'en souvenait plus vraiment, et tout cela prit des allures d'expédition en territoire inconnu, pour leur plus grande excitation. Aventureuses dans l'âme mais pas trop téméraires non plus, s'agrippant l'une à l'autre et sursautant au moindre craquement tandis qu'elles s'élançaient dans l'escalier, Nina chuchota :

— Quand même, tes tantes sont un peu toquées, non ?

— Je me le demande...

— En même temps, ça pourrait vraiment être une maison hantée... Tu imagines ?

Depuis le rez-de-chaussée, Alice leur cria de ne pas aller au grenier à cause du plancher qui n'était plus très solide par endroits.

— Oui ! On va juste à la chambre bleue pour voir les photos !

Là-haut, le palier débouchait sur un long corridor qui partait à droite et à gauche. De chaque côté, des portes closes et muettes. Nina fut prise d'une crise d'éternuements résonnant dans toute la maison. Alice savait ce qu'elles étaient parties chercher : un portrait de la mystérieuse Léopoldine. Ce n'étaient pas les photos qui manquaient dans ce couloir, de quoi y passer un long moment. Il y en avait partout, sur toute sa hauteur, un vrai patchwork.

Eugénie avait raison, Léopoldine ne fut pas difficile à débusquer. C'était la seule à être toujours assise, un peu à l'écart du reste de la famille. Une enfant puis une jeune fille très brune au visage émacié et osseux. Un regard triste. Les cheveux tantôt tressés tantôt coiffés d'anglaises, comme cela avait été la mode un temps. Ses jupes amples masquant soigneusement le fauteuil roulant. En rien on n'aurait pu soupçonner l'atrophie de ses jambes. Elle se tenait le buste très droit, comme pour compenser sa défaillance. Alice aussi, quand elle était encore enfant, avait remonté le temps à travers ces vues couleur sépia, troublée à l'idée que ces gens aux visages figés aient pu un jour exister, rire, pleurer, parler de tout et de rien. Nulle trace de gaieté ou de malice dans leurs yeux, tellement guindés. Quelle vie avait eue Léopoldine ? À y regarder de plus près, il y avait comme un petit côté tragique dans son regard. Mais ce n'était peut-être que pure extrapolation, provoquée par l'imagination. Personne ne savait vraiment grand-chose de sa vie, à part le fait qu'elle ne s'était jamais mariée. Les chroniques familiales n'avaient retenu de son existence que très peu de chose, en somme : une chute dans l'escalier pendant l'enfance qui lui avait ôté l'usage de ses jambes. Une vie de recluse au domaine, avant de finir ses jours dans un couvent, bien qu'elle n'ait jamais prononcé ses vœux... Impossible d'en savoir plus : les morts gardaient précieusement leurs secrets.

11

La mémoire des lieux

Depuis sa chambre, Alice entendit les filles chuchoter jusque tard dans la nuit. Pas envie de dormir, à l'évidence. Trop de choses à se raconter ou trop peur aussi ?

Enfant, pendant les vacances d'été à la Villandière, Alice partageait souvent son lit avec une de ses cousines, Adélie. Dissimulées sous l'énorme édredon, elles luttaient contre le sommeil. De toutes leurs forces. Terrifiées. Collées l'une contre l'autre, nez à nez, souffle et genoux mêlés, elles dévidaient à voix basse toute la pelote de leur jeune vie, se confiant mutuellement les tiraillements de leurs familles éclatées, leurs doutes et leurs émois. Mais par-dessus tout, elles demeuraient aux aguets, conscientes des ténèbres qui les enveloppaient comme sous un couvercle. La maison craquait comme un vieux bateau. Parfois, il leur semblait entendre un souffle léger. Elles se taisaient alors brusquement, retenaient leur respiration jusqu'à frôler l'asphyxie. Mais elles avaient beau tendre l'oreille pour voir si cela recommençait, c'était comme si elles avaient rêvé. À moins que… C'était comme s'il y avait quelque chose qui rampait dans le couloir. Les oreilles à l'affût et le cœur se prenant pour une grenouille, elles faisaient les mortes. Ne plus bouger, s'enfoncer dans le matelas, ne plus respirer sous peine de trahir leur présence ! Les morts avaient-ils l'ouïe fine ? Pouvaient-ils percevoir les battements de cœur ? Derrière la porte, le bruit de frottement allait crescendo, irrégulier, hésitant. Elles se recroquevillaient davantage sous la couette, liquéfiées par la trouille et la chaleur. Le cri était là, dans leur gorge, prêt à fuser comme une alarme d'incendie.

— Et si on laissait la lampe de chevet allumée ?

De cette époque, elle avait gardé l'habitude de dormir cachée en boule sous les draps, quelle que soit la chaleur qu'il faisait. C'était ce qui arrivait quand, depuis l'enfance, on était persuadée de vivre dans une maison hantée.

Le lendemain, Camille et Nina débarquèrent péniblement dans la cuisine. Il était 10 heures passées, elles traînaient les pieds, les cheveux ébouriffés, des cernes immenses sous leurs yeux un peu hagards.

— Vous avez fait la grasse matinée ? taquina Alice.

En guise de réponse, elle récolta un grognement peu engageant. Elle les laissa déjeuner tranquilles et partit se doucher.

À son retour, les filles étaient en train de jacasser avec les trois tantes. Celles-ci avaient enfilé un tablier par-dessus leur gros paletot puis s'étaient assises autour de la table, face à une montagne de légumes encore terreux. Au menu ce midi, pot-au-feu ! avait proclamé Eugénie. La recette préférée du grand-père Georges ! Or, il fallait du temps pour que cela mijote et que la viande soit fondante à souhait, pas question donc de lambiner. L'organisation était rodée, chacune ses légumes pour plus d'efficacité : les carottes et les navets pour Eugénie, les pommes de terre pour Suzanne, les poireaux et les oignons pour Paulette, avec un torchon à portée de main pour éponger ses yeux soumis à rude épreuve. Au centre de la table, les épluchures chutaient en ribambelle et gagnaient de la hauteur à vue d'œil. C'était à qui finirait la première, les adolescentes prises à témoin de cette compétition un peu puérile et joyeuse, comme un retour en enfance où l'on s'accuse mutuellement de tricherie. Paulette était finalement la seule désavantagée, mais pas rancunière pour deux sous, riant et pleurant tout à la fois et n'y voyant goutte. Finalement, il suffisait d'un peu de compagnie et de jeunesse pour métamorphoser les tantes, les rendre toutes guillerettes et pleines d'allant. Les doigts déformés d'Eugénie ne semblaient plus la faire souffrir. Paulette oubliait de broyer du noir. Et même Suzanne se prenait au jeu, de bonne humeur. Nina et Camille aussi avaient repris du poil de la bête. Leurs bols de cacao traînaient encore sur la nappe cirée au milieu des miettes de brioche et des taches de confiture à la fraise. Elles ne paraissaient pas pressées de prendre la poudre d'escampette, prêtant aux trois femmes une oreille sincèrement attentive. Prenant place à côté de Paulette qui reniflait bruyamment, Alice saisit un couteau et lui vint en aide, se laissant happer par la conversation. Les filles étaient reparties sur l'histoire de la veille, assaillant les vieilles dames de questions :

— Il est mort de quoi Charles-Philibert ? Il était vieux ?

— Crise de goutte ! répondit Eugénie.

— Apoplexie ! corrigea Suzanne.

— Très douloureux ! renchérit Paulette.

— Et Juliette ?

— Dans son sommeil !

— Et Louis ? Le frère qui n'a pas hérité ?

Se concertant du regard, les trois vieilles répondirent en chœur :

— Crise cardiaque.

— Et Augustin, alors ? Le frère aîné, le préféré ?

— Écrasé par un omnibus !

— Non ! Waouh !

— Dites donc, c'est plutôt morbide comme conversation, remarqua Alice en riant. Vous avez l'intention de faire la nécrologie de toute la famille ?

— Dis, tante Eugénie, hier tu as promis que tu nous raconterais l'histoire d'Augustin ! supplia Camille.

Eugénie minauda comme une jeune fille sous le regard goguenard de Suzanne, qui railla :

— Attention ! Là, on va tomber dans le vrai mélodrame.

— C'est comme ça ! Parfois la vie dépasse la fiction ! rétorqua Eugénie.

— Augustin était peut-être le fils préféré mais c'était aussi le mouton noir de la famille, lâcha Suzanne abruptement, en se tournant vers les filles. Un fils pourri gâté, dépravé, qui a vécu comme un pacha sans jamais rien faire de ses dix doigts. Mais à qui on pardonnait tout car il était de nature enjôleuse et beau garçon.

— Il s'est marié très jeune avec une cousine germaine, intervint à son tour Paulette, la mine exaltée. La pauvre Henriette.

— La mère de grand-père Georges, confirma Eugénie en hochant la tête avec gravité. Mon arrière-grand-mère.

— Morte de la tuberculose quand Georges avait un an.

— Augustin s'est alors consolé dans les bras d'une petite bonne de quinze ans avec qui il s'est enfui.

— Non ?

— Voui.

— Pas très moral tout ça, quand on y pense… marmonna Suzanne.

— Il n'a plus donné signe de vie pendant trois ans. Et quand il est revenu au domaine, plus personne ne l'attendait ! Ce fut un choc terrible. Il avait beaucoup changé. C'était devenu un alcoolique. Et puis, il y a eu cet accident. Il était monté à Paris visiter des connaissances et y faire la nouba, il n'y avait que ça qui l'intéressait, les fêtes, l'ivresse, la débauche, les coucheries à droite, à gauche. Il menait une vraie vie de patachon. On suppose qu'il était ivre quand il a été tué. Il est passé sous les roues d'un omnibus en voulant traverser le boulevard des Italiens. Crac !

— Oh ! lâchèrent les filles avec dégoût.

Le moins qu'on puisse dire, c'est qu'Eugénie avait le sens du tragique. La mine théâtrale, elle avait réduit son auditoire à un état proche de la sidération.

— Mais alors, plus tard, c'est maman qui héritera à son tour de la Villandière ? lâcha brusquement Camille.

Cinq paires d'yeux inquisiteurs convergèrent sur Alice. Se raclant la gorge, embarrassée et gardant obstinément la tête baissée sur le couteau à légumes, elle émit un réticent :

— Euh, en effet…

— Waouh ! répéta Camille abasourdie.

— Hum… ça craint ! lâcha Nina, un vrai cri du cœur qu'elle réprima trop tard en se mordant les lèvres.

Jetant un bref coup d'œil à Camille qui semblait un peu sonnée, Alice ricana jaune en son for intérieur. *« Hé oui, ma cocotte, surprise ! On est dans la même barque toutes les deux… Cette grande baraque déglinguée que tu imagines hantée est aussi censée te revenir, un jour… »*

En attendant, il fallait bien reconnaître que la perspective de cet héritage était angoissante. Les tantes étaient tellement convaincues que le domaine serait entre de bonnes mains, une fois qu'elles ne seraient plus là. Pour elles, cela coulait de source. Quel fichu cadeau empoisonné, oui ! Comme s'il y avait pléthore d'options ou d'héritiers potentiels avec lesquels partager le fardeau ! Le grand-oncle Pierre avait vendu sa part à Eugénie dans les années quatre-vingt, se dissociant définitivement, ainsi que ses descendants, du sort du domaine. Grand-mère Élisabeth puis le père d'Alice étant ensuite décédés, par effet domino, il ne restait plus qu'elle ! Mais comment annoncer aux tantes la fermeture prochaine de la maternité et ce que cela allait impliquer, remettant en cause tout ce fragile équilibre, qui tenait à quoi ? Les vieilles femmes étaient si dépendantes d'elle, quoi qu'en dise Suzanne.

Alice détourna son regard tourmenté au-delà de la fenêtre. Le jardin était détrempé et avait piètre allure mais un rayon de soleil semblait vouloir percer les nuages gris, laissant espérer une accalmie. Elle se secoua, comme émergeant brusquement d'un mauvais rêve :

— Bon, les filles, si vous alliez vous laver et vous habiller ? Sortez un peu tant qu'il ne pleut pas !

Les adolescentes se levèrent, raclant leurs chaises sur le carrelage. Comme deux moineaux sautillants, elles s'éclipsèrent en riant. Insouciantes.

Alice aida les tantes à nettoyer la cuisine et lorsque le pot-au-feu commença à mijoter à feu doux, Eugénie et Paulette sortirent à leur tour pour vaquer à leurs occupations. Mots mêlés pour l'une, histoire de faire travailler ses méninges, lecture du programme télé de l'après-midi pour l'autre, tranquillement installées dans le canapé, rythme immuable d'une journée ordinaire, réglée comme du papier à musique. Peut-être piquer un petit roupillon sur le coup de onze heures, pas longtemps, juste de quoi se requinquer et ne pas voir le temps traîner les pieds, car Dieu seul sait combien, parfois, les journées pouvaient être longues, surtout en cette saison, confinées à la maison.

La jeune femme se retrouva seule avec Suzanne qui semblait s'attarder : un dernier bol à essuyer, des torchons à étendre devant la gazinière, l'éponge à passer sur la nappe, s'échinant sur une tache invisible... faisant traîner les choses, comme si elle tournait autour du pot et ne se décidait pas.

— Ça va, Suzanne ? finit par demander Alice, intriguée.

— Moi ? Oui, oui... Ça fait tellement de bien de t'avoir à la maison. Un peu de vie. Tu vois ce que je veux dire.

— Je me rends compte que je me fais toujours beaucoup de souci pour Eugénie et Paulette avec tous leurs problèmes de santé... et que je fais moins attention à toi parce que tu sembles la plus solide et la plus forte des trois... Mais j'ai tort, et ce n'est pas bien... Tu me dirais si quelque chose n'allait pas, hein ?

Elle plongea son regard dans celui de Suzanne et toutes deux se dévisagèrent en silence de longues secondes, sans parler ni bouger.

— T'inquiète pas pour moi. Je suis une dure à cuire, finit par dire Suzanne, et levant sa main droite, elle lui effleura tendrement la joue. On souffre des maux de notre âge. C'est la vie. Pas de quoi fouetter un chat. Non, c'est moi qui m'inquiète pour toi.

— Et pourquoi ? s'étonna Alice, prise au dépourvu.

— Je ne suis ni aveugle ni idiote. Nous allons devenir un fardeau pour toi.

— Mais non !

— Si.

— On n'y est pas encore.

— Et puis tu sais, j'ai lu le journal.

Alice chancela. L'œil acéré, Suzanne poursuivit, implacable :

— Tu comptais me l'annoncer quand ?

— Tu parles de la maternité ? bredouilla-t-elle, bourrée de culpabilité. Tant qu'il y avait un doute, je ne voulais pas vous inquiéter. Mais on va trouver une solution.

— Pense d'abord à toi et à ta fille. Quant au domaine… il faudra que tu t'en débarrasses, plus tard.

— Je…

— Je ne le dis pas devant Eugénie et Paulette, elles ne comprendraient pas. Mais il faut être réaliste : on n'a plus les moyens d'entretenir une telle propriété. Et toi, tu as autre chose à faire que de venir t'enterrer dans ce trou perdu. Ne fais pas la même erreur que nous. On a cru qu'ici on serait à l'abri, qu'on pourrait y panser nos blessures et guérir, se passer du monde extérieur, comme si vivre en vase clos était la vraie clé du bonheur. C'était le cas au début, je ne peux pas le nier. Mais c'était surtout une belle dérobade. Le passé est derrière nous, bien révolu. C'est pour ça que ça m'agace tant de voir Eugénie et Paulette ressasser les vieilles histoires de famille. Pas raisonnable et stérile.

— Chaque chose en son temps… On verra.

— Elles comprendront, insista Suzanne en lui tapotant une dernière fois la joue.

L'après-midi touchait à sa fin et déjà le soleil déclinait à l'horizon, nimbant de doré la masse dénudée du petit bois tandis que les ombres grignotaient lentement le parc, comme on tire un rideau. La prairie aussi semblait s'estomper peu à peu sous des lambeaux de brume remontant de la terre et flottant comme les morceaux de voile d'une mariée d'un autre temps. Alice frissonna, saisie par l'humidité, et remonta la fermeture éclair de son manteau. C'est à peine si elle avait vu les filles pendant la journée ; elles s'en étaient donné à cœur joie dans leur entreprise d'exploration. La maison avait longuement résonné de leurs rires et de leurs cavalcades. Puis elles étaient sorties, emmitouflées dans leurs écharpes et leurs bonnets aux couleurs vives pour vadrouiller à travers le parc. Sur le moment, elle avait envié leur insouciance et leur jeunesse. Difficile d'imaginer que vingt-cinq ans plus tôt résonnaient ici des cris et des rires d'enfants et qu'elle en faisait partie. Elle n'avait pas eu de frère ni de sœur, choix délibéré de ses parents, mais les nombreux cousins et cousines avaient comblé cette absence. Toujours fourrés ensemble aux vacances. La maison qui semblait grouiller. Ils étaient alors si intimes, si proches les uns des autres. Les cousines qui se faisaient confidentes. Les lettres échangées durant l'année, dans l'attente impatiente des retrouvailles, forcément, loin d'imaginer que tout a une fin, que tôt ou tard l'éloignement inévitable se ferait à petits pas insidieux, avec des envies de vacances ailleurs, première entorse à la tradition, le divorce d'un oncle ou d'une tante entraînant la coupure nette d'une des nombreuses branches de l'arbre familial, la disparition progressive de la vieille génération comme une page qui tourne, et la fin de l'enfance tout simplement, tel un vieux vêtement oublié un soir d'été sur un portemanteau, devenu trop étriqué et qu'on n'enfilera plus jamais. Tout le monde avait fini par prendre ses distances et s'était éparpillé. Elle était la seule à être restée. Ou plutôt à être revenue. Et c'était une solitude de plus en plus lourde à porter.

Sur la terrasse, dans les coins restés à l'ombre, le givre

n'avait pas totalement fondu, révélant par endroits des arabesques esquissées par le va-et-vient d'oiseaux en quête de miettes de pain jetées à la volée. Se penchant au-dessus de la balustrade, elle contempla les massifs laissés à l'abandon, disparaissant sous les liserons et les mauvaises herbes. Partout la nature avait repris ses droits, partant à l'assaut des pierres, enroulant ses tiges comme autant de tentacules végétaux. Peut-être que cela ferait plaisir aux tantes de remettre un peu de fleurs au printemps.

— Perdue dans tes pensées ? Qu'est-ce que tu fais là toute seule dans le froid ?

Elle n'avait pas entendu Luc approcher et sursauta en le découvrant juste derrière elle, se tordant le cou pour mieux lorgner ce qui pouvait se trouver de l'autre côté de la balustrade.

— Il y a quelque chose à voir ? s'enquit-il, déconcerté.

Elle sourit et dit :

— Non, rien du tout, justement. J'étais en train de me dire que ce serait bien s'il y avait quelques fleurs… Des rosiers, tout le long, ce serait joli, non ? Ou des hortensias ? Ou des buissons de sauge arbustive ? Quelque chose qui ne demanderait pas trop d'entretien…

Ils échangèrent un long regard :

— Ce serait une bonne idée.

Encouragée, elle continua sur sa lancée :

— Et le long des écuries, je verrais bien des pivoines et des iris. Et encore des rosiers, mais grimpants.

— Il ne faudrait pas tarder à planter, alors.

— Oui, je vais m'en occuper dès que possible.

— Tout s'est bien passé avec les filles ?

— Très bien. Pas sûr qu'elles aient bien dormi mais elles se rattraperont cette nuit. En tout cas, je ne les ai pas beaucoup vues. Elles ont l'air de bien s'entendre. Je pense qu'elles voudront se revoir…

— Ce n'est pas un problème en ce qui me concerne. Elles sont où ?

Elle haussa les épaules :

— Mystère ! Aux dernières nouvelles, je les ai vues s'engouffrer dans l'escalier. Elles doivent être en train de fureter à l'étage…

Ils rentrèrent au manoir et, tandis que Luc frottait soigneusement ses bottes sur le paillasson, Alice se posta en bas de l'escalier pour héler les filles. Elle dut s'y prendre à plusieurs fois, la télévision résonnant à tue-tête derrière la porte entrebâillée du salon. Glissant un coup d'œil intrigué, Luc aperçut les trois petites vieilles alignées en rang d'oignons, bien serrées sur le canapé, une couverture sur les genoux, la luminosité de l'écran se reflétant dans leurs lunettes.

— C'est *Questions pour un champion*… expliqua Alice.

— Elles ont l'air super concentrées…

— Et tu verrais, elles ont une culture incroyable. Chaque fois, elles m'étonnent.

L'escalier se mit soudain à vibrer comme sous la charge d'un troupeau de buffles lancé au galop, ponctué par un infernal boum-boum. Luc et Alice firent volte-face dans un même mouvement. Camille apparut la première, talonnée par Nina et sa petite valise qu'elle avait dû juger trop lourde à porter et qui rebondissait gaiement sur chaque marche. Agacé, Luc bondit dans l'escalier et la lui arracha des mains :

— Ça ne va pas, non ? Ce n'est pas comme ça qu'on descend une valise !

— Mais elle a des roulettes, papa ! protesta l'adolescente.

Camille pouffa mais se tut presque aussitôt en découvrant la mine furibonde de Luc.

— Mais vous étiez où ? Regardez-moi dans quel état vous êtes ! intervint à son tour Alice.

Camille lui décocha un regard lourd de reproche.

— Quoi ? maugréa-t-elle en s'inspectant d'abord puis en scrutant Nina de la tête aux pieds. Ce n'est que de la poussière... C'est très sale là-haut. Heureusement qu'on n'est pas asthmatiques !

— En effet, il ne manquerait plus que ça ! riposta la jeune femme, ironique.

Les filles avaient les mains et le visage couverts de traînées noirâtres, les vêtements gris de poussière et même quelques vestiges de toiles d'araignées dans la chevelure, à croire qu'elles avaient fureté à quatre pattes sous les meubles.

— Vous étiez où ? demanda Luc d'un air méfiant.

— Au deuxième étage pour regarder les photos et puis dans la chambre bleue. On voulait voir ce qu'il y avait sous les draps...

Luc et Alice, troublés, échangèrent un regard furtif, et Alice se sentit rougir. Dire que cela ne leur évoquait rien aurait été un mensonge...

— Quand est-ce que je pourrai revoir Camille ? demanda Nina. On s'entend trop bien toutes les deux !

Comme pour mieux soutenir ses propos, les deux jeunes filles s'enlacèrent avec effusion.

— Aux prochaines vacances... si c'est possible bien sûr, suggéra Alice en se tournant vers Luc d'un air interrogateur.

— Bien sûr.

Luc et Nina prirent congé des tantes au moment où le générique de fin de l'émission défilait sur l'écran.

L'adolescente fut affectueusement palpée, pincée, caressée par trois paires de mains crochues et avides. Docilement, elle tendit le haut de son crâne pour recevoir les bisous de chacune, s'inclinant légèrement comme dans l'attente d'une bénédiction tandis que les petites vieilles lui parlaient toutes en même temps : « Brave petite, reviens quand tu veux, on a bien discuté toutes ensemble, tu es un vrai rayon de soleil… »

En guise d'au revoir, Luc glissa un baiser imperceptible sur la joue d'Alice, lui chuchotant à l'oreille : « Prends soin de toi et à bientôt… » avant de s'écarter presque aussitôt, comme pressé de partir. Un geste anodin, accompagné d'une petite phrase de circonstance, rien de plus ordinaire en somme. Et pourtant… La gorge nouée, elle se contenta de hocher la tête en silence, trop occupée à dissimuler l'étrange trouble que ce simple effleurement venait de faire jaillir en elle, encore une fois. Un trouble inattendu, inopportun et embarrassant, comme une bouffée irrépressible qui, si elle ne s'était pas crispée de toutes ses forces, l'aurait jetée dans ses bras, juste pour prolonger ce contact et se sentir enveloppée par sa chaleur et sa présence rassurante. Au lieu de ça, les pieds plombés et vrillés au sol, elle le regarda enfiler sa parka sans un mot, le cœur étreint par l'impuissance. Comme toujours, elle ne savait pas quand elle le reverrait.

Le soir même, après un dîner vite expédié avec les tantes, Camille et Alice prirent la route à leur tour. La nuit était tombée sur la campagne, en même temps qu'un épais brouillard. Phares allumés, la voiture s'engagea dans la grande allée et Alice regarda le manoir disparaître dans le rétroviseur, englouti peu à peu par les ténèbres. Pendant un long moment, elles restèrent silencieuses, chacune plongée dans ses pensées. Le paysage s'effaçait sous un voile gris-blanc, revêtant des formes inattendues et fantasmagoriques. Après les fortes pluies de cet hiver, certains pâturages étaient inondés et des arbres pataugeaient, les pieds dans l'eau. Alice était si bien perdue dans ses pensées, songeant encore au trouble ressenti auprès de Luc, qu'elle tressaillit lorsque la voix tonique de Camille brisa le silence :

— Eugénie avait l'air de beaucoup aimer son grand-père.

— Tu parles du fameux Georges qu'elle aime citer à tout propos ?

— Oui. Pourtant quand on le regarde sur la photographie, dans le couloir à côté de la chambre de Paulette, il n'avait pas l'air commode !

— C'était une crème, paraît-il. Comme quoi... les apparences... Tu devrais interroger tante Eugénie, je pense qu'elle ne demanderait pas mieux que de te raconter pleins d'autres anecdotes de son enfance.

— Mais toi, tu peux déjà m'en dire un peu ! protesta-t-elle, frustrée.

— Je ne sais pas tout, juste les grandes lignes...

— Eugénie est née à la Villandière ?

— Oui. Et elle y a été élevée avec son frère et sa sœur par ses grands-parents, ce qui explique l'attachement qu'elle a conservé pour ce grand-père Georges quasi mythique, ainsi que pour la propriété.

— Pourquoi ce sont ses grands-parents qui les ont élevés ?

— À cause de la guerre 14 qui a fait beaucoup de ravages dans notre famille. Le père d'Eugénie est mort au front. Elle avait à peine deux ans, elle n'en a gardé aucun souvenir. Quant à sa mère, elle était de santé très fragile et elle est morte jeune, elle aussi. Eugénie s'est retrouvée orpheline vers cinq, six ans. C'était la petite dernière de la fratrie. Ma grand-mère paternelle, Élisabeth, était sa sœur aînée.

— Je ne me souviens pas de ta grand-mère.

— Normal. Tu avais un an quand elle est décédée, et comme elle perdait la tête à la fin de sa vie, elle a dû te voir une ou deux fois maximum… C'était un sacré personnage, elle aussi, haut en couleur…

— Elles se ressemblaient, tante Eugénie et elle ?

— Non, pas du tout ! Le jour et la nuit !

À cette évocation, Alice sourit, amusée.

— Allez, raconte ! s'impatienta Camille.

— Hé bien… On ne se fréquentait pas trop, en fait. À l'époque, je vivais à Poitiers avec mes parents et on la voyait seulement deux ou trois fois par an lorsqu'elle descendait à la Villandière au moment des vacances ou pour les fêtes. Elle habitait à Paris, seule. Elle avait été veuve très jeune et ne s'était jamais remariée. Mon père, qui était à couteaux tirés avec elle et n'en loupait pas une pour régler ses comptes, disait que c'était parce qu'elle avait un caractère épouvantable et qu'elle aurait fait fuir le plus stoïque des hommes. De fait, je l'ai toujours connue plutôt solitaire et indépendante, et pas très démonstrative de ses sentiments. Ce n'était pas une grand-mère gâteau, loin de là. Je crois que parmi tous les enfants de la famille, pas un n'a échappé à ses coups de canne dans les jambes ou sur les fesses. Elle ne supportait pas le bruit ni les cris. Et sa canne était aussi réputée qu'elle ! Un de mes cousins la surnommait même Carabosse… c'est pour te dire ! On dit qu'en vieillissant, on ne s'arrange pas. Ma grand-mère a fini sa vie complètement sénile et qui plus est, méchante. Avec sa canne, elle faisait des croche-pieds au personnel soignant de sa maison de retraite. Tout le monde s'en plaignait à la fin... Les vacances restaient les seules vraies occasions de réunir toute la famille, tu comprends, parce qu'on était tous dispersés aux quatre coins de la France. On revenait donc tous au moins une fois par an au domaine, un peu comme des oiseaux migrateurs. Le retour au bercail, l'instinct... Papa allait chercher grand-mère à la gare et c'était toujours le même cirque : elle arrivait avec une montagne de valises, impossible à caser dans la voiture, un vrai casse-tête et ça dégénérait tout de suite en querelles monumentales. Cela faisait des mois qu'ils ne s'étaient pas vus mais cinq minutes ensemble suffisaient pour charger l'air d'électricité et leur donner des envies de meurtre... En fait, il n'y avait qu'une seule personne qu'Élisabeth vénérait et à qui elle était complètement soumise : son frère, l'oncle Pierre, le Pacha. Quand il était là, elle n'était plus que miel et douceur... Il était le seul à savoir l'amadouer. Alors, autant te dire que tout le monde guettait avec impatience l'arrivée du Pacha avec son accent du Midi...

— Waouh ! J'aurais bien aimé la connaître...

Alice éclata de rire, amusée par ce qui sonnait comme un vrai cri du cœur, spontané et plein d'emphase :

— Je pense que tu aurais vite déchanté... Enfin ! Si tu en as envie, je peux investir dans une canne...

12

Dilemmes

La fin des vacances referma momentanément l'album des souvenirs, laissant les pièces du puzzle familial à leur éparpillement.

À la maternité, les périodes de calme absolu succédaient aux pics d'activité aussi intenses que brefs, comme si les bébés arrivaient « par paquets » avec des creux et des recrudescences. Profitant des moments de répit, quand tout le monde dormait, Alice déambulait dans les couloirs, s'imaginant fantôme revenant sur les lieux de son ancienne vie. Avec une acuité nouvelle, elle procédait mentalement à l'état des lieux. L'endroit sentait déjà l'abandon alors qu'ils n'étaient pas encore partis. Comme s'il n'était pas dupe, éponge sensorielle captant tout jusqu'à la plus intime pensée de ses occupants. Au plafond, un néon capricieux clignotait en émettant une sorte de bourdonnement intermittent et agaçant, fatiguant les yeux par ses sautes d'humeur, éclairs sinistres et aléatoires qui finissaient par porter sur les nerfs. Personne bien sûr n'avait songé à régler le problème. À quoi bon ? Ses chaussures blanches d'hôpital crissaient désagréablement sur le linoléum beige et Alice réalisa pour la première fois à quel point celui-ci était hideux avec ses taches et ses balafres. Puis son regard se déporta sur les murs autrefois d'un blanc immaculé, que la lumière trop crue rendait blafards sous les quelques affiches collées ici et là, écornées, devant lesquelles personne ne s'attardait jamais. Accablée, elle se surprit alors à guetter les pleurs d'un nouveau-né en passant devant les innombrables portes closes. Cherchant un signe de vie, même infime, auquel se raccrocher.

La morosité était contagieuse et Alice ne savait plus trop ce qu'elle attendait ou ce qu'elle pouvait encore espérer. Qu'on en finisse une bonne fois pour toutes et que chacun puisse tourner la page, bon gré mal gré ? Ou s'accrocher encore et ruer dans les brancards ? Toutes ses collègues étaient épuisées nerveusement, démoralisées, découragées. Atmosphère plombée, conséquences d'une mort annoncée. La maternité permettait aux futures mères d'accoucher près de chez elles, sans avoir à parcourir les quarante kilomètres qui les séparaient de Poitiers. Ce n'était pas anodin. Mais il paraît qu'elle n'était plus rentable. Résultat : des patientes abandonnées à leur sort et une équipe en sursis à l'heure des bilans et des souvenirs nostalgiques. Fin du voyage, ensemble, tout au moins. Autant de visages familiers qui l'accompagnaient depuis treize ans maintenant, avec qui elle avait partagé des moments intimes et parfois intenses, et qui s'apprêtaient à sortir de son quotidien.

Recommencer une nouvelle vie, ailleurs, et chercher un second souffle. Muer.

Et puis Camille qui grandissait et finirait par quitter le nid. Il fallait s'y préparer, à ça aussi…

Non, la vie n'était pas un long fleuve tranquille, même lorsqu'elle en donnait l'illusion. Et le sentier sur lequel on avait pris la confortable habitude de cheminer les yeux presque fermés pouvait s'estomper à tout moment, laissant la place au vide et au vertige. Plongée en apnée dans le brouillard, désorientation totale. Alice en était là.

Au moment de leur pause commune, Marjolaine lui fit part de sa propre introspection. Elle qui avait toujours rêvé de se la couler douce à la Martinique une fois à la retraite – un retour aux sources bien mérité – y voyait peut-être un signe. Et si ça devait arriver plus tôt ? Adepte d'astrologie et de numérologie, elle étaya sa thèse le plus sérieusement du monde :

— En numérologie, je tombe sur le chiffre neuf. Il signifie la fin d'un cycle et annonce un renouveau ! Or, je suis doublement impactée car cette année je vais avoir quarante-cinq ans, qui ramènent aussi au neuf. Bref, pour moi, l'année de tous les bilans ! Toi aussi, tu devrais essayer ! Concernant l'avenir de la Villandière, par exemple, le chemin à suivre… Tu y verrais peut-être plus clair !

— Ne me dis pas que tu crois à tout ça, Marjo !

— Attends voir que je te montre et tu changeras d'avis !

Têtue, Marjolaine sortit son téléphone et commença à chercher un site en ligne de numérologie.

— Tiens, on va se pencher sur ta vie affective, ricana-t-elle, moqueuse. Je rentre ton prénom, ton nom et… tadam !

Sur l'écran, les lettres se mirent à tourbillonner, ménageant le suspens avant de se métamorphoser en une série de chiffres qui clignotèrent, fusionnèrent jusqu'à ce qu'il n'en reste plus qu'un : le 5. Les yeux de Marjolaine pétillèrent d'excitation.

— Alors, voyons ça… *Vous êtes une personne passionnée… Vous ne restez jamais longtemps en place…*

— Hum, ça commence mal…

— Tssss !… *Joyeux luron, vous avez le sens de la fête.*

Alice ne put réprimer un gloussement.

— *Vous êtes de nature indépendante, toujours en quête de sensations fortes…*

— C'est dingue, c'est vraiment tout moi, dis donc…

— Agghrr… Écoute jusqu'au bout ! Côté vie de couple, *vous êtes un jouisseur, à la sensualité débordante…*

Cette fois-ci, ce fut son thé qu'Alice avala de travers. Petit silence circonspect du côté de Marjolaine qui finit par reconnaître :

— Mouais… Faut avouer que ce n'est pas très ressemblant…

— Mais si ! C'est juste que je cache bien mon jeu, dit Alice en éclatant de rire.

— Comprends pas. Parce que pour moi, c'est vraiment ça, je t'assure…

— Hé bien, j'imagine que je suis l'exception à la règle…

— Mmm. Tu veux quand même qu'on regarde ton chemin de vie pour voir du côté de la Villandière et des décisions que tu devras prendre ? Cette fois-ci, je dois rentrer ta date de naissance. C'est peut-être plus fiable…

— Euh, non merci, ça ira…

— Bon, on le fera quand même, une prochaine fois !

Cela sonnait comme une menace…

Alice préféra se jeter à corps perdu dans le jardinage. Elle n'avait pas trouvé mieux pour épuiser son corps et effilocher ses pensées. Comme la Villandière, elle se sentait à l'état de friches, en quête désespérée de sens. Guettant avidement le rebond, étreinte par l'appréhension des lendemains incertains.

Alors biner, ratisser, planter, afin de lâcher prise.

Accepter de ne rien contrôler et apprivoiser la peur. Se dire qu'après tout, la vie n'était rien d'autre qu'une succession de portes qui s'ouvrent et qui se ferment. Et que les choses se feraient, quoi qu'il arrive.

À genoux dans l'herbe humide, elle contempla, apaisée, son œuvre titanesque : les hortensias soigneusement alignés qu'elle venait de planter sous la balustrade, là où il n'y avait que des mauvaises herbes quelques heures plus tôt. Elle ne s'était pas autorisée la moindre seconde de répit depuis le début d'après-midi. Un besoin orgiaque de fleurs l'avait amenée à dévaliser le pépiniériste. Elle avait ainsi planté des géraniums lierre dans les vieilles jardinières en ciment du perron. Et pendant qu'elle agençait consciencieusement iris, pivoines et rosiers près des dépendances, grattant la terre à quatre pattes, les cheveux dans les yeux, indifférente au vent frais qui s'était levé, son esprit vagabondait librement, visualisant le jardin quand le printemps serait bien installé.

Chacune à leur tour, les tantes toutes requinquées étaient venues lui tenir compagnie, se remémorant les anciennes fleurs qui poussaient là autrefois : les lupins et les pieds-d'alouette de grand-mère Lucie, les gueules-de-loup que Paulette, enfant, aimait tant presser, les lilas odorants qui longeaient les écuries et dont on faisait des bouquets éphémères au moment de la floraison. Eugénie se souvenait des rosiers blancs de grand-père Georges au parfum si envoûtant ; Alice savait-elle au moins qu'un rosier pouvait vivre plus de vingt ans, à condition de recevoir beaucoup d'amour et de soins ?

La jeune femme regarda ses mains toutes écorchées et noircies de terre malgré les gants de jardinage puis reporta son attention sur la demeure, le cœur à nouveau serré ; est-ce qu'elle se leurrait en imaginant que quelques fleurs ici et là suffiraient à masquer la lente décrépitude et à éloigner le spectre d'un avenir incertain ? Ou était-ce une ultime tentative, vaine et désespérée, pour se donner l'illusion que tout n'était pas écrit d'avance ?

En fin d'après-midi, elle se prépara un thé puis, la tasse fumante à la main, vint s'asseoir sur la première marche du perron. L'air était doux. Elle se laissa bercer par le chant d'un coucou, pareil à un disque rayé. À quelques pas d'elle, un petit oiseau peu farouche s'approcha du vieux paillasson et se mit à le dépiauter avant de s'en aller à tire d'ailes. En voilà un qui préparait son nid. Elle regretta de connaître si peu le nom des oiseaux. Peut-être une mésange ? Luc, lui, aurait su le dire, tout comme il était capable de les identifier à leur chant. Elle ferma les yeux, laissant le soleil chauffer son visage.

Suzanne n'avait rien dit à Paulette et Eugénie concernant la fermeture de la maternité et celles-ci continuaient à vivre dans une heureuse ignorance. Pour autant, cela n'atténuait pas son sentiment de culpabilité. Elle avait commencé à consulter les annonces immobilières sur Poitiers. Sans grand entrain. Elle se disait qu'il n'y avait pas d'urgence. Que Camille finisse au moins sa dernière année au collège, tranquillement. Les premiers temps, elle ferait la route entre Marsans et Poitiers, voilà tout. Cela ne serait pas la mer à boire, même si après une garde de nuit ce serait plus fatigant, évidemment. Mais au moins, elles auraient une année supplémentaire pour se retourner, s'organiser et tout planifier paisiblement.

L'humidité commença à tomber, lui rappelant que ces premières belles journées de printemps pouvaient être traîtresses. Le soleil déclinait doucement sur la prairie laissée en friche, nimbant tout le paysage d'une douce luminosité. Le corps tout engourdi, elle se leva et regagna la maison. Il était temps de rentrer et de dire au revoir aux tantes.

— Tu reviens quand ? s'enquirent en chœur Eugénie et Paulette en la suivant à la trace dans la maison tandis qu'elle récupérait ses affaires, ici et là.

Faisant volte-face, elle percuta Paulette qui la talonnait comme son ombre, ses gros yeux globuleux clignotant avec désarroi. Elle dégageait une odeur un peu rance qu'Alice, gênée, tâcha d'ignorer.

— Bientôt, promis ! En attendant, le garde-manger est plein. J'ai renouvelé les ordonnances. Pensez à arroser les fleurs, surtout celles en jardinières, hein ?

— Oui, oui, ne t'en fais pas... et merci encore pour tout, intervint Suzanne d'un air bourru. Tu nous diras combien on te doit pour toutes ces fleurs ! Tu as fait des folies.

— Rien du tout, cadeau ! riposta Alice en évitant son regard désapprobateur.

Elle connaissait tellement bien Suzanne qu'elle l'entendait presque penser tout haut. Mais qu'importe. Elle était heureuse du résultat et de la joie qu'elle lisait dans le regard de Paulette et Eugénie. Et pour l'heure, c'était tout ce qui comptait.

Au moment des vacances d'avril, Alice arriva plus facilement à convaincre Camille de venir passer quelques jours à la Villandière, grâce à la présence de Nina à la ferme. Elles entassèrent valises et paniers de commissions dans le coffre de la voiture puis la jeune femme démarra avec entrain. Il avait plu pendant la nuit et la route qui n'avait pas eu le temps de sécher brillait sous le soleil. Éblouie, elle conduisait lentement, autant par prudence que pour mieux contempler la campagne. La plupart des arbres avaient encore les branches nues. Mais ici et là, indéniablement, la nature revêtait peu à peu sa parure printanière. Les aubépines commençaient à fleurir dans les haies ; pieds-de-chat et pissenlits apportaient une touche de couleur vive sur les talus et dans les prés. Et surtout, il y avait dans l'air cette odeur indéfinissable qui ne trompait pas, annonçant la fin de la léthargie hivernale. Bientôt ce serait au tour des oies sauvages de confirmer la bonne nouvelle.

— Coucou, c'est nous ! claironna-t-elle à tue-tête en pénétrant dans la maison.

Elles tapèrent longuement des pieds sur le paillasson, les chaussures pleines de boue. La pluie de ces derniers jours avait transformé l'allée gravillonnée en marécage spongieux. Paulette surgit la première, un peu hagarde et complètement échevelée, encore en robe de chambre malgré l'heure très tardive.

— Tu n'as pas fait ta toilette ? s'étonna Alice en déposant un baiser sur sa joue fanée.

Cette dernière la regarda d'un air dérouté.

— Non, pourquoi ? Quelle heure est-il ?

— Mademoiselle a passé sa matinée à lire l'horoscope. C'est que ça prend du temps, tout ça ! glapit Suzanne en surgissant dans le vestibule, la mine exaspérée. Et bien sûr, les carottes et les pommes de terre, elles, ne se sont pas épluchées toutes seules, hein ?

— Il paraît que les Cancers risquent de se faire une entorse aujourd'hui, se justifia Paulette, comme si ça expliquait tout.

— Et tu crois encore à toutes ces fadaises à ton âge ? marmotta Suzanne en haussant les épaules.

— J'ai toujours été sensible des chevilles, tu le sais très bien ! Rappelle-toi quand Pierre avait dû me ramener sur son dos après la promenade dans le bois.

— Ah, mais c'est vieux tout ça ! On avait dix ans !

— Et puis, toi aussi tu devrais faire attention. Pour les Capricornes, il y a de sérieuses présomptions d'accidents domestiques, aujourd'hui !

— Hé bien, comme ça, les urgences crouleront sous l'affluence des Capricornes ! Je les plains, les pauvres ! persifla Suzanne.

— C'est sûr que s'ils ont tous le même affreux caractère que toi… !

— Pfff… Tu goberais n'importe quoi, ma pauvre fille ! Tiens ! À en croire ton fichu horoscope, le grand amour viendrait « frapper au carreau aujourd'hui pour nous enlever Eugénie » ! *Amis Poissons, attendez-vous au coup de foudre en cette journée…* Rien que ça ! Quelle blague ! Depuis le temps qu'elle l'attend, le grand amour, la pauvre, ça risque de lui faire un choc !

— Il faut toujours que tu te moques de tout ! Tu es pénible à la fin ! s'écria Paulette vexée.

— Ouh là là ! Maman aussi est Poissons ! s'esclaffa Camille que toute cette scène faisait jubiler. Ce serait trop drôle si…

Un gros coup sonore ébranla brusquement la porte, les prenant par surprise et les faisant bondir toutes les quatre. Couinement de Paulette, sourire hilare de Camille, mine circonspecte chez Suzanne, avouons-le, en matière de coïncidence, ça ne pouvait pas mieux tomber ! Était-ce déjà *l'amour qui frappait au carreau* pour leur enlever Eugénie ? Camille se mit à glousser tout excitée. Une ombre se découpait derrière la vitre dépolie, occultant toute la lumière. Réalisant soudain qu'elle était toujours en robe de chambre – tenue ô combien peu seyante ! –, Paulette s'enfuit, se cognant aux murs dans sa précipitation et renversant au passage le porte-parapluies et tout son contenu. Avec toute cette histoire, Alice ne s'était toujours pas déchaussée ni dévêtue. Trois pas lui suffirent pour aller rouvrir la porte qu'elle avait eu tant de mal à fermer. Batailler avec la serrure récalcitrante. Le raclement du bois sur le carrelage lui fit crisser des dents. C'étaient Luc et Nina qui patientaient sur le perron. Cette dernière avait troqué sa petite valise à roulettes de la dernière fois contre un gros sac de voyage, qu'elle tenait à deux mains devant elle. Elle lui décocha un sourire radieux :

— Bonjour, c'est nous !

— On arrive trop tôt ? demanda Luc, décontenancé par l'accueil.

— Oh non, pas du tout, entrez ! On vient juste d'arriver ! dit Alice en leur cédant le passage.

Sa fille, hilare, la bouscula pour accueillir son amie.

— On a juste cru que c'était le grand amour d'Eugénie qui frappait à la porte !

— Elle aurait été bien bonne, celle-là, hoqueta Suzanne en s'essuyant les yeux avec son tablier.

— On parle de moi ? retentit la petite voix chevrotante d'Eugénie depuis l'escalier.

Tout le monde fit volte-face. Deux pieds chaussés de charentaises apparurent d'abord, surmontés de bas de laine noire puis d'une robe-tablier à grosses fleurs et d'un chandail bleu turquoise. Elle descendit les dernières marches précautionneusement, en s'agrippant des deux mains à la rampe. Ses cheveux blancs avaient été noués comme d'habitude en un petit chignon porté sous la nuque. Summum de la coquetterie, elle s'était mis un soupçon de rouge à lèvres qui faisait ressortir le bleu myosotis de ses yeux et lui donnait un petit air pimpant. Alice la regarda s'avancer, attendrie et admirative. Oui, on pouvait encore être très jolie, même à quatre-vingt-dix ans.

— Ah, vous êtes déjà arrivés ! Quel plaisir ! dit-elle en venant les embrasser tour à tour, une odeur d'eau de Cologne la précédant. Bonjour Luc.

— Bonjour Eugénie ! Je ne fais que passer…

— Tu as une adorable fille. On est très heureuses de la recevoir…

Comme Camille et Nina faisaient déjà mine de s'éclipser à l'étage, conspirant à voix basse, Alice les interpella :

— Hé, les filles ! Vous pouvez aller où vous voulez, mais pas dans le grenier, hein ?

— Oui, oui ! claironnèrent-elles en disparaissant.

Pendant quelques instants, ils écoutèrent, non sans perplexité, l'étage du dessus vibrer et trembler. Est-ce que la maison résonnait déjà ainsi quand tous les cousins envahissaient les lieux pendant les vacances ? D'un œil critique, Alice observa le lustre en cristal trembler et tintinnabuler sous les cavalcades des filles. Non, la demeure en avait vu d'autres. Elle se souvint des garçons qui usaient leurs fonds de culotte en faisant des concours de descente sur la rampe d'escalier, arrivant à la vitesse d'une balle de flipper, tandis qu'elle avait pour mission de faire le guet dans le vestibule – vrai ou faux privilège réservé aux plus petits – prête à donner l'alerte dès que le tap-tap de la canne de grand-mère Élisabeth sonnait sur le carrelage.

Luc attendit qu'Eugénie et Suzanne s'éloignent pour se tourner vers elle.

— Mes parents me font dire qu'ils aimeraient que tu fasses un saut à la ferme pour boire un café avec eux, ces jours-ci… Quand tu auras un peu de temps, bien sûr.

— Mais oui, je viendrai avec plaisir ! C'est de ma faute, ça fait des mois que je promets et je n'y vais pas…

— Oh, t'inquiète ! Ils comprennent… Bon. J'espère que les filles seront sages. Tu m'appelles s'il y a quoi que ce soit.

— Pas de souci…

Ils échangèrent une bise maladroite et furtive. Luc ne s'était pas rasé depuis plusieurs jours, sa joue piqua la peau d'Alice comme du papier de verre. Puis, après un ultime regard indéchiffrable, il tourna les talons. Elle le regarda dévaler prestement les marches du perron et rejoindre son 4 × 4 boueux en deux grandes enjambées nerveuses. S'éclipsant comme il était venu, en somme, et laissant derrière lui cette impression familière et un peu amère : Luc serait toujours un courant d'air, un tourbillon, incapable de tenir en place. Elle songea alors, non sans ironie, qu'il serait peut-être intéressant de faire son test de personnalité en numérologie. Juste pour voir, par curiosité…

Elle retrouva les trois vieilles dames dans la cuisine, se réchauffant au contact du poêle. Une odeur d'oignons roussis dans le beurre embaumait la pièce, qui lui déclencha des tiraillements dans l'estomac. Tandis qu'Eugénie surveillait la cuisson, remuant régulièrement à l'aide d'une spatule en bois, Paulette finissait de laver la vaisselle. De son côté, Suzanne s'employait à ouvrir le courrier d'une main tremblante, déchiquetant tant bien que mal les enveloppes récalcitrantes avec le couteau à pain. Rien que des factures et de la publicité. Voilà ce qui arrivait lorsqu'on avançait en âge : les lettres intéressantes se faisaient de plus en plus rares. C'était ça ou alors du courrier qui n'annonçait rien de bon de toute façon.

— La semaine dernière, nous avons reçu le faire-part de décès de Jules Massabant, annonça Suzanne. Il doit être quelque part sur le buffet. À moins qu'on l'ait jeté ? Ça m'a fait tout drôle ! Cela faisait des années qu'on n'avait pas prononcé ce nom…

— Jules qui ? interrogea Alice, ne voyant absolument pas de qui il s'agissait.

— Mais si, tu sais, un des petits-fils de Philomène, une cousine de grand-père Georges ! claironna Eugénie, comme si c'était une évidence.

— Celui qu'on trouvait très collant quand on était enfant, marmonna Suzanne.

— Je me souviens surtout de ses dents. Le pauvre. Des dents de lapin ! Pas gâté par la nature ! renchérit Eugénie.

— Tu peux le dire !

— N'empêche qu'il n'était pas si vieux… À peine soixante-dix ans ! soupira Paulette.

— On s'était perdus de vue, reprit Suzanne en haussant les épaules. Étonnant qu'on ait songé à nous annoncer son décès. Je crois que la dernière fois que je l'ai croisé, c'était au mariage de la cousine Lucienne.

— Ah bon ? Je n'y étais pas, s'étonna Paulette. On ne m'avait peut-être pas invitée.

— Mais si tu étais là, qu'est-ce que tu racontes ! Rappelle-toi, le grand-oncle Marcel avait enlevé son dentier et l'avait mis dans ton verre ! s'impatienta Suzanne.

— Mais non, tu as dû rêver ! Je m'en souviendrais quand même ! se vexa Paulette, troublée.

— Pfff ! Et quand ce petit morveux de Clément a retiré ta chaise en douce et que tu as failli te retrouver par terre ! En entraînant la nappe avec toi et toutes les flûtes à champagne ! Ne me dis pas que tu ne t'en souviens pas non plus !

Front plissé et regard perdu dans le vague, les mains ruisselantes de produit à vaisselle, Paulette semblait creuser au plus profond de sa mémoire, la mine chiffonnée.

— Mais non, je ne vois vraiment pas... Ah si ! Je me rappelle que maman avait dû enlever ses chaussures pour danser tellement elle avait d'ampoules aux pieds ! La pauvre ! Elle adorait danser.

Un long silence accueillit ces derniers mots tandis que Suzanne, la mine sombre, jetait un regard éloquent à Alice.

— Je crois que tu confonds, ma chérie, finit par murmurer Eugénie. Au mariage de Lucienne, ta mère n'était plus de ce monde depuis longtemps...

— Ah bon ? Tu es sûre ?

Paulette semblait si confuse qu'Alice en eut le cœur broyé. Elle s'avança vers elle pour couper l'eau qui continuait de couler dans l'évier et, la prenant par les épaules, lui dit d'un ton léger :

— Tu sais que les gueules-de-loup commencent à fleurir ? Tes fleurs préférées Paulette ! Tu devrais aller voir, tout à l'heure...

— Ah, c'est vrai ? Je suis contente ! sourit cette

dernière, oubliant d'un coup les doutes qui la tracassaient juste avant.

À travers le gros paletot en laine, Alice sentit ses épaules se détendre. Puis, sans donner d'explication, elle quitta la pièce en fredonnant, laissant tout en plan dans l'évier.

— Ça ne s'arrange pas… marmonna Suzanne en claquant la langue avec fatalité.

— Elle a juste confondu, rétorqua Eugénie.

— Elle confond tout ! Même les gens sur les photos. Hier, elle a soutenu que c'était Pierre alors que c'était Robert. Tu ne peux pas dire le contraire !

— C'est qu'il y a quand même un air de famille… Et tu sais bien qu'elle ne voit plus très clair avec sa cataracte…

— Ben voyons…

Alice intervint d'une voix mal assurée :

— C'est à cause de son traitement, ça embrouille un peu l'esprit.

Elle s'approcha du buffet dans l'idée de jeter un coup d'œil sur ce fameux faire-part. La famille avait tellement de ramifications que c'était parfois ardu de s'y retrouver. En tout cas, ce Jules Massabant n'avait pas marqué sa mémoire, dents de lapin ou pas, à croire qu'il n'avait eu qu'un rôle très secondaire dans la vie des tantes du temps de leur jeunesse. *À quel moment la famille cessait-elle d'être encore de la famille ? Est-ce que ce mot avait encore un sens lorsqu'on était si éloignés les uns des autres, devenus presque comme des étrangers ?* songea-t-elle.

Elle cherchait des yeux l'enveloppe au liseré noir lorsqu'elle tomba par inadvertance sur une brochure en papier glacé qui l'intrigua. Sans rien dire, elle s'en saisit. Il s'agissait d'un projet immobilier qui répondait au titre aguicheur de la Clé des champs : plusieurs petits pavillons cossus et élégants disséminés dans un grand parc verdoyant et paysager. Il lui fallut d'interminables secondes pour réaliser que la grande maison bourgeoise qui se trouvait au centre ressemblait étrangement à la Villandière, mais en plus pimpant. Frappée de stupeur, elle n'entendit pas Suzanne qui s'était approchée.

— Tiens, on n'a pas mis ce truc à la poubelle ?

— Qu'est-ce que c'est ? demanda-t-elle en lui faisant face.

Suzanne eut un geste évasif.

— Rien d'important. De temps en temps, il y a des types qui viennent nous démarcher…

— Et vous les laissez entrer dans la maison ? s'étrangla Alice.

— Ce ne sont que des commerciaux, ma chérie, pas des tueurs en série. Et celui-ci avait l'air particulièrement inoffensif et pas très doué ! Un bègue, en plus ! On comprenait un mot sur deux, j'ai cru qu'on allait s'endormir !

— Mais ces personnes-là sont très douées pour parvenir à leurs fins ! Tout ce terrain, ça attire forcément les convoitises ! Vous n'avez rien signé, j'espère !

— Ce n'est pas parce qu'on est vieilles qu'on est séniles, riposta Suzanne d'un air ronchon. Et je sais encore reconnaître un escroc ! Il y a trois semaines, il y en a un autre qui est venu. Lui, c'était pour transformer la maison en hôtel de luxe. C'était clairement un baratineur. Mais Eugénie est allée lui raconter que l'endroit était hanté. Tu la connais, elle a commencé à parler de voix et de tables qui tournent. Le type en face se décomposait au fur et à mesure. Et finalement, il est reparti sans même nous laisser sa carte de visite. Bref, t'en fais pas. Toutes ces brochures finissent direct à la poubelle de toute façon !

— Oui, jusqu'au jour où vous laisserez entrer quelqu'un de vraiment mal intentionné, Suzanne ! Et ne me dis pas que tu sauras le repousser à coups de parapluie ou de fourchette ! Comment je peux me sentir tranquille, maintenant, quand je sais que vous laissez entrer n'importe qui !

Vexée comme une petite fille prise en faute et qu'on aurait grondée, Suzanne se drapa dans un silence hautain. Ses yeux lancèrent des éclairs. Alice renchérit :

— On va changer le portail. Vous ne pouvez plus rester avec une grille qui ne ferme pas. Et je ne veux plus que vous laissiez des inconnus pénétrer dans la propriété, même s'ils ont l'air souriant, aimable, inoffensif…

— Le pauvre n'avait plus que trois malheureux cheveux sur la tête, mais il les avait quand même peignés ! C'était un homme plutôt coquet, glissa Eugénie d'un air rêveur.

— Chauve ou pas chauve, ça ne change rien au problème !

— Oui, oui, on a compris ! grinça Suzanne avec mauvaise grâce. On ne recommencera plus !

Arrachant la brochure des mains d'Alice, elle la balança dans la poubelle avec fracas puis tourna ostensiblement le dos, farfouillant dans le meuble plus bruyamment que de raison.

— Mais pourquoi tu t'énerves encore ? soupira Eugénie. Pense à ton cœur !

— Mon cœur va très bien !

— Seigneur, qu'est-ce que tu peux être sanguine ! Es-tu obligée de claquer aussi fort les portes de ce malheureux placard ?

Sentant venir l'orage, Alice jugea plus sage de laisser Suzanne décolérer toute seule. Les portes des placards s'en sortiraient bien toutes seules – elles en avaient vu d'autres ! – et Eugénie saurait également s'éclipser si besoin. Elle savait qu'elle avait vexé Suzanne et dans ces moments-là, la connaissant, le mieux était encore de laisser passer la tempête sans intervenir.

Elle décida de partir à la recherche des filles, curieuse de savoir ce qu'elles devenaient. Elles ne faisaient plus aucun bruit depuis une bonne heure. Là encore, Alice ne savait si elle aurait dû s'inquiéter ou pas... Elle grimpa les deux étages, sentant au fur et à mesure l'humidité lui tomber sur les épaules. Des chuchotis et des rires étouffés venaient de loin, comme traversant les murs et le plancher. Dans le couloir, elle survola des yeux les nombreuses photographies sépia qui la regardèrent passer, imperturbables. Ne manquait plus qu'un petit cartel sous chacune d'entre elles pour donner à l'endroit des allures de musée poussiéreux. La porte de la chambre bleue était entrebâillée, les chuchotements venaient de là. Elle s'approcha sur la pointe des pieds, tendant l'oreille. « Mais c'est les cheveux de qui, à ton avis ? » « C'est dégoûtant ! Dire que ça a appartenu à une personne qui est morte ! » « Tu imagines, si on avait le don de lire le passé rien qu'en touchant les objets ? Ce serait trop ! » « Tu crois qu'il y a eu la guerre ici ? C'est un casque de soldat, non ? Et cette lame bizarre, on dirait une toute petite épée... »

— C'est une baïonnette, dit Alice en surgissant dans la pièce sans crier gare, un sourire aux lèvres.

Son irruption les fit sursauter d'effroi. Décidément, ça devenait une habitude.

— Maman ! protesta Camille en soufflant fort.

— Oh, mais ce n'est que moi ! Quelles froussardes !

— Pfff !

Elles étaient assises en tailleur devant une grande malle qu'elles avaient ouverte et déballée, disposant sur le parquet tout un bric-à-brac d'objets incongrus. Pour les rejoindre, Alice dut zigzaguer entre les seaux et les pots de chambre qu'on avait laissés en place malgré la réparation du toit. S'accroupissant à leur hauteur, intriguée, elle considéra les objets étalés sur le parquet comme dans une brocante. Une vieille lampe-tempête, une montre gousset au tic-tac éteint depuis une éternité, une longue tresse blonde roulée sur elle-même, pareille à un serpent endormi, des boutons d'uniformes – écoliers, militaires ? Elle n'aurait su dire –, un tour du cou en velours noir, un châle gris mité, un éventail en fausse nacre, un casque à pointe, percé d'un trou – mauvais signe pour son propriétaire – et la fameuse baïonnette, complètement rouillée.

— Je crois me souvenir que cela date de la guerre de 1870. C'est un casque prussien. Et ça, une baïonnette qu'on mettait au bout d'un fusil. Un trophée ramené d'un combat. Les Prussiens ne sont jamais venus jusqu'ici.

— Hein ? fit Camille, interloquée. De quelle guerre tu parles ?

— La guerre de 1870, celle que Napoléon III a perdue contre la Prusse. La défaite de Sedan. Pas appris ça en cours ?

Les adolescentes échangèrent un regard décontenancé.

— C'est une histoire qui concerne aussi ta famille, Nina.

— Ah oui ?

— Oui. Je crois me souvenir que c'est un de tes aïeux

qui a ramené ce casque. Tu sais que les Millot étaient nos métayers au dix-neuvième siècle ? En fait, il a fallu attendre la fin de la guerre 1914-1918 pour que la famille de ton grand-père commence à prendre son autonomie. Au dix-neuvième siècle, il y avait une pratique très courante concernant le service militaire. Tous les hommes jeunes, célibataires ou veufs sans enfants devaient participer à un tirage au sort pour savoir s'ils devaient accomplir leur service militaire. À l'époque, ce service durait sept ans. Alors tu peux imaginer que beaucoup tentaient d'y échapper. Les familles riches avaient cependant la possibilité de payer un remplaçant. Et grand-père Georges a pu être exempté car sa famille a payé le fils de nos métayers pour y aller à sa place. Il faudrait que tu demandes à ton grand-père, je crois qu'il s'appelait Étienne. Lorsque la guerre de 1870 a éclaté, c'est ton ancêtre qui est donc parti se battre. Il a eu la chance de survivre aux combats et il est rentré en héros. Avec ce casque et cette baïonnette comme trophées…

— Mais pourquoi, alors, ce n'est pas notre famille qui a gardé ces objets ? Ils nous revenaient ! s'indigna Nina.

Alice haussa les épaules en signe d'ignorance ; Nina n'avait pas tort.

— En effet. Peut-être les avait-il offerts à son patron ?

— Quand même, ce n'est pas juste !

— Et tu sais à qui appartenait cette tresse ? C'est drôlement glauque comme truc… frissonna Camille en montrant du doigt la mèche de cheveux blonds qui avait conservé tout son éclat, comme si elle avait été coupée la veille.

— Ah ça, mystère ! dit Alice en éclatant de rire. Mais

pas de guillotinée dans la famille, du moins pas à ma connaissance…

— Une jeune fille qui aurait perdu tous ses cheveux suite à une grave maladie ? suggéra Nina.

— Une mèche qu'elle voulait peut-être offrir à un amoureux secret ?

— Trop bizarre !

Alice se releva en grimaçant. Restée trop longtemps dans une posture inconfortable, elle avait à présent mal partout dans les jambes.

— Je dois redescendre, on mange bientôt ! Rangez tout comme il faut et ne traînez pas pour nous rejoindre, vous savez que les tantes aiment la ponctualité ! Et Suzanne est plutôt de mauvais poil aujourd'hui…

— Oui, oui…

En début d'après-midi, profitant que les tantes faisaient la sieste devant leur programme télévisé et que les filles avaient à nouveau disparu dans les étages, Alice enfila bottes, manteau et écharpe et sortit dans le parc. Le ciel était dégagé mais un petit vent froid soufflait par intermittence, rappelant qu'il ne fallait pas encore se fier aux premiers rayons de soleil. Très vite frigorifiée, elle se contenta d'inspecter rapidement les plantations faites quelques semaines plus tôt puis prit la direction du bosquet dans l'espoir que les arbres la protégeraient un peu du vent. Elle ne ralentit le pas que lorsqu'elle fut à couvert, frappée par le calme qui régnait dans le sous-bois. Elle avança alors lentement, attentive au chant des oiseaux, hôtes invisibles, foulant les feuilles mortes qui ne s'étaient pas complètement décomposées, écartant de temps en temps les branches qui barraient le sentier ou s'agrippaient à ses cheveux. Il y avait surtout ce merveilleux tapis de jacinthes sauvages, à perte de vue. Un océan bleu indigo. Tout le bois était imprégné de leur parfum entêtant. Avisant un tronc d'arbre tombé au sol à quelques mètres, elle enjamba les ronces, se frayant un passage dans les fourrés et elle s'y assit. L'indicible sensation d'être au bout du monde. Aucun bruit de circulation ou d'activité humaine à la ronde. Fermant les yeux, elle laissa le soleil caresser la peau de son visage et respira amplement. Elle et ses cousins avaient si souvent arpenté ces lieux, brisé le silence de leurs cris et de leurs rires jamais fatigués. Terrain idéal pour jouer à cache-cache ou se faire peur, à la nuit tombante. Mais aussi premières caresses échangées à l'abri des regards, des feuilles mortes pleins les cheveux, le ciel que l'on devinait par petites touches à travers le feuillage virevoltant des arbres. Est-ce qu'il arrivait à Luc de penser encore, parfois, à ces moments volés d'insouciance et de liberté absolue ? Du regard, la jeune femme embrassa le bois laissé à l'abandon et son cœur se serra.

Inutile de se voiler la face : elle s'apprêtait à entamer le dernier chapitre, celui des adieux définitifs et irrémédiables. Mais comment tourner la page sans se sentir déchirée ou sombrer dans la culpabilité ? Elle aurait voulu garder intacts tous ces souvenirs, ces odeurs, les jeux de lumière, le chant du vent dans les feuilles, la rugosité de l'écorce sous la peau. Ne rien perdre, ne rien oublier. Au lieu de ça, elle réalisait à quel point le temps présent était volatil et insaisissable. Que ces souvenirs altérés n'auraient d'autre refuge que dans sa mémoire versatile, une mémoire tantôt coffre-fort, tantôt écrin à bijoux, mais toujours trompeuse et illusoire. Lui revint à l'esprit la brochure découverte ce matin dans la cuisine. Ébranlée, elle réalisa que ce domaine presque centenaire était sur le point de connaître un tournant dans son histoire et que la responsabilité lui en incombait. *C'est avec moi que tout cela prendra fin. Car quoi que je décide, au final, je ne pourrai garder la Villandière. Même si je le voulais, les frais de succession me forceraient à vendre. Malgré tout, tenir encore un peu, autant que possible pour que les tantes finissent sereinement leur vie. Je leur dois bien ça.* Elle cueillit une jacinthe et en huma son parfum intense, les yeux perdus dans le vide, luttant contre les larmes.

13

Les vieux chagrins

Le soir, elles mangèrent toutes ensemble dans la cuisine, serrées les unes contre les autres autour de la petite table ronde qu'une simple ampoule éclairait chichement, donnant l'occasion à Eugénie d'expliquer aux adolescentes éberluées qu'autrefois seuls les domestiques mangeaient ici, puisque la famille Villandier prenait ses repas dans la grande salle à manger. Us et coutumes d'une autre époque, difficiles à imaginer aujourd'hui. Car après la guerre 14, tout avait changé. À coups de dangereux moulinets dans le vide avec sa fourchette, Eugénie leur raconta le grand drame qui avait frappé la famille, la perte du fils héritier, cet inconnu qu'elle continuait d'appeler *papa*, touchante comme une petite fille, alors que le fils des métayers, lui, avait eu la chance de revenir sain et sauf de la guerre sans la moindre égratignure. L'impitoyable, incompréhensible et cruelle loterie de la vie. Et ses blessures jamais guéries. Le début du déclin. La guerre avait ruiné la famille Villandier en plus de lui avoir volé sa force vive, ses hommes en pleine force de l'âge, une génération entière de frères et de cousins, fauchée net. Ce fut à partir de cette époque que la famille dut commencer à réduire son train de vie et à se séparer peu à peu de ses domestiques, ne gardant que les Millot, ces insolents survivants des guerres de 1870 puis de 1918, jusqu'à ce que ces derniers finissent à leur tour par donner le coup de grâce en rachetant les premières terres, puis le corps de ferme, renflouant les caisses percées des Villandier mais écrasant un peu plus leur vieille fierté blessée. Un service, un sauvetage vécu comme une humiliation.

Autour de la table, Alice et les filles étaient comme frappées de mutisme. Même Suzanne, pour une fois, ne semblait pas d'humeur à contredire sa cousine, se contentant d'avaler sa soupe à grandes lampées bruyantes. Embarrassée par la tournure larmoyante que prenait le monologue, Alice toussota en jetant un bref coup d'œil sur Nina qui avait cessé de manger, muette et consternée. La voix de Paulette choisit alors cet instant précis pour claironner, les faisant toutes tressaillir.

— Puisque nous sommes en plein dans les confidences, moi, mes parents ne fêtaient jamais mon anniversaire quand j'étais petite.

Alertée, Alice vit Suzanne se raidir et foudroyer sa sœur du regard :

— Tu ne vas pas t'y mettre, toi aussi ! Tu as vraiment envie de plomber l'ambiance, ma parole ? En plus, ton histoire, elle vient comme un cheveu sur la soupe !

L'expression ne pouvait tomber plus à pic, pour la plus grande joie de Camille qui se mit à pouffer sottement jusqu'à ce qu'un coup de pied de sa mère dans la cheville la rappelle à l'ordre. Penaude, elle ignora son regard furibond et se contenta de tendre une oreille curieuse mais discrète.

— Et pourquoi, moi, je n'aurais pas le droit de raconter *mes* souvenirs ? s'offusqua Paulette.

En guise de réponse, Suzanne lâcha un long soupir exaspéré. Paulette persista :

— Ce n'est pas facile quand on est une petite fille de

voir tous les cousins fêter leurs anniversaires et d'être invitée à leurs fêtes, comme si c'était le plus beau jour de leur vie, alors qu'à la maison, papa et maman se contentaient d'une simple caresse sur la tête et hop ! on n'en parlait plus. Moi, j'en ai beaucoup souffert !

— Pourquoi donc ? Vous n'aviez pas assez d'argent pour recevoir un cadeau ? compatit Nina d'un air affligé.

— C'était une autre époque. On réagissait différemment. Nos parents ne pensaient pas mal faire… éluda Suzanne. Je ne leur reproche rien du tout.

— Moi non plus, je ne leur reproche rien, se défendit Paulette. Mais quand même ! J'avais quel âge quand c'est arrivé ? Sept ans ? C'était ma première année en pension, loin de la maison. J'étais tellement malheureuse, là-bas ! Les bonnes sœurs, vous ne pouvez pas savoir comme elles étaient méchantes. Et cette année-là, je me rappelle très bien que mon retour à la maison coïncidait avec ma date d'anniversaire. Alors je m'étais imaginé une grande fête encore plus spéciale. Maman m'avait terriblement manqué. J'étais tellement impatiente. Tu te souviens, Suzanne ?

— Hum… Pfff…

Alice observait Suzanne à la dérobée, tendue et inquiète. Pour qu'elle soit si peu coopérative, l'histoire en question ne devait pas être des plus joyeuses. Du genre blessure mal cicatrisée, au point de n'en avoir jamais parlé. Elle redoutait le pire. Bien sûr, Camille et Nina étaient tout ouïe, laissant refroidir leur soupe, tandis qu'Eugénie affichait une mine de circonstance, résignée et compatissante, mains croisées sur la poitrine comme si elle s'apprêtait à prier.

La voix chevrotante et les yeux embués, Paulette était partie sur sa lancée :

— On a été accueillies par la bonne, ce qui était

inhabituel. Elle a dit qu'elle voulait nous montrer quelque chose et qu'il fallait qu'on la suive sans faire de bruit. Sans poser de question. La maison était tellement silencieuse. Moi, je pensais qu'on me faisait une surprise pour mon anniversaire. J'ai quand même demandé où étaient papa et maman. La bonne n'a pas voulu me répondre. Ils étaient dans la chambre d'Arthur… et notre petit frère était allongé sur son lit. J'ai cru qu'il dormait et je n'ai pas compris pourquoi on lui avait mis son petit costume de marin qu'on réservait pour les grands jours… En fait, notre petit frère venait de mourir. Il est mort *le jour de mon anniversaire*. Il était tombé malade et on ne nous avait rien dit. Il avait deux ans.

Elle se tut brusquement et enfouit son visage dans ses deux mains flétries et tordues par l'âge.

Un ange passa. Bouleversée, Alice respira amplement. Elle ignorait tout cela. Elle savait que les tantes n'avaient pas toujours eu une vie facile. Mais cette histoire était particulièrement violente. À côté d'elle, Nina et Camille étaient comme pétrifiées d'horreur, réalisant avec un temps de retard tout le tragique de l'anecdote. Et Paulette conclut d'une toute petite voix enfantine, glaçante :

— Maman ne s'est jamais remise de la mort d'Arthur et je pense qu'à partir de ce jour-là, j'ai cessé d'exister pour elle. Je suis sûre qu'elle aurait eu moins de chagrin si c'était moi qui étais morte à la place d'Arthur. Elle l'aimait tellement.

Quelle éprouvante soirée ! Plus personne n'avait osé parler après l'histoire de Paulette. Le repas s'était achevé dans un horrible silence où chacune évitait consciencieusement le regard de l'autre. Seuls le bruit des cuillères dans les assiettes et le tic nerveux de Paulette, un raclement de gorge, ponctuaient le silence. Après avoir fini de ranger et nettoyer la cuisine, Alice monta voir les filles qui s'étaient réfugiées dans leur chambre. Elle redoutait les répercussions sur les adolescentes impressionnables, dont l'imagination était déjà suffisamment débridée, et ne voulait pas en rajouter une couche. Et puis, elle se sentait contrariée à l'idée que Nina ait assisté à tout cela. Comment l'avait-elle vécu ? Par ricochet, lorsque Luc apprendrait ce qui s'était passé ce soir, ne serait-il pas refroidi au point d'interdire à Nina de dormir de nouveau au domaine ? Camille en serait désolée. Cependant, au fur et à mesure qu'elle grimpait les escaliers, son inquiétude se dissipa, se muant en incrédulité puis en ébahissement : un chahut de tous les diables ponctué de fous rires provenait de l'étage. Le plancher au-dessus de sa tête vibrait littéralement sous les « boum-boum », comme si une vingtaine de jeunes y faisaient la fête. Les filles ne l'entendirent même pas lorsqu'elle pénétra dans la chambre, éberluée. On aurait dit que l'endroit avait été retourné par un esprit frappeur : lit repoussé dans un coin, totalement chamboulé, les deux chaises entassées l'une sur l'autre bloquant presque la porte, le tapis roulé contre un des murs, les valises à même le sol, béantes, en plein milieu du passage, et dans lesquelles Alice manqua de mettre les pieds. Face au miroir de l'armoire, les filles étaient en train de poser avec ostentation. Elles avaient enfilé par-dessus leur pyjama d'amples jupons en dentelle jaunie qu'elles soulevaient avec grandiloquence pour ne pas marcher dessus. Autour de leur cou, des boas dépenaillés aux couleurs vives semaient leurs plumes partout. Perchées sur des chaussures à talons aiguilles trop grandes et tout éraflées, elles prenaient un malin plaisir à les faire résonner sur le parquet, vacillant et titubant comme si elles étaient sur des échasses. Un chapeau à voilette un peu cabossé donnait à Camille des allures de clocharde distinguée, tandis que Nina arborait de faux airs de Cosette, un châle troué autour de ses frêles épaules et qui, trop grand, balayait le sol. Il ne manquait plus que le maquillage outrancier et l'illusion aurait été parfaite, réminiscence de défilés de carnaval ou d'anniversaires costumés, dégaine jubilatoire de filles des rues un peu pochardes sur les bords, le tout dans une odeur de naphtaline à tomber raide. Suffoquant à moitié, son premier réflexe fut d'aller ouvrir en grand la fenêtre pour aérer la pièce, contrainte de grimper sur le lit et d'enjamber tout un tas de vieilleries qui attendaient leur tour d'être exhumées. Dehors, la nuit était tombée sur le parc, avalant toutes les formes. L'air froid s'engouffra d'un coup, apportant des effluves de terre humide. Elle balaya du regard l'invraisemblable désordre qui régnait dans la chambre puis, capitulant, intima aux filles de faire juste un peu moins de bruit : les tantes étaient montées se coucher. Nina et Camille obtempérèrent à regret, en se mordant les lèvres, hilares et les joues cramoisies.

— Et ne vous couchez pas trop tard…

— Oui, oui… récitèrent-elles en se laissant tomber à la renverse sur le lit.

Depuis le couloir plongé dans l'obscurité, Alice entendit les chaussures valdinguer et rebondir sur le sol, puis des « chut ! » étouffés par des rires à peine contenus. Elle se retint d'ouvrir de nouveau la porte à la volée. Après tout, ce petit quart d'heure de folie était de leur âge. Qu'elles en profitent, leur vie ne serait pas toujours aussi insouciante. Adossée contre le mur, les yeux clos, elle épia impressionnée et presque envieuse le remue-ménage qu'elles faisaient de l'autre côté de la cloison, leurs chuchotements, les couinements des ressorts du lit malmené, le trottinement de leurs pas alertes, les portes de l'armoire que l'on ouvrait et refermait, la chute soudaine d'un objet, choc sourd sur le parquet qui la fit sursauter – mais qu'est-ce qu'elles fabriquaient ? –, tandis qu'une cascade de rires étouffés retentissait de l'autre côté. Effarée, elle tendit l'oreille du côté des chambres des tantes, dans la crainte d'en voir une débouler comme le faisait à l'époque grand-mère Élisabeth avec sa redoutable canne : « Mais je n'en peux plus, vous êtes de vrais petits démons ! » Mais non. Soit elles dormaient déjà profondément soit ce bruit plein de vie ne les dérangeait pas, au contraire. Alice pensa alors à sa mère et ses tantes qui avaient pris le sage parti de fermer les yeux sur leur grain de folie. Résignation et lucidité ? Ou lâcher-prise bienfaiteur pour tout le monde ? L'histoire, en somme, ne faisait que se répéter. Ces mères avaient vite compris, d'expérience, que leurs efforts seraient vains quoi qu'elles fassent – gesticuler, s'époumoner, à quoi bon ? –, puisque dès que leurs enfants se retrouvaient tous réunis à la Villandière, ils leur échappaient, se transformant en créatures incontrôlables, capables des pires bêtises. Une sorte d'étrange loi de la nature qui ne s'était jamais démentie. Et des bêtises, il y en avait eu ! Les batailles d'oreillers qui finissaient éventrés. Les draps arrachés des lits et découpés avec les ciseaux de cuisine pour jouer aux fantômes et effrayer les plus petits. Les gâteaux apéritifs volés dans le buffet et qu'on mangeait en cachette sous les couvertures. Et ce jour où elles avaient cassé le lit de l'arrière-arrière-grand-mère en dansant et sautant à cinq dessus. Le bruit avait été si terrible que, cette fois-là, tous les adultes étaient montés dare-dare, affolés, s'attendant déjà à trouver des morts.

Dans la chambre des filles, le bruit finit par s'atténuer, plus feutré. Elles continuaient de papoter mais leurs voix n'étaient plus qu'un filet inaudible. Alice résista à la tentation de regarder par le trou de la serrure puis regagna sa chambre à l'autre bout du couloir, éteignant toutes les lumières derrière elle.

14

Matelas ancestraux et seau de jardin

Camille et Nina émergèrent tardivement le lendemain matin, teint brouillé, cheveux ébouriffés et yeux bouffis. La démarche un peu incertaine. La nuit n'avait pas dû, encore une fois, être très bonne. Alice se contenta de les observer du coin de l'œil, se gardant de tout commentaire. Elle non plus n'avait pas bien dormi. Tous les matelas de la maison dataient de Mathusalem ou presque et leur état était désastreux, tout en creux et bosses. De quoi se lever courbatue de partout, le dos en compote.

Dans la cuisine, Suzanne s'activait déjà dans un tintamarre de casseroles à réveiller les morts, en vue du repas du midi. Camille, dont les réveils étaient toujours lents et délicats, affichait un air hébété. Comme pour enfoncer le clou, la vieille bouilloire se mit à siffler rageusement, les faisant sursauter de concert. Instinctivement, les filles se bouchèrent les oreilles, échangeant des regards horrifiés. Ce fut la réaction de trop : n'y tenant plus, Alice explosa de rire.

Elle les rejoignit un peu plus tard dans leur chambre, riant encore en douce de leur réveil laborieux et leurs mines déconfites. Elles traînaient en pyjama au milieu du lit complètement retourné. La lumière était allumée, les volets n'avaient pas été ouverts et, à peine le seuil franchi, l'odeur de naphtaline la saisit à la gorge. Comment avaient-elles pu dormir dans une telle puanteur ? Deux regards maussades l'accueillirent.

— Vous avez mal dormi, les filles ? ironisa-t-elle en ouvrant la fenêtre et les volets en grand.

Le vent froid s'engouffra dans la pièce, poussant les filles à rabattre précipitamment l'édredon sur elles, et fit claquer les volets sur la façade.

— Bah… Nina a voulu aller aux toilettes cette nuit…

— Oui, et alors ? Vous aviez vos lampes torches cette fois-ci, non ?

Camille la fusilla du regard :

— Non mais vraiment, tu te rends pas compte ! Cette maison est horrible ! On croirait qu'elle est hantée ! Toutes ces photos sur les murs… avec la lampe, on avait l'impression que leurs yeux nous suivaient ! Et puis les toilettes sont à l'autre bout de la maison.

— Ah là là, quelles froussardes !

Un peu plus tard dans la matinée, Alice les vit quitter la maison en catimini, emmitouflées dans leur manteau et leur écharpe, et se diriger vers les écuries. Elle tiqua un peu : elle n'aimait pas qu'elles traînent là-bas, le bâtiment n'était plus très solide et c'était un tel capharnaüm à l'intérieur, de quoi en ressortir tout enguirlandées de toiles d'araignées. Mais un appel de Suzanne lui fit perdre le fil de ses pensées.

— Paulette ne veut encore une fois pas sortir de son lit, ce matin ! Ça devient une manie ! Si tu pouvais y aller, parce que moi, je crois que je vais l'étrangler…

— Qu'est-ce qui se passe ?

— Il se passe que mademoiselle se prend pour la Pythie ! Soi-disant qu'elle a fait un affreux rêve prémonitoire… Je ne veux même pas savoir de quoi il s'agit, elle me rend folle !

— Ok, j'y vais…

Alice découvrit Paulette encore couchée, émergeant à peine d'une montagne de couvertures empilées les unes sur les autres – avec cette étrange et troublante sensation de répéter une scène déjà vécue. Dans la pièce, il faisait un froid polaire plein d'une humidité qui mordait les os.

— Suzanne ne veut pas me croire ! lâcha-t-elle d'emblée tandis qu'Alice entreprenait d'aérer la pièce.

La vieille femme arborait une mine défaite, consternée. Le peu de cheveux qui lui restaient se dressait sur sa tête dans tous les sens comme le duvet d'un oisillon tombé du nid.

— Tu sais tantine, parfois les mauvais pressentiments ne se réalisent pas… C'est même plutôt fréquent !

— Nous allons apprendre une très mauvaise nouvelle.

— Peut-être pas. Et regarde dehors, il y a du soleil aujourd'hui ! Il va faire beau ! Je vais faire ton gâteau préféré en plus.

— Ma pauvre petite…

— Allons, Paulette.

Il fallut à Alice toute sa force de persuasion et beaucoup de douceur et de patience pour arriver à extraire la vieille femme de son amas de couvertures. Elle en profita pour lui subtiliser ses vêtements de la veille qui n'avaient pas dû être lavés depuis un bon moment à en juger par l'odeur incommodante qui s'en dégageait.

Durant la matinée, elle eut le temps de faire une lessive et de la suspendre, ribambelle de robes-tabliers, de gros chandails, de bas de laine et de sous-vêtements informes, puis d'aider Eugénie et Suzanne à la cuisine pendant que Paulette, affalée sur une chaise à côté d'elles, dodelinait de la tête, luttant contre l'apathie en dépit de tout le bruit que sa sœur s'évertuait à faire sous son nez. Lorsque l'infirmière passa pour sa piqûre d'insuline quotidienne, Alice s'entretint avec elle en privé. Elle s'inquiétait de son état de santé qui donnait l'impression qu'elle déclinait. L'infirmière lui conseilla de faire revenir le médecin de famille. Elle aussi trouvait que Paulette n'était pas en très grande forme en ce moment.

Après le repas, les filles et Alice se rendirent à la ferme des Millot chez qui la jeune femme était attendue pour aller boire le café. Heureuse diversion. Une escapade aux allures d'échappée belle. Au fur et à mesure qu'elle mettait de la distance entre elle et la maison, sa poitrine s'allégeait d'un poids lourd comme une enclume. Les adolescentes marchaient devant sans cesser de parler une seconde et elle les observait de dos, sa longue et filiforme Camille, ses épais cheveux lançant des éclats fauves sous le soleil, et Nina, plus petite, plus ronde, plus vive aussi, qui trottinait là où sa voisine ne faisait qu'un pas ample et tranquille. Elles arrivèrent à la ferme les joues rougies par l'air vivifiant et, après avoir embrassé rapidement Edmond et Berthe, les filles filèrent voir les agneaux qui venaient de naître. De son côté, Alice se débarrassa de son manteau et s'installa près de la chaleur ronronnante du poêle sans bouder son plaisir, alléchée par une odeur de gâteau au chocolat. Rien n'avait changé dans la maison, tout était resté tel que c'était lorsqu'elle venait, enfant : la pendule orange très seventies au tic-tac sonore au-dessus de l'évier, le vaisselier sorti lui aussi tout droit des années soixante-dix, blanc laqué, encombré de cartes postales, de bibelots et de courrier en attente d'être trié, la table ronde et les chaises en formica bleu au centre, le calendrier de la poste sur le mur – des chevaux, cette année – et les petits rideaux coquets sur les fenêtres. Le papier peint légèrement gaufré mettait en scène des fruits dans des compotiers, ici et là. Et derrière la porte, sur la patère qu'elle avait toujours connue, les tabliers de Berthe et quelques gros gilets tricotés à la main et qui avaient au moins vingt ans, si ce n'est plus.

— Alors, comment ça va chez les tantes ? s'enquit Edmond en faisant racler sa chaise sur le carrelage.

Alice lâcha un soupir éloquent. Le visage compatissant, Berthe servit le café puis vint s'asseoir à son tour.

— Ma pauvre, j'ai peur que tout cela ne devienne un fardeau pour toi… On sait ce que c'est, on est passés par là, nous aussi. En plus, on avait pris nos parents chez nous, on ne se voyait pas faire autrement, hein ? C'était une autre génération. Mais il n'y a pas à dire, on n'était plus faits pour vivre ensemble et ils étaient comme des enfants… Tu te souviens de ta mère, à la fin, avec ses caprices et ses colères ? Elle trouvait toujours quelque chose à redire ! C'était épuisant. Et ton père qui ne tirait jamais la chasse d'eau derrière lui et qui avait besoin qu'on lui choisisse ses habits et qu'on lui dise aussi quand il devait les faire laver. Parfois, il fallait sacrément insister. Il ne voyait plus les taches. Lui qui était si propre et si tatillon autrefois. Ah ! ça n'a pas été facile, ça non…

Edmond hocha la tête en buvant son café brûlant à petites gorgées prudentes.

— On ne devrait pas vieillir, voilà tout, conclut Berthe.

Le bruit d'une porte que l'on ouvrait dans son dos, suivi d'un courant d'air bref mais saisissant, suspendit les mots qu'Alice s'apprêtait à prononcer, impatiente de raconter les derniers jours à la Villandière et de déballer son sac qui commençait à peser lourd. Luc déboula sans un mot dans la cuisine, apportant une odeur de résine et de sciure. Sa veste polaire en conservait d'ailleurs quelques résidus.

— Bonjour ! lança-t-il à la cantonade.

Il déposa un bref baiser sur la joue de sa mère rayonnante qui lui tapota affectueusement le bras, un simple hochement de tête en direction de son père puis se tournant vers Alice, il se pencha en plongeant son regard bleu dans le sien. Comme elle faisait mine de se lever pour le saluer aussi, ils se heurtèrent maladroitement au menton et au front. Elle éclata de rire et mutine, lui tendit sa joue droite :

— Là, espèce de sauvage ! Toujours aussi délicat, hein !

Il sourit.

— C'est de ta faute, tu as bougé !

— Ben voyons !

— C'est gentil d'être passé ! Tu veux du café ? s'enquit Berthe.

— Un fond de tasse, ça suffira, répondit-il en tirant une chaise à côté d'Alice, ses grandes jambes frôlant les siennes sous la nappe cirée. Je ne reste pas longtemps, c'était juste pour savoir si tout se passe bien à la Villandière avec Nina. Elle est sage et polie j'espère ?

— Oh oui, tout va bien, elle est adorable.

— Tant mieux.

— Cet été, elles pourront dormir à la ferme, suggéra Edmond.

— Ma foi, elles ne diraient sans doute pas non, concéda Alice en souriant. Je crois que chez les tantes, elles ont très peur la nuit. La maison les effraie. Elles disent qu'elle est hantée.

Edmond partit d'un grand éclat de rire, sorte de barrissement incongru qui lui mit les larmes aux yeux.

« Il ne manquerait plus que ça… » haleta-t-il entre deux spasmes, le visage cramoisi. La table sauta littéralement lorsqu'il abattit ses larges mains dessus, hilare, faisant dangereusement valdinguer les tasses.

— Remarquez, moi, je peux les comprendre ! fit Berthe.

— Et puis la literie est tellement calamiteuse, poursuivit Alice en se massant la nuque qu'elle avait encore toute raide. Je n'ose même pas imaginer l'âge des matelas…

La conversation se prolongea, gaie et légère, le rire tonitruant d'Edmond recouvrant régulièrement l'ensemble de leurs voix lorsque Alice ironisait sur ses divers déboires, d'abord avec les tantes puis avec la maison qui partait littéralement en quenouille : la douche récalcitrante qui tour à tour ébouillantait et frigorifiait – pas de juste milieu –, la porte des toilettes qui ne voulait plus s'enclencher et s'ouvrait en grand de manière intempestive au plus mauvais moment, le verrou de la salle de bains qui lui, pour le coup, se coinçait tout seul, la poignée du salon qui restait dans les mains, sans oublier les araignées monstrueuses qui avaient élu domicile un peu partout et adoraient sortir en file indienne à la nuit tombée…

Lorsque Luc annonça qu'il devait rentrer, elle se leva aussi, réalisant le temps déjà écoulé, et l'accompagna jusqu'à sa voiture.

— Tu ne vas pas voir Nina ?

— Je l'ai vue tout à l'heure en arrivant. Et puis je la récupère demain matin !

— À demain, alors.

— Oui.

Alors qu'elle faisait mine de se hisser sur la pointe des pieds pour lui faire la bise, Luc recula légèrement, le visage grave, la fixant intensément :

— Tu sais, à propos de ce que tu disais sur le manoir, si tu as besoin que je répare des choses, n'hésite pas. Je peux y jeter un coup d'œil. Toute seule, tu ne t'en sortiras jamais. Tu as mon numéro de portable. Tu peux m'appeler.

Touchée, elle l'embrassa furtivement sur la joue.

— Tu es adorable.

— Tu as l'air fatigué, insista-t-il, bourru.

— Oh… à cause du lit… mal dormi… Pas grave.

— Tu prends bien soin de toi, hein ?

— Mais oui ! protesta-t-elle, troublée par autant de sollicitude inattendue.

Avait-elle si mauvaise mine que ça pour que Luc insiste aussi lourdement, lui qui était plutôt du genre évasif et peu loquace ? Un peu tendue, elle s'efforça de lui sourire pour le rassurer mais cela ne sembla pas le convaincre. La mine soupçonneuse, presque sévère, il lui attrapa le menton entre ses doigts et rapidement l'embrassa sur le front, comme le ferait un grand frère un peu désapprobateur. Décontenancée, elle se laissa faire puis le fixa sans rien dire tandis qu'il montait dans sa voiture.

— À demain ! cria-t-il par la vitre baissée.

— Oui.

Elle regarda le 4 × 4 s'éloigner en cahotant sur la route pleine de nids-de-poule et attendit qu'il ait disparu dans le virage pour se décider à rentrer. Pensive, perturbée et triste aussi, sans trop savoir pourquoi.

Camille et Nina n'osaient pas le dire mais elles étaient soulagées à l'idée que cela soit leur dernière nuit à la Villandière. Ce soir-là, en allant leur souhaiter bonne nuit, Alice découvrit derrière le lit, mal dissimulé vu sa taille, un seau de jardinage. À en juger par son état, encore tout terreux, elles avaient dû le dénicher le matin même lorsqu'elles étaient allées dans l'écurie.

— Mais qu'est-ce que ça fait là ?

— Oh maman, s'il te plaît, laisse-le-nous ! C'est pour faire pipi la nuit. On a trop peur de descendre aux toilettes ! gémit Camille.

— Mais on est marchands de pots de chambre ! Dans la chambre bleue, il n'y a que ça ! Ce serait peut-être plus approprié qu'un seau de jardin, non ?

— Oh non, s'il te plaît... Il fait complètement nuit, on ne veut pas monter là-haut !

— D'accord, céda Alice, oscillant entre l'amusement et la perplexité. Mais demain matin, vous le rincez bien dans le jardin, sous le robinet...

— Promis, promis !

— Il faudra essayer de le faire en douce pour que Suzanne ne le voie pas, sinon je ne vous dis même pas ce que vous risquez d'entendre !

— Oui, oui !

Il était très tôt quand Alice fut tirée du sommeil. Elle demeura un moment immobile dans son lit, l'esprit tout embrouillé, se demandant ce qui l'avait réveillée. Il faisait encore sombre dans la chambre mais de la lumière filtrait sous la porte. Bruits furtifs de pas, voix conspiratrices et quelque chose de mat rebondissant contre les murs, avant de heurter sa porte...

Pas besoin d'être devin, les filles étaient en train de descendre le fameux seau rempli de pipi, aux aurores, afin d'éviter Suzanne. Sauf qu'elles n'étaient absolument pas discrètes et qu'elles donnaient plutôt l'impression de déplacer une citerne remplie à ras bord. Ah, quelle débrouillardise ! Imaginant l'improbable scène, Alice étouffa un fou rire sous les draps. Il n'y avait plus qu'à croiser les doigts pour que Suzanne ne soit pas déjà levée et que les filles ne tombent pas sur elle, en mauvaise posture. Car vu le tapage qu'elles faisaient, elle n'aurait pas été étonnée que Suzanne les attende de pied ferme en bas de l'escalier avec un rouleau à pâtisserie à la main. Et de là à ce que sa douce et tendre tante reconnaisse le seau qu'elle utilisait d'ordinaire pour sa récolte de pommes...

Dans la chambre, la température était glaciale. Quittant à regret la chaleur de ses draps en flanelle, elle s'empressa d'enfiler un gros pull et ses chaussons, en frissonnant de la tête aux pieds. Elle ouvrit les volets, soudain impatiente : quel temps allait-il faire aujourd'hui ? Lambeaux de brouillard cotonneux accrochés aux branches et ciel gris, comme la veille ? Ou bien soleil et ciel dégagé ? Le vent froid s'engouffra dans la pièce, sous son pyjama et dans ses cheveux, comme une étreinte glacée. Statufiée, elle demeura bêtement émue, tout émerveillée par l'incroyable couleur du ciel, un bleu roi somptueux s'éclaircissant vers l'horizon et se laissant peu à peu grignoter par un rose orangé intense comme un embrasement ; un ciel à la Magritte sur lequel se découpaient délicatement les silhouettes noires et ciselées des arbres, au fond. C'était tellement beau qu'elle en oublia presque les filles et leur expédition.

Lorsqu'elle arriva au rez-de-chaussée plongé dans l'obscurité, aucune trace de Nina et Camille. Uniquement le silence et le tic-tac des diverses pendules qui peuplaient la maison, chacune avec sa notion propre du temps. Dans le salon, la comtoise nonchalante indiquait 3 heures (du matin ?!) alors que l'horloge du vestibule affichait 11 h 53 (du soir ?!). Dans la bibliothèque, il était 4 h 03. Quant au radio-réveil de la cuisine, resté à l'heure d'été, ses signaux lumineux rouges affirmaient qu'il était 5 h 50. À sa montre : 6 h 45. Elle réprima un gémissement. Il était encore tellement tôt ! Sous la porte des toilettes, un rai de lumière et le bruit d'un rouleau qu'on dévidait méthodiquement. C'était Suzanne en train de ronchonner toute seule, première levée comme d'habitude. Alice n'avait pas eu tort de s'inquiéter. Mais pas de filles en vue. En rebroussant chemin, un courant d'air dans les chevilles l'attira de nouveau dans le vestibule. La porte d'entrée était toujours barrée de l'intérieur et, de toute façon, elles n'auraient pu l'ouvrir sans ameuter toute la maison. Leurs bottes avaient cependant disparu. Elle remarqua alors un rideau qui voletait dans le salon, tache blanc-gris dans l'obscurité. Elles étaient sorties par la porte-fenêtre et l'avaient laissée entrebâillée. Alice faisait le guet depuis quelques minutes lorsqu'elle les vit revenir, sautillant entre les flaques d'eau en pyjama rose, gros pull et bottes en caoutchouc. Elles avaient réussi à se débarrasser de l'objet du délit car il n'y avait plus de seau en vue.

— Ah, tu es là ? s'étonna Camille en déboulant la première, joues cramoisies et glacées. Ça pèle drôlement, dehors ! On n'a pas mis nos chaussettes, j'ai les doigts de pieds congelés, brrr…

— Vous êtes tombées du lit !

— Bah oui, tu nous as dit qu'il fallait éviter Suzanne !

— Au début, on voulait vider le seau aux toilettes mais elle y était déjà ! gloussa Nina.

— Alors on s'est enfuies comme des folles, on avait trop peur qu'elle nous découvre !

— C'était trop drôle !

S'asseyant à même le carrelage puis s'agrippant

instinctivement aux murs, chacune tendit spontanément ses bottes sur lesquelles Alice se mit à tirer de toutes ses forces en ahanant.

— On a vidé le seau dans le jardin…

— … Pas dans mes fleurs, j'espère !

— Dans les graviers ! Puis on l'a rincé sous le robinet extérieur et rangé dans la grange. Tu vois ! Ni vues ni connues ! Trop fortes !

Son ventre se mit à gargouiller.

— Allez, venez, on va déjeuner !

La matinée se déroula sans anicroche ni psychodrame. Suzanne était de bonne humeur, Eugénie guillerette et toute pimpante, Paulette apaisée et vaguement rêveuse. Assises toutes les trois sur le vieux canapé élimé, Camille et Nina par terre devant elles, elles avaient ressorti les vieux albums de photos et Eugénie poursuivait sa transmission orale de la légende familiale. Elle connaissait une impressionnante foule d'anecdotes sur les uns et les autres. C'était tellement vivant qu'on s'attendait presque à voir le grand-père Georges, binocle sur le nez, franchir le seuil en se raclant la gorge, ou découvrir Léopoldine dans le grand fauteuil en face, opinant de la tête en silence, sa broderie sur les genoux. Lorsqu'elles évoquaient leurs parents posant sous l'objectif, sérieux, souvent endimanchés et guindés, les tantes redevenaient comme des petites filles et disaient « papa » et « maman » avec une tendresse bouleversante.

En fin d'après-midi, Luc arriva au domaine. En plein désherbage, à quatre pattes dans les plates-bandes, Alice entendit le moteur de sa voiture puis le bruit d'une portière claquée à toute volée. Les graviers crissèrent sous ses pas avant que sa silhouette ne lui masque le soleil. Elle se redressa en grimaçant. C'était là sa séance de sport bisannuelle et son corps le ressentait !

— Tout s'est bien passé ? demanda-t-il en lui tendant une main secourable qu'elle agrippa comme une bouée.

— Oh oui, très bien.

Laissant en plan seau et outils, elle claudiqua à sa suite en direction de la maison, comme une petite vieille percluse de rhumatismes, tandis qu'il avançait à grandes foulées alertes, son regard vif et curieux scrutant les alentours avec intérêt.

— Il faudrait arracher le lierre sur les murs de la grange ou bien il finira par desceller toutes les pierres et soulever les tuiles ; ça commence déjà par endroits, tu as vu ?

— Oui… mais quand ?

— Je sais… Il y a du boulot par-dessus la tête. Samedi prochain, je passerai avec le tracteur pour faucher la friche de l'autre côté de la maison.

— On devrait te payer pour tout ce que tu fais ici.

— Et puis quoi, encore ?

— Tu t'en occupes pourtant presque plus que moi !

— On a grandi ici tous les deux. Tu n'es pas la seule à aimer cet endroit.

— Si ça ne tenait qu'à moi, j'aurais tout vendu à tes parents depuis longtemps.

— Je sais. Mais tu vois, je ne suis même pas sûr que ce soit une bonne idée pour mes parents. Ils ne sont plus tout jeunes, eux non plus. Dans quelques années, ils seront au même point que les tantes et le problème se répétera.

— Je ne vois qu'une chose : transformer le domaine en maison de retraite ! plaisanta Alice, désabusée.

— Et pourquoi pas ? riposta-t-il en faisant brusquement volte-face.

Surprise, elle se cogna contre son torse.

— Ouille ! Comment ça, « et pourquoi pas ? », tu es sérieux ? La maison n'est déjà pas pratique pour trois petites vieilles et tu voudrais en ramener d'autres ?

— Il faudrait faire des travaux, bien sûr… Tout réaménager, remettre aux normes.

— Autant dire un projet titanesque et complètement irréaliste financièrement. Tout raser et reconstruire serait encore la meilleure solution.

— Ouais, sûrement, marmonna-t-il après un bref silence songeur.

— Non, j'ai beau avoir tourné et retourné le problème dans tous les sens, crois-moi, je n'ai pas trouvé de solution idéale. Qu'Eugénie m'ait désignée comme son héritière m'honore et me désespère à la fois. La pauvre, si elle savait.

— Et tes cousins, qu'est-ce qu'ils deviennent ? s'enquit-il abruptement. Ils ne viennent plus du tout. Il n'y en a pas un qui serait intéressé par le domaine ?

Alice haussa les épaules, à la fois dubitative et sceptique.

— Oh là ! Ce serait étonnant. À l'époque, le domaine aurait dû logiquement être partagé entre Eugénie, ma grand-mère Élisabeth et leur frère aîné, le Pacha. Mais celui-ci a cédé à ses sœurs sa part du domaine vers la fin de sa vie. Il vivait dans le Sud depuis plus de cinquante ans, s'était constitué un bon petit pécule et possédait pas mal de patrimoine immobilier, mes cousins n'ont pas été lésés à sa mort, loin de là ! Et puis ça devenait compliqué pour lui de remonter ici. Trop vieux, trop fatigué, trop loin. Je peux le comprendre, c'était chaque fois une véritable expédition. Surtout qu'il n'était pas du genre à voyager léger. Ensuite, c'est grand-mère qui est morte. Et Eugénie s'est retrouvée seule avec la Villandière sur les bras…

— Je me souviens très bien de certains de tes cousins. Il y en avait un, celui que je surnommais le Binoclard, Monsieur Je-sais-tout, tu te souviens ? C'était une vraie encyclopédie ce gosse, super exaspérant, et une vraie poule mouillée aussi. Tout lui faisait peur. Tu te rappelles quand j'ai dû aller le chercher dans l'arbre parce qu'il n'arrivait plus à descendre tout seul ?

— Adrien ? Plus de nouvelles. Ce n'était pas le cousin dont j'étais la plus proche. Il vit avec sa famille à Paris et il est avocat, comme son père avant lui. C'est tout ce que je sais.

— Hum. Et les jumelles, Caroline et Sophie ?

— Caroline vit à Montpellier et Sophie à Toulouse. Juste des nouvelles au moment des vœux. Mariées et une tripotée d'enfants.

— Adélie ? C'était ta cousine préférée, non ?

— Habite à Nantes. Plus trop de nouvelles non plus. En fait, on s'est tous perdus de vue à partir du lycée puis après le bac. Tu te rappelles de Corentin ?

— Mouais… le casse-cou et le boute-en-train de service…

— Qu'est-ce qu'il faisait tourner grand-mère en bourrique !

— Je me rappelle qu'il était très doué pour les imitations. C'était bluffant et… un peu agaçant, il ne s'arrêtait jamais !

— Il voulait être comédien, il a vivoté, joué dans des pubs, et maintenant il est agent immobilier à Tours.

— Bah, presque pareil…

— Paul est mort, lui, tu le savais ?

— Oui. Accident de moto sur le périf, il y a quelques années. Je ne me rappelle plus comment je l'ai su…

— Oh ! par les tantes, forcément. Cela les avait beaucoup affectées. On avait beau ne plus trop se côtoyer, ça m'a fait un choc. Son frère Xavier, lui, est chirurgien-dentiste à Paris. C'est un peu ironique quand on pense à la dentition qu'il avait, le pauvre. Quoique…

Luc ricana.

— Julie habite à Barcelone. Prof de français. Ophélie s'est déjà mariée trois fois mais je n'en sais guère plus, j'ai un peu perdu le fil. Et Léon s'est expatrié à Londres, il est dans la finance. Il n'y a que moi, finalement, qui ne suis pas partie. Bizarre, non ?

— Et moi.

— À ton avis, pourquoi ?

Il haussa les épaules en signe d'ignorance.

— En tout cas, maintenant, il n'y a plus que nous pour s'occuper de cette foutue baraque.

C'était étrange, mais le fait qu'il dise *nous* bouleversa Alice plus que de raison. En pratique ce n'était pas vrai, elle était la seule à porter cette responsabilité. Malgré tout, le fait qu'il se sente impliqué était réconfortant, étonnant et touchant. Oui, qu'allaient-ils pouvoir bien faire de cette maison, songea-t-elle en contemplant longuement la façade dont le crépi se lézardait par endroits et tous ces volets clos qu'on ne prenait plus la peine d'ouvrir ?

15

Douche froide

Le départ de Luc laissa à Alice un sentiment de vide, tristesse mêlée de résignation. Avoir pu se confier sans détour ni faux-semblant lui avait fait un bien fou, comme on se déleste d'un manteau trop lourd, épaules et nuques endolories. Échanger avec lui. Sentir la chaleur qui émanait de son corps, réconfortante et rassurante, mais s'interdire de le toucher. Trop tard ? Trop fou ? Elle aimait tellement sa présence, calme et posée. Et plus encore sa voix, chaude et enveloppante, qui avait cette troublante faculté de l'apaiser.

Le jour déclinait doucement. C'était à leur tour de se préparer. Ranger rapidement le désordre que les filles avaient laissé derrière elles, boucler la valise, refermer tous les volets des étages et faire un dernier tour d'inspection dans chaque pièce, les tantes sur leurs talons, se télescopant comme des abeilles désorientées. L'humeur guillerette et légère de ce matin s'était évaporée comme par magie. Petits reniflements plaintifs et presque enfantins ; Alice leur récitait ses dernières recommandations comme une litanie apprise par cœur, tandis qu'elles hochaient la tête docilement. Tensions et angoisses remontaient à la surface, quasi palpables, avec plus que jamais cette sensation oppressante d'avancer à tâtons dans un brouillard poisseux et mortifère. Camille piétinait sur place en se rongeant les ongles, prête à foncer vers la voiture dès le feu vert de sa mère. Elle n'avait qu'une hâte maintenant que Nina n'était plus là : rentrer chez elles, retrouver son univers et son quotidien, ce que comprenait parfaitement Alice.

— Tu reviens quand ? demanda Eugénie.

C'était comme un disque rayé, la sempiternelle question que la jeune femme redoutait chaque fois davantage et qui la crispait d'avance.

— Bientôt, promis, répondit-elle de manière évasive. Et je vous téléphone très vite.

Bourrée de culpabilité, elle évita de croiser le regard de Suzanne. Combien de temps pourrait-elle encore garder le secret, comme si de rien n'était ? D'ici six mois, elle devrait commencer ses allers-retours sur Poitiers. Mal à l'aise, elle les embrassa chacune à leur tour, cajolant un peu plus Paulette qui s'agrippait à son manteau comme une petite fille inquiète. Ses yeux globuleux, grossis par les verres de ses lunettes, papillonnèrent pour en chasser des larmes inopportunes. Il était temps d'abréger les au revoir, c'était à chaque fois un vrai crève-cœur.

— Allez Camille, en route !

— C'est parti ! claironna cette dernière en battant des mains, seule note joyeuse plutôt discordante dans la tristesse ambiante.

La voiture dépassa la petite route qui menait à la ferme des Millot, invisible derrière son rideau d'arbres. Le soleil était bas sur l'horizon, grosse boule de feu sur le point de tirer sa révérence. Dans le ciel empourpré se détachaient les silhouettes noires d'oiseaux évoluant en escadrille. Il n'y avait pas un souffle de vent et toute la campagne semblait figée, enlisée dans la pénombre grandissante. Alice imagina Berthe et Edmond assis dans leur cuisine auprès du poêle ronronnant, écoutant la radio ou feuilletant le journal pendant que la soupe mijotait à feu doux sur la gazinière. Puis ses pensées dérivèrent inconsciemment vers Luc. Que pouvait-il bien faire en ce moment même ?

— Les tantes, elles ont toujours vécu à la Villandière ? demanda brusquement Camille, arrachant Alice à ses pensées.

Celle-ci tressaillit comme sous l'effet d'une petite décharge électrique et mit quelques secondes à retrouver le fil, décontenancée.

— Euh… bien sûr que non !

— Ah…

— Pourquoi tu me demandes ça ?

— Oh… comme ça.

Songeuse, Camille se tut quelques minutes avant de reprendre :

— Et elles ne se sont jamais mariées, elles n'ont pas eu d'enfants, rien ?

— Non.

— C'est bizarre.

Alice haussa les épaules, amusée.

— Pourquoi ? Ce n'est pas une obligation de se marier et d'avoir des enfants. Si ?

— Oh non, bien sûr ! D'ailleurs moi non plus, je ne veux pas d'enfants !

— Ça, on en reparlera dans quelques années.

— Non, mais pour de vrai !

— Ok.

Le silence s'installa à nouveau, bercé par le ronronnement du moteur. Par la vitre entrebâillée parvenait une odeur d'herbe brûlée – quelqu'un avait dû faire un feu pas loin. Camille se mit à tripoter les boutons de la radio, cherchant la fréquence de sa station préférée. Mais tombant sur les publicités, elle soupira avec exaspération et l'éteignit aussi sec. Alice lui jeta un coup d'œil à la dérobée, mine boudeuse et renfrognée, regard perdu au loin. C'était impressionnant comme un rien pouvait vite la contrarier.

— Et c'était bien sinon, avec Nina ? Vous avez l'air de bien vous entendre…

— Oui, trop bien !

Elle se pencha cette fois-ci vers la boîte à gants et se mit à farfouiller dedans, en quête d'une boîte de Tic Tac à la menthe. Par chance, il en restait deux. Elle les goba direct.

— Et alors ? De quoi avez-vous parlé ?

— Bah… de choses.

— Ah.

Quelques minutes s'écoulèrent encore, durant lesquelles chacune demeura perdue dans ses pensées, puis soudain Camille se redressa sur son siège, tout émoustillée.

— Tu sais, il paraît que la copine de Luc va s'installer chez lui. Avant, ils ne vivaient pas ensemble mais là, ça y est, Nina pense qu'elle a vraiment l'intention de rester pour toujours, vu toutes les affaires qu'elle a apportées. Elle a même mis des meubles à elle dans le garage, tu imagines ? Bref, la grosse incruste !

Non, Alice n'imaginait pas et même, pour tout dire, accusa le coup, cramponnée au volant comme à une bouée. Qu'est-ce que Camille venait de dire ? Avait-elle bien entendu ? Elle tombait littéralement des nues. Luc, une amie ? Depuis quand ? Jamais lui ou ses parents n'y avaient fait la moindre allusion devant elle. Jamais !

Comment une telle chose était-elle possible ? Pourquoi ? D'où sortait cette femme ?

Abasourdie, elle croassa tant bien que mal :

— Ah bon ? Non, je ne suis pas au courant...

Camille lui décocha un regard agacé.

— Mais si, tu sais bien, c'est une prof comme lui. Une prof de physique-chimie en plus, beurk.

— Non, je n'étais pas au courant, répéta Alice d'une voix blanche.

La jeune femme peinait à reprendre ses esprits. Un étourdissement la saisit. Elle tâcha de se composer tant bien que mal un visage détaché pour ne pas alerter Camille. Elle n'en revenait pas, comme si une vague gigantesque l'avait emportée par surprise, tel un dérisoire fétu de paille ballotté puis jeté contre des rochers. La laissant toute pantelante et sérieusement sonnée. Elle ne comprenait rien. Pourquoi Luc ne lui avait-il rien dit ? C'était incompréhensible. Humiliant aussi.

Camille haussa les épaules, perplexe.

— Je croyais que vous étiez des super amis... ?

— Ça, faut croire que c'était autrefois, riposta-t-elle d'une voix éteinte.

Ce soir-là, elles mangèrent rapidement, évitant d'aborder à nouveau le sujet. Puis Alice se rendit à la salle de bains, pesante et plus vieille que d'habitude. Elle laissa l'eau couler plus longtemps que nécessaire sur ses épaules courbées, tandis que la salle de bains s'estompait dans la vapeur. Besoin d'effacer jusqu'à son propre reflet dans le miroir. Elle avait beau se répéter que c'était une réaction disproportionnée, elle se sentait complètement abattue. Une chose surtout la turlupinait : quelle attitude devrait-elle adopter désormais face à Luc ? Continuer de jouer les ignorantes, comme si de rien n'était, quitte un jour à mettre les pieds dans le plat ? Renoncer à cette spontanéité qui était en train de renaître entre eux et prendre ses distances, s'éloigner de nouveau ? Ou bien clarifier la situation, tout de suite. Jouer franc-jeu et essayer de comprendre pourquoi personne n'avait daigné lui en parler ? Elle ignorait tout de cette femme, jusqu'à son prénom. La seule chose dont elle pouvait être certaine, c'est que Luc devait beaucoup tenir à elle, pour lui proposer de vivre ensemble. Et ça, ce n'était pas rien, surtout après l'état dans lequel il s'était trouvé au moment de son divorce. Comment avait-elle pu ne rien voir, ne rien sentir ? C'était affreux, tellement gênant… *Ne te mets pas martel en tête, ma fille. Après tout, tu le connais, Luc a toujours été très secret et soucieux de préserver son intimité. Pour preuve, on ne se voit qu'à la Villandière alors que rien ne nous empêchait de nous voir aussi à Marsans. Son lycée est à un pâté de maisons de l'hôpital. Les occasions n'auraient pas manqué. Mais on ne l'a jamais fait. Ça veut tout dire…* Curieusement, ce n'était que maintenant que l'incongruité de la situation lui sautait aux yeux. Pourquoi n'avait-elle pas compris plus tôt ? Luc n'avait jamais cessé de garder ses distances avec elle, plaçant des barrières invisibles entre eux. Comment avait-elle pu être aussi aveugle et naïve ?

Perturbée et mortifiée, elle se jeta tête baissée dans le travail. Non pas que les naissances se soient bousculées à la maternité mais il fallait commencer à fermer certaines chambres et à déplacer du matériel en vue du déménagement. Sans oublier la tonne de paperasse à classer et ranger dans des cartons. Elle commença à admettre que ce changement dans sa vie ne tombait pas si mal, finalement.

Marjolaine, qui avait perçu son changement d'humeur, tenta à plusieurs reprises de la sonder. « C'est le déménagement ? Ça te tracasse ? Un souci avec les tantes ? Des problèmes avec Camille ? » Chaque fois, Alice éludait, évasive. Pas prête encore à en parler. Et pour dire quoi, d'ailleurs ? Qu'elle commençait à éprouver des sentiments pour un homme qui secrètement en aimait déjà une autre ? Qu'elle s'était leurrée, fait des films ? C'était tellement ridicule et cruel… et elle se sentait tellement bête.

À la maison, l'ambiance était de nouveau tendue. Camille aussi avait l'humeur en dents de scie. Même un simple « Bonne nuit » à travers la porte close pouvait déclencher un irascible « Quoi ?! Oui, bonne nuit, pfff… ». Décidément, elles faisaient la paire, toutes les deux, songeait Alice non sans ironie.

Heureusement, du côté des tantes, tout semblait se maintenir à peu près. Un équilibre fragile toutefois, qui lui donnait l'impression d'être comme une funambule suspendue au-dessus du vide, pas certaine du tout de la solidité du fil sur lequel elle vacillait.

Et puis un jour, un improbable SMS de Luc s'afficha sur l'écran de son téléphone. Un laconique et surprenant : « Salut, comment tu vas ? Pas de nouvelles depuis longtemps. Tu veux qu'on se voie un soir après le boulot ? »

C'est tellement inattendu et déconcertant, qu'elle en oublia de répondre. Jamais encore Luc n'avait proposé un rendez-vous hors de la Villandière. Qu'est-ce qui lui prenait ? Était-ce pour lui parler enfin de sa mystérieuse compagne dans un cadre neutre, loin de leurs territoires connus ? Cela ne pouvait être anodin. Chavirée par une brusque bouffée d'appréhension, Alice n'était pas sûre du tout d'avoir envie d'entendre ses confidences. Alors, peut-être qu'en faisant la morte…

Piètre stratégie, bien sûr, qui ne pouvait faire illusion longtemps. Un nouveau SMS de Luc la cueillit un soir après sa garde : « Salut ! Tu as bien reçu mon message ? Pas de réponse de toi, j'espère que tu n'as pas changé de numéro ? Tu serais dispo un jour en semaine ? Fais-moi signe dès que tu peux ! Bises. »

Impossible de se dérober plus longtemps… Les doigts tremblants, un peu honteuse, Alice répondit. Une date fut fixée un soir en semaine, après les cours de Luc et juste avant la garde d'Alice. Une toute petite heure de battement, le temps de se croiser sans trop s'attarder.

Face à sa penderie, Alice hésita, terriblement anxieuse : devait-elle s'apprêter ? Se maquiller ? Puis elle se secoua, confuse ; quelle idée ridicule ! Se pomponner était bien la dernière chose à faire ! S'il y avait quelqu'un qui la connaissait par cœur, sans fard ni filtre, c'était bien Luc. Et ce n'était certainement pas d'elle dont ils allaient parler ce soir !

Le lieu de rendez-vous choisi par Luc était un petit troquet qui ne payait pas de mine, miteux et vieillot, sorti tout droit des années soixante. Sûrement pas l'endroit où Alice serait allée spontanément prendre un chocolat chaud sur son temps libre. Même son nom n'était pas très inspiré : *La Civette*. Mais il avait le mérite d'être à deux pas de la maternité. C'était peut-être ce qui avait motivé Luc, toujours très pragmatique. Alice poussa la porte vitrée, mal à l'aise. Le café était désert et sentait la serpillière mal rincée. Derrière un comptoir en formica, le serveur, énorme et rougeaud, essuyait des verres d'un air renfrogné. Il ne leva pas la tête. Aussi peu engageant que son établissement. Prenant son courage à deux mains,

Alice entra en tâchant de faire bonne figure et avisa le fond de la salle. En son for intérieur, elle se félicita de ne pas s'être plus apprêtée, le décalage aurait été total dans un tel décor, et des plus embarrassants.

Luc était déjà là, unique client, assis tout au fond de la salle, un journal étalé sur la table. Il tournait le dos à un téléviseur suspendu au mur, qui diffusait dans le vide un flot d'images en continu – une chaîne d'infos –, le son coupé, fort heureusement. Relevant les yeux, il aperçut la jeune femme. Il sourit, replia son journal n'importe comment et le fourra en boule dans son sac à dos.

— Salut ! Ça va ? l'accueillit-il chaleureusement.

— Mais… oui. Et toi ?

— Bien.

— Tant mieux…

— Désolé pour l'endroit, pas terrible… mais je ne voulais pas qu'on se voie à côté du lycée. Trop d'élèves !

Alice tiqua, un peu vexée.

— Oh. Je comprends, normal, tu redoutes les ragots ? Le prof d'EPS surpris avec une inconnue !

Il éclata de rire.

— Non, bien sûr que non ! On aurait surtout été dérangés tout le temps.

— Ok.

— Tu veux boire quoi ?

— Un thé.

Il leva le bras en direction du serveur, le forçant à laisser sa vaisselle en plan et à déplacer son énorme carcasse pour apporter leurs commandes. Troublée, Alice laissa Luc régler la note puis ils attendirent que l'homme se fût à nouveau éloigné. Le bruit de leurs cuillères dans les tasses combla un moment le silence embarrassé, leurs regards fuyant au-delà de la vitre. C'était tellement bizarre de se voir dans cet endroit quelconque, hors de la Villandière. Luc paraissait presque différent.

— Alors ? Tu voulais me dire quelque chose ? finit-elle par émettre, à cran.

Il se racla la gorge, comme s'il s'apprêtait à faire le grand saut. Pas très à l'aise lui non plus.

— Euh… oui, plusieurs choses en fait.

— Ah… Je t'écoute alors.

— Pour cet été, d'abord : Nina voudrait que Camille vienne passer quelques jours à la ferme. À quel moment Camille serait-elle disponible ?

— Elle sera chez son père au mois d'août.

— Tant mieux, ça tombe bien alors : j'ai Nina en juillet.

— Super, elle sera contente !

— J'ai également fait faire plusieurs devis pour changer le portail de la Villandière. J'espère que tu ne m'en voudras pas, c'était juste dans l'idée de te soulager un peu.

Alice le dévisagea avec stupeur.

— Oh, tu as fait ça ! balbutia-t-elle. Trop gentil, merci… C'est vrai que j'y pense depuis des mois mais je n'ai pas encore eu le temps de m'y pencher…

— Normal. Avec tout ce que tu dois gérer en ce moment. Tiens, je les ai ici, comme ça, tu pourras comparer et choisir. J'ai mis une croix sur celui qui me paraît le plus sérieux. Obligé de le faire sur mesure, tu t'en doutes bien. Alors c'est un peu plus cher, forcément…

Il extirpa de son sac à dos une pochette cartonnée qu'il lui tendit. Leurs doigts se frôlèrent furtivement au moment de l'échange.

— Il va falloir faire gaffe, Alice. Un type est venu à la ferme, cette semaine. Il représentait un promoteur immobilier et semblait intéressé par la Villandière. Il a posé des tonnes de questions sur le domaine et il voulait savoir aussi s'il y avait un héritier éventuel. Ce qui veut dire qu'il savait pertinemment que vivent là-bas trois petites vieilles. Ma mère lui a fait comprendre que ce n'était pas à vendre mais tu connais ces gens, ils ne se laisseront pas décourager si facilement. Il risque de revenir.

— Zut.

— D'où l'urgence du portail. Pour l'instant, on entre dans la propriété comme dans un moulin !

— Tu as mille fois raison. Je m'en occupe dès demain, après ma garde. Qu'est-ce que je ferais sans toi ! dit-elle, penaude.

— C'est que je m'inquiète…

Elle lui jeta un coup d'œil surpris.

— Pour moi ?

Il haussa les épaules.

— Bah oui, forcément.

Elle contempla, troublée, ses mains si proches des siennes sur la petite table étroite, de part et d'autre de leurs tasses. Les siennes étaient écorchées et calleuses. Elle ne les avait jamais connues autrement.

— Tu n'as pas de raison, tu sais… Tout va bien.

Il l'interrompit d'un haussement d'épaules.

— Je voulais te dire aussi…

— Oui ?

De nouveau il toussota.

— Voilà… je pense qu'il est temps… J'ai une amie depuis deux, trois ans… Elle va venir emménager chez moi à la fin du mois. Bientôt donc.

— Ah…

Elle avait beau s'y attendre, la révélation lui fit l'effet d'une grosse douche froide. Un ange passa, durant lequel ils se fixèrent droit dans les yeux, sans rien dire. Instinctivement, elle accrocha un sourire de façade sur ses lèvres, le temps de se ressaisir. Elle n'osait imaginer la tête qu'elle lui offrait en cet instant. Sans doute pitoyable.

— Hé bien, c'est une bonne nouvelle… articula-t-elle laborieusement.

— Oui.

De nouveau un long silence, et leurs regards dérivèrent au-delà de la vitre du café, vers la rue et les rares passants.

— Depuis trois ans, quand même… Et tu as attendu si longtemps pour me le dire ? Pourquoi ? finit-elle par chuchoter.

Il lâcha une sorte de soupir évasif, le regard fuyant.

— Parce qu'il n'y avait pas de raison d'en parler, au début.

Elle ne put réprimer un sursaut de surprise.

— Ah…

— Ce que je veux dire… au départ, je n'étais pas sûr que cela devienne sérieux, donc… il n'y avait aucune urgence à officialiser, tu vois ce que je veux dire…

— Mais ça l'est devenu. Et tant mieux pour toi ! rétorqua-t-elle en exprimant un enthousiasme un peu trop démonstratif qui lui laissa comme un goût amer dans la bouche.

Mon Dieu, je suis en train de dire exactement tout le contraire de ce que je pense… Elle réitéra son sourire forcé en espérant secrètement qu'il ne devine pas à quel point elle se sentait pathétique. Mais il ne la regardait plus et le regard figé dans le vague, poursuivit :

— Elle s'appelle Émilie, elle est prof de physique-chimie… On bosse dans le même lycée, le gros cliché, tu vois…

— … Oh ! dit-elle en se mordant les lèvres, manquant de lâcher un inopportun : « Oui, je suis au courant, Camille me l'a dit ! »

Au lieu de ça, elle continua d'un ton faussement badin :

— Mais en amour, tout est cliché, non ?

Il lui décocha un regard surpris avant de sourire, amusé.

— Oui, un peu…

— Du moment qu'elle te rend heureux. Quand me la présentes-tu ? Tes parents la connaissent déjà j'imagine…

— Euh… en fait non, pas encore. Ils étaient vaguement au courant mais sans plus.

Cette fois-ci, Alice n'y tint plus et le dévisagea avec perplexité. Luc avait toujours été très secret mais là, ça dépassait quand même l'entendement.

— Par certains côtés, elle me fait penser à toi, c'est drôle… sourit-il.

— Ah oui ? coassa-t-elle.

— Elle a une peur bleue des chevaux… et des chiens aussi.

— Je n'ai pas peur des chiens !

— C'est vrai. Juste des chevaux et des araignées et des serpents.

— Ouf, alors la comparaison s'arrête là ! À moins qu'elle ne soit aussi divorcée avec une ado de quinze ans en pleine crise identitaire sur les bras ? badina-t-elle, un peu acerbe.

— Non.

— Elle va emménager chez toi ?

— Au début, oui. Après, nous envisagerons peut-être de déménager.

— Bien sûr. Tu dois être impatient…

Au bord du supplice, elle jeta un coup d'œil à sa montre.

— Tu dois déjà y aller ?

— Bientôt. Moi aussi il va falloir que je réfléchisse à

déménager. Camille va faire sa dernière année de collège et après…

— Oui. Forcément…

— Une nouvelle vie, quoi !

Comme Luc ne répondait pas, elle continua sur sa lancée :

— Je ne l'ai toujours pas dit aux tantes. Il n'y a que Suzanne qui est au courant. Elle a deviné toute seule…

— M'étonne pas.

— Bon. Je vais y aller…

— Ok. On pourra se revoir, si tu veux ?

— Oui. Mais ailleurs, alors ! Cet endroit est trop glauque.

— C'est vrai ! s'esclaffa-t-il.

— Et tu me la présenteras quand, ton heureuse élue ?

— Je la présenterai à mes parents cet été. Tu pourras passer.

— Même pas une photo à me montrer en attendant ?

Il sourit et riposta :

— Patience, tu la verras bientôt, promis.

Après une simple bise sur le trottoir, ils se séparèrent, chacun allant dans une direction opposée. Alice n'osa pas se retourner pour le regarder une dernière fois et se contenta de l'imaginer, sa grande silhouette un peu dégingandée, mains dans les poches et la tignasse ébouriffée. Sa journée à lui était finie et il allait sans doute la retrouver. Une bouffée de chagrin submergea brusquement Alice, lui coupant le souffle.

Elle arriva à la maternité toute chamboulée. Elle s'efforça de faire bonne figure auprès des collègues et après un rapide débriefing, entama son tour de ronde, passant de la lumière crue des néons à celle plus tamisée des chambres. De nuit, l'étage paraissait encore plus désert et abandonné. L'équipe réduite à son minimum vaquait en silence et discrètement. Sans les pleurs des quelques bébés nés ces derniers jours, on aurait pu croire le lieu totalement vide.

Ce n'est qu'aux heures les plus creuses de la nuit que, désœuvrée, elle décida de regarder les différents devis que Luc avait fait faire pour le nouveau portail de la Villandière. Luc qui en ce même moment devait dormir au chaud contre le corps d'une femme. Elle les examina attentivement, démoralisée à l'idée de la bataille qu'elle allait devoir livrer face aux tantes. Mais elle avait trop reculé, trop tergiversé. Plus le choix. Alors elle mit de côté le devis que Luc avait sélectionné, décidée à téléphoner dès la première heure. Il s'agissait du modèle Amboise. Avec un peu de chance, les tantes seraient peut-être sensibles à la grandiloquence du nom…

Toute crispée, elle rendit visite aux vieilles dames dès le week-end suivant et leur vendit l'idée du portail avec le désespoir et la fougue d'un condamné à mort au moment de sa dernière plaidoirie. Un réquisitoire qui dura plus de dix minutes, sans reprendre son souffle de peur d'être interrompue, démontrant les avantages avec des arguments imparables de ce portail tout neuf. Impossible, bien sûr, de ne pas faire le parallèle avec le désagréable épisode du téléphone sans fil, dont le fiasco était encore très frais. À croire que l'histoire était condamnée à se répéter… Puis elle se tut, à bout de souffle, exténuée, et on n'entendit plus que le tic-tac de la pendule. Les tantes n'avaient pas bronché une seule fois et étaient comme figées. Tic-tac, tic-tac. Trois petites vieilles statufiées. Seuls leurs yeux écarquillés semblaient refléter l'émoi, l'horreur et le choc qu'elle venait de leur infliger. Puis, au bout d'un temps infini, elles semblèrent se réveiller. Les doigts crochus d'Eugénie agrippèrent avec réticence la brochure. Suzanne jeta un regard dédaigneux à la photo du portail qu'elle avait sélectionné et Paulette lâcha un soupir à fendre l'âme.

— Il est très laid, asséna Suzanne.

— Ça va coûter cher ? s'enquit Eugénie d'une voix fêlée.

Alice inspira profondément :

— Ce n'est pas donné… mais j'ai choisi le produit qui a le meilleur rapport qualité/prix… Et on n'a pas le choix, vous le savez bien. N'importe qui peut rentrer dans le domaine, ce n'est plus possible…

À défaut d'avoir cédé de bonne grâce, les tantes mirent un point d'honneur à être présentes au moment du démantèlement de la grille, contraignant les deux artisans à travailler sous le feu de leurs regards implacables, dans une ambiance des plus funèbres. Ils étaient arrivés aux aurores, surprenant les dames de la Villandière au saut du lit. Lorsque Alice les rejoignit dans la matinée, le grand charivari avait déjà commencé. La jeune femme gara sa voiture sur le talus, à côté de la camionnette des artisans, et coupa le moteur. Leurs pieds disparaissant dans les hautes herbes trempées, les tantes se tenaient alignées, têtes et épaules courbées. Alice réprima un frisson : de loin on aurait presque pu imaginer la scène d'un enterrement. Eugénie s'était vêtue de noir, de la tête aux pieds. Elle avait mis ses plus beaux bijoux et s'était soigneusement coiffée et maquillée. Pour parer aux tremblements qui la saisissaient lorsqu'elle devait rester trop longtemps debout, elle avait pris sa plus jolie canne à laquelle elle s'accrochait avec dignité et distinction. Châtelaine sur le déclin mais châtelaine jusqu'au bout… À ses côtés, Suzanne se tenait au garde-à-vous, solidement ancrée dans des bottes en caoutchouc, un imperméable vert kaki lui tombant jusqu'aux genoux et lui conférant un air inquiétant de vieille sorcière prête à lancer un sort. Quant à Paulette, vu l'heure matinale à laquelle les ouvriers les avaient cueillies, elle était la seule à ne pas avoir eu le temps de s'habiller, s'exhibant en robe de chambre rose élimée et sabots de jardin, ses cheveux dressés tout droit sur la tête comme après une électrocution. Le tableau qu'elles formaient était à la fois tellement pathétique et grandiloquent qu'Alice oscilla entre éclat de rire nerveux et irritation.

Bien que moribonde, la grille s'accrochait de tous ses gonds aux piliers, aussi coriace que ses propriétaires. Les deux artisans bataillaient contre elle en suant à grosses gouttes, et à chaque grincement strident d'outil ripant sur le métal, les tantes se crispaient comme si on leur arrachait une dent. Lorsqu'elle finit par tomber dans un craquement sinistre, elles tressaillirent et chancelèrent, s'agrippant les unes aux autres. Puis, sonnées, elles suivirent religieusement les deux hommes qui la déposèrent à l'écart en ahanant.

— Paulette, écarte-toi, tu gênes ces messieurs… Attention, tu marches sur les outils !

Mais Paulette ne voyait plus rien, le visage ruisselant de larmes, les lunettes couvertes de buée.

— Et c'est ce machin qu'on va mettre à la place de notre grille ! s'exclama Eugénie en fixant le nouveau portail qui patientait sur le côté, tout enguirlandé de plastique et de polystyrène.

Alice, cheminant dans l'herbe trempée de rosée, tenta de la rassurer :

— Oui, et tu verras, il n'y aura plus besoin d'huiler les gonds, ça fermera tout seul, maintenant ! Vous aurez même une télécommande pour l'actionner à distance !

— Mais c'est du plastique ! insista-t-elle en tapotant de son ongle la matière blanche.

— Du PVC, tantine.

— On dirait que c'est creux à l'intérieur ! Tu es sûre que ce n'est pas de la camelote et qu'on ne se fait pas arnaquer ?

— Mais non ! C'est une matière super solide et résistante ! Aujourd'hui, on fait beaucoup de choses en PVC : des clôtures, des volets…

— J'aurais préféré une grille en fer forgé comme l'ancienne !

— Mais financièrement hors de prix… impossible.

— Alors, il fallait réparer l'ancienne !

— Ah, mais regarde donc dans quel état elle est ! Rouillée et trouée de partout ! Et elle ne fermait plus ! Elle ne servait plus à rien !

— Quand même. Ça avait un autre charme…

Tout en s'activant, les deux artisans leur jetaient des regards à la dérobée. Ils semblaient pressés d'installer ce fichu portail avant qu'une des trois vieilles ne change d'avis et anéantisse tous leurs efforts, ce qu'Alice ne pouvait leur reprocher car ça leur pendait au nez.

— Qu'est-ce qu'ils vont en faire de notre ancienne grille ? renifla Paulette en caressant amoureusement le vieux métal rouillé.

— Hé bien… ils l'emmèneront à la déchèterie, j'imagine ? Je ne crois pas qu'ils fassent collection de vieilles grilles !

— Hum ! C'est ce que tu crois, grinça Suzanne. Je suis sûre qu'elle finira chez un brocanteur et qu'ils se feront de l'argent dessus !

— Chez un brocanteur ? glapit Paulette effarée. Ah non ! La grille reste ici !

— Et pour la mettre où ? soupira Alice exaspérée.

— On n'a qu'à la poser contre le muret de l'ancien potager… suggéra Eugénie.

— Mais on ne va pas accumuler les trucs inutiles ! Le grenier, les écuries en débordent !

— Quand même, c'est vraiment laid, cette nouvelle matière…

— Ce n'est qu'une question d'habitude…

— Ça tranche avec le reste de l'enceinte.

— Oui, c'est très moche.

— Peut-être mais il fermera à clé sans qu'on ait à se battre avec !

— Votre nouveau portail est garanti cinq ans ! crut bon d'intervenir l'un des artisans.

Le pauvre homme aurait mieux fait de se taire. Il se retrouva nez à nez avec une Suzanne aussi grinçante que l'ancienne grille :

— Ah, tout va bien alors ! La nôtre n'avait que cent cinquante ans…

Regards compatissants des artisans en direction d'Alice avant de retourner sans insister à leur tâche, ce qui était tout aussi bien.

Une fois le nouveau portail installé – Alice reconnaissait que la blancheur de son PVC jurait un peu entre les deux majestueux piliers de pierre –, les ouvriers replièrent bagage et s'en allèrent. Ils avaient abandonné la vieille grille, qui gisait dans les hautes herbes, déchue. Les femmes la contemplèrent sans mot dire pendant un long moment, comme recueillies devant une plaque funéraire.

— Faudra pas la laisser là, murmura Alice. Je vais appeler Edmond qui la remorquera avec son tracteur.

— Non, pas Edmond ! crièrent les trois vieilles en chœur.

— Si ! riposta-t-elle avec exaspération. C'est ça ou alors on la tire toutes les quatre ensemble jusqu'à la maison ! C'est ce que vous voulez ? Non ? Bien ! Alors je téléphone à Edmond.

Le soir même, Edmond Millot passa avec son tracteur et remorqua la grille jusqu'à l'ancien potager, ceint d'un mur de pierre contre lequel poussaient encore quelques arbres fruitiers qu'on taillait autrefois en espalier et que désormais des ronces envahissaient. Il avait plu la veille et la grille laissa de longues traînées griffues dans l'allée, comme si elle cherchait à s'agripper coûte que coûte à la terre d'où on l'arrachait. Les trois tantes assistèrent à la scène depuis le perron dans un silence horrifié.

— Je demanderai à Luc de venir m'aider pour la redresser contre le mur, dit Edmond. Elle est trop lourde pour nous deux, on se ferait mal.

Alice opina.

— Merci.

— En tout cas, c'est une bonne chose de faite... Elles s'en remettront, t'inquiète pas.

— C'est fou d'être aussi sentimentales, non ? Ce n'était qu'une grille après tout, et qui devenait dangereuse !

— *Objets inanimés, avez-vous donc une âme qui s'attache à notre âme et la force d'aimer ?* récita Edmond dans un demi-sourire malicieux. Parfois, faut pas chercher à comprendre, tu sais. Je me souviens de mon grand-père qui avait pleuré comme un enfant quand ma grand-mère avait jeté aux ordures un vieux tabouret tout déglingué. Ses pieds ne tenaient plus et il était plus dangereux qu'autre chose. Je n'avais jamais vu pleurer mon grand-père et tu peux imaginer mon choc de le voir dans un état pareil à cause d'un simple tabouret. Mais c'était le tabouret de sa mère quand il était enfant. Alors voilà...

— Oui...

— Je demanderai à Berthe qu'elle te mette de côté des graines de pois de senteur. Elles grimperont le long de la grille et ça lui fera comme une seconde vie.

— Merci Edmond, c'est une très jolie idée !

Comme pour donner raison à Edmond, les tantes nostalgiques avaient ressorti une multitude de vieilles photographies qu'elles avaient étalées sur la nappe cirée de la table de cuisine. Paulette avait le visage tout rouge, comme si elle venait de pleurer. Alice s'approcha sans bruit et jeta un coup d'œil. C'était pour la plupart des clichés en noir et blanc représentant des vues du parc, de la propriété et de l'allée, à cette époque où la grille trônait encore, majestueuse et imposante. Des membres de la famille posaient parfois devant, bombant le torse comme s'ils se tenaient à l'entrée d'un prestigieux château.

— Rien ne dure, tout est condamné à foutre le camp... marmonna Suzanne entre ses dents.

— Je suis désolée, murmura Alice, la gorge serrée.

Suzanne plongea son regard dans le sien et rétorqua :

— Faut pas. On aurait tort d'imaginer qu'avant c'était mieux.

Et balayant de la main toutes les photos sur la table : « Les souvenirs sont trompeurs et illusoires. Rien à regretter. Non, le plus dur est juste de se dire que pour nous, le bout de la route est là. C'est surtout ça…

— Oui… la vie a filé tellement vite… murmura Eugénie.

— Mais bon, on n'est pas encore enterrées non plus, hein ? reprit Suzanne qui se leva brusquement.

Ramassant toutes les photos, elle les balança pêle-mêle dans la boîte en fer-blanc puis referma sèchement le couvercle.

16

La bévue

Les flammes étaient si hautes qu'elles semblaient monter jusqu'au ciel, donnant l'impression de l'embraser et de tout consumer, même les nuages ! Comme réduits en cendres, ceux-ci se désagrégeaient en neige grise tourbillonnante, ensevelissant peu à peu la Villandière. Le brasier était tellement infernal ! Impossible d'approcher, même de loin ! La chaleur était insoutenable et le bruit, terrible. Crépitements, explosions, grondements sourds. Le feu dévorait tout avec voracité, tordant et calcinant le bois sans pitié, déformant les huisseries, pulvérisant les vitres. Rien ne semblait pouvoir le contenir. La toiture fut la première à s'effondrer dans un craquement effroyable et des gerbes d'étincelles. Puis ce fut au tour du cèdre bleu de s'enflammer comme une vulgaire allumette. Grignoté en un éclair. La maison, très vite, ne fut plus qu'un tas de chicots noircis, béante, éventrée, sur lequel planait un air de profonde désolation. L'incendie avait été aussi fulgurant que ravageur. Ironie du sort : seul le nouveau portail avait été épargné, se dressant désormais devant des décombres fumants, sa blancheur immaculée tranchant avec le gris apocalyptique des lieux. N'en semblant que plus triomphant.

Alice se réveilla en sursaut, un cri au bord des lèvres. Trempée de sueur, suffoquant à moitié, le cœur emballé tel un cheval fou. Elle se dressa sur son séant au milieu du lit chamboulé, prête à bondir. Quel affreux cauchemar ! Tout avait l'air si vrai ! Les bruits, les odeurs et même la sensation de chaleur ! Maladroitement, elle chercha l'interrupteur de la lampe de chevet. La lumière tamisée jaillit, apaisante. Quatre heures du matin. Retour au réel. Dans un monde où la Villandière était toujours debout. Impossible de retrouver le sommeil. Pas après ces images horribles de la vieille demeure partant en fumée. Et ce maudit portail qui semblait la narguer, intact ! Frissonnante, elle descendit à la cuisine et but d'une traite un grand verre d'eau. Elle demeurait sous le choc, peinant à s'en remettre. Et si c'était un rêve prémonitoire ? Peut-être avait-elle offensé les esprits de la Villandière en faisant installer ce nouveau portail sans avoir pensé à les consulter avant ? Elle aurait peut-être dû demander à Eugénie de faire tourner les tables au préalable ? En plein jour, naturellement, l'idée paraîtrait ridicule et comique mais là, au cœur de la nuit, tout semblait soudain possible. Difficile de demeurer rationnelle.

Il faut dire que ces temps-ci, ses nuits étaient particulièrement mouvementées et hachées. Épuisantes. Une désagréable sensation d'oppression la maintenait en veille, l'empêchant de trouver le sommeil. Et lorsqu'elle sombrait enfin, c'était pour être réveillée par des cauchemars. L'obscurité ne faisait qu'amplifier la sensation physique d'être comme coincée sous un énorme couvercle. Claustrophobie aiguë. Bientôt, l'air finirait par lui manquer. *Pas d'échappatoire*, lui disait une petite voix. *Tu es dans une impasse. Enterrée vivante. À moins de… De quoi ? Fuir, partir loin d'ici et tout planter ? Ou lutter et résister, encore et toujours ? S'obstiner ?* Avait-elle seulement le choix… Parfois, Alice se sentait sombrer.

Le nœud du dilemme était au fond d'elle, elle le savait. Conflit de loyauté, peur de décevoir et de trahir. Peur de vivre aussi ? Que faire ?

Son inconscient dérivait alors doucement vers Luc. Si elle se sentait captive d'une vie qu'elle n'avait pas choisie, son corps, lui, ne se souciait guère des garde-fous que son esprit avait dressés. Il voulait rester vivant et, à sa manière, résistait. Certaines nuits, l'intensité de son désir était tel qu'il la réveillait en sursaut. Un désir brutal qui ne s'encombrait pas de principes, de pudeur et de frilosité. Un désir tellement exacerbé qu'il ne pouvait être que vérité. Qui lui criait que cela faisait trop longtemps maintenant qu'elle faisait le grand écart entre raison et sentiment, qu'à force de s'oublier, elle s'étiolait doucement. Parfois, cela paraissait si réel qu'elle se réveillait avec la sensation de sentir Luc contre elle. Le cœur battant à tout rompre, elle tendait alors la main vers la place vide à côté d'elle. L'illusion était si parfaite. Cette partie du lit dans laquelle elle n'allait jamais. Toujours froide. Hélas ! la griserie des sens, réelle ou virtuelle, avait toujours un prix. Et il était particulièrement élevé. Retourner à la réalité après ça. Reprendre le chemin déjà tout tracé, là où on l'avait laissé, le temps d'une nuit. Luc aimait une autre femme. Pourquoi son corps ne voulait-il pas le comprendre et la laisser en paix ?

Alice et Marjolaine devaient se retrouver à la cafétéria de l'hôpital. Ce fut le rire tonitruant de cette dernière qui l'accueillit, à peine le seuil franchi. Autour de Marjolaine, tout un attroupement de curieux amusés, inhabituel. En s'approchant, elle comprit vite la raison d'une telle hilarité : Marjolaine se trouvait au cœur d'un carambolage de plateaux. Des assiettes et des couverts gisaient par terre, de la nourriture partout. Et le plus drôle, à l'évidence, c'était le sort de la soupe. Ça ne pardonne pas, de la soupe qu'on renverse. Le bol était revenu sur le plateau, de travers et tout baveux, mais la soupe avait fini son vol sur la blouse blanche d'un jeune interne éberlué, plein de petits morceaux de carotte accrochés à ses boutonnières. Marjolaine était au bord de l'asphyxie, pleurant de rire, contaminant tout le réfectoire, Alice y compris.

— Je crois que j'ai pas le choix, bégayait le jeune homme. Va falloir que j'aille me changer !

— Mais non, mangez d'abord, lui conseillait-elle entre deux hoquets. Vous n'êtes plus à ça près. Tenez, pour me faire pardonner, je vous offrirai le café.

— Pas la peine, pas grave…

— Si, si, j'y tiens !

— Dans ce cas…

Alice la rejoignit quelques instants plus tard à leur table habituelle, près de la baie vitrée qui donnait sur une courette gravillonnée, au centre de laquelle vivotait un marronnier.

— C'était un stagiaire, le pauvre malheureux que tu as aspergé de soupe ?

— Je le crains…

— Bonjour le comité d'accueil. Il avait l'air tout chamboulé.

— Oui, on s'est malencontreusement télescopés.

— Je ne veux pas que tu t'en ailles en Martinique. Qu'est-ce que je deviendrai sans toi ?

Toujours secouée de gloussements intempestifs, Marjolaine rétorqua avec flegme :

— Pas encore partie, va ! De là à franchir le pas, tu sais… Sauf si tu voulais venir avec moi, tiens ?

— Euh…

— Ah là là, la tête que tu fais, ma vieille !

— Arrête de rire comme ça, tu vas encore renverser quelque chose !

— Moi, en revanche, j'aimerais bien voir ta fameuse Villandière depuis le temps que tu m'en parles. Tu crois que tes tantes accepteraient que je m'incruste un peu cet été ?

Alice la fixa avec surprise :

— Bien sûr que oui. Et j'adorerais !

Les yeux brillants, Marjolaine roucoula de satisfaction et, pressant les mains d'Alice par-dessus leurs plateaux :

— Génial, j'ai trop hâte !

Même si Camille ne la regardait pas, les yeux perdus au-delà de la vitre, elle se montrait particulièrement en verve ce matin, ce qui était plutôt inhabituel. L'idée qu'elle parlait peut-être à son reflet effleura Alice. Mais qu'importe, ce n'était pas si souvent qu'elle se confiait et, de peur de tout gâcher, elle retint son souffle. Des histoires de copines au collège, de profs, de cours, des choses qui lui tenaient à cœur et qu'elle avait envie pour une fois de partager. Et tandis qu'elle l'observait en douce, émue de trouver sa fille si grandie, si belle, des images d'elle toute petite se superposaient. Camille faisant ses premiers pas en grenouillère dans le salon, ses bras potelés tendus vers elle. La façon qu'elle avait de se blottir quand elle cherchait un câlin. Ses babillages et ses éclats de rire. Le bruit de ses petits pas quand aux aurores elle venait se glisser dans son lit, son corps tout chaud et ses doigts qui soulevaient de force ses paupières : « Dis, tu dors encore, maman ? Mais il fait jour dehors. » Ce n'était pas si loin mais ça faisait déjà une éternité.

Alice ralentit au moment où elles approchaient de la propriété puis stoppa devant le nouveau portail, qu'elle ne put s'empêcher de lorgner avec méfiance depuis son dernier cauchemar. Sans qu'elle ait besoin de le lui demander, Camille prit la clé dans son sac et descendit de la voiture. Elle ouvrit en grand les deux battants pour la laisser passer puis referma derrière, en sautillant entre les flaques. Des odeurs de mousse et de terre pénétrèrent en même temps qu'elle dans l'habitacle. Dans l'allée, Alice roula au pas en tâchant d'éviter les ornières remplies d'eau. Il était encore tôt et les rayons du soleil perçaient délicatement la frondaison des arbres. Après les grosses pluies des derniers jours, le ciel était d'un bleu délavé strié de blanc. Le printemps était bien avancé et la nature gorgée d'eau semblait saisie d'une folle exubérance. Les pieds des platanes disparaissaient dans les hautes herbes et les pelouses d'autrefois s'étaient métamorphosées en prairies, jaunes à perte de vue – terrain de prédilection des pissenlits et boutons d'or. Alice se gara au plus près du perron pour éviter la mare qui s'était creusée en plein milieu de la cour et coupa le moteur. Elles restèrent quelques minutes sans rien dire, contemplant à travers le pare-brise la façade de la maison. Presque tous les volets de l'étage étaient fermés. Les tantes ne prenaient plus la peine de les ouvrir.

— Tu m'as promis, je ne veux pas dormir toute seule… insista Camille.

— Mais oui, t'inquiète.

Elles durent se mettre à deux pour pousser la porte d'entrée et Alice nota mentalement que, là aussi, des travaux s'imposaient. Même topo laborieux pour la refermer.

Le carrelage était tout abîmé à l'endroit où elle frottait à chaque fois.

« C'est nous ! »

Elles allaient suspendre leurs vestes sur les patères surchargées lorsqu'un râteau leur tomba subitement sur la tête, dents en avant. Alice poussa un cri de douloureuse surprise, répété en écho par une Camille à fleur de peau.

— Ce n'est rien, ne panique pas comme ça ! grogna Alice en se frottant la tête.

— Mais qu'est-ce que ce râteau fait là ?

— Oui, bonne question ! Hou hou ! Il y a quelqu'un ?

— Dans la cuisine ! retentit la voix de Suzanne.

Alice la surprit en pleine corvée du samedi : assise devant la table, ses lunettes perchées au bout du nez, elle était en train de préparer les piluliers de chacune pour la semaine à venir. Des boîtes de médicaments s'amoncelaient sur la nappe, un petit tas pour Eugénie, une montagne pour Paulette et quasiment rien pour elle. Non pas qu'elle n'en ait pas besoin mais elle s'était toujours montrée méfiante et critique à l'égard de ce que les médecins leur faisaient ingurgiter, soi-disant pour la bonne cause. « On se soigne d'un côté pour mieux s'empoisonner de l'autre. Et je n'ose même pas imaginer l'état de ton foie, ma pauvre Paulette, avec tout ce que tu gobes les yeux fermés ! » assénait-elle régulièrement. Une défiance pour le moins déroutante quand on songeait que son père et son grand-père avaient été des médecins de campagne dévoués à leur vocation. Mais dans le fond, ceci expliquait peut-être cela…

— J'ai presque fini… murmura-t-elle, la mine concentrée.

— Tu veux que je t'aide ?

— Non, j'ai l'habitude, c'est toujours pareil.

— Ok. Dis, un râteau vient de me tomber dessus ! Qu'est-ce qu'il fait dans la maison ? En plus, les dents étaient vers le haut, j'ai failli me le prendre en pleine figure !

— Ah ? Pfff… C'est la dernière lubie de Paulette. Ça la rassure.

— La rassure ?

— Oui, en cas de démarchage abusif. Pour nous défendre.

— Oh ! Mais maintenant, avec le nouveau portail et la sonnette qui fonctionne, vous ne craignez plus rien !

Suzanne haussa les épaules :

— Mais tu la connais. Quand elle a une idée fixe, rien n'y fait. Et ce râteau, ça la tranquillise. Alors pas grave, il reste dans la maison, il ne gêne personne.

— À condition de mettre les dents vers le bas dans ce cas, car un de ces jours, vous-mêmes allez oublier qu'il est là et vous allez vous le prendre en pleine tête.

— Je suis sûre, pourtant, que je l'avais rangé les dents en bas ! Paulette a dû repasser derrière moi. Elle surveille tous mes faits et gestes, tu sais. C'est épuisant !

— Bon, bah moi, je crois que je vais aller faire mes devoirs, intervint Camille en leur décochant un regard déprimé.

— Mets-toi dans la bibliothèque, tu seras plus tranquille, lui suggéra Alice avec compassion.

En guise de réponse, elle récolta un grognement maussade. Camille s'éloigna en traînant des pieds. Alice aida Suzanne à ranger les boîtes de médicaments dans le buffet, selon un ordre bien précis pour éviter les confusions.

— Où sont Eugénie et Paulette ?

— Paulette traînasse encore au lit, qu'est-ce que tu imagines ? C'est de plus en plus dur de l'en sortir. Eugénie doit être auprès d'elle pour tenter de la raisonner. Quand l'infirmière est passée ce matin, elle nous a encore fait toute une crise à cause de la piqûre. Elle se planquait sous les draps. Un vrai cirque ! Quelle heure est-il ? Ah oui, déjà… Bah ! ça fait une heure qu'Eugénie est là-haut…

— Je vais aller voir.

— Attends, avant de monter ! J'aurais besoin que tu fasses quelques courses pour moi, quand tu auras le temps bien sûr. Après je vais oublier. Je peux te donner une liste ?

— Mais oui !

— Il faudrait que tu m'achètes de nouvelles culottes. Taille 36. En coton. Taille haute. Pas de celles qui rentrent dans les fesses.

— Des culottes ? D'accord.

— Oui, répondit Suzanne d'un air évasif, son regard fuyant soigneusement celui de la jeune femme, des culottes ! Les miennes datent de Mathusalem et l'élastique est complètement cuit.

— Mais pas de problème, tantine !

— Prends-en beaucoup, hein ?

— C'est-à-dire ?

— Je ne sais pas… une bonne vingtaine devrait suffire.

Alice sursauta :

— Autant ?

— Oui, pour en avoir en réserve ! riposta-t-elle, agacée.

Alice la fixa avec attention :

— D'accord…

Suzanne disparut quelques instants dans le couloir, le temps d'aller chercher de l'argent. De retour, elle lui glissa dans la main un billet de vingt euros.

— J'espère que ça suffira…

— Euh… laisse tomber tantine.

— Si, j'y tiens. Et si tu ne veux pas le prendre, je le donnerai à Camille qui ne se fera pas prier, elle !

Alice partit ensuite en quête de Paulette. Elle passa devant la bibliothèque dont la porte était entrebâillée, apercevant Camille assise en tailleur sur le tapis face à la porte-fenêtre, dans un rai de lumière. Elle avait étalé tous ses cahiers autour d'elle mais ne les regardait pas, le regard perdu au-delà de la vitre. Abattue et morne. Démoralisée de devoir encore s'enterrer à la Villandière alors qu'elle aurait pu voir ses copines ce week-end et faire des choses autrement plus palpitantes. Résignée, Alice songea que d'ici quelques années, sa fille refuserait net de l'accompagner, que bientôt, libre et émancipée, elle mènerait sa vie comme elle l'entendait. Et qu'elle s'empresserait alors de mettre une distance salvatrice entre elle et tout ce qui la retenait ici, contre son gré.

Alice se glissa sans bruit dans la chambre de Paulette, dont la porte était juste poussée. Eugénie était bien là, assise sur le petit lit bateau, yeux baissés et lèvres closes, épaules voûtées. Les deux vieilles dames semblaient s'être transformées en statues de sel. Entre elles, le silence était total, épais. À l'autre bout du lit, on ne voyait que le haut du crâne de Paulette, dépassant à peine de l'édredon, comme si elle cherchait à se rendre invisible.

— Tout va bien ? Qu'est-ce qui se passe ? chuchota Alice, inquiète.

Si Eugénie s'était vêtue et coiffée, Paulette, à l'évidence, était encore en chemise de nuit, une odeur rance émanant des draps. Changer les draps, les laver et les faire sécher dehors si la météo le permettait aujourd'hui, telle fut sa première pensée. C'était impératif. Mais pour cela, il fallait sortir Paulette du lit.

— Il est tard, Paulette : tu sais que tu dois prendre tes médicaments et manger à heures fixes... Ce n'est pas raisonnable.

— Elle a encore eu un pressentiment, soupira Eugénie.

— Allons bon ! Mais il n'y a rien de rationnel là-dedans Paulette, tu le sais bien ! riposta Alice qui se garda bien de leur faire part de son dernier cauchemar.

— Je suis trop oppressée, c'est comme si j'avais une enclume là ! gémit alors Paulette en plaquant une main sur sa poitrine d'un air éploré.

— C'est parce que tu n'as pas pris tes médicaments. C'est ton angine de poitrine ! Allez, viens !

Elle se laissa faire comme une toute petite fille, les yeux humides et reniflant. Des trois tantes, c'était la plus corpulente et la plus lourde. La plus molle aussi, et elle n'aidait pas beaucoup. Alice eut tout le mal du monde à l'extirper du lit. Elle était tellement accaparée par l'ampleur de la tâche qu'elle sursauta littéralement lorsque la voix acerbe de Suzanne explosa dans son dos.

— Mais ce n'est pas vrai, tu le fais exprès ou quoi ? Tu veux qu'on aille chercher un treuil et une poulie pendant qu'on y est ?

— Ça y est, elle recommence ! couina Paulette éplorée.

Trois paires de mains plus ou moins bienveillantes et attentionnées tâchèrent de lui faire enfiler sa robe de chambre, de lui glisser ses pantoufles aux pieds et d'aplatir ses cheveux ébouriffés. Puis Suzanne lui colla de force dans les mains un verre d'eau et lui tendit une à une toutes les pilules quotidiennes qu'elle aurait déjà dû avaler. Paulette obtempéra sans broncher, les yeux brillants de larmes contenues.

— Voilà. Et ce matin, ne déjeune pas trop sinon tu n'auras plus faim pour le repas tout à l'heure ! conclut Suzanne d'un ton cinglant.

— Tu aurais dû être maîtresse d'école ! riposta Paulette. Avec une baguette dans la main, tu aurais été parfaite !

— Bon, vous arrêtez toutes les deux ? Allez, ouste ! Descendez pendant que j'aère la chambre…

Les vrilles des pois de senteur prenaient déjà d'assaut l'ancienne grille. Bientôt, elle serait complètement colonisée. Sur la corde à linge, les draps claquaient au vent comme des bannières. Profitant que les tantes somnolaient sur le canapé face à la télévision allumée à tue-tête, Camille et Alice prirent le chemin qui menait au bois. Elles marchèrent d'abord un long moment, sans parler. Du bout des doigts, Alice caressait les hautes herbes qui ondulaient au vent tandis que Camille, comme lorsqu'elle était petite, s'amusait à lui souffler dans le visage des étamines de pissenlits.

— Dis, quand est-ce que tu chercheras un nouvel appartement pour nous, à Poitiers ?

— À la fin de l'automne prochain, je pense…

— J'ai pas envie de déménager, tu sais… On est vraiment obligées ?

— Bah oui…

— Je vais perdre toutes mes copines.

— Mais non. Vous continuerez de communiquer. Et puis, tu t'en feras d'autres.

Camille ne répondit pas, la mine rembrunie.

Le bois bruissait de milliers de chants d'oiseaux. Une pluie de rayons de soleil perçait la voûte végétale, donnant à l'endroit un air rieur et exubérant. Le sentier s'estompait parfois sous les ronces ou le chèvrefeuille, réapparaissant un peu plus loin avant de s'esquiver de nouveau. Camille se prit les pieds dans une racine dissimulée et manqua de s'étaler. À force de se frayer coûte que coûte un passage dans la végétation, elles avaient les vêtements couverts de boules de gratterons.

— C'est vraiment la jungle, ici ! pesta Camille.

Taquine, Alice se mit à la fouetter avec une longue tige de gratterons.

— Ah là là, quelle mauvaise aventurière tu ferais ! Allez, avance et regarde plutôt où tu mets les pieds !

Cette nuit-là, elles partagèrent le même lit. Le matelas en forme de cuvette les attira irrésistiblement dans le creux inconfortable, au grand dam de Camille. Alors qu'Alice éteignait la lumière, l'adolescente dit :

— Tu crois qu'on pourrait aller dans le grenier, demain ?

— Pour quoi faire ? Ça doit être un véritable capharnaüm… Je n'y ai pas mis les pieds depuis… je ne sais même plus quand.

— J'aimerais bien écrire l'histoire de la Villandière.

— Ah oui ? Tiens donc…

— Mouais. J'interviewerais les tantes. Avec Nina on a même l'intention d'en profiter cet été pour faire une sorte de reportage vidéo. Avec nos téléphones…

— Ma foi, c'est une très bonne idée !

— Mouais…

— Hé bien, bonne nuit ma chérie…

— Mmm… Bonne nuit… Et essaie de ne pas me rouler dessus.

— Je ferai ce que je peux… Et je t'en dis autant.

Allongée sur le dos, les yeux grands ouverts sur l'obscurité, Alice mit du temps à trouver le sommeil. Elle était agréablement surprise par les projets de Camille et Nina. Sa fille se laisserait-elle gagner par le charme suranné de la Villandière ? Voilà qui était plutôt inattendu et réconfortant.

L'envoûtement toutefois s'évapora vite et la réalité, beaucoup plus prosaïque, reprit l'avantage dès le petit matin avec les cris de Camille depuis la salle de bains, qui firent accourir Alice affolée, imaginant déjà sa fille ébouillantée et s'invectivant de ne pas avoir fait changer les robinets, alors qu'elle connaissait pertinemment leur vétusté. La chaudière était tellement vieille qu'il était impossible d'en brider la température. C'était donc soit du glacial soit du brûlant qui sortait des tuyaux, chaque fois un vrai défi pour trouver le juste milieu. Mais là encore, cela supposait tellement de frais ! Heureusement, la situation n'était pas aussi dramatique ; Camille n'avait même pas encore touché les robinets. Et pour cause ! Une énorme araignée la tenait en respect dans la baignoire sabot, lui en barrant l'accès. En entendant le bruit de la porte, Camille redoubla ses hurlements : « Mais n'entre pas, je suis dans la douche ! »

— Bah oui, mais faudrait savoir ce que tu veux !

Saucissonnée dans le rideau de douche tel un sushi, Camille la foudroya du regard.

— Elle est monstrueuse !

— Ne tire pas comme ça sur le rideau, tu vas tout arracher !

— Oui mais je suis toute nue, moi !

— Je m'en doute…

— Attention, fais quelque chose, elle vient vers moi !

Alice, qui avait aussi les araignées en horreur, réprima un frisson. Il fallait bien reconnaître que celle-ci était particulièrement grosse, noire et velue. Elle semblait se tenir à l'affût, bien campée sur ses longues pattes, prête à bondir. Pleine de répulsion, Alice se saisit de la pomme de douche et avec le jet d'eau tenta de l'entraîner vers le trou d'évacuation. En vain ! L'araignée était bien plus maligne que ça et, la prenant de court, se carapata au contraire droit sur Camille qui poussa un hurlement à vriller les tympans, s'emberlificotant de plus belle dans son rideau de douche, prête à se suspendre à la tringle si nécessaire.

— Mais qu'est-ce qui se passe, ici ? retentit la voix de Suzanne interloquée.

Couinement de Camille qui disparut totalement et dont on ne vit plus que les pieds tout recroquevillés.

En un regard, Suzanne jaugea la situation. Imperturbable, elle ôta son chausson et asséna un violent coup sur l'araignée, faisant bondir Alice par la même occasion. Puis prenant la pomme de douche, elle évacua la bestiole écrabouillée dans la tuyauterie.

— Voilà, on n'en parle plus. Tu peux te doucher tranquille, Camille.

— Merci, croassa cette dernière.

— Attention à l'eau chaude. Elle est brûlante…

— Oui, oui…

— Avez-vous des projets de vacances ? s'enquit Eugénie tandis que cinq paires de mains, jeunes et vieilles, écossaient au-dessus de la table de cuisine une montagne de petits pois.

Camille était chargée de ramasser les fuyards qui roulaient régulièrement à travers la pièce, passant finalement plus de temps à inspecter le carrelage qu'assise sur sa chaise.

Alice hocha la tête et répondit :

— Camille partira en août avec son père. La chanceuse ira en Grèce, cette année…

— Oh ! firent les trois vieilles en chœur, émerveillées.

— Mais on viendra ici quelques jours en juillet, promis.

— Et toi, ma chérie, tu ne pars pas un peu ? Changer d'horizon et d'air, ça te ferait du bien à toi aussi, lâcha Suzanne en lui jetant un regard lourd de sous-entendus.

— Si, si, j'ai prévu une semaine à la mer avec mon amie Marjolaine. En Bretagne. Au fait, puisqu'on parle de Marjolaine, je me suis permis de l'inviter à passer quelques jours à la Villandière en juillet. J'espère que cela ne vous dérange pas ? Vous verrez, vous l'adorerez !

— Mais non, au contraire, tu as bien fait, nous sommes ravies de faire sa connaissance ! s'exclama Eugénie avec enthousiasme. Quelle bonne idée ! N'est-ce pas Paulette et Suzanne ?

— Oui, oui ! approuvèrent-elles vigoureusement.

— De toute façon, maman ne pourra pas trop bouger, cette année, lança Camille en plongeant sous la table à la recherche d'un énième petit pois fugueur.

— Ah bon ? fit Eugénie.

— Bah oui, faut bien commencer à réfléchir au déménagement… Même si franchement, moi, je préférerais rester à Marsans. Pfffff…

Un silence de mort tomba d'un coup, figeant Alice et les tantes autour de la table, livides. N'osant se regarder, souffle retenu, lèvres comprimées. Le tic-tac de la pendule, les gargouillements du vieux frigidaire et le goutte-à-goutte du robinet mal fermé prirent une ampleur soudaine, comme s'il n'y avait plus rien d'autre dans la pièce. Frappée par le changement d'atmosphère aussi brutal qu'imprévisible, Camille émergea doucement de sous la nappe, la mine interrogative et perplexe. Et se raidit. Quatre paires d'yeux étaient braquées sur elle. Ceux de sa mère, consternée, et ceux des tantes, étrangement vides et absents.

Se ressaisissant, Alice se racla la gorge :

— Rien de grave, ne vous inquiétez pas. La maternité ferme. Alors je vais devoir travailler sur Poitiers à la rentrée… C'est tout.

— Vous allez déménager ? hoqueta Eugénie.

Camille, qui réalisait enfin son énorme bévue, fixa sa mère avec culpabilité, cramoisie de honte.

— Ah ! mes pressentiments ! C'était donc vrai ! s'exclama Paulette avec désespoir. Tu vas partir… Qu'est-ce qu'on va devenir ?

— Allons, allons ! la rabroua Suzanne, agacée. Elles ne vont pas partir à l'autre bout de la terre, non plus ! Et on sait très bien se débrouiller toutes seules, non ?

— Je n'ai pas l'intention de vous abandonner. Mais c'est vrai que je ne pourrai plus venir aussi souvent que maintenant. Faudra vous appuyer davantage sur les Millot, en cas de pépin.

— Ne nous en demande pas trop non plus, grinça Suzanne.

— Mais moi, ça me rassurerait ! répliqua-t-elle du tac au tac.

— Ah ! je ne me sens pas très bien, là, tout à coup… murmura Paulette hagarde.

— Ressaisis-toi ! ordonna Suzanne en lui pinçant le bras.

Paulette gémit de douleur et but d'une traite le verre d'eau qu'Alice s'était empressée de lui tendre.

— On ne part pas tout de suite. Nous avons encore un an devant nous, pour nous préparer… murmura-t-elle.

— Oui, renchérit Suzanne. Et en un an, il peut se passer tellement de choses ! Alors on ne va pas commencer à tirer des plans sur la comète pour rien du tout, hein ?

Personne ne répondit.

L'après-midi, Camille n'osa pas réitérer sa demande d'aller dans le grenier. Penaude et piteuse, elle alla se réfugier sur la terrasse, assise sur la balustrade, les pieds dans le vide. Lorsque Alice la rejoignit un peu plus tard, elle lui adressa un regard navré.

— J'm'en veux… pardon. J'ai pas fait gaffe, c'est sorti tout seul… Je pensais pas que…

Alice soupira :

— Pas grave, ma puce. De toute façon, tôt ou tard, il aurait fallu le leur dire.

— Elles avaient l'air tellement choquées.

— On fera en sorte que cela ne change pas trop leurs habitudes.

— Tout à l'heure, quand on est sorties de la cuisine, j'ai entendu Suzanne dire : « Conseil de famille dans cinq minutes. »

Alice se surprit à sourire.

— Oh, oh !… Alors va falloir s'attendre à quelques conspirations de la part des tantes…

— Tu veux que j'aille écouter derrière la porte ?

Alice explosa de rire.

— Non, quand même pas ! On verra bien ! Laissons-les comploter tranquillement…

17

Été

Juillet. Odeurs de foin et d'herbe sèche. Il n'avait pas plu la moindre goutte depuis plusieurs semaines, tout grillait sur pied. Le soleil jouait les prolongations, nimbant le ciel d'une palette de couleurs extraordinaires. Les nuits demeuraient chaudes et moites. Leurs fenêtres de chambre grandes ouvertes, Camille et Alice se laissaient bercer par les stridulations des grillons avant d'être réveillées aux aurores par les cris des martinets.

Libérée du collège, Camille était d'humeur exubérante et détendue. Après avoir fait du tri par le vide dans sa chambre – pas d'état d'âme ! –, elle savourait ses premières journées d'oisiveté et de liberté en compagnie de ses copines, tandis qu'Alice travaillait encore à la maternité. Elles avaient prévu quelques jours de vacances en Vendée, fin juillet. Au bord de l'océan. Alice en rêvait depuis des mois. Un petit bungalow, avec presque les pieds dans l'eau, loin de tout. Mais auparavant, quelques jours à la Villandière les attendaient, comme promis, avec Nina et Marjolaine. Et pour une fois, ni l'une ni l'autre ne boudait son plaisir.

Il en était de même pour Marjolaine qui, plus la date approchait, frétillait d'impatience à l'idée de découvrir enfin cette fameuse « maison de famille » dont Alice lui rebattait les oreilles depuis des années.

— C'est vraiment si délabré que ça ? Et si grand ? C'est pas un château quand même, rassure-moi ? Il y a combien de chambres ? Rappelle-moi le prénom de tes tantes ? C'est laquelle qu'il ne faut pas prendre à rebrousse-poil ? Et ton Luc, est-ce que je le verrai, lui aussi ?

— Ce n'est pas mon *Luc* !

— Hum !

Elles partirent un dimanche matin, s'entassant joyeusement dans la vieille Punto pleine à craquer. Marjolaine et Camille discutaient avec animation et, comme d'habitude, le rire de Marjolaine envahissait tout l'espace, contagieux et volubile. Alice peina à fermer le coffre. *On ne part qu'une semaine mais on dirait qu'on déménage.* Pas le choix, des bagages atterrirent sur la banquette arrière à côté de Camille. À peine étaient-elles parties que celle-ci s'empressa de mettre Marjolaine au parfum : là-bas, pas de réseau ni de wifi, c'était une zone blanche, un trou paumé, même pas la peine d'essayer ! Et puis la maison était hantée. Et les matelas, tous pourris. Il y avait des araignées énormes et sans doute des souris, même si elle n'en avait jamais vu dans la maison. Fallait un escabeau pour aller dans la baignoire sabot. Et pour en ressortir, fallait faire le grand écart. Gare à Suzanne qui était hyper susceptible. Paulette, elle, ne voulait jamais sortir de son lit. Eugénie perdait son dentier, c'était dégoûtant quand elle mangeait. Ah oui ! ne surtout pas oublier le râteau derrière la porte d'entrée, qui tombait tout le temps. Mais faudrait qu'elle monte voir la chambre bleue, absolument ! Et qu'elle voit le mausolée, aussi ! Et si elle pouvait, surtout, convaincre sa mère de la laisser explorer le grenier avec Nina !

Marjolaine n'en finissait plus de rire, de ce rire de gorge

pareil à une cascade, qui contaminait : « Mais moi aussi je veux aller dans le grenier ! J'adooorrre les greniers ! »

Lorsque la voiture s'engagea dans l'allée ombragée, Alice guetta du coin de l'œil la réaction de Marjolaine, frappée de mutisme, yeux écarquillés et bouche bée.

— Waouh... ça en jette ! finit-elle par lâcher, ébahie, tandis qu'Alice coupait le moteur après s'être garée devant le perron.

— Attends de voir dans les détails... Tu pourras constater l'ampleur du boulot qu'il y a...

— Quand même... j'adore ! C'est terriblement... délicieusement... suranné ! On croirait faire un bond dans le passé. J'aurais dû mettre ma robe à crinoline !

Alice éclata de rire.

À l'intérieur, un air de piano les accueillit. Alice reconnut la *Gnossienne n° 1* de Satie, ponctué par les grésillements et les craquements du vieux tourne-disque. Les trois tantes ne les avaient pas entendues arriver. Assises autour de la table de la salle à manger, elles briquaient avec application toute l'argenterie étalée par catégories, en discutant avec animation.

Alice toqua contre la porte :

— Bonjour tout le monde ! C'est nous !

Instantanément, trois têtes intriguées pivotèrent de concert dans leur direction tandis que, de surprise, une petite cuillère rebondissait sur le parquet. Trois paires d'yeux avides qui s'empressèrent sans complexe de détailler cette amie qu'Alice avait décidé de leur amener, la scrutant sans la moindre retenue, fascinées. Des jours qu'elles attendaient cette rencontre, dévorées de curiosité, s'évertuant à imaginer cette Marjolaine sous tous les traits imaginables ! Mais force est de constater qu'elles n'avaient pas *tout* imaginé, loin de là… et leur stupéfaction fut presque aussi flagrante que leur indiscrète curiosité. C'est qu'Alice n'avait pas cru bon de préciser que Marjolaine était une volumineuse métisse, colorée et clinquante, un vrai feu d'artifice à elle toute seule ! Qui plus est, déboulant dans la pièce le plus naturellement du monde, pas intimidée pour deux sous, sa chair café foncé tressautant de partout comme de la gelée, un franc sourire aux lèvres dévoilant des dents d'une blancheur incroyable :

— Bonjour Mesdames ! Merci de m'accueillir quelques jours chez vous ! C'est tellement généreux ! Si vous saviez comme j'en suis honorée et touchée !

Elle leur pressa les mains avec effusion, l'une après l'autre, les étourdissant de son sourire enjôleur, donnant l'impression qu'elle les connaissait déjà toutes parfaitement, ignorant le mouvement de recul de Suzanne qui comme toujours, par principe et prudence, demeurait sur la réserve.

Elle roucoula :

— Ne vous inquiétez pas, je ne serai pas une charge pour vous, je saurai me faire toute petite !

Une lueur sarcastique brilla furtivement dans le regard de Suzanne, tant l'expression contredisait l'apparence de Marjolaine. Mais Eugénie et Paulette étaient déjà conquises et lui tapotèrent la main avec joie.

— Avoir de la visite nous fait toujours plaisir ! répondit Eugénie. Et en tant qu'amie de notre Alice, vous êtes la bienvenue !

— J'ai fait un baba au rhum pour le dessert ! J'espère que vous aimez !

— Mon Dieu, cela fait une éternité que je n'en ai pas mangé ! s'exclama Paulette en extase.

Ah ! celle-là, songea *in petto* Suzanne. *Il suffisait de parler à son ventre pour qu'elle soit prête à vous manger dans la main.*

Alice eut tout le mal du monde à arracher Marjolaine à l'emprise des tantes qui ne tarissaient pas de questions, l'accaparant jusqu'à l'étourdissement, à l'exception de Suzanne naturellement, qui se tenait encore en retrait, bien que se déridant peu à peu, imperceptiblement. Dépassée, Alice coupa court à la mainmise des tantes :

— On va monter nos valises et puis on revient, promis !

Elles montèrent au premier étage, là où se trouvait la chambre qu'elles partageraient. Abandonnant sa valise au pied du lit, Marjolaine s'approcha de la fenêtre et contempla le parc en contrebas, à l'état de friche.

— Incroyable, murmura-t-elle. Tu me feras aussi visiter le jardin ?

— Bien sûr.

— Je comprends ton inquiétude… L'ampleur de la tâche… financièrement ça doit être un gouffre…

— Je ne te le fais pas dire…

— Mais elles sont trop rigolotes tes tantes ! On dirait trois vieilles chouettes ! Je les adorrrrre !

Les vieilles dames attendirent que Marjolaine soit partie aux toilettes pour assaillir Alice de remarques et de questions. Depuis quand la connaissait-elle ? Où et comment ? Célibataire ? Mariée ? Divorcée ? Des enfants ? Portait-elle toujours autant de bijoux d'habitude ? Quelles étaient ses origines ? Antilles ? Afrique ? Leurs voix, feutrées par souci de discrétion, peinaient à contenir leur excitation, se coupant la parole et s'agaçant mutuellement. Des pas résonnant soudain dans le couloir, elles se turent aussitôt, comme prises en faute, et chacune retourna précipitamment à son activité – laver une casserole, sortir les couverts du buffet, couper le pain pour ce midi. Marjolaine déboula dans la cuisine, tout sourire, ses talons hauts claquant joyeusement sur le carrelage.

— Ne vous embêtez pas, laissez-nous faire ! dit-elle à Eugénie en lui prenant des mains la pile d'assiettes. Oh, comme elles sont curieuses ces fourchettes ! Elles ont bien vécu, dites donc ! Jamais vu ça !

— Les tantes ont chacune la leur. Il faut que tu leur demandes…

— Oh ! bien sûr… Dites-moi tout, Eugénie !

Telle une Mama africaine, chaleureuse, expansive, Marjolaine distillait son enthousiasme, riant pour un rien, s'adressant aux tantes sans façon mais avec un infini respect et une aisance qui en boucha un coin à Alice. Sacrée Marjolaine ! Il n'y avait pas qu'avec les nouveau-nés et les parents démunis qu'elle savait s'y prendre. Elle pouvait également envoûter les vieilles dames. Celles-ci, sous le charme, minaudaient comme jamais, se laissant aller aux confidences. Même Suzanne semblait avoir baissé sa garde, ce qui n'était pas un mince exploit. Certes, ses yeux encore prudents ne quittaient pas Marjolaine. Comme si elle continuait de la jauger, un peu perplexe. Mais Alice avait surpris quelques sourires fugaces et approbateurs qui voulaient tout dire.

Le repas se déroula dans la bonne humeur, l'heureux caractère de Marjolaine ayant un effet positif sur les tantes, telle une cure de jouvence, mais aussi sur Camille qui riait à toutes ses blagues et lui répondait du tac au tac avec une complicité évidente qui avait de quoi rendre Alice envieuse. Marjolaine, cette magicienne…

L'après-midi, profitant que les tantes faisaient leur sieste, Marjolaine, Camille et Alice décidèrent de braver la chaleur estivale. Munies de leurs chapeaux de paille et de leurs lunettes de soleil, elles sortirent dans la lumière blanche, stridulant du chant des criquets. L'horizon ondulait, l'herbe crissait sous leurs pieds et grattait leurs jambes nues. Au passage, Alice jeta un regard à ses plantations, toutes flétries et assoiffées. *Arrosage obligatoire, ce soir…* Camille gambadait devant, fonçant droit sur le bosquet, en direction du mausolée qu'elle tenait absolument à montrer à Marjolaine. Lorsqu'elles arrivèrent en vue du monument figé dans sa gangue végétale, ronces, arbrisseaux, lierre, Marjolaine esquissa un « oh ! » muet. Tandis que Camille piétinait allègrement les broussailles pour se frayer un passage, Alice mit en garde son amie :

— Fais gaffe où tu mets les pieds, ce serait ballot si tu te faisais une entorse ! Je ne te ramènerais pas sur mon dos, je te préviens !

— Mais c'est la jungle, ici ! J'espère qu'il n'y a pas de tiques.

— Alors, vous venez ? s'impatienta Camille déjà parvenue au perron.

— Vous êtes d'origine protestante ? s'enquit Marjolaine, bataillant avec une ronce récalcitrante. Pour avoir un mausolée sur vos propres terres ?

— Même pas… Juste un signe de richesse, à l'époque…

Elles atteignirent le monument avec soulagement, comme si elles venaient d'essuyer une traversée périlleuse en pleine forêt vierge. Les jambes tout égratignées, Marjolaine contempla sans un mot les sépultures blanches derrière la grille.

— C'est émouvant, finit-elle par murmurer.

— La tombe la plus ancienne a plus de cent ans ! annonça fièrement Camille. Je te montrerai de qui il s'agit sur les photos au deuxième étage !

— Mmm…

— Avec Nina, on a décidé qu'on allait faire un reportage sur le domaine et interviewer les tantes…

— Super idée, Camille !

— D'ailleurs, maman, Nina doit être à la ferme aujourd'hui. On ne pourrait pas y faire un saut, là maintenant ?

La tête de Marjolaine pivota en direction d'Alice, lunettes noires remontées sur le front pour mieux darder ses yeux dans les siens.

— Nina… c'est la fille de Luc ? susurra-t-elle.

— Oui.

— Ah mais alors, oui, bonne idée. Allons voir cette fameuse ferme !

— *Yes!* clama Camille qui, tel un feu follet, s'élança aussitôt, coupant l'herbe sous le pied d'Alice.

Les deux femmes lui emboîtèrent le pas, à la traîne, Alice ouvrant le chemin à l'aide d'un bâton. Dans son dos, Marjolaine trébucha et pesta à voix basse. Alice rit sous cape. Elle visualisa le duo comique qu'elles devaient former toutes les deux, avec leurs sandalettes inadaptées au terrain et leurs jupes trop légères qui s'accrochaient partout. Parvenue au sentier, Marjolaine accéléra le pas pour cheminer à sa hauteur et, profitant que Camille soit loin devant, lança :

— Tu sais, j'ai fait un test de numérologie pour ton Luc ! Tu veux savoir ce que…

Alice pila, directe, indignée :

— Non ! Tu n'as pas fait ça ?!

— Écoute, dans la vie, faut parfois savoir prendre le taureau par les cornes !

— Mais arrête avec ça, Marjo !

— Sur le plan numérologique, il y a une compatibilité évidente !

— Ah, c'est pas vrai, quand tu as une idée fixe ! Tout ça, ce sont des conneries !

— Non, absolument pas ! Et excuse-moi mais tu es trop passive ! On dirait que tu as peur de t'attacher…

— Peut-être. Mais en l'occurrence, Luc n'est pas libre du tout, au cas où tu l'aurais oublié.

— Et alors ? rétorqua-t-elle avec provocation.

Elles se défièrent du regard, plantées en plein milieu du chemin, sans plus se soucier de Camille qui avait pris tellement d'avance qu'elles ne la voyaient plus.

— Qu'est-ce que tu veux que je te dise ? Tu as vraiment envie que je me casse les dents sur une énième désillusion ? Selon toi, je n'ai pas encore eu ma dose ? Sans parler de la honte et de l'énorme râteau que je me prendrais en pleine figure !

— Ne sois pas si négative et pessimiste !

— Quand tu verras Luc, tu te rendras compte qu'on n'est pas si bien assortis que ça. On est même très différents, de caractère, pour tout… Autrefois, on se chamaillait tout le temps. Et puis franchement, ce serait très mal venu de ma part, et un peu désespérant aussi, de me manifester maintenant, alors qu'il vient de m'annoncer qu'il se mettait en couple. Quel genre de femme serait capable de faire une chose pareille ?

— Oh ! j'en connais plein qui seraient capables d'une telle chose… pour le pire comme pour le meilleur.

— Hé bien, pas moi !

Alice soupira, contrariée, et reprit :

— Allez, ne parlons plus de ça, Marjo. Tu sais que pour moi…

— … le sujet est sensible et épineux, oui.

— Non, ce n'est pas ce que je voulais dire et tu le sais !

Elle ricana, taquine, et la prit vigoureusement dans ses bras :

— Alors, va falloir que je te trouve quelqu'un d'autre…

— Ah, pitié !

Elles débouchèrent dans la cour de la ferme, assoiffées et dégoulinantes de sueur. Le dernier tronçon de la promenade en plein cagnard les avait contraintes au mutisme pour, instinctivement, économiser leur salive. Elles avaient la bouche sèche et la peau cuisante sous la brûlure du soleil. Le silence régnait sur la ferme comme écrasée sous la chaleur. Les volets étaient tous clos, les pierres blanches réverbérant une luminosité extrême, éblouissante. Elles parcoururent les derniers mètres en haletant. Marjolaine, à la peine, agitait son chapeau de paille devant son visage ruisselant, de larges auréoles sous les bras et dans le dos. Du coin de l'œil, Alice aperçut le 4 × 4 de Luc garé sous le hangar et, en son for intérieur, pria pour qu'il soit seul. Pas envie de faire connaissance avec son Émilie dans l'état où elle se trouvait… Elle toqua à la porte et, sans attendre de réponse, tourna la poignée, aussitôt happée par une fraîcheur bienfaisante qui lui aurait presque donné la chair de poule, par contraste avec l'extérieur. Ses yeux mirent un certain temps à s'habituer à l'obscurité tandis que la voix de Camille retentissait depuis le salon, au fond du couloir : « Vous en avez mis du temps ! Qu'est-ce que vous fabriquiez ? »

Des bruits de pas résonnèrent sur les tomettes et la silhouette de Berthe se dessina.

— Entrez, entrez ! Venez vous rafraîchir, j'ai fait de la citronnade !

— Ah, merci !

— Bonjour ! Enchantée ! dit-elle en s'adressant à Marjolaine, faisant mine de vouloir les embrasser l'une après l'autre.

D'un geste, Alice la retint, confuse :

— On dégouline, Berthe…

— Allez donc à la salle de bains pour vous rafraîchir ! On vous attend dans le salon !

— Oui, on arrive !

Elle entraîna Marjolaine en direction de la salle de bains tandis que les conversations reprenaient de l'autre côté de la cloison, dominées par le rire tonitruant d'Edmond et le raclement des chaises sur le sol. Instinctivement, Alice tendit l'oreille pour essayer de distinguer les voix de Luc et de sa compagne. Était-elle là ? Tendue, elle laissa Marjolaine entrer en premier dans la petite pièce toute carrelée de rose, du sol au plafond. Elle se faufila à sa suite et coude à coude, face au lavabo, elles s'aspergèrent d'eau froide, visage, nuque, bras et même les jambes, en poussant des soupirs de soulagement. Dans le miroir, ses joues et son nez étaient cramoisis.

— Bon, tu me présentes ? finit par dire Marjolaine en s'adressant à son reflet.

Alice souffla un bon coup.

— Oui, viens !

Le salon était plongé dans la pénombre, les volets entrebâillés filtrant un rai de lumière où dansaient des grains de poussière en suspension. Autour de la table basse en chêne rustique, comme le reste du mobilier, la famille au complet était là : Berthe et Edmond sur le vieux canapé en velours côtelé, Nina entre eux, Camille sur un pouf à leur gauche, Luc et une jeune femme en face sur deux chaises en paille. Sur la table, Berthe avait disposé une carafe d'eau avec des rondelles de citron flottant à sa surface et plusieurs verres de toutes les couleurs dans lesquels miroitait un rayon de soleil dessinant un arc-en-ciel. Edmond était en pleine évocation picturale, désignant à grands gestes les tableaux qui ornaient les murs en crépi blanc, des natures mortes et des paysages dont il était l'auteur. Une passion autodidacte qui l'occupait essentiellement en hiver, quand il y avait moins de travail à la ferme. Il s'adressait à la jeune femme assise face à lui, qui semblait boire ses paroles, comme hypnotisée. Raide et nerveuse, Alice essaya de ne pas trop la dévisager, focalisant son attention sur Camille et Luc qui se leva pour venir à leur rencontre, presque aussitôt imité par sa compagne.

— Salut ! dit-il.

D'un ton enjoué, elle entreprit de faire les présentations à la cantonade.

— Bonjour ! Marjolaine, mon amie et collègue, qui vient passer quelques jours à la Villandière.

— Bienvenue ! dit Berthe.

— Bien ! renchérit Edmond en pétrissant les épaules d'Alice avec vigueur. Ça fait plaisir de te voir, ma jolie ! Tu vas bien ?

— Oui, oui, ça va ! En vacances, enfin !

— Oui, tu vas pouvoir souffler un peu ! Enchanté Marjolaine ! Vous avez déjà fait connaissance avec les tantes ?

— Oui, c'est fait !

— Je lui ai même montré le mausolée ! intervint Camille toute fière.

— Alice, je te présente Émilie, dit Luc en poussant la jeune femme devant lui.

Un peu empêtrées entre les chaises, les jambes des uns et des autres et la table basse, les jeunes femmes bafouillèrent un indistinct « Enchantée… », s'avançant en équilibre précaire pour une bise convenue. Berthe était allée chercher deux autres chaises et tout le monde se serra pour faire de la place, tandis que Nina leur versait un grand verre de citronnade.

— Tout à l'heure avec Camille, on voudrait faire une expérience, annonça-t-elle, pleine d'enthousiasme. On voudrait essayer de faire cuire un œuf sur le capot de ta voiture, papa. Rien qu'avec la chaleur du soleil.

Edmond explosa de rire, imité par Marjolaine. Émilie et Alice échangèrent un regard furtif. Alice s'efforça de ne pas la fixer, saisissant au vol, ici et là, quelques détails succincts, trop effrayée à l'idée d'être surprise en pleine inspection. Mais le peu qu'elle en voyait l'accablait déjà profondément. Une longue chevelure brune remontée en un chignon haut sur la tête lui donnant l'air gracile d'une danseuse. Des traits fins et délicats. Des yeux marron soulignés d'un épais trait au crayon noir. La peau très blanche. Une silhouette longiligne, la poitrine menue. Une petite trentaine d'années, à tout casser. Sa main distraite pianotait doucement sur le genou de Luc, assis à côté d'elle. Possessive et familière. Si intime. Alice détourna les yeux et se concentra sur le visage de Marjolaine qui lui sourit généreusement. La conversation dévia sur les projets de vacances respectifs. Luc annonça qu'il allait profiter que Nina soit à la Villandière pour finir le déménagement d'Émilie. Cette dernière approuva en riant : « Oui, il y a des cartons partout et il faut que je stocke tous mes meubles. Heureusement, Luc va vider son atelier pour faire de la place ! » Alice réprima un sursaut et dévisagea tour à tour Luc puis ses parents. Avaient-ils eu la même pensée qu'elle ? Luc, vider son atelier ? Là où il y avait tout son bazar ? Ses sculptures ? Ses outils ? Ce domaine sacro-saint où seuls quelques rares privilégiés avaient le droit de mettre les pieds ? Elle se sentit comme aspirée en elle-même, effondrée.

Camille et Nina s'éclipsèrent en douce. Les messes basses allaient bon train. Ils les entendirent pouffer dans la cuisine puis claquer la porte de la maison derrière elles. Pas besoin d'être devin, à tous les coups, elles étaient parties tenter l'expérience de l'œuf. Alice aussi n'avait plus qu'une hâte : prendre congé, quitter cette pièce, se dissoudre dans la fournaise puis se terrer à la Villandière. Elle but d'un trait le reste de sa limonade puis adressa un regard éloquent à Marjolaine qui hocha la tête d'un air entendu. Tacitement, elles se levèrent en même temps.

— Vous repartez déjà ? s'étonna Berthe.

— Oui, les tantes nous attendent. Mais on repassera bientôt vous faire un coucou.

Elle embrassa Edmond et Berthe puis, se tournant vers Luc, aussi détachée que possible, demanda :

— Tu veux qu'on fasse comment pour Nina ? Tu m'amènes ses affaires tout à l'heure ?

— Oui, on fait comme ça. Je passerai, de toute façon. J'ai repéré quelques travaux urgents à faire. Je n'en aurai pas pour longtemps.

— Comme tu veux. Mais si tu n'as pas le temps, pas

grave, hein… Tu dois avoir plein d'autres choses à faire, en ce moment.

— Si, si, je passerai.

— Ok.

Alice marchait vite, pressée de rentrer, au grand dam de Marjolaine en nage, qui peinait à la suivre.

— Je vais faire une syncope si tu ne ralentis pas !

— Dans les bois, on sera à l'ombre, on y est presque !

— Hé ben, y a pas à dire, ça te met dans tous tes états.

— Quoi donc ?

— Allez, à d'autres. Pas idiote ni aveugle !

— Tu te rends compte : il va vider son atelier !

— Mouais…

— Je n'arrive pas à y croire… Il doit drôlement l'aimer.

— Sûrement…

— Elle est belle, en plus, hein ?

— Oui.

— Bon, tu arrêtes ? T'es pas censée me remonter le moral, toi ?

Marjolaine lui décocha un regard narquois :

— Ah bon ? Je croyais que tu n'avais aucune vue sur Luc ?

— Mais non, bien sûr que non !

— C'est fou comme tu es crédible !

Alice gémit.

— Ma vie est tragique…

— Disons qu'elle n'est pas simple. Mais dis-toi qu'il y a toujours une nouvelle porte, prête à s'ouvrir, même si tu ne la vois pas encore.

Arrivées sous le couvert des arbres, elles ralentirent. En sueur, elles étaient harcelées par des moucherons. Elles utilisèrent leurs chapeaux comme des éventails, à grands coups véhéments.

— S'il y a une porte quelque part, en effet, je ne la vois pas…

— Mais si…

Dès qu'elles furent arrivées à la Villandière, Marjolaine fila prendre une douche rapide. Alice l'entendit rire toute seule quand elle dut enjamber le haut rebord de la baignoire sabot. Un rire communicatif qui la poursuivit jusque dans le salon. Elle croisa Suzanne qui descendait l'escalier à petits pas prudents, ce qui lui rappela soudain la commande de culottes qu'elle avait justement dans sa valise. Profitant qu'elles fussent seules, elle les lui apporta discrètement dans la cuisine, emballées dans le sac à commissions d'une grande surface. Elle n'osa pas lui demander si elle avait l'intention de les partager avec Eugénie et Paulette, cette dernière, d'ailleurs, n'ayant pas tout à fait le même gabarit…

— Tiens. Je les ai déjà lavées. Tu n'as plus qu'à les ranger.

— Merci, ma belle.

Nina et Camille n'avaient pas perdu de temps, à fond dans leur projet de film documentaire sur l'histoire de la Villandière. Avec leur Smartphone, elles filmaient tous les coins et recoins de la propriété, disparaissant pendant des heures, bondissant ici et là, furetant partout. La veille, elles avaient commencé à interviewer les tantes, installées sous la tonnelle près du potager. Tandis que Nina griffonnait frénétiquement dans un petit calepin, Camille faisait les commentaires en voix off, le plus sérieusement du monde, la bouche collée contre le micro de son téléphone. Les vieilles dames étaient aux anges. Depuis que les adolescentes avaient ouvert la vanne aux souvenirs, la parole s'était libérée. Comme requinquées, rajeunies, leurs yeux brillaient d'excitation, de joie, d'émotion. Légèrement cabotines, elles se prêtaient au jeu de l'interview en minaudant.

— Vous nous filmez ou c'est juste nos voix que vous enregistrez ?

Eugénie réajustait son chignon et se pinçait les joues pour y ramener un peu de couleur.

— Moi, je n'ai plus l'âge d'être photographiée alors vous vous contenterez de me filmer de dos ! ronchonnait Suzanne qui, depuis l'apparition de ses premières rides – premiers signes de décrépitude, comme elle aimait le dire –, avait décidé de fuir systématiquement tous les objectifs.

Quant à Paulette, elle ne demandait que ça, qu'on l'interroge et qu'on la filme. Des trois, c'était la plus volubile, la plus intarissable.

— Oui, ça tu l'as déjà raconté ! soufflait Suzanne acerbe et agacée.

Mais le moulin était lancé et plus rien ne l'arrêtait. Tant et si bien que parfois, Paulette continuait de parler toute seule, sans se rendre compte que l'endroit avait été déserté et que le « tournage » était fini.

Marjolaine et Alice profitaient de ces moments de liberté pour se promener dans la campagne dès que la chaleur diminuait un peu. De longues balades qui les éloignaient du domaine. Mais qui n'allégeaient pas la peine d'Alice.

Elle aurait pourtant dû se sentir comblée, tout s'y prêtait : l'été splendide, les tantes en pleine forme, la joie de vivre de Camille et la présence de Marjolaine, cure de vitamines à elle toute seule. Mais rien à faire, son cœur demeurait plus lourd qu'une enclume, englué dans une indicible tristesse dont elle n'arrivait pas à se dépêtrer. Pleine d'entrain, Marjolaine avait entrepris de lui raconter ses dernières péripéties amoureuses, aussi rocambolesques qu'improbables. Elle avait recontacté le fameux Théodore, et bien lui en avait pris : divorcé depuis cinq ans, libre comme l'air, ravi d'avoir de nouveau de ses nouvelles, incroyable, merveilleux, non il ne l'avait pas oubliée, comment aurait-il pu ? Ils envisageaient des retrouvailles dès que possible.

« Des retrouvailles amicales, avait précisé Marjolaine. On ne s'emballe pas ! J'attends de voir sur pieds ! Je serais terriblement déçue s'il avait triché avec sa photo, tu imagines ? Ce serait absolument rédhibitoire ! »

Amicales, amicales ! songeait Alice, pas dupe. Rien n'était moins sûr, concernant la fougueuse et sensuelle Marjolaine. Depuis qu'elle la connaissait, Alice avait perdu le compte de ses amants. Marjolaine était une collectionneuse qui mordait la vie à pleines dents.

« La roue tourne, ma belle, la roue tourne ! Toi aussi, un jour ! »

Peut-être bien… Mais pour le moment, Alice en doutait fort. Aimer et désirer un homme sans espoir était juste affreux, d'autant plus lorsque celui-ci paraissait comblé. La sensation de manque, la solitude en étaient décuplées. Si Marjolaine n'avait pas été là, à faire diversion, elle se serait certainement transformée en fontaine éplorée, laissant libre cours à son chagrin. Pire, elle se disait qu'elle n'avait pas le droit d'éprouver de tels sentiments pour Luc. Pas le droit. C'était trop tard, elle avait loupé le coche il y a bien longtemps. Il n'était plus libre et ne le serait jamais plus. Il était hors de question qu'elle devienne ce genre de femme amère, prête à tous les mauvais coups pour parvenir à ses fins. Elle voulait être aimée pour ce qu'elle était et non en tissant un piège. Entre eux, cela ne se concrétiserait donc jamais, fin de l'histoire.

18

Conspiration

Sa décision fut prise comme on se jette dans le vide, en dépit de la peur et du vertige. Il fallait cesser d'aimer Luc. Mais comment renoncer et étouffer ses sentiments lorsque la vie semblait prendre un malin plaisir à remuer le couteau dans la plaie ? Pour oublier Luc et tirer un trait sur lui, il aurait fallu qu'il sorte de sa vie, définitivement. Radicalement. Mais c'était raisonnablement impossible ni même envisageable.

Et dès le lendemain matin, Alice dut faire bonne figure lorsqu'il vint en compagnie d'Émilie, pour quelques travaux de plomberie dans la cuisine et la salle de bains.

— Il va falloir couper l'arrivée d'eau. Ça ne posera pas de problème pour les tantes ?

— Non, non. Elles sont prévenues et occupées ailleurs de toute façon.

— Je me suis dit que pendant ce temps-là, toi et ton amie pourriez faire visiter la Villandière à Émilie ? Depuis le temps qu'elle en entend parler !

Les deux jeunes femmes échangèrent un regard prudent, se jaugeant mutuellement. Alice se força à sourire, la plus accueillante et enjouée possible :

— Mais bien sûr, avec plaisir ! Marjo est encore dans la salle de bains, elle raffole de la baignoire sabot ! Elle nous rejoindra dès que tu auras coupé l'eau, elle n'aura pas le choix !

Se faisant l'effet d'un agent immobilier, bon gré mal gré, Alice entraîna Émilie dans les entrailles de la maison, lui en offrant un aperçu superficiel, pressée d'en finir. Émilie suivit la cadence sans broncher, les yeux écarquillés, admirative. En passant devant les portes vitrées, Alice saisit malgré elle son reflet, frappée par la grâce, la douceur et la beauté de la jeune femme. Émilie était tellement belle et gracile que cela en était accablant. Se figeant sur le seuil de la bibliothèque, cette dernière lâcha une exclamation d'émerveillement.

— C'est incroyable ! J'ai toujours rêvé de pénétrer dans ce genre de demeure. Le lieu est tellement… romanesque ! Tu as beaucoup de chance.

— De la chance, je ne sais pas, maugréa Alice. C'est très lourd à entretenir. Et Luc a dû te le dire, ça se délabre de partout, je ne sais plus où donner de la tête…

— Oui, je comprends… Mais tout est tellement chargé d'histoire… C'est magique.

— Tu tiens à voir les étages ? C'est très vieux et en très mauvais état… Pas grand intérêt…

Émilie, compréhensive, s'empressa de répondre :

— Oh non, t'inquiète, le rez-de-chaussée est déjà un très bon aperçu. Je vais rentrer de toute façon, je ne vais pas vous déranger plus longtemps. Il faut que je continue de déballer mes cartons et Luc, lui, va être occupé un bon moment ici alors…

— Tu peux rester encore un peu. Avec Marjolaine, on peut te montrer le parc tout à l'heure… suggéra Alice saisie de remords, confuse à l'idée que la jeune femme ait pu lire si facilement en elle.

Mais cette dernière, polie, souriante, resta sur sa décision.

— C'est gentil ! Ce sera pour une prochaine fois ! Indique-moi juste le chemin qui ramène à la ferme, je vais rentrer à pied, ma voiture est là-bas…

— Ok, comme tu voudras.

Passant devant la porte entrebâillée du salon, Alice aperçut furtivement les têtes des tantes se rétracter avec précipitation. Couinement de Paulette, chaise heurtée. *Décidément, la discrétion ne serait jamais leur fort*, songea-t-elle *in petto*, embarrassée. Prises en flagrant délit d'espionnage ! Pires que des enfants ! Heureusement, un sourire un peu crispé sur les lèvres, Émilie fit comme si de rien n'était.

— Elles sont un peu spéciales et un peu sauvages aussi… Viens, je vais te les présenter, dit Alice, confuse et honteuse.

— Non, merci, une autre fois peut-être. Je suis une intruse pour elles, je comprends.

— Non, pas du tout ! Tantines ?!

Sans pitié, Alice ouvrit la porte à la volée, faisant sursauter les trois petites vieilles en plein époussetage. Un, deux, trois, soleil ! Gestes suspendus, mines innocentes, pas à dire, les tantes auraient dû faire du cinéma ! Alice les foudroya du regard.

— Je vous présente Émilie, la compagne de Luc. Émilie, voici Paulette, Suzanne, Eugénie. Mes tantes.

Trois paires d'yeux se braquèrent lourdement sur la jeune femme qui, mal à l'aise, déglutit laborieusement et d'un filet de voix les salua poliment. Puis rebroussa chemin à reculons. Curieuse mais pas téméraire. Faut dire que le trio avait des allures de Cerbère.

Les deux jeunes femmes ressortirent de la pièce. Émilie

se dirigea directement vers la porte d'entrée, Alice sur ses talons. Luc n'était visible nulle part, sans doute déjà occupé à démonter tuyaux et robinets. Mais la jeune femme ne sembla guère s'en soucier. Une fois sur le perron, elle inspira un bon coup, éblouie par le soleil. Dans leur dos, la voix de Suzanne, lointaine mais nette, résonna dans le silence tel un coup de semonce : « Conseil de famille ! »

Instinctivement Alice se raidit, mortifiée par l'horrible accueil des tantes. De toute son âme, elle espéra qu'Émilie, à quelques pas devant elle, n'avait pas entendu. Il n'aurait plus manqué que ça. Pourquoi fallait-il que les tantes compliquent tout, chaque fois ? Et puis, c'était quoi encore cette histoire de conseil de famille ? Qu'est-ce qu'elles allaient encore pondre comme idée saugrenue ?

— Viens ! Je fais un bout de chemin avec toi pour te montrer où passer, s'empressa-t-elle de dire.

Émilie lui décocha un sourire reconnaissant.

— Merci.

— Les tantes font toujours cet effet-là, la première fois.

— J'ai du mal à croire que des démarcheurs osaient les affronter !

— En effet.

Elles cheminèrent quelques minutes en silence à travers les hautes herbes. Quand elles furent arrivées à la lisière du bosquet, Alice s'immobilisa et lui indiqua la suite du sentier.

— Tu ne peux pas te perdre. Tu vas passer pas très loin du caveau familial, tu continues tout droit. De toute façon, il n'y a qu'un chemin. Faudra marcher encore une quinzaine de minutes puis tu verras la ferme.

— C'est gentil, merci !

Les deux femmes se firent face, se dévisageant intensément. Émilie surtout, paraissait titillée à l'idée de dire quelque chose mais les mots semblaient buter sur ses lèvres. Embarrassée, elle finit par détourner le regard, pressée de tourner les talons.

— À bientôt, peut-être…

— Sans doute…

Alice laissa passer un long blanc avant d'enchaîner, la gorge nouée :

— Et heureuse d'avoir fait ta connaissance.

— Oui, il était temps ! approuva Émilie en souriant. Merci encore pour cette visite et à bientôt, Alice.

Songeuse, Alice la regarda s'éloigner puis rebroussa chemin, tête basse et le cœur lourd. Cela aurait été tellement plus simple si elle avait pu la détester, sans le moindre remords. Mais non, à moins de devenir une affreuse mégère dominée par la pire mauvaise foi, elle ne pouvait nier le fait qu'Émilie était attachante et sans aucun doute digne de Luc. Il avait déniché sa perle, sensible, douce, humble et aimante.

Depuis la terrasse, Marjolaine, tache colorée et fantasque sur le fond gris des pierres, lui fit de grands signes de bras.

— Ben alors, t'étais passée où ? Figure-toi que ton Luc m'a délogée de mon bain ! Quel malotru ! On ne peut même pas barboter tranquille !

Alice éclata de rire.

— Je raccompagnais Émilie jusqu'au bosquet pour lui montrer le chemin de la ferme.

— Oh ! Alors ?

— Alors quoi ?

Marjolaine esquissa une grimace sardonique en guise de riposte, brisant le peu de résistance d'Alice qui soupira :

— Elle est adorable. Et moi… j'ai été pitoyable.

— Oh ! Allez, viens ma vieille…

Entourant d'un bras protecteur les épaules d'Alice, Marjolaine l'entraîna en direction de la maison.

— Je ne sais pas ce qui se passe avec les tantes mais ça avait l'air de conspirer dur tout à l'heure, quand je suis passée devant le salon…

— Oh ! misère… ne me dis pas ! Je préfère ne rien savoir.

La porte de la cave sous l'escalier était entrebâillée. Des années qu'Alice n'y avait pas mis les pieds. La curiosité l'emporta. Prudemment, elle s'engagea dans l'escalier étroit et raide, veillant à ne pas toucher les murs enguirlandés de toiles d'araignées. Une ampoule nue éclairait chichement les marches et elle sentit un courant d'air s'enrouler autour de ses chevilles.

La cave couvrait toute la superficie de la maison et ses recoins se perdaient dans l'obscurité. Autrefois, elle servait de cellier et de réserve à charbon. L'électricité n'y avait été installée que récemment ; pendant longtemps, il avait fallu une lampe torche pour y descendre et son accès avait toujours été formellement interdit aux enfants seuls. Pour autant, le lieu était sain et bien ventilé, conçu pour être fonctionnel, avec de nombreux soupiraux qui distribuaient ici et là un peu de lumière permettant de s'orienter sans trop de peine tout en distillant des odeurs rassurantes de l'extérieur – terre, humus, herbe. Il n'avait absolument rien de lugubre. Le sol était couvert d'une épaisse couche de gravier qui en résorbait l'humidité. Le plafond était voûté comme dans certaines caves de vignerons et l'espace avait été cloisonné par endroits, tantôt par de grandes palissades de bois, tantôt par des murs de brique. Des bouteilles de vin noyées sous la poussière attendaient toujours, soigneusement alignées dans l'une de ces petites pièces. Des années qu'on n'y touchait plus. Si ça se trouve, il y avait un trésor là-dedans. Alice se souvint de son père qui allait les retourner, régulièrement pour, disait-il, éviter les dépôts. Depuis le temps, certaines avaient dû finir par tourner au vinaigre ! Plus loin, à l'aplomb sous un soupirail, le grand bac en ciment dans lequel on faisait autrefois la lessive. À proximité, une pompe et un tuyau d'écoulement qui traversait le mur. Pour ce qui était du reste, ce n'était plus que des étagères vides sur lesquelles dormaient encore quelques rares bocaux et conserves.

Luc, lui tournant le dos, était agenouillé près de la chaudière, manipulant le robinet d'arrivée d'eau avec une pince sous l'éclairage d'une lampe torche posée par terre. Il semblait grimacer sous l'effort.

— Lui aussi est grippé ? s'enquit-elle en s'accroupissant à ses côtés.

— Oui…

— Émilie est repartie.

— Ok.

— Elle est très gentille…

Suspendant son geste, Luc planta son regard dans celui d'Alice et lui sourit.

— C'est vrai.

— En revanche, je crains que les tantes l'aient un peu refroidie…

— Oh ! Je l'avais prévenue.

— Tant mieux. Bon, je remonte. Je t'attends là-haut ?

— J'arrive, j'ai presque fini.

Il remonta de la cave quelques minutes plus tard,

encombré de sa caisse à outils, ébouriffé et en sueur. Alertée par le bruit de la porte qu'il refermait à clé, Alice s'empressa de le rejoindre dans le vestibule. Il aurait eu besoin d'une bonne douche ainsi que d'un rafraîchissement. Mais soudain saisie de scrupules, elle n'osa pas le lui proposer. Après tout, il était attendu et elle avait largement abusé de sa gentillesse et de sa disponibilité. Elle se contenta donc de l'accompagner jusqu'au perron puis ils se dirent au revoir.

S'il y avait une émission de télévision que les tantes n'auraient manquée sous aucun prétexte, c'était *L'amour est dans le pré*. Aussi, ce soir-là à l'heure dite, ce fut la ruée dans le salon. L'impatience et l'excitation étaient à leur comble. Les tantes à leur place attitrée, il ne restait plus à Alice, Marjolaine, Camille et Nina qu'à se caser aussi confortablement que possible sur des chaises et des poufs. Au moment du générique, les adolescentes se mirent à chanter par-dessus, débridées. Contaminées, les tantes s'empressèrent de les imiter de leurs voix éraillées. Une vraie cacophonie qui cessa instantanément dès que les choses sérieuses commencèrent. Naturellement pas un seul candidat au grand amour ne fut épargné ; impossible d'échapper aux commentaires moqueurs des femmes à l'affût du moindre prétexte pour s'en donner à cœur joie, surtout Marjolaine et Suzanne, impitoyables et féroces :

— Oh, voilà Bretelles-en-feu ! Oh, oh ! chaud Lapin ! Attention, tous aux abris ! Ah, faut pas être exigeant ! Mon Dieu, pas été gâté par la nature, celui-là ! Elle ne va pas lui dire oui, quand même !? Non ? Si !

Seule la candide Paulette ne saisissait pas les allusions parfois grivoises, sincèrement offusquée :

— Mais pourquoi vous les appelez comme ça ? Ce n'est pas très gentil, les pauvres !

Elles avaient laissé les fenêtres grandes ouvertes. La nuit tardait à venir mais les premières chauves-souris virevoltaient déjà dans le ciel mauve tandis que les grillons stridulaient tellement fort qu'Eugénie décida de monter le son.

Seule à se sentir étrangère à l'allégresse générale, Alice lâcha vite le fil de l'émission, perdue dans ses pensées. D'autres images se bousculaient dans sa tête, elle se repassait en boucle la visite d'Émilie, dévorée par la culpabilité et la honte. Elle s'était montrée tellement pitoyable. Les tantes étaient-elles en train de déteindre sur elle ? Était-elle partie pour finir aussi acariâtre et sauvage qu'elles ? N'en prenait-elle déjà pas le chemin ? À l'heure qu'il était, Émilie avait sans doute déjà tout raconté à Luc de l'embarrassant accueil. Et, affreusement mortifiée, Alice n'osait imaginer sa réaction.

Elle se réveilla la première aux toutes premières lueurs de l'aube. À côté d'elle, Marjolaine ronflait légèrement, étendue sur le dos, tous les draps repoussés au bout du lit, sa nuisette retroussée jusqu'au nombril. Il avait fait lourd cette nuit, au point de laisser les fenêtres ouvertes. Alice avait mal dormi, le générique obsédant de *L'amour est dans le pré* lui trottait en boucle dans la tête. Elle se sentait courbaturée de partout.

Elle se leva sans bruit, savourant la sensation de fraîcheur sous ses pieds, s'étira puis s'approcha de la fenêtre. Pas un souffle d'air. Malgré l'heure matinale, il faisait déjà très chaud. En contrebas, l'ancienne pelouse n'était plus qu'une friche jaunie toute desséchée. Alice se tordit le cou pour essayer d'apercevoir les plantations faites au printemps. Elles aussi faisaient grise mine, assoiffées. *Première chose à faire ce matin*, songea-t-elle, *impératif : arroser les plantes et les fleurs !* Elle s'accorda encore quelques instants pour contempler le ciel magnifique que le soleil levant embrasait puis, sur la pointe des pieds, quitta la chambre et descendit à la cuisine.

Bien sûr, il eût été fort étonnant qu'elle fût la première levée. Suzanne était déjà en train de s'activer, toilettée et vêtue.

— Oh, tu es tombée du lit ce matin ! remarqua celle-ci avec désapprobation.

— Toi aussi, rétorqua Alice en se dirigeant tout droit vers la bouilloire.

— Moi, c'est comme d'habitude ! À mon âge, dormir est une perte de temps.

— Faut que j'arrose ce matin ! Tout est grillé.

Alice se prépara un thé puis s'assit à la table de cuisine.

— Tu ne manges rien ? sermonna Suzanne en la fixant à la dérobée. Tu devrais prendre un peu de brioche. Ou des biscottes.

— Pas faim. La chaleur, ça me coupe l'appétit…

— Hum !

Un long silence s'écoula tandis que Suzanne s'affairait à préparer les ingrédients pour faire un gâteau. Amorphe et songeuse, Alice la regarda faire.

— Faudrait envoyer les petites à la ferme, aujourd'hui… pour racheter des œufs.

— D'accord.

— Hum !

Rapidement une odeur de chocolat envahit la pièce. Tout en surveillant le bain-marie, Suzanne observait la jeune femme du coin de l'œil.

— Tu es seule depuis trop longtemps, lâcha-t-elle subitement. Tu n'as jamais songé à te remettre avec quelqu'un de gentil, d'attentionné… Comme Luc, par exemple ?

Alice manqua de s'étouffer avec sa gorgée de thé. Stupéfaite et cramoisie, elle dévisagea Suzanne.

— Luc ? Luc Millot ? De la famille Millot ? Vos ennemis jurés ?

— Ah ! Tout de suite les grands mots.

— Et, accessoirement, déjà en couple ?

— Très mal assortis…

— Je n'en reviens pas ! ricana-t-elle.

— On pourrait l'inviter à venir dîner un soir. Qu'en dis-tu ?

— On pourrait les inviter, Luc et Émilie !

Balayant l'air de la main, Suzanne haussa les épaules avec désinvolture :

— Non, juste Luc.

— Non mais, je rêve ! Vous regardez trop *L'amour est dans le pré* !

— Ces sornettes ? Pfff ! Rien à voir. Mais je connais la vie et ses tourments. Et ses méandres. Je sais qu'on peut dépérir à force de solitude. Et moi, je n'ai pas envie de te voir t'étioler.

— Mais qu'est-ce que tu vas imaginer là ? bredouilla Alice. Je n'ai aucune raison de me plaindre ni de me sentir malheureuse. Je suis entourée, aimée…

— Être aimée, c'est bien mais ça ne suffit pas, l'interrompit Suzanne. Il faut aussi aimer. Avoir des sentiments partagés avec quelqu'un. L'homme n'est pas fait pour la solitude. Ça le fait dépérir avant l'heure. Or tu es encore jeune et belle. Tu as toute la vie devant toi. Alors, oui, nous aimerions vraiment que tu sois à nouveau heureuse auprès d'un homme digne de toi, amoureux et aimant.

Un compagnon de vie complice, attentif. Je pense qu'il serait temps.

— Mais non, pas besoin, tout va bien... protesta mollement Alice.

Quelle vieille sorcière ! Ce n'était pas possible, elle possédait un radar à coups de cafard ! Et maintenant ! C'était malin. Peu encline à prolonger la conversation craignant de se sentir acculée, Alice se leva brusquement :

— Je vais me laver.

— Ou alors, as-tu pensé aux petites annonces ?

Sur le point de franchir le seuil, la jeune femme se figea.

— Je fais donc pitié à ce point-là ? lâcha-t-elle d'une voix sourde.

— Mais non, voyons, quelle idée ! Pas du tout ! Si tu savais comme tu nous épates. Tu parais tellement solide et forte !

— Alors, je ne comprends pas... À moins que cela ne soit pour la Villandière que vous vous inquiétiez, en fait ? Parce que vous avez peur que, toute seule, je n'arrive pas à tout gérer plus tard ? riposta la jeune femme avec plus d'agressivité qu'elle n'aurait voulu.

Suzanne, interloquée, la dévisagea comme si elle avait perdu la tête.

— Mais comment peux-tu imaginer une chose pareille ?

— Je sais que vous êtes inquiètes à l'idée qu'on doive déménager et s'éloigner, Camille et moi. Mais Luc Millot ! De la famille Millot ! Vous devez être vraiment désespérées pour baisser ainsi la garde !

— Tu mélanges tout.

— Tu crois ?

— Je ne voulais pas te blesser Alice. Pardonne-moi...

Suzanne, s'excuser et faire amende honorable ? C'était le pompon, la cerise sur le gâteau, le monde à l'envers !

Déboussolée, Alice se laissa étreindre et embrasser telle une poupée inerte. La main de la vieille dame glissa sur sa joue, la lui caressant avec une tendresse aussi inattendue que saugrenue.

— Tu sais, à bien des égards, je t'ai toujours considérée comme ma propre fille. Pas besoin d'avoir eu à te porter dans mon ventre pour t'aimer et veiller sur toi. Seul ton bonheur m'a toujours importé, passant avant tout le reste, même avant cet encombrant tas de pierre qu'est la Villandière. Je suis une vieille dame. Ma vie est derrière moi. Mais j'ai suffisamment vécu pour avoir retenu certaines leçons. Je te connais bien. Et je sais que derrière cette carapace de femme courageuse et battante, tu as beaucoup pris sur toi. Trop. Mais bon, chaque chose en son temps. Et j'ai été maladroite.

La gorge trop nouée pour répondre quoi que ce soit, Alice se contenta de hocher la tête puis tourna les talons, laissant en plan sa tasse de thé encore pleine. Pleurer tout son saoul, évacuer le trop-plein d'émotions, de chagrin, de peur, de solitude. Se vider et se purger. Pour pouvoir repartir et trouver à nouveau la force de sourire. Plus tard. Elle se réfugia dans la salle de bains, mit le verrou et se déshabilla en un éclair. Puis, enjambant le vertigineux rebord de la baignoire sabot, tira le rideau de douche et fit couler l'eau. Elle se ratatina tout au fond du bac, prostrée, le front posé sur les genoux. Et ses larmes salvatrices se mêlèrent à l'eau de la douche.

Le chagrin laissa des traces sur son visage, telles des rigoles asséchées. Elle allait mieux mais elle était épuisée. Les sanglots l'avaient vidée, laminée. Le miroir de la salle de bains lui renvoya une image affreuse. *On dirait que les vacances ne me réussissent pas trop*, ironisa-t-elle en son for intérieur.

Elle ne savait pas ce qui était le plus pathétique dans toute cette histoire. Recevoir les conseils amoureux d'une vieille dame dont la propre vie sentimentale avait été un échec, pour ne pas dire un vaste désert ? Ou avoir été percée à jour et acculée dans ses retranchements ?

Elle se sentait comme une marionnette à qui on aurait coupé ses fils. Livrée à elle-même, impuissante et incapable de se relever. C'était faux de croire qu'il suffisait d'un peu de bonne volonté pour arriver à tout surmonter. Parfois, la vie ne laissait aucune alternative. Et quand bien même aurait-elle voulu quitter les sentiers battus, prendre sa vie à bras-le-corps et renverser la donne, elle n'avait pas le tempérament joyeux, toujours optimiste et entreprenant d'une Marjolaine, capable de rire de tout avec légèreté et insouciance. Non, elle était née grave et encline à la mélancolie. Elle aurait pourtant adoré ressembler à son amie.

19

Le malheur des uns qui fait le bonheur des autres

Alice était en colère après elle-même. Elle avait bien conscience qu'elle était en train de gâcher des vacances qui avaient tout, pourtant, pour être réussies et merveilleuses. Mais c'était plus fort qu'elle, elle ne pouvait s'empêcher de larmoyer, se faisant l'effet d'une éponge qu'on aurait oublié d'essorer. Ça débordait, elle ne contrôlait rien. *Pitoyable et pathétique, voilà ce que je suis*, songeait-elle. *Je déraille complètement. Mais secoue-toi, bon sang !*

De fait, pas besoin d'être devin pour voir qu'Alice n'était pas dans son assiette. Déconcertée, Marjolaine l'observait à la dérobée. Elle avait également perçu un malaise chez Suzanne, aussi palpable et épais que du goudron. Ces deux-là avaient dû avoir une discussion. Mais laquelle ? Alice ne l'avait pas mise dans la confidence, et elle hésitait à enfiler ses gros sabots. Intuitivement, elle pressentait le terrain miné. Et puis à quoi jouaient les tantes depuis deux jours ? D'un côté, Suzanne leur lançait des signaux furibonds, comme prête à les étrangler et de l'autre, Paulette et Eugénie en roue libre ne remarquaient absolument rien, fonçant tête baissée dans leur nouvelle entreprise comme on part en croisade ! Un harcèlement en règle, besogneux et pesant, qui aurait prêté à rire si seulement Alice n'était pas si en peine.

— Oh ce Luc, quel charmant garçon…

— … et tellement doué de ses mains.

— Oui, très manuel !

— Bien pratique d'avoir un manuel dans son entourage. Et tellement dévoué.

— Oui, vraiment fiable. Et honnête et intègre, avec ça !

— Et plutôt bel homme, en plus, tu ne trouves pas ?

— Et comment ! Dire qu'on le connaît depuis qu'il est tout petit ! Ça compte, non ?

— Oui, c'était un gentil petit gars.

— Qui a su mener sa barque. Les pieds sur terre. Important de nos jours.

— Oui, ça ne court pas les rues, des hommes comme lui.

Paulette et Eugénie étaient si investies, si convaincues, qu'elles ne remarquaient même pas qu'Alice quittait systématiquement la pièce dès qu'elles prononçaient le prénom de Luc. Tant qu'il y avait un auditoire – Marjolaine, Camille ou Nina, aux anges naturellement –, elles poursuivaient leur diatribe avec flamme, s'auto-enivrant.

Suzanne, cependant, goûtait de moins en moins le fait d'être coincée entre le marteau et l'enclume. D'un côté, elle rechignait à renoncer à cette main basse sur la destinée d'Alice. Une petite voix en elle, impérieuse, lui disait qu'il fallait continuer d'insister. Mais de l'autre, elle redoutait un effet contre-productif, voire complètement opposé à ce qu'elles espéraient. Non, ce n'était vraiment pas facile de trouver le juste milieu, bousculer un peu Alice sans pour autant la braquer ; et comme la diplomatie n'avait jamais été son fort peut-être, après tout, n'était-ce pas la bonne méthode…

Marjolaine décida de mettre les pieds dans le plat.

— Qu'est-ce qui leur prend aux tantes, en ce moment ? On dirait qu'elles sont toutes subitement tombées amoureuses de Luc ? On leur a lancé un sortilège ou quoi ?

Alice, qui était en train d'arroser les plantes devant la terrasse, haussa les épaules avec fatalisme :

— Elles voudraient l'inviter à dîner un soir. Lui tout seul. Sans Émilie. Tu vois le genre. Mauvaise idée, hein ?

— Oui, en effet.

— De vraies gamines. Elles n'en font qu'à leur tête. Suzanne leur a monté le bourrichon lors de leur dernier conseil de famille et puis elle a lâché la meute…

— Elle a l'air de péter un câble aujourd'hui. J'ai préféré m'en aller. Quand je l'ai quittée, elle était en train de se défouler avec la tapette à mouches. Paulette s'en est pris un coup sur la tête, je peux te dire que c'était fait exprès ! Les filles, elles, étaient pliées de rire, tu penses bien.

— Ça va lui passer… tant que c'est la tapette à mouches !

*

Dans la salle de bains, les deux jeunes femmes conversaient à voix basse par miroir interposé. Alice finissait de se laver les dents tandis que Marjolaine se tartinait copieusement le visage de crème. C'était leur dernière nuit à la Villandière. Tout le monde était déjà monté dans sa chambre, elles étaient les dernières à traîner, après avoir pris le temps d'observer le ciel étoilé depuis la terrasse, au frais, juste bercées par les stridulations des grillons.

— Je n'aurai pas vu le temps passer, soupira Marjolaine sur un ton nostalgique. C'était bien, cette petite parenthèse ! J'ai adoré !

— Oui. Merci d'être venue. Sans toi, pour être franche, j'y serais allée en traînant des pieds et j'en serais repartie déprimée.

— Je comprends. Tu sais, ça ne partait pas d'un mauvais sentiment. Je suis sûre qu'elles voulaient bien faire...

— C'est ça le pire ! Enfin ! ça leur passera. Allez, au lit...

Le lendemain matin, Luc vint chercher Nina. Par souci de discrétion, pensant bien faire, Marjolaine s'éclipsa, le laissant en tête à tête avec Alice dans le vestibule, attendant que les adolescentes descendent de leur chambre. Faisant le pied de grue au pied de l'escalier, ils durent patienter, bras croisés sur la poitrine, à court de mots, le regard fuyant. Curieuse ambiance. Comme si la donne avait changé imperceptiblement. Normal, songea Alice. Le pitoyable accueil réservé à Émilie avait tout gâché, renvoyant désormais une image d'elle horrible, désastreuse. La révélant telle qu'elle était réellement, sans fard : vulnérable, indécise et triste. Pathétique.

— Vous rentrez aussi ce soir à Marsans ? finit-il par demander poliment, peut-être pour meubler le silence entre eux qui devenait très gênant.

— Oui.

Elle aurait voulu dire plus, trouver des sujets de conversation légers et anodins, mais elle se sentait littéralement asséchée.

— Viens... murmura-t-il subitement, la voix tellement rauque et basse qu'Alice pensa avoir mal entendu.

Surprise, elle le fixa sans comprendre.

— Quoi ?

Le visage grave, il l'attrapa brusquement par le bras et l'entraîna dans la bibliothèque dont il poussa la porte d'un coup d'épaule. Puis, avant qu'elle ait eu le temps de comprendre, de réagir, il l'étreignit brusquement, avec force. Le souffle coupé, Alice se sentit comme enveloppée tout entière, bercée et serrée à étouffer. Collée contre sa poitrine, dans sa chaleur, dans son odeur, tous ses sens en alerte. Presque sur le point de défaillir, les oreilles bourdonnantes et le cœur affolé. Elle ne comprenait rien mais ne souhaitait pas non plus d'explication. Juste prolonger cet instant, inattendu, bouleversant, c'est tout ce dont elle avait besoin, derrière cette porte où ils étaient dissimulés maladroitement, priant très fort pour que personne ne les débusque et ne brise trop vite le charme…

Ils demeurèrent ainsi enlacés de longues secondes, leur cœur tambourinant si fort que plus rien ne semblait exister autour d'eux. Abasourdie, Alice enfouit son visage dans le cou de Luc, en oubliant de respirer. Très loin dans les étages résonnait le remue-ménage que faisaient les adolescentes sur le point de débarquer. Ce n'était plus qu'une question de minutes avant que l'escalier ne vibre sous leurs cavalcades. Du côté de la cuisine, un concert de casseroles retentit, couvert par le rire tonitruant de Marjolaine. Mais la bibliothèque demeurait préservée, comme coupée du reste du monde. Seul le tic-tac de la pendule, qui n'était toujours pas à l'heure, contrariait le silence, égrenant discrètement ses secondes tel un compte à rebours. Alice et Luc ne bougeaient plus, comme enracinés.

Puis un gros boum résonna soudain, annonçant l'arrivée imminente des adolescentes.

Alors, comme à regret, Luc frémit puis relâcha son étreinte. Il plongea son regard dans celui d'Alice. Machinalement, sa main remit une mèche de cheveux derrière son oreille, avant de s'attarder sur son front et ses joues qu'il effleura. La jeune femme le laissa faire, la gorge nouée par l'émotion, les jambes sur le point de se dérober. Tout cela n'avait pas de sens, elle rêvait, c'était n'importe quoi.

Puis sans un mot ils se détachèrent l'un de l'autre – un arrachement, une coupure nette – et spontanément regagnèrent le vestibule et l'emplacement où ils se trouvaient quelques minutes plus tôt. De nouveau distants et sur la réserve.

— On arrive ! résonna la voix de Nina comme si le bruit de ses pas et de la valise rebondissant sur les marches ne suffisait pas à l'annoncer.

— Allez, dépêche-toi, tes grands-parents t'attendent pour le repas ! lui répondit son père d'un ton un peu rogue.

— Oui, oui…

Les adolescentes surgirent. Le charme fut rompu. Alice s'ébroua comme on sort d'un rêve, reprit pied et embrassa Nina.

— Au revoir, ma belle. Profite bien de la fin de tes vacances.

— Merci, Alice ! C'était génial, cette semaine à la Villandière ! J'ai adoré ! Et j'adore cette maison !

— Ah oui, elle n'est plus hantée ? ironisa Luc.

Sa fille lui décocha un regard sarcastique :

— Pfff…

— De toute façon, faudra qu'on se revoie bientôt, décréta Camille, car il faut qu'on monte le film avec l'interview des tantes. Vous serez tous invités à la projection, Edmond et Berthe aussi ! On fera ça… euh… on fera ça…

— On verra, on trouvera bien, l'interrompit Alice en souriant.

— Et puis il nous reste à interviewer papy et mamie !

Les Millot aussi ont plein de choses à raconter sur la Villandière ! renchérit Nina avec fougue.

— Tu as totalement raison ! approuva Alice.

— Et vous aussi, il faudrait qu'on vous interviewe, poursuivit Camille en dardant son regard sur Luc et sa mère. Parce que vous aussi vous êtes liés à l'histoire de la Villandière.

— Euh… oui, en effet, bafouilla Alice en jetant un bref coup d'œil à Luc.

— Ok. On trouvera un moment ! Vous viendrez prendre l'apéro un soir à la maison, suggéra celui-ci d'une voix neutre.

— Euh… oui. D'accord.

— Alors à bientôt. Je te téléphonerai. Et merci encore d'avoir accueilli Nina !

— De rien…

Ils échangèrent comme d'habitude une bise rapide, puis Luc souleva la valise de Nina, et lui et sa fille s'en allèrent, accompagnés jusqu'au 4 × 4 par une Camille exubérante et volubile, chagrinée déjà à l'idée d'être séparée de Nina. Quant à Alice, elle demeura figée sur place, totalement déboussolée. *Qu'est-ce qui s'est passé ?* songea-t-elle. *Et maintenant ? Et après ? Faire comme s'il n'y avait rien eu ?*

Oui, faire comme s'il n'y avait rien eu puisque de toute façon, Luc n'appellerait pas. Rien qu'au son de sa voix au moment des au revoir, elle avait compris intuitivement qu'il n'y aurait pas de suite. Elle avait déchanté aussi vite qu'elle s'était laissée emporter. Cette étreinte n'avait été qu'une simple parenthèse qui conserverait tout son mystère et ses non-dits. Malgré tout Alice ne put s'empêcher de guetter son coup de fil, c'était plus fort qu'elle. C'est que l'espoir était un sentiment absurdement entêté qui refusait d'avoir des œillères et prenait les leurres pour des réalités. Pourtant, elle savait au fond d'elle que Luc avait toutes les meilleures raisons du monde pour ne pas tenir parole, et soit il avait déjà oublié, soit il avait changé d'avis. Sans parler du fait qu'il devait être fort occupé avec l'emménagement d'Émilie et les travaux d'agrandissement chez lui. Enfin, chez eux. Bref, plein d'autres chats à fouetter et une nouvelle vie où elle n'avait aucune place. Et comme elle se sentait de toute façon incapable de faire le premier pas, elle laissa l'été se diluer, espérant que son chagrin et son désarroi en feraient de même. Mais la déception était telle qu'elle aurait préféré qu'il ne se soit rien passé ce jour-là dans la bibliothèque. Parce qu'osciller ainsi, aussi brutalement, entre l'espoir puis la désillusion, c'était tout bonnement dévastateur.

20

À la croisée des chemins

Avec la fin de l'été débutèrent les premiers trajets entre Marsans et le Pôle mère-enfant à Poitiers. Marjolaine et Alice covoituraient chaque fois que leurs gardes coïncidaient. L'occasion pour Marjolaine de raconter ses dernières péripéties amoureuses. Le chemin menant à Théodore le sophrologue s'était finalement transformé en impasse décevante. Les photos sur le site internet étaient retouchées et trompeuses : beaucoup moins fringant et svelte en réalité. Tout comme cette absence d'alliance à l'annulaire qui n'était qu'un leurre. Et si lui s'était montré tout émoustillé à l'idée de vivre une aventure extraconjugale, ébahi de retrouver son ancienne amoureuse encore plus belle et plantureuse que dans ses souvenirs – quelle aubaine ! –, Marjolaine, elle, avait réalisé que toute cette histoire ne serait qu'un énième feu de paille, comme toutes les précédentes.

— Je ne veux plus d'histoires sans issue, sans espoir. Plus envie d'être le petit « extra », le fantasme de ces messieurs. Le sexe pour le sexe, ça ne m'intéresse plus.

— Waouh ! Et qu'est-ce qui t'a fait changer d'avis ? Il t'a déçue à ce point ?

Haussement d'épaules d'une Marjolaine désinvolte :

— Je ne sais pas. J'ai peut-être passé un cap. Vivre seule ne me fait plus peur. Et je n'ai plus envie de me brader. J'dis pas, c'était quand même sympa de le retrouver, tant d'années après ! J'étais vraiment très curieuse et je ne regrette pas, tu sais. La vie sans grain de folie, c'est tellement triste. On s'est revus autour d'un bon repas, dans un super resto très romantique. La situation était un peu surréaliste. C'était lui mais plus vraiment. Tu vois ce que j'veux dire ?

— Mmm…

— Il a sorti le grand jeu, commandé un excellent vin… On a évoqué le bon vieux temps. C'était assez étrange, en fait. On a évité les sujets épineux. Du genre, la famille, les enfants… Très vite il a eu les mains baladeuses. Il devait s'imaginer que j'étais revenue pour ça. Il ne portait pas son alliance. Mais il avait une marque blanche à son doigt. L'idiot. Il m'a ensuite demandé si je souhaitais prolonger la soirée. Il y avait un hôtel pas loin. Il avait tout prévu, tu te rends compte ? J'ai dit oui. Tant qu'à faire ! Autant prendre du bon temps jusqu'au bout. C'était une super partie de jambes en l'air. Et quand il s'est endormi, je suis partie sur la pointe des pieds.

— Bon, c'était un peu couru d'avance, non ? Et maintenant ? Vous allez quand même vous revoir ? Tu étais très curieuse de le retrouver…

— Oui… mais non. J'ai décidé de ne plus répondre à ses textos.

— Même amicalement ?

— Non. Plus envie. C'était juste une parenthèse. Et c'est très bien comme ça.

Tandis que Camille reprenait le chemin du collège, entamant sa dernière année avec un entrain tout relatif, Alice commença à consulter les annonces immobilières, entre deux gardes. Elle savait que sa fille était loin d'être emballée à l'idée de déménager. Toutes ses amies iraient au lycée de Marsans. Et pas elle. Devoir partir alors qu'elles avaient réussi vaille que vaille à tisser leur cocon ici, que tout les retenait… ou presque. Pour Alice aussi, c'était difficile, elle ne pouvait le nier. Sur l'écran de son ordinateur, elle faisait défiler les annonces de maisons avec jardinet, qui ressemblaient un peu à la sienne, mais la plupart des offres n'étaient pas dans ses moyens. Elle serait peut-être obligée de se rabattre sur un appartement. L'idée l'en déprimait par avance. Au début, elle avait eu du mal à s'habituer à sa petite maison, tout en hauteur et un peu tarabiscotée. Pas mal de travaux avaient été nécessaires pour la rendre plus commode, plus fonctionnelle. Dans les premières années, elle s'y était sentie très seule et très isolée. La nuit, le moindre bruit, le moindre craquement, la faisait sursauter. Mais elle avait fini par s'y attacher. Et l'idée, un jour, de ne plus boire son thé le matin devant sa terrasse fleurie tout en observant le ballet des oiseaux et de ne plus pouvoir marcher pieds nus sur l'herbe gorgée de rosée lui serrait le cœur. Encore plus que la maison, elle adorait son petit coin de jardin tout en longueur, cerné de grands murs. Les pivoines au printemps et le rosier grimpant. Un jardin tellement petit que seules une chaise longue, une table et deux chaises pouvaient y tenir sous l'unique arbre, un vieux robinier dont les grappes de fleurs blanches embaumaient tout le pâté de maisons au printemps.

On sait toujours ce qu'on perd mais jamais ce qu'on retrouvera.

Et puis, pour être totalement franche, une nouvelle imprévue venait de bouleverser la donne. Marjolaine avait pris la décision de se lancer en libéral. D'ici quelques mois, elle quitterait l'hôpital. Elle avait trouvé un local en centre-ville, un ancien cabinet de pédicure. En y modifiant quelques cloisons et après quelques travaux de plomberie et de déco, l'endroit serait charmant. Et puis le bail avait le mérite d'être très raisonnable, la mairie souhaitant encourager le dynamisme de son centre.

— On pourrait ouvrir ce cabinet ensemble, toutes les deux, ça ne te dirait pas ? suggéra-t-elle un soir, sur le trajet du retour. Toi et moi, ça fait combien de temps qu'on bosse en milieu hospitalier ? Nos conditions de travail ne cessent de se dégrader et je ne suis pas très optimiste, ça n'est pas parti pour s'améliorer. Alors moi ça me tenterait bien. C'est le moment ou jamais. Et ce serait super si on s'associait ! Réfléchis Alice, s'il te plaît. Et viens voir le cabinet. Une amie m'a conseillé un architecte d'intérieur dont les tarifs seraient raisonnables. Je le rencontre demain soir. Pour réfléchir à des plans. Il nous faudrait une petite salle d'attente, deux cabinets de consultation et une pièce pour y pratiquer le yoga prénatal, l'haptonomie et les préparations à l'accouchement.

— L'espace serait assez grand pour tout ça ?

— Largement ! Au-dessus du local, il y a le logement attenant qui pourrait être converti. Pas immense mais assez pour qu'on soit à l'aise toutes les deux.

— Mais financièrement ? Tu serais prête à t'engager là-dedans ? Assumer les diverses charges, les assurances, les taxes… ? Sans parler de toute la paperasse ?

— Ce ne serait pas pire que dans le milieu hospitalier où on nous demande toujours plus, au détriment des patientes ! Et si on était plusieurs sur le coup, ce serait encore mieux. On pourrait intégrer au projet…

— … un sophrologue ? ironisa Alice.

— Non ! Même si ça serait une bonne idée… Je pensais plutôt à Magali, en tant qu'infirmière, peut-être que l'aventure la tenterait aussi. Ou s'associer à un kiné ou un ostéopathe ?

— Dans ce cas, faudrait prévoir au minimum trois cabinets de consultation…

— On verra bien ce que me dit l'architecte ! Mais toi, ça te dirait ? Et puis, pour l'installation, nous aurions droit à des aides de l'État et des collectivités territoriales. Ainsi que des exonérations fiscales les trois premières années. Pas anodin, non ? Alors oui, j'avoue que sur le plan administratif, ce ne sera pas simple, surtout au début. On risque d'être un peu noyées. Et le temps qu'on se constitue une patientèle, soyons lucides, ce sera dur. Mais avec la maternité qui ferme, c'est l'occasion ou jamais et je me dis que grâce au bouche-à-oreille, petit à petit, notre cabinet pourrait vite sortir la tête de l'eau.

— Faut que je réfléchisse…

— Ok, mais réfléchis bien, hein ?

— Je ne sais pas Marjo… Pas sûre…

C'est vrai que le projet était tentant mais Alice dissimulait une autre bonne raison, beaucoup plus inavouable, de vouloir quitter Marsans. À deux reprises déjà, elle avait aperçu de loin Émilie dans les rues du centre-ville. Ce n'est pas qu'elle cherchait à l'éviter, mais moins elle la voyait, mieux elle se portait. La jeune femme, apparemment, fréquentait un cours de danse modern jazz dans un des petits immeubles, pas loin de la maternité, et ce plusieurs fois par semaine. Elles ne s'étaient plus parlé depuis leur rencontre de cet été. Mais le souvenir demeurait vivace et Alice redoutait le malaise de retrouvailles impromptues. Déménager aurait réglé une bonne fois pour toutes ce problème, même si cela pouvait donner l'impression d'une fuite…

Mais c'était sans compter sur l'obstination de Marjolaine. Bille en tête, elle n'en démordait plus, lancée à corps perdu. Un lundi midi, alors qu'Alice émergeait à peine de son lit après vingt-quatre heures de garde à Poitiers, elle déboula sans crier gare, sonnant avec insistance à la porte d'entrée. Encore en pyjama, échevelée et à moitié réveillée, Alice ouvrit avec suspicion. Marjolaine, un grand sourire aux lèvres, lui colla une enveloppe sous le nez puis pénétra dans la maison sans se faire prier, telle une tornade.

— Ce sont les plans de notre futur cabinet. J'ai vu l'architecte. Aïe aïe aïe…

— Aïe aïe aïe ? Ça veut dire que ça tombe à l'eau ?

— Non ! Le projet est tout à fait viable, Alice ! On pourrait faire cohabiter trois cabinets plus la salle d'attente et la grande pièce commune. J'ai déjà des milliers d'idées de déco ! Je te montre tout ça pendant que tu déjeunes et après tu files sous la douche, tu t'habilles en vitesse et je t'emmène voir notre futur cabinet. Il faut que tu acceptes, Alice ! S'il te plaît !

Tandis qu'Alice se préparait un thé, Marjolaine investit la table de cuisine sur laquelle elle étala tous les plans, éventualités numéro un, deux, trois, quatre… listant pour chacune d'entre elles les avantages et les inconvénients. Galvanisée, ses yeux pétillaient et son enthousiasme était communicatif. Sourire aux lèvres, Alice la dévisageait avec amusement. Marjolaine irradiait littéralement.

— Tu préfères lequel, de plan toi, à ton avis ?

— Euh…

— Moi, j'ai une préférence pour le numéro trois.

Sa tasse fumante entre les mains, Alice se pencha sur les grandes feuilles et observa soigneusement chaque plan.

— C'est vrai qu'il n'est pas mal. J'aime bien le quatrième aussi. Mais lequel serait le moins coûteux ?

— Pour être franche, le premier. Mais ça ne nous ferait que deux cabinets.

— Tu as eu une réponse du côté de Magali ?

— Elle réfléchit encore mais je pense qu'elle acceptera. Elle semblait très tentée. Et toi alors ?

— C'est vrai que c'est tentant mais... je ne crois pas que...

— Ok, alors maintenant, hop ! tu files à la douche et je t'embarque, on y va !

Une heure plus tard, les deux femmes poussaient la porte de l'ancien cabinet de pédicure, situé au rez-de-chaussée d'une petite maison de ville. Des volets verts écaillés, des pierres apparentes et une porte d'entrée en verre dépoli. Au fond du couloir qui divisait le rez-de-chaussée en deux, une autre porte vitrée apportait de la clarté, donnant sur une arrière-cour gravillonnée envahie de roses trémières. Leurs pas résonnèrent dans les pièces vides, se répercutant sur les murs nus. Marjolaine jouait distraitement avec le trousseau de clés dont le cliquetis emplissait le silence. Machinalement, leurs yeux enregistraient le moindre détail. Les vieilles poignées de portes en porcelaine. Les rectangles blancs sur les murs là où pendaient des cadres autrefois. La peinture qui s'écaillait par endroits. Le rez-de-chaussée carrelé de tomettes, plus usées devant l'escalier tout en pierre. Certaines marches étaient un peu émoussées et la rambarde ancienne, typique des années

Art déco, était particulièrement jolie. Au-dessus de leurs têtes, la présence d'un velux créait un puits de lumière. Des grains de poussière en suspension dansaient dans les rayons de soleil. À plusieurs reprises, Alice fut prise d'une série d'éternuements. L'endroit n'avait pas été nettoyé depuis des mois. À l'étage, c'était du parquet. L'emplacement d'anciennes cheminées était encore visible dans les deux pièces de vie. Des poutres apparentes traversaient le plafond légèrement mansardé. Les pièces étaient lumineuses, orientées au sud-ouest. Sur le palier, côté courette, se trouvaient la cuisine et les toilettes, fort désuètes. Marjolaine avait raison : les trois cabinets de consultation et la salle d'attente pourraient cohabiter en bas, tandis que l'étage pourrait être dédié aux séances de yoga et aux préparations à l'accouchement. Il suffirait d'abattre une cloison pour agrandir l'espace.

— Il faudrait peindre tous les murs dans des tons doux, un peu pastel ou blanc cassé. Là-haut, on mettrait des coussins et des tapis de couleur. Quelques plantes vertes ici et là. Sur un tableau en liège, on afficherait les photos des bébés mis au monde. Quelques beaux posters, des reproductions de peintures… Il n'y a que l'escalier qui me turlupine. Pas la place de mettre un ascenseur. Les futures mères seront obligées de l'emprunter. À ton avis, c'est un obstacle ?

— Non ! La grossesse et l'exercice physique ne sont pas incompatibles. Et ce n'est qu'un étage ! Ce n'est pas comme si elles devaient en monter six !

— J'ai fait venir des experts, tout est aux normes en termes de sécurité. Faudrait juste rajouter des détecteurs d'incendie et un extincteur, rafraîchir la cuisine et la salle d'eau. Au fond de la courette, il y a une petite porte qui donne sur l'impasse Renaudot. Cela ferait une autre sortie, en cas de besoin.

— Non, vraiment, rien à dire, l'endroit est idéal… approuva Alice, conquise.

Le parquet craquait sous leurs pas. L'endroit était sale et vieillot mais tout à fait exploitable en l'état. Une aubaine presque incroyable.

— Ça faisait tellement longtemps qu'en passant devant, l'idée me turlupinait… avoua Marjolaine. Alors, tu comprends, pas envie que cela me passe sous le nez.

Saisie d'une impulsion soudaine, Alice fit volte-face.

— Tu as raison ! Il faut tenter…

— C'est vrai ?

— Oui. *Go!* On fonce.

— Tu acceptes de t'associer ?

— Oui !

Marjolaine poussa un barrissement de joie.

— Si tu savais comme ça me fait plaisir ! On choisit quel plan alors ? Le troisième ?

— Ok !

— Génial ! Je rappelle l'architecte et Magali !

Les semaines qui suivirent furent plus que remplies, entre la signature du bail, les multiples formalités administratives, les diverses déclarations puis les premiers travaux, Marjolaine étant bien décidée à mettre la main à la pâte autant que possible. À l'étage, la cloison fut abattue. Les travaux de plomberie et d'électricité commencèrent et des fils multicolores pendaient partout, dans tous les sens. Les deux femmes couraient les magasins de bricolage pour choisir les peintures murales, puis les boutiques de décoration. En ligne, elles commandèrent ensemble le matériel nécessaire pour leurs deux cabinets, mobilier, appareils et ustensiles indispensables à leur profession, mettant à profit les aides de l'assurance maladie et de l'État. Elles firent de longues listes « pense-bêtes » où elles cochaient au fur et à mesure les démarches accomplies. Tellement peur d'oublier quelque chose et de tout faire capoter au dernier moment ! Le rythme était dense et soutenu, pas le temps de lambiner. Les travaux n'étaient pas encore finis à l'étage qu'elles s'attaquaient aux peintures du rez-de-chaussée, vêtues d'une salopette, un bandana sur les cheveux pour se protéger des projections. Elles étaient loin d'être expertes en la matière. Rien que l'achat du matériel avait été une prise de tête. De fous rires en lamentations, elles s'attaquèrent au chantier avec une débauche d'énergie confinant à l'inconscience. Entre les gardes à la maternité et le quotidien à gérer, les journées étaient particulièrement longues et éprouvantes. Avec tout ça, Alice avait moins de temps à consacrer aux tantes et à la Villandière. Mais passé la première vague de culpabilité, elle réalisa que ça lui faisait un bien fou. Bien sûr, elle continuait de veiller à distance mais elle savourait cette parenthèse bienvenue. Et puis, ce n'était pas comme si les tantes ne pouvaient plus se débrouiller sans elle. Bien au contraire ! Elles avaient encore de la ressource.

Camille passait régulièrement au cabinet après ses cours au collège, pour juger de l'évolution des travaux. Depuis que sa mère lui avait annoncé la nouvelle de sa reconversion, et surtout l'abandon du déménagement, la jeune fille ne cachait plus sa joie. Un soir, après les cours, elle vint aider les deux femmes à fixer un grand miroir dans la salle du haut. À l'aide d'une perceuse, Marjolaine fit des trous dans le mur et posa des chevilles, comme si elle avait fait ça toute sa vie.

— Plus à droite ! Attention, ça penche un peu !

— C'est lourd, j'ai mal aux bras !

— C'est bon, bougez plus !

Ravies et exténuées, assises à même le sol poussiéreux, des traînées noires sur le visage, les trois femmes se contemplèrent dans le miroir enfin posé, satisfaites. Elles affichaient les sourires béats de celles qui ont accompli un prodige. Ne restait plus qu'à rendre l'endroit douillet et accueillant. Quelques jours plus tard, ce fut au tour de Magali de venir faire connaissance avec les lieux. La quarantaine bien sonnée, les cheveux grisonnants coupés très court et l'allure un peu masculine, elle s'extasia, poings sur les hanches, sur le boulot déjà accompli par les deux amies.

— Ma parole, les filles, vous n'avez pas chômé ! On sera super bien, ici !

Un samedi matin, très tôt, alors qu'Alice donnait quelques derniers coups de pinceau sur les plinthes de la salle, à l'étage, une ombre immense obscurcit soudain la lumière. Surprise, elle sursauta et releva la tête. Elle n'avait rien entendu, ni le bruit de la porte en bas ni le craquement du parquet, sans doute à cause de la radio qu'elle avait mise un peu trop fort. Effrayée, elle découvrit une espèce de géant roux, hirsute et barbu, qui la fixait avec un drôle de sourire.

— Pardon, je vous ai fait peur ! Marjolaine n'est pas là ? Je me présente : Adrien Bosquet. L'architecte.

— Oh ! balbutia Alice en se levant précipitamment.

L'homme était si grand et massif que même debout face à lui, elle était encore obligée de lever la tête.

— Vous vouliez voir Marjolaine ? Elle ne viendra que cet après-midi, elle était de garde cette nuit.

— Ah, tant pis, pas grave ! Je venais me rendre compte de l'évolution des travaux. Juste par curiosité. Je passais dans le coin. Votre amie est tellement enthousiasmée par votre projet. Difficile de lui résister, non ?

Alice sourit, amusée.

— En effet !

— Bon, je ne vous importune pas plus longtemps, je repasserai une autre fois.

— D'accord.

— Heureux d'avoir fait votre connaissance, dit-il en lui tendant une main large comme une pelle.

La jeune femme se laissa broyer les doigts avec stoïcisme. Il émanait de cet homme quelque chose de spontané et de profondément doux qui désarmait. Son regard surtout, chaleureux, couleur châtaigne, inspirait confiance et respirait la gentillesse. C'était troublant et inattendu.

Lorsqu'il fut parti, telle une adolescente, elle se rua à la fenêtre pour l'épier tandis qu'il s'éloignait dans la rue. Intriguée. Et titillée aussi. Adrien Bosquet.

Le soir même, Marjolaine vint prendre un repas vite fait chez Alice et Camille, trop harassées l'une et l'autre pour se lancer dans de la grande cuisine. Pâtes à la bolognaise et salade verte suffiraient largement. Elles discutèrent à bâtons rompus de l'avancée des travaux, de ce qui restait à faire en termes de démarches administratives, de la plaque avec leurs noms qu'il faudrait visser à côté de la porte. Camille y mettait son grain de sel. L'ambiance était légère et sereine. La fatigue physique avait parfois ça de bon, elle anesthésiait les inquiétudes et les doutes. Lorsque Camille partit au salon pour se vautrer devant la télévision, Marjolaine et Alice restèrent dans la cuisine pour expédier la vaisselle.

— Ah oui, au fait ! se rappela soudain Alice. Ce matin, l'architecte est passé. Il m'a fait peur ! Je ne l'avais pas entendu entrer.

— Ah oui, c'est vrai ? Vous avez fait connaissance, alors ! répondit Marjolaine sur un ton évasif qui intrigua Alice.

Si son amie n'avait pas eu la peau café au lait, Alice aurait presque parié qu'elle venait de rougir... Mais Marjolaine, rougir ? C'était tellement improbable et surprenant ! Faisant comme si de rien n'était, elle poursuivit :

— C'est un géant !

Marjolaine explosa de rire :

— Oui, mais un géant gentil !

— Et bien mieux qu'un sophrologue, non ?

— Oui ! Comment as-tu deviné ?

Au tour d'Alice de rire :

— Va savoir... Un genre d'intuition !

21

Comme une bougie

Le cabinet ouvrit ses portes début novembre, dans des odeurs de peinture fraîche et d'encaustique. Comme dernière touche, les deux amies avaient orné les murs blancs de la toute petite salle d'attente de dessins d'enfants joliment encadrés, se mêlant aux affichages d'informations plus formels. Leur planning avait déjà commencé à se remplir ! Leurs premières patientes ! – femmes enceintes et retour de couches.

À la maternité, Alice rendit sa blouse blanche pour la dernière fois un soir d'octobre, sans le moindre regret ni même un soupçon de nostalgie, et dit au revoir à toute l'équipe – médecins, infirmières, aides-soignantes, secrétaires. Étreintes, accolades et embrassades, sans émotion excessive. Elle était prête. Longue avait été la prise de décision mais intuitivement, elle savait que c'était la bonne. Elle pratiquerait sans doute beaucoup moins d'accouchements qu'en milieu hospitalier. Mais l'accompagnement serait différent, plus proche, plus personnalisé. Elle partagerait son temps entre les consultations à domicile et les heures au cabinet. Et la perspective de cette nouvelle vie la rendait heureuse, comme si elle avait enfin trouvé sa voie.

Un dimanche de début novembre, elle rendit visite aux tantes qu'elle avait négligées depuis quelques semaines.

Une grosse averse avait détrempé l'allée et la cour. Partout, les arbres s'effeuillaient les uns après les autres, dressant leurs branches nues sur le ciel gris ardoise. La campagne qui sentait l'humus et la terre mouillée se préparait au grand sommeil. La bâtisse, mal isolée, peinait à lutter contre l'humidité ambiante, contraignant les vieilles femmes à se retrancher dans la cuisine autour du poêle, limitant au maximum leurs déplacements. Têtues, elles avaient décidé de ne plus allumer les quelques convecteurs disposés ici et là, trop énergivores, trop dispendieux. Elles préféraient s'emmailloter dans d'épaisses couvertures, avec des bouillottes sur les genoux, quand c'était l'heure de leur programme télé. Sinon, deux ou trois paletots enfilés les uns par-dessus les autres suffisaient amplement. Comme dans le temps, quoi ! Et puis, le froid n'avait jamais fait de mal à personne ! Au contraire, il endurcissait les corps, renforçait l'immunité ! Elles en étaient bien la preuve vivante, non ?

« Le moment de ma vie où j'ai eu le plus froid, ce fut pendant la guerre ! Ça oui ! Là, on a eu vraiment froid. À en avoir des engelures. On n'avait plus de bois ni de charbon. Fallait casser la glace dans la cuvette, le matin. Alors après ça, tu comprends, on relativise beaucoup », la rassurait Eugénie.

Curieuses, elles assaillirent Alice de questions sur sa nouvelle vie professionnelle. Si certains soins prodigués par la jeune femme leur semblaient totalement mystérieux – haptonomie, monitoring, rééducation périnéale – elles s'étonnaient de voir à quel point les grossesses d'aujourd'hui étaient surveillées, scrutées à la loupe.

— De notre temps, on n'en faisait pas autant de cas ! remarqua Suzanne.

— On ne va pas se plaindre, c'est un énorme progrès

pour la santé des femmes, riposta Eugénie. Quand je pense que nos mères accouchaient à domicile ! Si ça se passait mal, elles étaient quasiment condamnées.

— Oui, en effet. Même si, aujourd'hui, il y a des femmes qui émettent à nouveau la volonté d'accoucher chez elles, dit Alice.

— Tu devras donc pratiquer des accouchements à domicile ? Mais si ça se passe mal ?

— Seulement pour les grossesses non pathologiques. Et si ça devait mal tourner, la patiente serait aussitôt transférée à l'hôpital. On prend le plus possible de précautions. Même si, bien sûr, le risque zéro n'existe pas.

— En tout cas, on peut te le dire maintenant : on est contentes que toi et Camille ne déménagiez plus ! s'exclama Paulette avec une spontanéité désarmante.

— Moi aussi je suis heureuse de rester à Marsans !

— Oui, ça se voit, tu es radieuse… sourit Eugénie.

Les tantes avaient raison, Alice se sentait plus sereine. Comme si l'horizon s'était brusquement dégagé, chassant tous les nuages. Pourtant, il ne s'écoulait pas un jour sans qu'elle ne pense encore à Luc. Des pensées fugaces, teintées de tristesse et de résignation. Elle ne s'était pas rendu compte, sur le moment, de la place immense qu'il avait commencé à prendre dans sa vie. Et bien que tout espoir entre eux se fût évanoui, elle se demandait ce qu'il devenait, s'il était heureux dans sa nouvelle vie avec Émilie, s'il pensait à elle aussi, parfois, un peu, et si *avec des si*, les choses auraient pu tourner autrement, si seulement…

C'est que ça ne devait pas se faire, voilà tout, lui serinait sa petite voix intérieure.

Aussi incroyable que cela puisse paraître, ils ne s'étaient pas revus depuis l'été à la Villandière, ni même parlé au téléphone ; rien, silence radio. Pas croisés non plus en ville, ne serait-ce qu'une fois, même au moment du marché. Pourtant, ce n'était pas comme si Marsans était immense et labyrinthique. On en faisait au contraire vite le tour. Mais c'était comme si Luc s'était volatilisé. Après sa journée au lycée, il devait rentrer tout de suite dans son petit village, sans s'attarder. Ce qui n'était, en revanche, pas le cas d'Émilie qui aimait faire les boutiques, boire un café en terrasse avec des collègues et aller régulièrement chez le coiffeur situé dans la même rue que le cabinet. Et de fait, depuis quelque temps, Alice avait l'impression de la voir à tous les coins de rue, comme si le destin prenait plaisir à la narguer, la poussant à faire d'invraisemblables détours. Elle allait même jusqu'à s'engouffrer dans des boutiques improbables, tout ça, pour ne pas se retrouver nez à nez avec elle. Ce qui était parfaitement ridicule, serinait encore sa petite voix intérieure. Un jour, elle était ainsi bêtement entrée chez un cordonnier-serrurier ! Pour donner le change, confuse et pitoyable, elle avait fait faire un double des clés de son domicile. Pour rien, pour personne. Absolument inutile.

Décembre fut particulièrement doux cette année-là. Alice prit un immense plaisir à parcourir les petites routes de campagne pour aller visiter certaines patientes, découvrant des lieux parfois très isolés, charmée par les vieux habitats à pierres apparentes, les lavoirs et les petites églises romanes qui se dévoilaient pudiquement au fur et à mesure de ses pérégrinations. Elle se dit qu'au printemps, ce serait encore plus beau lorsque la végétation et les fleurs auraient de nouveau tout envahi. Une mosaïque d'étangs scintillait sous le soleil hivernal. Un pays d'eau, de bocages et de bosquets, dont elle aimait humer l'odeur, la vitre de la voiture grande ouverte. Certains coins étaient tellement perdus ou encaissés que son téléphone ne passait pas toujours. Et c'était souvent lorsqu'elle revenait sur Marsans qu'elle découvrait les appels manqués. Ce soir-là, sur le chemin du retour, elle se rendit compte que Suzanne avait laissé quatre messages. Puis Berthe. Et enfin Luc. Saisie d'un mauvais pressentiment, elle se gara sur le bas-côté de la route et consulta fébrilement sa messagerie. C'était Eugénie.

Lorsque Alice arriva à la Villandière, morte d'inquiétude, rien ne semblait différent si ce n'était la présence incongrue de la voiture rouge de Berthe garée devant le perron. Pour ce qui était du reste, tout était aussi calme et silencieux qu'à l'accoutumée. Machinalement, Alice saisit sa sacoche de sage-femme, comme si elle s'apprêtait à prodiguer les premiers soins après un accouchement « surprise ». Sauf que là, c'était bien sûr parfaitement dérisoire et surréaliste. Eugénie avait déjà été transportée à l'hôpital, dans un état plus que critique. Sonnée, Alice la laissa retomber sur la banquette arrière et fonça en direction de la maison. Elle trouva tout le monde dans le salon, face à la télévision éteinte, dans un silence de mort : Paulette, les yeux rougis et bouffis, Suzanne, raide et pincée, et Berthe qui avait le visage de circonstance et patientait, le regard fixé sur la pendule déréglée. À l'arrivée d'Alice, enfin ! elle se leva d'un bond et alla à sa rencontre.

— Oh, ma chérie ! Tu viens de manquer l'ambulance ! Elle est repartie il y a à peine un quart d'heure…

— Mon téléphone ne captait pas là où j'étais ! Où l'a-t-on emmenée ? Pourquoi personne ne l'a accompagnée ?

— Ils l'ont emmenée au service de réanimation à

Marsans. Edmond est monté avec elle dans l'ambulance. Je t'attendais avant d'aller le rejoindre.

— Nous aussi on veut y aller, déclara Suzanne, le regard éteint. Emmène-nous, s'il te plaît…

— Qu'est-ce qui s'est passé ?

— Elle est tombée. Comme une masse. Elle parlait et puis soudain, plus rien, comme si on l'avait débranchée, chevrota Paulette.

Alice implora Berthe du regard, éperdue :

— Elle avait repris connaissance quand ils l'ont emmenée ?

La fermière secoua négativement la tête, la mine navrée.

— Mais elle respirait encore… Les ambulanciers ont dit que c'était sans doute un AVC. Elle avait tout le côté gauche du visage déformé, comme avachi, et le regard vitreux qui donnait l'impression qu'elle ne nous voyait et ne nous entendait pas… En tout cas, elle ne réagissait pas.

— Je ne veux pas qu'elle finisse comme un légume, les interrompit Suzanne. Faudra la débrancher s'il n'y a aucun espoir.

— On n'en est pas encore là, riposta Alice. Faut attendre les résultats des examens.

La sonnerie du téléphone, stridente, retentit soudain, les faisant toutes sursauter. Le temps d'échanger un regard lourd d'appréhension, et Alice fila répondre, se cognant au passage au coin du buffet. « Allô ? »

Dans le salon, Paulette, Suzanne et Berthe se transformèrent en statues de sel. La voix d'Alice leur parvenait assourdie, anormalement basse. « Oui… Très bien… On arrive… »

Lorsqu'elle raccrocha enfin et revint, son visage était empreint d'émotion. Les trois femmes dardèrent les yeux sur elle, souffle retenu, suspendues à ses lèvres. Incapable de contenir ses larmes, Alice se détourna brusquement, bouleversée.

— C'est fini, c'est ça ? murmura Suzanne.

Alice acquiesça. Puis, inspirant un bon coup, la voix vacillante : « Edmond assure qu'elle n'a pas souffert. Il était à côté d'elle quand c'est arrivé. Il dit qu'elle s'est éteinte comme on souffle sur une bougie, en douceur… »

Un long hululement de bête blessée jaillit alors de la gorge de Paulette, terrifiant, glaçant. Puis, avant qu'Alice ait eu le temps de réagir, elle s'écroula, entraînant avec elle la chaise sur laquelle elle s'était agrippée de toutes ses forces.

Quelle terrible scène… Paulette avait fait une crise de nerfs et il avait fallu appeler le docteur pour la mettre sous calmant. Puis la coucher. Mais elle ne s'était pas laissé faire, elle avait crié et s'était démenée, griffant le vide, agrippant les bras qui tentaient de la contenir, essayant même de mordre tout ce qui pouvait la retenir. Affreux et éprouvant. Mais le plus dur encore avait été la réaction de Suzanne qui, pour la première fois de sa vie, avait semblé comme vidée et indifférente. Sonnée. Si Berthe n'avait pas été là pour prendre les choses en main et l'aider à gérer tant bien que mal Paulette, Alice ne savait pas ce qu'elle aurait fait. Peut-être aurait-elle hurlé à la mort, elle aussi, comme cette pauvre Paulette, dont la détresse effrayante l'avait glacée jusqu'aux os.

Le robinet de la cuisine gouttait, régulier comme un métronome. Toc, toc… Impossible de mieux le fermer, trop calcifié. Comme hypnotisée, Alice observait les gouttes d'eau s'écraser dans l'évier, les unes après les autres.

Frottant machinalement l'hématome que Paulette lui avait fait sur l'avant-bras, alors qu'elle essayait de la coucher, elle songea à Eugénie à qui elle n'avait pas eu le temps de dire au revoir et dont la dépouille l'attendait à la morgue de l'hôpital. Elle avait beau se dire que c'était dans l'ordre des choses et prévisible, qu'Eugénie était une très vieille dame au cœur fatigué, elle n'en était pas moins choquée. Voilà. Cela avait fini par arriver. L'inéluctable. Le trio s'était brisé. Restaient désormais deux vieilles femmes, fragiles et secouées, qu'il faudrait continuer d'héberger, coûte que coûte, dans cette maison… Le pire des scénarios. Eugénie disparue, Alice serait bientôt convoquée chez le notaire pour la succession. Et alors… serait-elle en mesure de conserver le domaine ? Qu'allait-il advenir de Paulette et de Suzanne, sachant que celle-ci refusait catégoriquement l'option maison de retraite ?

Alice ne ferma pas l'œil durant les trois nuits précédant l'inhumation. Épuisée, elle se rongeait les sangs, tournait et retournait le problème dans tous les sens. À combien s'élèveraient les frais de succession ? Dans quelle mesure la contraindraient-ils à vendre le domaine ? Comment allait-elle faire ? Et puis Eugénie était partie si vite ! Sans même lui laisser le temps de lui dire adieu ! Alice en était comme sonnée. Elle n'arrivait pas à y croire. Elle se remémorait les derniers instants passés en sa compagnie, les rassemblant comme des morceaux de puzzle. Qu'avaient-elles fait, quels ultimes mots s'étaient-elles échangés ? Était-ce quand elle leur avait raconté son installation dans le cabinet, toutes les quatre assises dans le salon ? Dans la cuisine, quand elle l'avait aidée à éplucher les carottes ? Ou dans la salle de bains lorsqu'elles avaient suspendu ensemble le linge pour le faire sécher ? Et ce dernier baiser sur la joue au moment de les quitter, sur le perron, dans la lumière déclinante du soir. Sans imaginer que c'était la dernière fois. Elle avait toujours considéré la vieille dame comme une grand-mère de substitution. Des trois tantes, c'était la plus empathique et la plus tendre aussi. Mais de nature discrète jusqu'au bout, Eugénie était partie comme elle avait vécu, sur la pointe des pieds. En silence…

Alice posa deux jours de congé afin d'organiser les funérailles. Mais alors qu'elle s'apprêtait à se rendre aux pompes funèbres, un coup de téléphone de Suzanne la stoppa net dans son élan. À l'autre bout du fil, la voix de la vieille dame était méconnaissable. Elle venait de faire une découverte ahurissante. Un choc. Dans le tiroir de la table de chevet d'Eugénie, elle avait trouvé une enveloppe avec, à l'intérieur, rédigées d'une écriture soignée, ses dernières volontés.

— Si je m'étais attendue à ça ! s'écria Suzanne. Elle ne m'en avait jamais parlé. J'en suis toute chamboulée. Mais dis-moi que nous les respecterons, il le faut !

— Mais de quoi s'agit-il, Suzanne ? implora Alice.

— Elle veut être incinérée et qu'on aille ensuite jeter ses cendres dans un endroit précis.

— Mais où donc ?

— Sur une tombe, au cimetière de Saint-Ouen…

— Quoi ?! Comment ça ? bredouilla Alice, abasourdie.

— Je t'expliquerai…

Les obsèques eurent lieu un jour gris de décembre, froid et venteux, au crématorium de Marsans. Pour ce dernier adieu, l'assemblée était restreinte, réduite à l'essentiel, épaules voûtées et voix assourdies : Edmond et Berthe Millot, Marjolaine, Alice, Camille et Luc, venu seul. La femme de ménage, sincèrement affectée, et l'infirmière libérale s'étaient également déplacées. Eugénie ayant émis le souhait d'une cérémonie laïque – pas d'église ni de longs discours –, le recueillement ne dura que quelques minutes à peine.

Lorsque après la crémation Alice reçut l'urne contenant les cendres d'Eugénie, Paulette fondit en larmes, effondrée. Qu'Eugénie soit là-dedans, réduite à rien, la terrassait. Et dire qu'elles n'auraient même pas de tombe où aller se recueillir. C'était juste affreux.

— En effet, mais c'est comme ça, asséna Suzanne d'une voix blanche. Et nous respecterons ses dernières volontés.

Tous s'en retournèrent aux voitures, transis de froid. Paulette et Suzanne, agrippées l'une à l'autre, se dirigèrent en chancelant vers celle d'Alice sans l'attendre, car Luc venait de l'interpeller. Ce premier échange de regards depuis tout ce temps leur sembla incongru. Pour atténuer leur malaise, ils se mirent à marcher côte à côte dans l'allée gravillonnée, pensifs et graves. À distance respectable. Alice serrait l'urne contre sa poitrine, tel un bouclier. Elle songeait qu'elle devait avoir une tête affreuse avec toutes les nuits blanches qu'elle venait d'enchaîner. Ce matin, d'ailleurs, au réveil, elle avait frôlé le malaise. Baisse de tension et surmenage… Eugénie, c'était le socle, le ciment du trio. La seule aussi qui savait tempérer Suzanne quand il le fallait ; et l'âme de la Villandière… Alors maintenant qu'elle n'était plus là, c'était comme si une masse s'était à nouveau posée sur ses épaules.

Arrivés à la grille du cimetière, en plein vent, Luc et

Alice s'immobilisèrent et se firent face quelques instants, tâchant de résister aux rafales.

— La maison va paraître différente sans Eugénie…

— Oui… murmura-t-elle.

— Toutes mes condoléances… Je sais que tu l'aimais beaucoup.

— Merci, c'est gentil.

— Tu étais au courant pour ses dernières volontés ?

— Non. Pas du tout. Je suis littéralement tombée des nues.

— C'est complètement fou… Tu as au moins une explication ?

— Pour le moment, aucune. Mais Suzanne a dit qu'elle allait tout me raconter… Nous aurons tout le temps pour ça quand nous monterons à Paris. Tu sais, j'ai toujours pressenti qu'il y avait eu une histoire concernant Eugénie. Mais c'était clairement un tabou. Enfant, on sent ce genre de choses, même si on nous tenait soigneusement à l'écart. C'était à la fois intrigant, perturbant et frustrant. J'avais surpris des bribes, mais rien qui soit suffisamment révélateur.

— Vous montez quand à Paris ?

— Jeudi prochain. Je serai en congé.

— Bon… Et quand dois-tu aller chez le notaire ?

— J'ai rendez-vous la semaine prochaine.

— J'espère que tu n'auras pas de mauvaise surprise.

Alice haussa les épaules avec fatalité.

— On verra bien. Chaque chose en son temps… Mais je ne me fais aucune illusion.

— Oui… Sinon, j'ai aussi appris la nouvelle concernant votre projet, à toi et ton amie. Cette idée de cabinet en centre-ville, c'est super… Vraiment.

— Oui, je suis très contente. Fallait juste oser franchir le pas mais aucun regret.

— Toi et Camille n'allez donc plus déménager ?

— Non, ce n'est plus au programme ! Et toi, tu vas bien ? Nina ? Émilie ?

— Oh, ça va… Nina et Émilie aussi.

— Tant mieux…

Une rafale de vent plus violente la fit chanceler. À demeurer ainsi sans bouger, elle ne sentait plus ni ses pieds ni ses mains totalement frigorifiés. L'urne, de plus en plus pesante, avait la froideur d'un morceau de glace. Il lui tardait de s'en délester pour une multitude de raisons confuses. Jetant un regard en direction de sa voiture, elle aperçut derrière la vitre embuée les silhouettes floues des tantes tassées sur la banquette arrière qui l'attendaient.

— Faut que j'y aille, murmura-t-elle.

— Oui. Alors je te dis à bientôt.

— Oui, à bientôt…

Cet aller-retour à Paris prit des allures d'expédition. Vingt ans que Suzanne n'avait pas quitté la Villandière. Mais elle voulait à tout prix accompagner Alice pour le dernier voyage d'Eugénie. Elles déposèrent donc Paulette chez les Millot qui veilleraient sur elle pendant leur absence puis partirent à Poitiers pour prendre le train qui les mènerait à Paris. Une fois qu'elles furent installées dans leur compartiment, Alice respecta le mutisme de Suzanne qui, perdue dans ses pensées, regardait le paysage défiler à toute vitesse derrière les vitres assaillies par une pluie battante. Hormis l'urne qu'elles avaient cachée dans un grand sac de sport rangé au-dessus de leurs têtes, elles voyageaient léger. Elles comptaient faire l'aller-retour dans la journée, même si ça était fatigant pour la vieille femme. En l'observant à la dérobée, Alice se demanda à quoi celle-ci pouvait bien penser. Trouvait-elle les choses et les gens changés, différents depuis la dernière fois qu'elle avait fait ce même trajet ? Puis, sans qu'elle eût à l'interroger, Suzanne se mit à parler à voix basse, de reflet à reflet, sans jamais la regarder directement. En quelques mots, elle dévida toute l'histoire d'Eugénie. Une histoire scandaleuse pour l'époque, longtemps étouffée, longtemps dissimulée. Eugénie avait été la maîtresse d'un homme marié durant plus de trente ans. Elle, si pétrie de bondieuseries, comme aimait le souligner Suzanne, avait été ce genre de femme-là, illégitime, une pécheresse voleuse de mari. Un amour immense, brimé et vécu dans l'ombre, parce que tout était contre eux : la morale, les convenances, le regard et le jugement des autres. Des deux, par amour, c'était elle qui avait consenti au plus grand sacrifice, renonçant à l'idée de fonder sa propre famille. Se condamnant à rester l'éternelle femme de l'ombre puisque lui avait déjà une famille et que le divorce n'était pas envisageable. Jusqu'au jour où il mourut, loin de ses bras, comme un étranger, réduisant à néant trente années de passion.

— Elle ne put se rendre aux obsèques comme tu peux t'en douter. Ce fut pour elle une douleur affreuse. Une période terrible. Elle ne se rendit sur sa tombe que quelques jours plus tard, un soir, juste avant la fermeture du cimetière, pour éviter de croiser quelqu'un. Elle avait amené des fleurs mais elle n'a pas osé les déposer…

— Mon Dieu… comme c'est triste, souffla Alice bouleversée. Pauvre Eugénie.

Un frisson lui parcourut soudain l'échine et, un bref instant, elle l'imagina assise à côté d'elle sur la banquette, hochant doucement la tête puis lui tapotant tendrement la main, avec cet air doux et apaisé qu'elle arborait en toute circonstance. Jamais Alice n'aurait soupçonné qu'elle ait pu connaître de telles affres. Et pourtant… Eugénie n'avait pas toujours été une vieille dame, loin s'en faut, et elle avait eu une très longue vie…

Après le train, ce fut l'épreuve du métro bondé et nauséabond. Le trajet parut interminable aux deux femmes. Tassées, secouées, écrasées. Vaguement oppressées. Elles n'étaient plus habituées à une telle foule et à une telle promiscuité. Tous ces gens qui couraient dans tous les sens, sans un regard pour les autres. Suzanne ressortit au grand air, l'air totalement hébété. Il fallut ensuite marcher pendant une bonne demi-heure en direction du cimetière, au milieu de la circulation dense de ce milieu de journée, zigzaguant sur les trottoirs sales. Les rues étaient grises et bruyantes. Aucune n'osa le dire de vive voix, mais toutes les deux pensaient la même chose : devoir verser les cendres d'Eugénie dans un lieu pareil, à mille lieues de la tranquillité de la Villandière, c'était terrible. Le Paris d'Eugénie n'était plus du tout celui qu'elle avait connu du temps de ses amours. Éprouvées, elles franchirent les imposantes grilles du cimetière, et là, ce fut comme si elles pénétraient dans une autre ville, dense et labyrinthique. Des tombes à perte de vue et des milliers d'allées. Et un calme déroutant. Elles avaient laissé derrière elles le bruit des voitures qui n'était plus qu'un bourdonnement lointain. Seul le roucoulement des pigeons perturbait désormais le silence. Des arbres aussi vieux que le cimetière jalonnaient les allées rectilignes, majestueux et solennels. Un lieu étrangement verdoyant avec ses mauvaises herbes, ses fleurs naturelles ou en plastique, ses buissons, ses bancs vides, ses chats en maraude et ses quelques promeneurs aussi. Alice s'enquit auprès du gardien de l'emplacement de la tombe de Paul Loriot. Il consulta un registre puis leur expliqua le chemin à suivre à l'aide d'un plan. Concentrée, Alice mémorisa le nombre d'allées et d'intersections avant de l'atteindre. Puis, bras dessus bras dessous, les deux femmes s'engagèrent lentement dans le cimetière, le sac de sport coincé en bandoulière contre la poitrine d'Alice, comme une dernière étreinte avant les adieux définitifs. Elles découvrirent le nom de Paul Loriot sur un grand caveau familial, en compagnie d'autres noms, plus anciens ou plus récents, tous inconnus. Elles s'immobilisèrent. Ainsi c'était là que reposait le grand amour d'Eugénie, depuis 1977. La situation était surréaliste. Jetant des regards furtifs à la ronde, Alice s'assura qu'il n'y avait personne. Elle n'avait pas le droit de répandre les cendres d'Eugénie sur la tombe de cet homme. C'était totalement interdit, illégal, et elle se sentait l'âme d'une conspiratrice redoutant d'être prise en flagrant délit par le gardien du cimetière. Il fallait agir vite et le plus discrètement possible, aussi. Par chance, le vent n'était pas fort. Mais où jeter les cendres ? Elle ne pouvait le faire sur cette dalle de granit gris. Aussi, indécise, repoussa-t-elle le moment, gardant encore un peu Eugénie contre elle, avant d'être contrainte de l'abandonner aux éléments – le vent, la terre, la pluie.

— Nous devrions… intervint alors Suzanne d'une voix douce.

— Oui, je sais, chuchota Alice. Mais c'est tellement dur…

— C'est à moi de le faire…

— Mais où les déposer ?

— Nous allons les mettre dans ces jardinières de fleurs. Elle aurait aimé ça… Elles sont toujours entretenues, cela veut dire qu'on continue de se recueillir devant la tombe. C'est bien…

Délicatement, Alice sortit alors l'urne funéraire du sac de sport puis, après un ultime regard autour d'elle, la tendit à Suzanne. Celle-ci s'en saisit, les mains tremblantes.

— Ne traînons pas… murmura-t-elle d'une voix vacillante.

Alice dévissa le bouchon. Puis Suzanne se mit à déverser les cendres dans toutes les jardinières au plus près des fleurs, pour que le vent ne les emporte pas.

— Voilà, murmura-t-elle. J'espère que là où tu es, vous pourrez vous retrouver… Adieu mon Eugénie…

Émue, Alice essuya une larme et rangea hâtivement l'urne vide dans le sac. À la fois soulagée et chavirée d'émotion. Un trop-plein qui ne demandait qu'à déborder. Elle se sentit soudain vidée, les jambes en coton. Elles se recueillirent un long moment, figées dans leur chagrin et leurs souvenirs. Conscientes qu'elles ne remettraient jamais les pieds en ce lieu.

Alice l'ignorait mais Eugénie avait fait un testament qui, s'il ne changeait pas grand-chose en soi, montrait tout de même qu'elle avait été soucieuse de l'« après ». Sans surprise, elle lui léguait tout, la désignant comme son unique héritière. La vieille dame possédait plus d'économies qu'elle ne l'avait laissé entendre, dormant sur divers comptes en banque. Plusieurs plans d'épargne, fruits d'une longue vie mesurée et prudente. N'ayant jamais fait de folies, de dépenses inconsidérées ou de voyages lointains, elle avait amassé lentement mais sûrement, telle une fourmi prévoyante et précautionneuse. Ce qui n'était pas forcément une bonne nouvelle. Car plus l'héritage s'avérerait « généreux », plus les droits de succession seraient gourmands. Et rien que d'y penser, Alice en avait des sueurs froides.

Elle se rendit chez le notaire la semaine suivante, en compagnie de Suzanne, après avoir déposé Paulette à la ferme des Millot.

L'office était situé en périphérie de Marsans, dans des locaux tout neufs, cernés par des champs. Patientant dans une salle d'attente impersonnelle, aucune des deux ne se montra capable de décrocher le moindre mot. Elles étaient trop tendues et nerveuses. L'expédition à Paris les avait épuisées psychologiquement. Suzanne surtout avait accusé le coup, peinant à s'en remettre.

Enfin, on vint les chercher.

Débuta alors la longue lecture de tous les biens d'Eugénie, dans leurs moindres détails. Le notaire était un homme sec et maigre, dont le front dégarni luisait sous l'éclairage électrique. À plusieurs reprises, il se tut pour reprendre haleine ou se racler la gorge. La secrétaire vint leur apporter du café et une carafe d'eau, laissant présager que cela risquait de durer.

— Bon. Autant vous le dire tout de suite, les frais de succession risquent d'être conséquents, grimaça-t-il avec compassion.

— C'est-à-dire ? murmura Alice d'une voix blanche.

— Le taux frôle les quarante-cinq pour cent du patrimoine total.

Livide, la jeune femme réprima un gémissement.

— Comprenez bien : vous n'êtes pas une descendante directe. Mme Eugénie Villandier était votre grand-tante.

Par conséquent, vous n'avez pas le droit à certains abattements...

— Je vois...

— Néanmoins, votre tante possédait également des terres agricoles et de nombreux bois dans la région qui, eux, bonne nouvelle, sont exemptés de frais de succession !

— Ah bon ? Nous avions encore des terres et des bois ? s'étonna Alice.

— Vous n'étiez pas au courant ?

— Non, balbutia-t-elle en se tournant vers Suzanne d'un air interrogateur.

— En effet, intervint alors celle-ci, mais ce sont des parcelles qui étaient éloignées du domaine, encaissées, difficiles d'accès et peu exploitables. Je crois que nous les avons un peu oubliées...

— Il y en a beaucoup ?

— C'est très simple, je vais vous montrer tout ça, dit le notaire en dépliant sur son bureau une carte à grande échelle. Ici, près du lieu-dit Les Girardots, et là près de La Loupière. Et encore là, sur la commune de Maurec.

Alice en demeura muette de stupéfaction. Le notaire reprit :

— La bonne nouvelle, c'est que vous pouvez les vendre. Et le prix qui en serait tiré pourrait combler un peu les frais de succession...

Alice ressortit de chez le notaire totalement assommée. Les frais de succession étaient colossaux. Ce qu'elle redoutait tant se concrétisait : l'héritage se transformait en cauchemar. Le trajet de retour en voiture se fit dans un silence de plomb. Sur le siège passager, Suzanne aussi semblait encaisser, ruminant, les sourcils froncés. La nuit tombait doucement lorsqu'elles se garèrent dans la cour de la ferme des Millot. Contre toute attente, elles furent accueillies par les chiens de Luc qui surgirent brusquement de l'ombre, aboyant avec énergie et les empêchant d'ouvrir les portières. *Si les chiens sont là, c'est que Luc l'est aussi*, songea furtivement Alice, surprise. Et de fait, l'ampoule extérieure s'alluma soudain sous la marquise et la haute silhouette de Luc apparut à la porte, sifflant les bêtes. Celles-ci refluèrent aussitôt, au grand soulagement de Suzanne, prête déjà à brandir sa canne. « Quelles sales bêtes ! Tu parles d'un accueil ! » Luc lui ouvrit la portière et, sans lui demander son avis, l'aida à descendre, ignorant sa mine contrariée. Hautaine, Suzanne se contenta d'effleurer son bras et dès qu'elle eut retrouvé son équilibre et la vaillance de ses jambes, se dirigea avec dignité, telle la reine d'Angleterre, vers la maison.

Dans la cuisine des Millot, une soupe mijotait sur le gaz, répandant une odeur à faire saliver d'envie. Edmond était déjà rentré, lui aussi. À leur arrivée, il coupa la radio puis croisa les bras sur la poitrine, la mine interrogative.

— Asseyez-vous quelques minutes ! Vous voulez boire quelque chose ? s'enquit Berthe en présentant une chaise à Suzanne. À force d'être si guindée, Suzanne semblait presque faite d'un seul morceau, sans la moindre articulation.

Lèvres pincées, sans un mot, elle s'assit du bout des fesses, juste à côté de Paulette qu'on avait confortablement installée dans le grand fauteuil près du poêle, et dont les lunettes étaient embuées d'émotion.

— Alors ? lâcha Edmond, d'un ton plus rogue qu'il n'aurait voulu.

Alice jeta un regard rapide dans la direction de Luc, resté debout près du buffet, le visage grave et attentif. Elle se rendit compte, alors, que tous la fixaient avec tension.

— Hé bien, c'est ce que je craignais… Les frais de

succession sont vertigineux. La majeure partie des économies d'Eugénie, sur les comptes qu'elle avait, vont y passer. Je ne toucherai quasiment rien, ou à peine, tout sera englouti à cause de la Villandière. Le notaire passera bientôt pour estimer tout le patrimoine. Mais je ne me fais pas d'illusion.

— Tu sais comment tu vas faire ? insista Edmond.

— Je vais réfléchir. J'ai de l'argent hérité de mes parents, sur un compte épargne. Ça peut aider. Mais il faut quand même que j'en garde une partie pour les études de Camille… Je vais également vendre des terres et des bois que nous possédions encore, apparemment. Le hic, c'est que j'ignore ce que cela vaut. Apparemment, c'étaient de mauvaises terres. Et puis après…

— Paulette et moi aussi avons de l'argent de côté, dit alors Suzanne. Faut faire vite. Paulette n'a pas encore quatre-vingts ans, elle peut donc te faire une donation qui serait exonérée… Je prends rendez-vous dès demain matin, à la première heure, avec notre banquier puis le notaire. Faudra que quelqu'un nous y emmène. Et puis, maintenant qu'Eugénie est décédée, nous ne sommes théoriquement plus chez nous à la Villandière mais chez toi… et donc j'ai décidé que nous te paierions un loyer, chacune…

Un silence ébahi accueillit cette longue tirade. Puis Edmond, s'ébrouant comme s'il sortait d'un rêve, lâcha subitement :

— Nous aussi, nous pouvons t'aider. On en a parlé avec Berthe. Nous avons des économies. Nous pouvons te prêter de l'argent.

— Moi aussi, renchérit Luc du tac au tac.

Alice et les deux tantes semblaient figées. Il fallut un temps infini à Suzanne pour articuler enfin :

— Pourquoi feriez-vous ça ? C'est très généreux…

— … et totalement désintéressé, l'interrompit vivement Edmond. Mais la Villandière, que cela vous plaise ou non, fait aussi partie de notre histoire familiale et nous avons toujours considéré Alice comme notre propre fille. Alors, pour nous, ça coule de source.

— Merci, balbutia Alice. Mais je ne peux pas vous demander ça…

— Mais si, tu peux, murmura Luc.

— Et on arrivera à sauver la Villandière, ma belle, sourit Berthe en la prenant dans ses bras et en lui collant deux baisers sonores sur chaque joue.

22

La valse des souvenirs

Voilà, c'était arrivé. Eugénie, à son tour, avait rejoint le cortège des fantômes. Sur la pointe des pieds, en toute discrétion, sans s'accrocher inutilement à la vie. Égale à elle-même.

Passé la stupeur et le chaos des premiers temps, Alice renoua lentement avec le quotidien, un peu estourbie. Curieusement, ce n'était que maintenant, trois semaines après les obsèques, qu'elle prenait enfin toute la mesure de l'absence définitive d'Eugénie. Au-delà de la peine éprouvée, sa disparition lui paraissait encore irréelle. Elle savait qu'il lui faudrait du temps pour l'admettre et s'y faire.

Elle se rendait à la Villandière autant que possible, soucieuse du moral de Paulette et Suzanne. De fait, en disparaissant la première, Eugénie avait provoqué un appel d'air, déclenchant un inexorable compte à rebours pour les deux survivantes. Ouvrant la voie, elle avait laissé derrière elle la porte grande ouverte.

Comme elle s'y était engagée, sans traîner, Suzanne entreprit toutes les démarches nécessaires pour que Paulette fasse une donation dans les délais impartis. *In extremis.*

— On a été idiotes, si on avait su et si on avait été plus prévoyantes, on l'aurait fait toutes les trois quand il en était encore temps. Mais dans cette fichue famille, l'argent a toujours été un sujet tabou et sensible. Et voilà où nous en sommes, aujourd'hui ! Alors, ce n'est plus le moment de lambiner. Paulette n'est pas en forme, côté santé mentale. Elle déraille de plus en plus. Je ne voudrais pas que le projet soit invalidé sous prétexte qu'elle n'a plus toute sa tête.

Dans la foulée, un contrat de location fut également établi. Mal à l'aise, Alice tenta une dernière fois de l'en dissuader mais Suzanne n'en démordit pas, déterminée.

— Tu as besoin de cet argent. Alors ne fais pas d'histoire inutile, s'il te plaît.

Un jour de janvier, pendant l'heure du déjeuner, Alice reçut un coup de fil de la vieille dame. Suzanne, en temps ordinaire, n'appelait presque jamais. Inquiète, elle croisa le regard de Marjolaine dont la fourchette s'était figée à mi-chemin entre l'assiette et sa bouche grande ouverte. Une fois qu'on avait été échaudé, il y avait comme ça des coups de téléphone qu'on ne pouvait plus s'empêcher de redouter. Le cœur d'Alice loupa un battement, s'attendant déjà à une mauvaise nouvelle. Dans le combiné, la voix de la vieille dame grésilla, à la fois lointaine et péremptoire. Rien de grave, rien d'urgent, déclara-t-elle de but en blanc, mais voilà, il était temps de songer à faire le tri dans les affaires personnelles d'Eugénie !

— Tu es sûre ? Déjà ? Là, maintenant ? s'exclama Alice, prise au dépourvu.

À vrai dire, elle n'y avait même pas songé. Tant de vieilles choses encombraient la Villandière, de la cave au grenier, jusque dans les dépendances ! Aussi, un peu plus ou un peu moins, où était l'urgence ? Et puis, Eugénie n'était morte que depuis un mois. C'était encore tout récent.

L'hiver était tombé d'un coup sur la région, gelant les routes, blanchissant la campagne. Le moindre déplacement chez ses patientes les plus isolées prenait des allures d'expédition pour Alice. Les journées étaient longues et fatigantes. Aussi, attendre les beaux jours pour ce genre de corvée l'aurait grandement arrangée. Mais Suzanne se montra inflexible.

— Le plus tôt sera le mieux.

— Pourquoi ?

— Parce qu'après on ne le fera plus... On laissera traîner, comme pour tout le reste, et puis on n'osera plus y toucher. Vaut mieux battre le fer quand il est encore chaud.

— Oui mais là, il est vraiment brûlant, objecta faiblement Alice.

— Je ne veux pas attendre plus longtemps Alice ! C'est... nécessaire... pour nous. Ne me demande pas de t'expliquer, riposta Suzanne avec véhémence.

Acculée et vaguement culpabilisée, Alice s'entendit alors capituler :

— Okay... Hé bien, j'essaierai de passer le week-end prochain.

— Merci, c'est gentil !

La jeune femme raccrocha, contrariée. Elle jeta un regard désabusé à son assiette, l'appétit coupé. Marjolaine laissa échapper un « hum ! » désapprobateur :

— Tu aurais dû refuser ! Elle te mène à la baguette ! Un claquement de doigts et hop ! tu rappliques. Tu es crevée, ma vieille, regarde-toi, tu as besoin de te reposer, de dormir, de flâner ! Mais au lieu de ça, tu vas te taper tout un déménagement et d'interminables allers-retours à la déchèterie ? Tu n'étais pas à quelques semaines près, franchement ! Qu'est-ce que ça allait changer, dis-moi ? Et ça lui aurait fait un peu les pieds, à ta tante, pour une fois !

— Je sais… C'est nul, hein ? Pourquoi je n'arrive jamais à dire non, à ton avis ?

— Trop gentille, trop bonne, gronda gentiment Marjolaine en lui agitant son index sous le nez.

Ce soir-là, après le dîner, Camille vint rejoindre sa mère sur le canapé. Elles se blottirent au chaud sous le plaid violet puis se mirent à visionner sur l'ordinateur portable les petits films que l'adolescente avait faits avec Nina, l'été dernier. Cela leur fit drôle d'entendre à nouveau la voix claire et chantante d'Eugénie. Et de se perdre dans le bleu myosotis de ses yeux au moment d'un zoom tremblotant. Eugénie paraissait alors si pétulante. Qui aurait pu penser qu'il ne lui restait que quelques mois à vivre et que ces petits films, en apparence anodins, très amateurs, flous et souvent mal cadrés, seraient l'ultime trace qu'elle laisserait ?

— Vous avez eu une idée fabuleuse, toi et Nina, tu sais, murmura Alice.

— Oui. Eugénie, en plus, c'était la plus bavarde des trois. Elle avait vraiment plein de choses à raconter.

En effet, pour quelqu'un qui avait toujours été très discret, Eugénie s'était révélée particulièrement prolixe et intarissable à la fin de sa vie. Pour autant, elle n'avait pas tout dévoilé, loin de là, songea Alice. Eugénie avait emporté avec elle certains secrets, et pas des moindres.

Le dimanche suivant, comme promis, la jeune femme se rendit seule à la Villandière, armée de cartons et de gros sacs. Ce n'était pas la grande forme. Depuis quelques jours, elle se sentait vaguement patraque et la perspective de ce qui l'attendait l'accablait par avance. La neige des derniers jours avait fondu, laissant place à une espèce de bouillasse immonde sur les routes détrempées. Sous le ciel d'un gris plombé, la campagne était particulièrement lugubre, en harmonie avec son humeur. *In petto*, elle pesta après Suzanne. Elle aurait dû refuser et oser lui tenir tête.

Son moral s'assombrit davantage lorsqu'elle l'aperçut en train de faire le guet derrière la fenêtre du salon, silhouette farouchement campée, quasi monolithique, que les rideaux dissimulaient à peine, sans doute dévorée par l'impatience et prête à lui sauter dessus, le seuil à peine franchi. Ce qu'elle fit, en effet, sans le moindre préambule, un accueil typiquement « Suzannien », qui déclencha chez Alice une furtive mais très désagréable bouffée d'angoisse.

— Ne perdons pas de temps, plus vite ce sera fait, mieux ce sera ! décréta-t-elle d'emblée.

— Et Paulette ? Où est-elle ?

— Dans la cuisine. Je lui ai demandé d'éplucher les légumes pour le potage du soir. Je ne voulais pas qu'elle soit dans nos pattes.

— Comment va-t-elle ?

— Couci-couça. Hier, elle ne voulait pas manger. J'ai dû me fâcher.

— Je vais lui dire bonjour et je te rejoins.

— N'entre pas trop dans les détails, hein ? Sinon, tu la connais, elle va encore pleurnicher.

— Non, non, t'inquiète.

Du vivant d'Eugénie, Alice n'avait jamais osé pénétrer dans son intimité. Sa chambre lui était naturellement familière mais tout le reste – armoire, commode, table de chevet – relevait presque du sanctuaire. Aussi, aujourd'hui, plantée devant la grande et mystérieuse armoire close, avait-elle l'impression d'être sur le point de commettre un sacrilège. Un charme toutefois vite rompu par une Suzanne beaucoup moins encline à ce genre de sensiblerie et qui, n'y allant pas par quatre chemins, prosaïque et pragmatique, déclara de but en blanc :

— Commençons par tout le bazar dans l'armoire.

Voyant que Suzanne était prête à tout enfourner sans distinction dans les grands sacs posés par terre, Alice émergea de sa torpeur et reprit les choses en main.

— Attends, laisse-moi faire...

La serrure avait du jeu et la jeune femme dut batailler avec la clé qui tournait dans le vide. Les portes de l'armoire s'ouvrirent en grinçant. Odeurs de lavande, de savon de Marseille et de bois.

Alice réprima une exclamation : l'armoire était bourrée à craquer. De l'étagère la plus haute, elle extirpa d'abord deux boîtes à chapeaux qui révélèrent des trésors d'un autre temps : chapeaux cloches, tressés ou en feutre, emballés dans du papier de soie. Elle laissa échapper un cri d'émerveillement ; elle venait de faire un bond dans les années trente, c'était juste magnifique. Dans un des tiroirs, elle dénicha ensuite plusieurs gants en tissu ou en peau de chamois, aussi raffinés que distingués. Juste audessus, tel un gros chat endormi occupant à lui tout seul une étagère, un manchon en fourrure noire d'une douceur voluptueuse. La lingerie défraîchie et surannée – culottes, soutiens-gorge et gaines – occupait l'étage du dessous, en compagnie de bas de contention soigneusement pliés. Côté penderie, une capeline bleu marine côtoyait des corsages jaunis par le temps, à jabot de dentelle ou lavallière, de longues jupes en laine, des combinaisons en nylon ainsi que les robes-tabliers fleuries et les gros paletots de laine dont Eugénie se revêtait exclusivement dans les dernières années de sa vie. Encore imprégnés de son odeur. Troublée, Alice eut le cœur broyé à l'idée de devoir tout bazarder.

Mais la voix acerbe de Suzanne la ramena à la réalité.

— Regarde-moi tout ce bric-à-brac ! On donne tout ! Je lui disais toujours qu'il fallait qu'elle fasse le tri de temps en temps, mais non, madame était sentimentale et ne jetait rien ! Résultat, il va nous falloir un semi-remorque pour tout débarrasser !

— Tu exagères ! Pourquoi tu es si dure ?

En guise de réponse, Suzanne se contenta de hausser les épaules, le visage fermé.

Renonçant à comprendre, Alice poursuivit son exploration.

Sous un monticule de mouchoirs brodés et d'un blanc immaculé, elle dénicha un coffret à bijoux en marqueterie incrustée de nacre. Soulevant délicatement le couvercle, elle découvrit, émerveillée, tout un entrelacs de colliers de perles, de chaînes en or, de sautoirs élégants, ainsi que de boucles d'oreilles serties de pierres précieuses – aigue-marine, rubis, émeraude –, de bagues en argent joliment rétro et de plusieurs bracelets assortis. Un vrai trésor.

— On ne peut pas donner ça ! s'indigna-t-elle.

— Hum ! Pour la plupart, ce sont des breloques sans grande valeur, tu sais ! renifla Suzanne d'un air dédaigneux. Des vieilleries.

— Ce n'est pas vrai, Suzanne. Regarde-moi cette bague magnifique…

Alice avait glissé le bijou à son annulaire droit, fascinée par le miroitement de la pierre bleue.

— Garde ce qui te fait plaisir, naturellement.

— Bien sûr que je vais les garder !

— Il y a des bijoux que tu pourrais peut-être revendre et en tirer un bon prix.

— Je ne suis pas à ce point aux abois ! On verra plus tard. Pour l'instant, on ne touche à rien.

— Comme tu voudras.

L'armoire ayant révélé tous ses secrets, Alice s'approcha ensuite de la table de chevet. Par expérience, elle savait que c'était là qu'on rangeait souvent ce à quoi on tenait le plus, par regret, nostalgie ou sentimentalisme. Qu'allait-elle trouver de peut-être intime ou inattendu ? Elle songea à sa propre chambre et à ce que Camille pourrait elle-même y découvrir si elle venait à disparaître. Et se posa cette question : aimerait-elle que quelqu'un, même sa propre fille, puisse à titre posthume avoir accès à ses secrets les plus intimes ? Non, certainement pas...

À l'intérieur de l'unique tiroir, un mouchoir soigneusement plié, comme s'il n'avait jamais été utilisé. Avec des initiales brodées dessus, P. L. Une vieille montre d'homme arrêtée depuis longtemps. Un tube de pommade anti-inflammatoire. Des pastilles à la menthe. Et une photo d'identité aux couleurs passées représentant le visage un peu flou d'un homme aux cheveux très noirs et à la fine moustache, tel un fantôme inespéré. *Ainsi, voilà à quoi ressemblait le grand amour interdit d'Eugénie ?* Sidérée et émue, Alice fixa longtemps le cliché. Dans son dos, assise sur le bord du lit, Suzanne ne disait rien et attendait.

— C'est lui ? finit-elle par demander en chuchotant.

— Oui, répondit Suzanne sur le même ton assourdi, comme si Eugénie était dans la pièce et pouvait les entendre.

— Tu l'as connu ?

— À peine. Même moi, je n'étais pas censée être dans la confidence…

— C'était un bel homme.

— Oui, pas mal.

— Est-ce qu'il l'aimait autant qu'elle l'aimait ?

— Va savoir, avec les hommes… Mais j'espère que oui. Ils ont été amants pendant presque trente ans. J'imagine que ce n'est pas anodin…

— Comment a-t-elle fait pour vivre dans l'ombre si longtemps ? Elle a tout sacrifié pour lui.

— Elle l'aimait, c'est tout. Ce fut son choix.

— Son choix à elle, vraiment ? N'a-t-elle pas plutôt subi la situation ?

— C'est, hélas ! une probabilité…

— Tu penses qu'elle a été heureuse dans la vie ? Que lui l'a quand même rendue heureuse ?

Suzanne haussa les épaules, dubitative.

— Lui ? Hum !

— On dirait que tu ne l'aimais pas.

— Je te l'ai dit, je ne l'ai pas connu personnellement. Juste entraperçu. Mais non, en effet, je n'avais pas une très bonne opinion de lui.

— Comment a-t-elle fait pour tenir si longtemps…

— Eugénie était de ces femmes qui sourient pour ne pas montrer qu'elles saignent à l'intérieur. Tu n'aurais rien pu deviner, comme ça, si tu ne la connaissais pas très bien. Une question de tempérament : beaucoup de pudeur et de dignité. Une question d'éducation, aussi. Nous avons été élevées ainsi, toutes les trois. À la dure. Dans la famille, on n'était pas du genre à se lamenter et à geindre pour un oui ou pour un non. Encore moins à s'épancher. C'était une autre époque. Eugénie, c'était quelqu'un de très fort et de très courageux. Une âme noble et pure, comme il y en a peu. Elle serrait les dents et gardait son chagrin pour elle. Et puis, de toute façon, elle savait très bien qu'elle n'avait pas le droit de s'apitoyer sur elle-même. Elle n'était qu'une maîtresse. Elle avait le mauvais rôle… Alors, je pense que dans sa tête, se plaindre aurait été malvenu.

— Et pourquoi, lui, n'a-t-il pas quitté sa femme s'il aimait Eugénie à ce point ? Comment peut-on mener si longtemps une double vie et, au final, sacrifier celle qu'on aimait peut-être le plus ? murmura Alice, peinée.

— C'était une autre époque, ma petite. Pétrie, engluée de principes et de moralité. On ne divorçait pas si facilement. Cela aurait été terriblement scandaleux. Et puis lui avait des enfants, trois ou quatre, il me semble. Bref, une famille et une certaine position sociale. Très catholique, en plus. Donc il était pieds et poings liés, si je puis dire. Et puis il était aussi plus âgé qu'Eugénie. Sans doute trop pour avoir le courage de tout bousculer.

Doucement, Alice reposa la photographie dans le tiroir qu'elle referma, sans bruit, comme si elle avait soudain peur de réveiller les morts et leurs vieux chagrins.

Finalement, elles ne redescendirent qu'avec très peu de sacs, remplis essentiellement de vieux draps en coton épais jaunis par le temps, de housses de traversin et de taies d'oreiller, l'ensemble pesant le poids d'un âne mort, ainsi que toute la lingerie, les vieux bas et les vêtements les plus ordinaires et les plus usés. Pour ce qui était du reste, trop précieux, Alice ne s'était pas résolue à s'en débarrasser. Elle verrait plus tard.

Elle entassa les sacs dans le coffre de sa voiture puis

retourna à la maison pour dire au revoir et prendre enfin congé. Harassée et aspirant à un bon bain chaud.

Alors qu'elle frottait ses chaussures sur le paillasson, Suzanne l'interpella depuis la cuisine :

— Tu prendras bien un thé avec nous, quand même, avant de te sauver ?

Consultant sa montre, Alice fit la moue et depuis le vestibule cria en retour :

— Merci mais il est déjà tard… La déchèterie va bientôt fermer.

— Allez, juste quelques minutes. Il est à peine seize heures.

— Non, une prochaine fois Suzanne !

— S'il te plaît ! Pour faire plaisir à Paulette ! insista la vieille dame, faisant claquer les portes des placards avec ostentation.

Comme pour surenchérir, la bouilloire se mit à siffler avec la fougue d'un train à vapeur entrant en gare, réduisant en miettes le peu d'espoir de fuite qui animait encore Alice.

Elles auront ma peau ! marmonna-t-elle, accablée. Quand Suzanne avait une idée en tête, rien à faire, c'était marche ou crève !

Pour la peine, Alice ne la rejoindrait pas tout de suite. Elle allait d'abord partir à la recherche de Paulette qui, étrangement, n'avait à aucun moment pointé le bout de son nez lorsqu'elles faisaient du tri dans la chambre d'Eugénie. Avait-elle reçu des consignes ? C'était agaçant, à la fin, cette manie qu'avait Suzanne de tout régenter autour d'elle. Et maintenant qu'Eugénie n'était plus là, Paulette serait encore plus vulnérable.

Alice la dénicha dans la salle de bains, en train de suspendre une vingtaine de culottes sur l'unique fil qui traversait la pièce en diagonale, de part en part. L'humidité était telle que les vitres et les murs carrelés semblaient larmoyer. Elle s'empressa d'ouvrir la fenêtre en grand, provoquant un appel d'air qui fit voltiger la ribambelle de sous-vêtements. Une telle quantité de culottes la laissa perplexe. Les tantes souffraient-elles d'incontinence, sans oser l'avouer ? Comment mettre les pieds dans le plat sans les offusquer ni les vexer ?

Mais Alice n'eut pas le temps de s'y appesantir, interrompue par la sonnette de la porte d'entrée qui retentit brusquement.

Qui cela pouvait-il être ? Les tantes attendaient-elles quelqu'un ? Elles ne recevaient jamais de visite et ce n'était pas encore l'heure de l'infirmière.

Intriguée, la jeune femme délaissa Paulette et sa lessive pour aller ouvrir. Dans la cuisine, un tintamarre de casserole et de tasses lui fit comprendre que Suzanne, tout sauf sourde, n'avait apparemment pas l'intention de se déplacer. *Évidemment ! La bourrique !* fulmina-t-elle en son for intérieur.

Elle ouvrit la porte à la volée, le visage fermé et peu accueillant, déjà prête à envoyer bouler l'intrus qui forcément s'était égaré. Car qui viendrait de son plein gré dans un repaire de Gorgones, franchement ? Un fou, un inconscient ? Mais elle se figea net de surprise en se retrouvant nez à nez avec Luc, la mine tout aussi déconcertée que la sienne, sa caisse à outils posée à ses pieds. Pendant d'interminables secondes, ils se dévisagèrent en silence, comme si aucun des deux n'arrivait à concevoir la présence de l'autre.

Luc finit par briser le silence en premier :

— Suzanne m'a appelé ce matin. Il paraît qu'il y a encore une fuite dans les toilettes ? Je ne savais pas que tu serais là. Elle m'a dit que tu étais partie en week-end avec… un ami ? Et qu'elle ne voulait pas te déranger pour si peu…

Le sang d'Alice ne fit qu'un tour. Comment ça, partie en week-end avec un ami ? Qu'est-ce que c'était que ce gros bobard ? Et puis c'était quoi, encore, cette histoire de fuite d'eau ? Mortifiée et affreusement embarrassée, Alice sentit ses joues s'embraser.

— Je crois que tu es venu pour rien, dit-elle froidement. Aucune fuite à ma connaissance. Mais un nid de conspiratrices, ça oui.

Luc la regarda sans comprendre.

— Désolée qu'on t'ait dérangé pour rien un dimanche après-midi ! Tu avais sans doute d'autres choses prévues avec Émilie, bien plus intéressantes que d'aller dépanner mes vieilles tantes complètement toquées. Tu aurais dû refuser !

— Et toi, alors, pourquoi tu es là et pas en week-end avec cet ami ? insista-t-il, totalement perdu. C'est qui ? Je le connais ?

— Non, tu ne le connais pas pour la simple et bonne raison qu'il n'y a personne, soupira-t-elle, soudain démoralisée. Je ne sais pas ce que Suzanne avait derrière la tête en te racontant ça. C'est débile. Elle m'a demandé de venir pour faire le tri dans les affaires d'Eugénie. Mon coffre est rempli de sacs à déposer à la déchèterie.

Luc, perplexe, mit quelques secondes pour assimiler la version des faits d'Alice. Puis au bout d'un moment :

— Ça veut donc dire que maintenant tu es dispo ? Tu as fini ton tri ?

— Oui, répondit-elle, décontenancée.

— Hé bien, dans ce cas, viens ! Allons nous promener tous les deux. Une petite heure, ça te dit ? Tu es bien chaussée ? Les chemins sont détrempés. Sinon, on fait un crochet par la ferme et je te prête les bottes de ma mère.

Les yeux écarquillés et la mine ahurie, Alice balbutia :

— Là, maintenant ? Émilie ne va pas t'attendre ?

Il haussa les épaules et, plantant son regard droit dans le sien, déclara d'un air détaché : « Tu n'étais pas au courant ? Ça n'a pas marché. On s'est séparés juste avant les fêtes. »

C'était le coup de théâtre de trop. Alice se sentit chanceler. Perdue, abasourdie. Elle avait dû sauter un épisode essentiel à un moment donné, mais quand et comment, ça lui échappait totalement, elle ne comprenait plus rien.

Dans un état second, elle lui emboîta le pas, boutonnant machinalement son manteau, tel un automate, tandis qu'il la devançait les mains dans les poches, l'allure décidée. Elle dut trotter pour le rattraper, lui et ses fichues grandes jambes, en évitant les flaques comme elle put. Épaule contre épaule, ils s'engagèrent sans un mot sur le chemin rendu tout spongieux par le dégel brutal. Seul le frottement de leurs chaussures sur l'herbe troublait le silence. Elle ne pouvait s'empêcher de fixer Luc à la dérobée, le cœur en plein émoi, dévorée par la curiosité, les doutes, les interrogations. L'incompréhension aussi. Pourquoi ne disait-il plus rien ? Il venait de lâcher une bombe et puis c'était tout ? Plus rien ? Elle aurait voulu que pour une fois il cesse ce petit jeu du silence, qu'il fasse enfin tomber ces grandes murailles infranchissables dont il s'était toujours entouré. Elle aurait aimé qu'il s'exprime, qu'il parle, qu'il explique sans qu'elle ait toujours à implorer ou à extrapoler. Se rendait-il compte, au moins, qu'il la mettait à la torture chaque fois qu'il s'entourait de ce brouillard ?

Elle craqua, n'y tenant plus, sur les nerfs.

— Alors, tu m'expliques pour toi et Émilie ? Qu'est-ce qui s'est passé ?

Son ton était à peine aimable, presque agressif, elle en avait conscience. Mais désormais, jouer la comédie, donner le change encore et toujours, c'était au-dessus de ses forces. Son cœur tambourinait douloureusement. *In petto*, elle se fustigea de se mettre dans un tel état. Depuis le temps, elle aurait dû être habituée aux non-dits et aux dérobades de Luc, mais aujourd'hui, la colère, trop forte, prenait le pas sur la lassitude et la résignation.

Lorsqu'il ouvrit enfin la bouche, Luc avait le regard posé au loin, comme si elle n'était pas là.

— C'est Émilie qui est partie. Elle a compris qu'il y avait un truc qui clochait entre nous… Le fameux sixième sens féminin ? ricana-t-il d'un air désabusé.

Alice le fixa, éberluée.

— Le sixième sens n'a rien à voir dans tout ça, finit-elle par riposter sèchement. Les femmes sont juste plus lucides et plus courageuses ! Elles assument.

Quelques instants s'écoulèrent avant que Luc ne réponde :

— C'est vrai, tu as tout à fait raison.

Puis, au bout de quelques secondes :

— Et puis je n'ai jamais été quelqu'un de facile à vivre. J'en ai parfaitement conscience.

— Et alors, selon toi, c'est une bonne excuse ? Un peu facile, non, de te cacher derrière ton mauvais caractère ?

Sans chercher à se défendre ni même à se justifier, comme si c'était inutile, Luc se contenta d'esquisser un rictus amer. Il marchait vite en regardant droit devant lui et Alice finit par se demander pourquoi il lui avait proposé cette étrange promenade, vu la tournure vinaigrée de leur échange… Elle trébucha contre une souche dissimulée dans les hautes herbes. Luc la rattrapa *in extremis*, avant qu'elle ne s'étale de tout son long, furieuse et vexée. Elle se redressa, le pantalon trempé jusqu'aux genoux, les chaussettes aussi à l'intérieur de ses baskets.

— Rentrons ! lâcha-t-elle subitement. Il va pleuvoir et il se fait tard.

— Déjà ? Qu'est-ce qui se passe, Alice ?

— Rien. Je suis fatiguée, j'ai froid, je suis trempée et j'ai envie de rentrer ! dit-elle en rebroussant chemin.

— On dirait que tu prends la défense d'Émilie ? Comme si tu étais blessée et peinée pour elle ! Tu la connaissais à peine, pourtant. Pourquoi le prends-tu comme ça ?

Excédée, Alice fit une brusque volte-face qui surprit Luc, provoquant un télescopage grotesque. Mortifiée, elle riposta avec véhémence :

— Mais non, pas du tout ! Je me fiche bien de savoir pourquoi vous vous êtes séparés. Mais tes silences, tes non-dits depuis toujours, ça, j'ai plus de mal, tu vois ! Tu avais une liaison avec Émilie depuis plus de trois ans et je n'en savais rien ! Je l'ai apprise de la bouche de Camille. Ça te coûtait quoi de me le dire ? Et puis maintenant, avec deux mois de retard, j'apprends comme ça, au détour d'une conversation, que vous n'êtes plus ensemble ! Alors, est-ce moi le problème ? Jamais ça ne t'a effleuré l'esprit que, tous les deux, nous souffrions d'un sérieux manque de communication ?

Luc la considéra sans mot dire, bras ballants, mine consternée, presque piteuse.

— C'est vrai, je suis inexcusable… finit-il par chuchoter.

— Je ne veux plus vivre comme ça, répondit-elle, se

parlant plus à elle-même qu'à Luc qu'elle ne regardait plus, totalement hagarde.

— Alice !

— Rentre chez toi Luc ! cria-t-elle en rebroussant chemin.

23

La tête sous l'eau

Luc n'avait pas redonné signe de vie depuis leur prise de bec. Un silence indéchiffrable, comme toujours. En soi, rien d'anormal, du Luc tout craché, pénible, démoralisant, mais un silence peut-être définitif, cette fois-ci, songeait Alice, fataliste et abattue, car au point où ils en étaient, est-ce qu'il y avait encore seulement quelque chose à sauver ? Tous deux n'arriveraient jamais à communiquer, c'était comme s'ils en étaient incapables.

Une querelle d'autant plus surréaliste et affligeante qu'elle était non préméditée ! Ils n'étaient même pas censés se voir ce jour-là !

Alice eut un mal fou à s'en remettre, saisie de remords.

Aurait-elle dû faire le premier pas pour s'excuser, ou tout au moins s'expliquer ? Et tâcher d'apaiser les tensions ? Peut-être bien… Après tout, il lui avait annoncé la fin de son histoire avec Émilie. C'était une nouvelle inespérée, incroyable, un vrai coup de théâtre, qui aurait dû la remplir d'espoir.

Au lieu de ça, c'était tout l'inverse qui s'était passé. En fait, elle avait conscience d'avoir ouvert les vannes à quelque chose qui macérait en elle depuis trop longtemps. Et si les conséquences étaient, hélas ! particulièrement douloureuses, elle savait aussi qu'elle n'avait pas eu le choix. Sa réaction avait été instinctive, libératrice, quasi vitale, comme on crève un abcès. Ce qui ne l'empêchait pas maintenant d'avoir mal, affreusement. À en hurler.

Elle traversa les jours suivants en apnée. Comme déshabitée d'elle-même. Regardant les autres vivre, avec envie, alors qu'elle se sentait comme morte de l'intérieur. Et tout ça sans que personne se doute de quoi que ce soit.

Le coup de grâce arriva un soir quand Camille rentra du collège en larmes. Depuis plusieurs semaines, ses résultats scolaires étaient en baisse. Une succession de mauvaises notes qui ne lui ressemblaient pas, une démotivation aussi soudaine que sévère et incompréhensible. Jusqu'à ce que l'adolescente craque dans les bras de sa mère et révèle ce qui la tourmentait. Premier chagrin d'amour, obnubilant, vertigineux, dévastateur. Le garçon qu'elle aimait et qui était son meilleur ami, s'était trouvé une autre petite copine et celle-ci avait décidé de faire le vide autour de lui. Camille faisait partie des pestiférés, de ceux dont elle avait imposé l'éloignement.

Alors, le cœur en lambeaux, sa fille en larmes blottie dans ses bras, Alice s'entendit prononcer des mots de consolation. Des mots salvateurs qu'elle aurait aimé qu'on lui dise aussi. Elle aurait aimé pleurer avec sa fille mais elle ne pouvait pas, elle n'en avait pas le droit. Consoler d'abord l'enfant dont le cœur tout neuf était si peu armé. Et dont la vie ne faisait que commencer. Tandis qu'elle…

Marjolaine l'observait à la dérobée, à la fois inquiète et consternée. Au cabinet, Alice n'était que l'ombre d'elle-même en ce moment. Mais pas besoin de chercher midi à quatorze heures pour comprendre qu'il y avait encore, sans doute, du Luc là-dessous.

— Parfois je ne vous comprends vraiment pas, tous les deux… marmonnait-elle. Ou alors vous aimez vous pourrir la vie ?

Comme Alice ne répondait pas, elle poursuivait, implacable et vaguement agacée :

— Pourquoi tu ne lui dis pas que tu l'aimes, une bonne fois pour toutes ? Il est libre, c'est le moment ou jamais ! À moins que tu ne préfères attendre que ça soit lui qui fasse le premier pas ? Comme dans le temps ? Parfois, il faut savoir prendre son destin à bras-le-corps, ma jolie ! T'en as pas marre de laisser le hasard jouer aux dés avec ta vie ?

— Je ne sais pas. Je suis fatiguée… Et qui te dit que ses sentiments sont réciproques ? Ce n'est pas l'impression que j'ai.

— Hum ! Parfois, je me demande si tu fais pas exprès de ne rien voir, de ne rien comprendre !

— Moi, je pense surtout que c'est toi qui te fais des films. Tu ne connais pas Luc comme je le connais.

— Si tu le dis…

Le printemps arriva tout en douceur. D'abord quelques signes avant-coureurs, une odeur différente dans l'air, les tout premiers bourgeons, les premières fleurs et le retour des oies sauvages dans le ciel, un matin très tôt. Ce jour-là, au cabinet, Alice profitait d'un battement entre deux rendez-vous pour consulter distraitement ses messages sur son téléphone personnel. La fenêtre était grande ouverte sur la courette fleurie et une fine brise secouait de temps en temps ses papiers sur le bureau. Quelque part sous les tuiles, des oiseaux devaient être en train de nicher, vu le ramdam qu'ils faisaient, un vrai concert. Au moment de leur installation à l'automne dernier, c'était tout naturellement que son choix s'était porté sur cette pièce, à cause de la vue sur le lilas et le chèvrefeuille, tandis que Marjolaine, elle, avait été d'office attirée par le côté rue, plus animé.

Une petite enveloppe clignotait sur l'icône du répondeur. Deux messages vocaux envoyés à trente minutes d'intervalle. Inhabituel. L'alerte rouge se déclencha aussitôt chez Alice, instinctive, quasi épidermique, et dans la foulée l'angoisse, telle une vague déferlante. Le premier message avait été laissé par l'infirmière : personne ne lui avait ouvert ce matin à la Villandière, en dépit de ses coups de sonnette insistants. Elle avait fait le tour de la maison pour regarder par les fenêtres, continuant d'appeler et de toquer, en vain. Tremblante et fébrile, Alice ferma les yeux pour écouter le second message, adressé cette fois-ci par la femme de ménage qui devait aussi passer ce matin, après l'infirmière. Et qui avait été accueillie par une Paulette armée d'un râteau, l'empêchant d'entrer. La vieille femme était très agitée, presque agressive… comme si elle n'avait plus toute sa tête. Proférant des propos sans queue ni tête, prétendant que Suzanne n'était pas disponible aujourd'hui et qu'il fallait qu'elle reparte. Qu'on n'avait plus besoin d'elle, jamais.

« J'ai été mise à la porte ! Je suis désolée mais je pense que vous devriez aller voir ce qui se passe, c'est pas normal », concluait la pauvre femme.

Suffoquant à moitié, Alice se leva si brutalement qu'elle en renversa sa chaise. Marjolaine était dans la petite cuisine, en train de se préparer un thé et de grignoter quelques amandes, lorsque Alice déboula, plus pâle que la mort.

— Qu'est-ce qui se passe ?

— Tu pourrais annuler tous mes rendez-vous de la journée ? Il y a un problème à la Villandière, faut que j'y aille tout de suite, c'est urgent…

— Ok. Tu veux que je vienne avec toi ?

— Non, mais je te tiens au courant ! cria Alice, déjà dans l'escalier, enfilant manteau et écharpe à la hâte.

La porte claqua derrière elle, laissant Marjolaine interdite.

Tout en se dirigeant vers le parking pour rejoindre sa voiture, Alice tenta de téléphoner à la Villandière. En vain, cela sonnait dans le vide. Elle démarra nerveusement, écrasant la pédale d'accélération et manquant de heurter le pare-chocs de la voiture garée derrière. *Calme-toi, calme-toi, il ne manquerait plus que tu écrases quelqu'un ou que tu emboutisses une autre bagnole…*

Après une interminable succession de feux rouges – la poisse ! – et l'encombrement des rues du centre-ville, la voie fut enfin libre sur les petites routes de campagne. Roulant en plein milieu de la chaussée pour manger les virages, la vieille Punto fonçait en vrombissant et vibrant de partout. Le portail de la Villandière était resté grand ouvert. Un oubli, peut-être, de la femme de ménage trop choquée par l'attaque au râteau dont elle avait été l'objet. Alice s'engagea dans la grande allée, avalant les derniers mètres sans la moindre précaution pour les nids-de-poule, se gara à la va-vite devant le perron et jaillit de la voiture sans prendre garde aux flaques d'eau dans lesquelles elle sauta à pieds joints. Son cœur tambourinait à toute vitesse. Elle ignorait ce qui l'attendait et redoutait le pire. Pourquoi les tantes n'avaient-elles pas répondu, surtout Suzanne ? La porte d'entrée était verrouillée. La jeune femme sortit sa clé et pénétra à l'intérieur en criant : « Paulette ? Suzanne ? C'est moi ! Où êtes-vous ? »

Seul le tic-tac de la comtoise du salon lui répondit.

Elle parcourut le rez-de-chaussée à toute allure, ouvrant les portes à la volée : « Ouh, ouh ? Où êtes-vous ? »

Vides, le salon, la bibliothèque et la cuisine. Aucune trace de ses occupantes. Il en fut de même du côté des W.-C. dont la porte était restée entrebâillée. Dans la salle de bains, toute une ribambelle de culottes séchaient, encore. Interloquée, Alice se figea quelques instants. Autant de culottes chaque fois, comment était-ce possible… Elle rebroussa chemin et se dirigea vers l'escalier qu'elle monta quatre à quatre. Sur le palier de droite, la porte de la chambre de Paulette était grande ouverte et un filet de voix, lointain, presque chantant, en provenait. Alice s'y dirigea, en proie à une sourde appréhension. Et s'immobilisa sur le pas de la porte. Paulette, assise dans son lit en chemise de nuit, débraillée, échevelée, jouait à la poupée d'une petite voix enfantine. Elle peignait les cheveux d'une d'entre elles avec tendresse, la cajolant et la couvrant de baisers : « Aujourd'hui, c'est bien, tu as été sage. Tu ne seras pas grondée. Tu pourras dormir avec moi. »

Alice aurait pu rester longtemps ainsi, statufiée d'effroi. Cette vieille femme devant elle, retombée en enfance, avec cette fêlure dans la voix et ce regard halluciné, elle ne la reconnaissait pas.

Mais tout à coup, le craquement impromptu d'une lame de parquet sous ses pieds les fit bondir l'une et l'autre de surprise, brisant le charme mortifère. Et levant des yeux hagards, presque apeurés, Paulette s'écria :

— Qui êtes-vous ? Maman, c'est toi ?

Alice chancela.

— Paulette, c'est moi, Alice…

Le regard de la vieille femme se troubla furtivement avant de s'éclairer de nouveau, son visage se fendant alors d'un grand sourire affectueux, plus familier cette fois-ci :

— Oh ma chérie ! C'est gentil de nous rendre visite !

— Où est Suzanne ?

— Oh…

Front et yeux plissés, Paulette sembla fouiller sa mémoire intensément. Puis d'une petite voix chiffonnée murmura :

— Elle ne va pas très bien aujourd'hui… J'ai eu beaucoup, beaucoup de lessive à faire…

— Attends-moi là, ne bouge pas, je reviens, d'accord ?

— Oui, oui, d'accord.

Alice rebroussa chemin et parcourut le couloir en sens inverse en courant. La chambre de Suzanne était à l'autre bout, sur le palier opposé, sa porte close se fondant dans l'obscurité, comme si elle cherchait à s'estomper et à totalement disparaître. Saisie d'un mauvais pressentiment, elle toqua brièvement et, sans attendre de réponse, entra. Son cœur fit une violente embardée, comme s'il se décrochait soudain. Les volets avaient été ouverts et le soleil du matin entrait à flot dans la petite pièce, caressant doucement le corps inerte, exsangue, de Suzanne. Elle gisait sur le grand lit dont on avait enlevé tous les draps et couvertures, jetés en boule dans un coin. Plusieurs serviettes de bain avaient été disposées à la place, à même l'alèse. Des serviettes imbibées de sang. Alice reconnut d'emblée l'odeur familière, lourde, saturée. Celle des fausses couches et des accouchements, celle des hémorragies utérines…

Le Samu fut vite sur place et, dans la foulée, emmena Suzanne à l'hôpital sans qu'elle ait repris conscience.

Une fois Suzanne partie, Alice, sonnée, remonta auprès de Paulette qui n'avait pas quitté son lit, totalement inconsciente du branle-bas de combat qui venait d'avoir lieu. Docile, elle se laissa habiller. Elle ne s'offusqua pas des gestes précipités d'Alice qui la bousculait pourtant, la poussant ensuite hors de la chambre, sur le palier puis dans l'escalier. Au rez-de-chaussée, Alice lui dit d'aller faire pipi avant de monter en voiture.

— Mais je n'ai pas envie ! protesta-t-elle, étonnée.

— Alors, mets tes chaussures et monte dans la voiture, je t'emmène chez Berthe et Edmond !

— Mais pourquoi ? Et Suzanne, elle ne vient pas ?

— Suzanne nous rejoindra plus tard, ne t'inquiète pas.

Ses voisins, qu'elle avait prévenus par téléphone quelques minutes plus tôt, l'attendaient sur le perron de leur ferme, tendus et inquiets. Edmond vint l'aider à sortir Paulette de la voiture. Depuis le départ de la Villandière, elle avait geint sans discontinuer, perdue, hagarde. Les nerfs à fleur de peau, Alice leur emboîta le pas.

— Je suis désolée… vous aviez sans doute autre chose de prévue aujourd'hui. Mais je ne pouvais pas la laisser toute seule…

Berthe la rassura d'emblée :

— Ne t'inquiète pas, ma chérie, nous allons la surveiller et prendre soin d'elle en attendant que tu reviennes de l'hôpital. J'espère que ça va aller pour Suzanne.

— J'espère…

Alice, éprouvée, se laissa étreindre par la fermière qui, prenant ensuite son visage entre ses deux mains, la regarda droit dans les yeux :

— Fais attention à toi. Si tu as besoin d'autre chose, tu nous dis. On est là.

— Oui, merci… Je vous laisse un jeu de clés de la Villandière. Je repasserai tout à l'heure prendre des affaires pour Suzanne.

— Très bien, on fait comme ça. Edmond va y aller pour vérifier que tout est bien fermé.

— Merci. S'il pouvait vérifier les fenêtres des chambres à l'étage, je ne sais plus…

— Il va s'en occuper.

Les deux femmes glissèrent un regard en direction de Paulette que Berthe avait confortablement installée dans le vieux fauteuil, près du poêle. Absorbée par la présence ronronnante du gros chat noir qui spontanément était venu se pelotonner sur ses genoux, elle avait cessé de gémir et semblait de nouveau apaisée.

— Qu'est-ce que je vais faire d'elle si Suzanne ne rentre pas tout de suite de l'hôpital ? Elle ne peut plus vivre toute seule, chuchota Alice, accablée.

— Il va falloir se renseigner pour une maison de retraite…

Tacitement, les deux femmes s'éloignèrent un peu et Berthe poursuivit en chuchotant :

— Et même quand Suzanne reviendra, elle ne pourra plus gérer sa sœur comme avant. Ce n'est plus possible. Trop lourd.

— Suzanne ne voudra jamais en entendre parler.

— Chaque chose en son temps, ma belle. Va d'abord prendre de ses nouvelles puis tu nous téléphones, d'accord ?

— Oui.

— Nous, on gardera Paulette le temps qu'il faut. Je vais appeler son infirmière pour qu'elle passe ici et prévenir son médecin qui pourra peut-être nous aider pour accélérer une demande de prise en charge.

— Merci Berthe.

— Allez, file maintenant.

À l'hôpital, l'interne qui reçut Alice lui apprit que Suzanne avait dû être transfusée en urgence.

— Savez-vous depuis combien de temps elle souffrait ainsi d'hémorragie ? s'enquit-il.

Accablée, bourrelée de culpabilité et les larmes aux yeux, Alice haussa les épaules en signe d'ignorance. Non, elle ne savait rien. Pire, elle n'avait rien vu, rien compris. Pourtant, cette histoire de culottes et de lessives aurait dû lui mettre la puce à l'oreille depuis un bon moment déjà. Dire en plus qu'elle était sage-femme... Quelle ironie ! Comment avait-elle pu ignorer autant de signes ?

Comme s'il lisait dans ses pensées, l'interne reprit :

— Ne vous mettez pas martel en tête. Vous n'y êtes pour rien. Votre tante a sans doute tout fait pour que vous ne voyiez rien...

Incapable de proférer le moindre son, la gorge comme serrée par une main invisible, Alice se contenta d'acquiescer. Bien sûr que Suzanne avait tout fait pour ne rien révéler. Et le secret remontait déjà au moins à l'été précédent, si ce n'était plus...

Suzanne fut placée en gériatrie en attendant que les médecins définissent le traitement à suivre. Le verdict était tombé, à la fois prévisible, violent et irrévocable : cancer du col de l'utérus, stade terminal.

Le choc fut énorme lorsque Alice découvrit la vieille femme sur son lit d'hôpital, des tuyaux plantés partout dans le corps, comme clouée au matelas. Flétrie, réduite à l'état de quasi-squelette, Suzanne semblait avoir pris dix ans d'un coup. La blouse dont le personnel l'avait revêtue dévoilait sans pudeur une peau livide et parcheminée, marbrée d'hématomes qui faisaient mal rien qu'à regarder. Un corps à bout de souffle, maintenu en vie par un goutte-à-goutte artificiel et des bips-bips intrusifs. En sursis. Pourtant, au regard qui l'accueillit, plus vivant et hargneux que jamais, Alice comprit très vite que Suzanne n'avait pas encore rendu les armes. Derrière ce corps dévasté, ce déclin annoncé, brûlait encore une flamme farouche, incandescente.

Et tandis qu'elle pénétrait dans la chambre, en silence, les yeux de Suzanne ne la quittèrent pas, comme s'ils souhaitaient lui délivrer un message subliminal aussi grave qu'essentiel. Alice s'assit au bord du fauteuil marron, à côté du lit, et posa sa main sur celle de Suzanne, osseuse et saillante.

— Tu te sens mieux ? Tu as perdu beaucoup de sang…

— Oui, je me sens requinquée ! Je suis comme les vampires ! ricana Suzanne. Vivre au-delà du raisonnable, ça se mérite et exige quelques compromis !

Alice sourit tristement. Suzanne reprit :

— Non, sérieusement, ce serait un sacré gâchis que de me redonner du sang, encore et encore, chaque fois que je me viderai trop ! Alors, la prochaine fois, faudra pas. D'autres, qui ont encore toute la vie devant eux, en auront bien plus besoin que moi !

— Pourquoi tu ne m'as rien dit ? Tu devais avoir très

mal au ventre. Et être très fatiguée. Depuis combien de temps ?

— Tu avais assez de tracas comme ça. Et puis je savais ce qui allait se passer si je te mettais au courant, les examens en tout genre, l'acharnement, l'inquiétude ingérable de Paulette… Bref, je n'en avais pas envie.

— Oh, Suzanne…

— Ne fais pas cette tête d'enterrement ! Je suis toujours là, pas encore morte ! Et la bête est coriace !

— C'est pas drôle… Tu as attendu trop longtemps, Suzanne. Les médecins t'ont expliqué ce que tu avais ?

Suzanne balaya les mots d'Alice d'un geste de la main agacé et impatient.

— Ttttssss !

— Soignée plus tôt, cela pouvait…

— … J'ai quatre-vingts ans passés, ma petite ! Ma vie est derrière moi ! Je connais la lourdeur des traitements qu'on va me proposer. Idiot et inutile, à mon âge.

— Mais tu ne peux pas rester sans te soigner !

— Et pourquoi pas ? Ça ne regarde que moi ! C'est mon droit ! Je n'ai pas l'intention de finir mes jours à moitié droguée par des traitements qui seront de toute manière vains et désespérés.

Alice se laissa tomber au fond du fauteuil, totalement abattue. Elle ne réagit pas lorsque Suzanne se mit à batailler avec la télécommande de son lit, afin de redresser le matelas, celui-ci obéissant par à-coups contradictoires. Les yeux de la vieille dame excédée lancèrent des éclairs. Une fois bien assise, droite comme un i, elle se tourna vers Alice qu'elle fixa avec insistance.

— Ne sois pas triste, ma chérie.

Comme elle ne répondait pas, Suzanne poursuivit :

— Je voulais que tu saches que j'ai rédigé un testament.

Rien de mirobolant, ce qui est tout aussi bien. Ce sera toujours ça de moins pour les frais de succession. Paulette et moi n'avons que nos maigres retraites comme revenus et quasiment aucune économie. C'était Eugénie, la parente fortunée, dans cette famille.

— Et tu as l'intention de mourir quand ? Tu as déjà fixé une date ? répliqua Alice, acerbe.

Loin d'être blessée, la vieille dame se mit à rire avec tendresse.

— Ma belle à moi, murmura-t-elle, en lui caressant la joue du dos de la main.

Un geste tellement inhabituel et surprenant de sa part que la jeune femme réprima un sursaut de surprise.

— Tu es la petite fille que j'aurais aimé avoir, je ne sais plus si je te l'ai déjà dit ? Sinon, pas grave, je te le redis.

Touchée, Alice lui sourit à travers ses larmes. Le regard perdu dans le vide, Suzanne laissa filer quelques secondes avant de reprendre :

— Tu sais, ce qui m'arrive aujourd'hui, c'est un juste retour des choses…

— Pourquoi dis-tu ça ? Bien sûr que non !

— Oh si… Eugénie n'était pas la seule à avoir un secret. Mais moi, je ne veux pas emporter le mien dans la tombe.

24

L'instinct de vie

Alice avait écouté Suzanne sans l'interrompre. Bouleversée. L'histoire tragique d'un viol avant la guerre, puis d'un rendez-vous clandestin avec une faiseuse d'anges qui l'avait mutilée à jamais. Hospitalisée en urgence, elle avait échappé de peu à la septicémie. Grâce à l'intervention de son père médecin et de quelques collègues bien placés, l'épisode de l'avortement, alors illégal en France, avait été étouffé. Puis, pour tout le monde y compris sa famille, le sujet avait été enterré. Comme si rien n'avait eu lieu. De fait, en apparence, rien n'avait changé, Suzanne était toujours la même. Il suffisait qu'elle reprenne le fil de sa vie là où il s'était brièvement interrompu. Quant aux blessures invisibles, tant physiques que psychologiques, il n'était surtout pas question de les évoquer. Et avec le temps, Suzanne s'était fabriqué une carapace. « Parce qu'il fallait bien survivre et continuer d'avancer… » avait-elle conclu.

Évidemment, après ça, il n'avait jamais plus été question d'enfant. Et quel homme aurait été assez épris pour rester toute sa vie avec une femme qui ne pourrait jamais plus enfanter ?

Lorsqu'elle quitta l'hôpital, Alice ressentit le besoin d'aller marcher un peu dans les ruelles attenantes, afin de chasser les images perturbantes de Suzanne emberlificotée dans ses tuyaux, et dont l'extrême vulnérabilité ne collait pas avec l'image qu'elle avait toujours eue d'elle. Elle passa devant des petites maisons de ville proprettes, flanquées de jolis jardinets, qu'elle n'avait encore jamais vraiment regardées, pourtant toutes proches de son ancien lieu de travail mais suffisamment à l'écart du bruit et du passage des voitures pour se faire oublier. Curieuse, elle se surprit à épier les façades et les jardins avec indiscrétion, ralentissant parfois, imaginant les vies de famille derrière ces fenêtres. Dans ce coin reculé de la ville, dédale de voies aux noms aussi poétiques qu'improbables – impasse de la Brouette-Percée, impasse du Puits-Dormant, venelle du Soleil-Couchant –, les mauvaises herbes et les roses trémières, exubérantes comme nulle part ailleurs lui semblait-il, avaient pris d'assaut la chaussée, poussant à même les cailloux et l'asphalte avec une vigueur insoupçonnable, démontrant que la vie arrivait toujours et partout à se frayer un chemin. Comme ces petites campanules, en apparence si fragiles, qui poussaient à même les façades, colonisant les pierres et le ciment avec une incroyable pugnacité.

Il y avait un peu de Suzanne dans ces campanules.

Des messages de Marjolaine et de Berthe clignotaient sur son téléphone. Cette dernière, vu l'heure tardive, proposait à Alice d'héberger Paulette dans la chambre d'amis.

« Tout va bien, ne t'inquiète pas. Inutile de te déplacer ce soir, repose-toi. Paulette est calme, tranquille, un peu à l'ouest. Je crois qu'elle n'a pas réalisé pour Suzanne. Mais c'est peut-être mieux comme ça. Demain matin, Edmond passera à la Villandière pour lui prendre quelques affaires.

J'ai réussi à joindre l'infirmière qui viendra à la ferme. Bonne nuit ma belle, et tâche de dormir ! »

Du côté de Marjolaine, ce n'étaient pas moins de quatre messages qui demeuraient en attente, avec toute une ribambelle de points d'interrogation insistants. Tout en regagnant sa voiture, Alice la rappela.

— C'est moi ! Ça va. Tu as pu reporter tous mes rendez-vous au cabinet ?

— Oui, pas de problème ! Et toi alors ?!

— Suzanne a été hospitalisée en urgence. Hémorragie utérine.

À l'autre bout du fil, un silence éloquent reçut la nouvelle. La voix bourrue, Marjolaine finit par émettre :

— C'est pas bon ?

— Non… en effet.

Les deux jeunes femmes se retrouvèrent le lendemain matin, au cabinet, après une nuit courte et mouvementée pour Alice qui avait eu tout le mal du monde à fermer l'œil, ne pouvant s'empêcher de ressasser les propos de Suzanne. Devant sa mine de papier mâché, Marjolaine lui mit de force entre les mains une tasse de thé brûlante.

— Il me le faudrait en intraveineuse, soupira Alice.

De fait, la journée s'annonçait longue. Après ses consultations, il lui fallait faire un saut à la Villandière afin de récupérer quelques affaires pour Suzanne, partie à l'hôpital en chemise de nuit et pieds nus. Et aussi aller voir Paulette même si, avec Berthe, elles étaient convenues que le mieux était, peut-être, de ne pas trop se montrer. Car pour le moment, la vieille dame ne paraissait pas trop perturbée. Elle ne réclamait pas sa sœur, ne s'étonnait ni de l'absence de celle-ci ni de son changement de cadre de vie, vivant dans l'instant présent comme si elle avait oublié tout le reste. C'était à la fois déstabilisant et réconfortant. Pragmatique et efficace, Berthe assurait, guidée par l'expérience : « Je l'occupe avec des petites choses, elle ne voit pas le temps passer, elle n'est pas embêtante pour deux sous, j'ai connu bien pire avec mes beaux-parents ! Tu la poses dans un coin et elle pourrait t'oublier, du moment que le chat est là ! Mais si elle te voit, j'ai peur que ça ravive des émotions, tu vois ce que je veux dire ? »

À la Villandière, Alice évita de s'attarder, pressée et mal à l'aise. Pénétrer dans cette grande demeure vide et silencieuse lui flanquait désormais la chair de poule. Comme si le silence qui y régnait était soudain devenu anormal. Pas naturel. Elle eut l'impression que le moindre bruit résonnait de façon décuplée. De fait, on aurait dit que la maison entière semblait retenir son souffle. Quant au balancier de la comtoise, il s'était arrêté. Depuis quand ? Pourquoi ? Troublée, Alice se dépêcha de rassembler quelques affaires puis fila.

À l'hôpital, Suzanne allait déjà beaucoup mieux. Elle rigola en disant que la transfusion lui avait donné un sacré coup de fouet. Elle se sentait requinquée, encore plus en forme qu'avant ! Et par conséquent prête à sortir, là, maintenant, tout de suite. Elle supplia Alice de la ramener chez elle. Elle détestait les hôpitaux. C'était bruyant, inconfortable, infantilisant et intrusif au possible. Elle piaffait comme une enfant impatiente. « Dans un ou deux jours, promit Alice. Je rencontre le médecin demain. J'en saurai plus à ce moment-là. »

Camille était allée se coucher tôt, ce soir-là, à cause d'une grosse évaluation en physique-chimie, sa bête noire, le lendemain. Alice, elle, traînait dans le salon. Elle se sentait à la fois épuisée et trop énervée pour trouver le sommeil. À la télévision, un programme affligeant ne parvenait pas à retenir son attention qui papillonnait sans cesse. Sur la table basse s'étalaient les dernières factures à régler. Sans oublier la révision prochaine de la voiture ainsi que les vacances à prévoir cet été avec Camille. Pas besoin d'être experte en maths pour savoir que les fins de mois seraient difficiles pendant quelque temps. Et que les loisirs – ciné, resto entre filles, shopping – devraient être mis entre parenthèses ou tout au moins espacés. Pour la première fois de sa vie, Alice se surprit à remercier mentalement son ex-mari pour son train de vie privilégié qui permettrait au moins à Camille de ne pas trop pâtir de la situation.

Découragée, elle finit par laisser tout en plan et monta se mettre en pyjama. Dans la salle de bains, elle marqua un temps d'arrêt devant le miroir et s'observa en silence. Bientôt quarante ans. Et un tel sentiment de solitude, parfois, que c'en était vertigineux. Elle refoula quelques larmes impromptues et inspira profondément. La voix de Marjolaine résonna alors dans sa tête : « La roue finit toujours par tourner, ma vieille, tôt ou tard. Faut juste ne jamais cesser d'y croire. » Marjolaine qui, en ce moment même, devait être en train de roucouler, voluptueuse et terriblement charnelle, dans les bras de son architecte d'intérieur. Une vraie rencontre coup de cœur entre ces deux-là, aussi improbable qu'inattendue, et sur le point de se métamorphoser en grand amour après tant d'années de traversée du désert. Alors, en effet, pourquoi pas elle, un jour, quand elle irait mieux ? Quand elle saurait de nouveau rire avec insouciance ?

Un matin, ce qui devait arriver arriva. Le face-à-face inévitable avec Émilie qui sortait du bureau de poste alors qu'Alice y entrait, tête baissée, pressée. Mais après tout, c'était plutôt de ne pas s'être encore croisées durant ces neuf derniers mois qui relevait du miracle, dans une si petite ville. Passé l'instant de gêne et de surprise, en plein milieu du passage, ce fut Émilie qui esquissa le premier sourire, apaisé, serein. Spontanément, elle fit la bise à Alice.

— Oh là là, qu'est-ce que ça fait longtemps ! Comment vas-tu ?

— Pas trop mal. Et toi ?

— Pas trop mal non plus.

Elles se mirent sur le côté, afin de laisser passer les gens. Curieusement, ni l'une ni l'autre, se dévisageant intensément, ne chercha à abréger les retrouvailles.

— Toutes mes condoléances pour ta tante Eugénie, dit Émilie. Je ne suis pas venue à l'enterrement parce que avec Luc, on venait de se séparer. Enfin, tu le sais déjà...

— Non, je n'étais pas au courant... Je ne l'ai appris que récemment, en fait.

— Ah oui ?

Émilie sembla sincèrement surprise. Puis au bout de quelques secondes :

— J'aurais pourtant cru...

— Cru quoi ?

— Hé bien... Oh ! laisse tomber. Sans importance...

— Si, dis-moi...

La jeune femme haussa les épaules, sans parvenir à masquer sa perplexité.

— Je pensais que Luc serait venu te parler tout de suite après notre séparation. C'est tout.

— Je ne comprends pas...

— Vraiment ? Hé bien, tous les deux, vous devriez peut-être avoir une petite discussion... En tout cas, ne t'inquiète pas pour moi, tout ça, c'est digéré. C'est de l'histoire ancienne. Avec du recul, on ouvre les yeux et on voit les choses avec une acuité différente. Et maintenant, je sais que ce n'est pas pour lui que je suis partie, mais pour moi. J'ai fait une demande de mutation qui a été accordée. Une chance folle ! À la rentrée, j'enseignerai à Rennes. J'ai toute ma famille là-haut et pas mal d'amis aussi. Je suis très contente. Cela faisait des années que je tentais le rapprochement !

Alice était si déroutée par toutes ces nouvelles successives, qu'elle tarda à répondre, ne sachant trop quoi dire.

— Hé bien, je te souhaite une bonne continuation alors…

— Merci, Alice. Tu sais… je suis sûre qu'en d'autres circonstances, on aurait pu devenir des amies toutes les deux. J'en suis persuadée. Et cette demeure, fabuleuse… J'espère sincèrement que tu pourras la garder et lui redonner vie.

— J'espère aussi. C'est gentil, merci…

— Bon, faut que j'y aille, j'ai cours dans vingt minutes…

— Et moi une consultation dans… houlà, dix minutes !

Elles éclatèrent de rire et se firent de nouveau la bise. Puis se quittèrent, chacune partant dans une direction en courant pour rattraper son retard.

Les paroles d'Émilie firent longtemps écho dans la tête d'Alice. Mais ce furent surtout celles concernant la Villandière qui retinrent le plus son attention. La jeune femme avait raison : cette maison devait rester dans la famille, tout en changeant de siècle une bonne fois pour toutes, et renaître. Demeurait néanmoins le problème financier. Et, à première vue, il paraissait insoluble.

— Tout est à refaire, de la cave au grenier… L'électricité, la plomberie, les sanitaires, les huisseries, la cuisine…

— Il doit bien y avoir une solution.

— Oui, m'endetter !

— Mais non… Il y a forcément autre chose à faire.

Étendue paresseusement sur l'une des deux chaises longues qu'elles avaient réussi à caser dans la minuscule courette, Marjolaine se mit à réfléchir à voix haute, agitant ses pieds aux orteils vernis de rose corail, qu'elle avait déchaussés avec délectation. C'était la pause-déjeuner et les deux jeunes femmes profitaient du soleil printanier, jupes retroussées jusqu'aux dessus des genoux. Pas de consultation avant une heure encore, ce qui leur laissait le temps de papoter tranquillement, tout en contemplant la course de quelques rares nuages blancs dans le ciel bleu, les reliefs de leur repas abandonnés sur un plateau posé par terre.

— Tu vois, par exemple, si tu voulais transformer la Villandière en gîte ou en chambres d'hôtes, je sais que certains organismes versent des subventions pour aider aux travaux, lorsque la propriété relève d'un patrimoine architectural ou historique avéré…

— Tu crois ?

— Oui. Je connais quelqu'un, dans l'Ariège, qui a pu faire restaurer la ferme familiale complètement à l'abandon ; pour te dire, il ne restait plus que des murs. Et ils en ont fait un gîte superbe. Faudrait te renseigner. Je peux demander à Adrien si tu veux. Il saurait, sans aucun doute. Et serait de bon conseil !

— Oui, pourquoi pas ! Mais comment gérer de front un gîte et mon travail ? J'ai peur que cela ne soit très chronophage, très utopique…

— Il te faudrait des associés. Pourquoi tu ne demanderais pas à Berthe et Edmond de s'en occuper ? N'avaient-ils pas l'intention, à l'époque, de proposer à tes tantes de leur racheter la Villandière en viager ?

— Oui, tu as raison…

— Et moi, ça ne me déplairait pas non plus d'être associée au projet…

— C'est vrai ?

— Oui ! J'adorerais, même ! Et puis côté déco intérieure, on aurait un expert sous la main ! répondit-elle en riant aux éclats.

Alice contempla son amie avec tendresse, et envie aussi. Elle irradiait littéralement de bonheur.

— Tu as l'air drôlement amoureuse, finit-elle par dire en souriant.

— Oh oui, tu n'as même pas idée ! Il est… Je ne pensais pas que je connaîtrais ça un jour, tu vois… Quelque chose d'aussi fort et d'aussi évident.

— Je suis heureuse pour toi. Et ça donne de l'espoir !

— À ce propos, on a l'intention d'organiser une petite soirée pour présenter nos amis respectifs. Bientôt. D'ici quelques semaines. Un week-end quand je n'aurai pas les garçons. Tu viendras, hein ? Tu ne feras pas ta sauvage ?

Alice fit la moue :

— À condition que tu ne joues pas les entremetteuses…

— Hum, comme si c'était mon genre !

— Mais c'est ton genre !

— Tu exagères !

— Mais oui, je viendrai.

— Chouette ! Qui sait, tu feras peut-être une rencontre… totalement fortuite ?

Après quelques jours en observation à l'hôpital, Suzanne put enfin rentrer chez elle. Berthe ramena aussi Paulette.

Pour les deux sœurs, les jours ne s'étaient pas écoulés de la même façon. Si Suzanne s'était terriblement morfondue, coincée sur son lit d'hôpital, Paulette, elle, ne semblait pas avoir réalisé le temps écoulé. Et le retour dans la grande demeure la laissa toute désorientée, la plongeant dans un abîme de perplexité. Une semaine avait suffi pour qu'elle perde tous ses repères, oublie où étaient les toilettes et même sa propre chambre. Mais à peine la voix tonitruante de Suzanne retentit-elle dans la cour que ce fut comme si toutes les pièces du puzzle se remettaient soudain en place. Suzanne de retour, c'était comme une piqûre de rappel, un coup de fouet réveillant Paulette en sursaut.

— Suzanne, c'est toi ? Mais où étais-tu donc passée ?

— Voilà ! J'arrive, j'arrive ! Minute papillon !

C'est que grimper la volée de marches du perron semblait moins facile qu'avant, constatait Suzanne, contrainte de chercher le soutien d'Alice : soyons lucides, elle rentrait chez elle amoindrie. Et ça n'irait pas en s'arrangeant.

Alice tergiversait depuis des heures devant le miroir de sa penderie, n'arrivant pas à se décider quant à la tenue qu'elle devait mettre pour cette soirée « toute simple, juste entre amis proches » organisée chez Marjolaine. Sur le pas de la porte, Camille la taquina, goguenarde.

— Fais-toi belle, pour une fois !

— Sympa ! Ça veut dire que d'habitude, je suis moche, c'est ça ?

— Oh ! pffff... T'as compris ce que je voulais dire.

Avec autorité, Camille se mit à farfouiller dans la penderie, examinant les tenues sur cintre, les unes après les autres, sourcils froncés, moue dubitative.

— T'as que ça ?

— Hé oui, désolée.

— Hé bien, ça, c'est très joli... dit-elle en étalant sur le lit une ample jupe noire plissée, cintrée à la taille, ainsi qu'un haut moulant rose pâle à fines bretelles et au décolleté arrondi.

Des collants noirs et des chaussures à talons pour compléter, de jolies boucles d'oreilles, une légère touche de maquillage et elle serait juste... trop belle. Sourire béat et fier de Camille qui contemplait sa mère, comme un sculpteur face à son œuvre achevée. En chemin, Alice déposa Camille chez sa meilleure amie. C'était le début des vacances de printemps et deux jours de liberté en perspective pour Alice : pas de fille à la maison, pas de rendez-vous au cabinet ni à l'extérieur, pas de saut prévu à la Villandière, rien que du temps libre pour flâner, jardiner, bouquiner.

Un quart d'heure plus tard, elle sonna à la porte de chez Marjolaine, les bras encombrés d'une bouteille de vin, d'un gâteau au chocolat et d'un bouquet de fleurs. Et se retrouva nez à nez avec Luc.

Il ne sembla pas surpris, et pour cause ! Mais Alice demeura figée sur place, ahurie.

— Bonjour Alice. Attends, je vais te débarrasser, donne-moi tout ça, finit-il par dire, le plus naturellement du monde, la délestant de ses affaires sans qu'elle ait le réflexe de broncher.

Il disparut à l'intérieur de la maison, d'où parvenaient des éclats de rire – celui de Marjolaine dominant tous les autres –, des bruits de vaisselle et de table qu'on bouge avec fracas. Comme Luc ne réapparaissait pas, Alice hasarda un pas puis un second à l'intérieur. Referma la porte derrière elle, accrocha machinalement à la patère sa veste, son sac à main et son foulard. Puis fondit tout droit sur Marjolaine qu'elle avait aperçue dans la cuisine. Celle-ci, très en beauté – robe créole colorée et grands anneaux dorés aux oreilles –, découpait une tarte tout en se laissant bécoter avec volupté par son amoureux qui l'avait enlacée par-derrière, mains possessives autour de sa taille. Le minuscule salon semblait bondé, saturé d'odeurs et de bruits, le cercle soi-disant restreint d'amis proches ayant investi les lieux en s'étalant partout. Des voix d'anciennes collègues interpellèrent joyeusement Alice mais celle-ci ne les entendit pas. Des yeux, elle cherchait Luc qui semblait s'être volatilisé dans la masse, à croire qu'elle avait rêvé. Puis se focalisant de nouveau sur Marjolaine, elle se manifesta, bras croisés, une moue vaguement sarcastique sur les lèvres :

— Bonjour Adrien, bonjour Marjo. Alors comme ça, petite soirée « intime » ?

— Ah te voilà ! Mais tu en as mis du temps ! s'exclama Marjolaine en la serrant dans ses bras avec effusion.

— Bonjour Alice, tu vas bien ? s'enquit Adrien, les yeux pétillants de malice.

Ils se firent la bise, naturellement. L'affection était réciproque, pas besoin de chercher trop loin, le courant était très vite passé entre eux, évident et spontané, chose suffisamment rare pour être soulignée. Cet Adrien était le bon, Alice l'avait tout de suite senti.

— Dis-moi…

Alice se rapprocha de Marjolaine et lui chuchota à l'oreille :

— J'ai rêvé… ou tu as invité Luc ?

— Mais non, ma belle, tu ne rêves pas ! Où est-ce qu'il est, d'ailleurs ? Tu ne vas pas me croire mais figure-toi qu'Adrien et ton Luc jouent dans la même équipe de hand. Tu n'étais pas au courant ? Ils se connaissent depuis des années…

— Non, bredouilla Alice sidérée. Et ce n'est que maintenant que tu me le dis ?

Adrien choisit ce moment pour s'éclipser avec les tartes, laissant les deux jeunes femmes en tête à tête. Du salon, une clameur enthousiaste accueillit l'architecte d'intérieur. Tout ça pour des tartes, songea Alice avec ironie. Sur la table de cuisine, juste derrière, elle reconnut sa bouteille de vin et son gâteau encore emballé de papier alu.

— C'est-à-dire que je ne savais pas trop comment te l'annoncer, expliqua Marjolaine à voix basse. Avoue que c'est tellement compliqué tous les deux ! Mais rassure-toi, je ne le sais que depuis deux mois.

— J'en reviens pas ! Tu aurais pu me prévenir. C'est lui qui m'a ouvert la porte. J'ai failli en lâcher ma bouteille de vin !

Marjolaine éclata de rire mais se ravisa presque aussitôt face à la mine furibonde de son amie.

— Et lui, il savait ? insista celle-ci.

— Bah oui, forcément… vu que c'est chez moi qu'on organisait la soirée !

— Quelle conspiratrice tu fais ! Tu abuses, quand même !

Marjolaine rétorqua :

— Hé bien, tu devrais en profiter ma vieille ! Ah oui, petit détail avant que je ne te lâche dans la fosse aux lions, le punch… j'ai eu la main un peu lourde… alors vas-y mollo, hein ?

— Mais on ne s'entend pas tous les deux, ça ne fonctionne pas, depuis le temps, tu devrais le savoir ! chuchota Alice avec fébrilité. Qu'est-ce que je vais faire, moi ? Passer ma soirée à l'éviter ?

— Allez, allez ! riposta Marjolaine en la poussant dans le dos. Va boire un coup…

— On s'évitera, tu verras !

— Okay !

— C'est vraiment un coup bas.

— Mais oui, on en reparlera !

Heureusement pour Alice, la présence de collègues qu'elle n'avait pas revues depuis quelque temps fut une heureuse diversion. Happée au passage, elle se laissa prendre par les retrouvailles, enchantée de retrouver des visages familiers, prenant des nouvelles des unes et des autres, tout en buvant un premier verre de punch comme on boit du petit-lait. Adrien les interrompit un bref moment pour leur présenter un plateau de petits fours salés dans lequel elles piochèrent avec plaisir. Tout était délicieux et raffiné, Adrien et Marjolaine avaient mis les petits plats dans les grands. La grande baie vitrée donnant sur le jardinet était ouverte et certains convives discutaient sur la terrasse, tandis que la nuit tombait doucement et que les lampes solaires prenaient le relais, tels des vers luisants, scintillant discrètement ici et là. Marjolaine allait de groupe en groupe avec des plateaux, s'arrêtait pour discuter et rire à gorge déployée, ce qui suscita la remarque de Farida, leur ancienne collègue de la maternité, presque envieuse : « Je crois que le rire de Marjolaine, je ne pourrai jamais l'oublier. Qu'est-ce que j'aimerais être comme elle, savoir rire tout le temps, de tout et de rien. Et ça me manque aujourd'hui de ne plus pouvoir l'entendre comme avant. »

Alice ne put qu'approuver. C'était ce qui l'avait frappée, elle aussi, la première fois qu'elle avait rencontré Marjolaine. Cette faculté de rire dans toutes les situations, à tout bout de champ, même dans les moments difficiles. Normal qu'elle n'ait pas tenu avec ce triste et austère petit homme qui lui faisait, à l'époque, office de mari. Tellement sérieux et réprobateur face à ses fous rires intempestifs, qu'il semblait en avoir avalé sa cravate et s'être étranglé avec. Tandis qu'Adrien Bosquet... détendu, ne se prenant pas au sérieux, amical et simple, il riait rien que d'entendre Marjolaine rire.

Elle se laissa resservir du punch. Elle venait de remarquer, enfin, la présence de Luc dans le jardin, en grande conversation avec deux autres hommes qu'elle ne connaissait pas. Peut-être d'autres joueurs de l'équipe de hand ? Saisie d'un brusque pincement au cœur, elle réalisa que cela faisait déjà une heure qu'elle était là et qu'ils n'avaient pas encore trouvé l'occasion de s'adresser la parole, comme s'il l'évitait et tâchait de rester aussi invisible que possible.

Elle eut soudain très chaud et se sentit beaucoup moins inhibée qu'au début : normal, Marjolaine n'avait pas lésiné sur le rhum. Lorsqu'elle se détacha du groupe des collègues pour s'avancer en direction de Luc, elle eut la vague impression de flotter, comme engourdie. Son cerveau aussi semblait fonctionner au ralenti, ne percevant que partiellement sons et mouvements, comme s'ils venaient de très loin, se focalisant uniquement sur Luc qui la regardait approcher, intensément, sans bouger. Lorsqu'elle fut à deux pas de lui, il s'écarta de ses amis pour venir vers elle.

— Ça fait longtemps, murmura-t-il.

— Oui.

— Tu étais très fâchée la dernière fois qu'on s'est vus.

— C'est vrai.

— Je te demande pardon.

— De quoi ?

— De t'avoir blessée.

Elle haussa les épaules. Ils allèrent s'asseoir un peu à l'écart, sur la nacelle qui occupait presque toute la pelouse. L'espace, exigu, les contraignit à se serrer jambe contre jambe, épaule contre épaule. Alice finit son punch d'une lampée tandis qu'une douce chaleur irradiait partout dans son corps. Elle se demanda si c'était l'effet de l'alcool ou le fait de sentir le corps de Luc juste contre le sien, et s'abandonna contre son épaule, les yeux mi-clos, fatiguée subitement, toute garde baissée. Les doigts de Luc saisirent les siens qu'il serra et ne lâcha plus. Ils restèrent de longues minutes sans parler, juste concentrés sur la respiration de l'autre, lente et ample. Comme à l'affût du geste suivant. Ce fut Luc qui rompit le premier le silence, posant le menton sur la chevelure d'Alice, la bouche tout contre son oreille.

— Et si on s'éclipsait ?

— Oui…

Sans se soucier de personne, ils se faufilèrent entre les groupes, ignorant les regards. Il fallut un peu de temps à Alice pour retrouver son sac et sa veste sous le tas général. Puis elle partit en quête de ses chaussures qu'elle avait comme d'habitude abandonnées, elle ne savait plus où. Elles avaient été bousculées, repoussées sous l'escalier et elle dut se mettre à quatre pattes pour les récupérer. Heureusement que le punch avait la réjouissante faculté de désinhiber, annihilant tout sentiment de ridicule, songea-t-elle. Une fois chaussée, perchée sur ses talons, elle se sentit tituber. Luc sourit, amusé, puis sans attendre plus longtemps, ils quittèrent la maison en catimini.

Ils déambulèrent dans les rues endormies, passant de l'obscurité totale aux flaques de lumière répandues par les réverbères. Alice n'avait pas l'esprit très clair et avait l'impression de zigzaguer. Ses talons hauts résonnaient sur le trottoir, on n'entendait qu'eux. La proximité de Luc la mettait dans tous ses états. Si seulement elle avait pu anticiper ces retrouvailles, elle aurait été moins prise au dépourvu, moins… affolée. Faire en sorte de rester sur le qui-vive alors que tous ses sens étaient émoussés par l'abus de rhum lui demandait un effort surhumain. Rester présentable et digne, ne surtout pas débiter d'âneries ou de propos regrettables, ce serait tellement déplorable ! Elle transpirait sous sa petite veste en lin malgré la fraîcheur de la nuit, et ses oreilles bourdonnaient comme si tout son sang avait afflué au niveau du visage et des tempes. Son cœur, quant à lui, ne contrôlait plus rien : il n'était plus que battements anarchiques, prêt à bondir à ses pieds comme une grenouille paniquée. À ses côtés, Luc semblait tellement calme, comme toujours perdu dans ses pensées, et c'en était encore plus perturbant.

Ils marchèrent au hasard des rues, s'éloignant de leurs voitures respectives, et atteignirent le centre-ville. L'écho de leurs pas rebondissait contre les devantures des boutiques aux rideaux de fer baissés. Ils traversèrent la place de l'Hôtel-de-Ville, déserte et obscure, et passaient devant l'école Michelet, le marché couvert et ses halles datant du dix-neuvième siècle, quand soudain, avisant un banc de pierre, Alice implora une pause : trop mal aux pieds, ses chaussures étaient une véritable torture. Elle se laissa choir et les envoya valdinguer en soupirant de soulagement. Luc s'assit à côté d'elle.

— Tu te rends compte que ça fait, quoi ? vingt minutes qu'on marche sans savoir où on va et on n'a toujours pas décroché le moindre mot ? finit-elle par marmonner, perplexe. Comment ça se fait ? Qu'on parle si peu, tous les deux ?

Luc haussa les épaules puis murmura :

— Je suis comme ça : quand je me sens bien avec quelqu'un, je ne ressens pas le besoin de parler. Mais je conçois que ça puisse être déroutant…

Troublée, Alice le fixa droit dans les yeux, intensément, avant de dévier sur ses lèvres. C'était bien plus que du désir qui enflait en elle, telle la voile d'un bateau poussé par le vent. C'était une fulgurante soif de vie, un besoin irrépressible de se sentir vibrer, de s'abandonner, de se livrer, de se donner. Abattre enfin les murs et lâcher prise.

— Tu ne voudrais pas venir chez moi… j'habite à un quart d'heure d'ici, s'entendit-elle chuchoter, ses lèvres si près des siennes qu'elle sentit son souffle.

— Embrasse-moi d'abord, répondit-il.

Elle sourit, posant ses lèvres sur les siennes, qui s'entrouvrirent aussitôt. Un baiser qui les embrasa instantanément, leur coupant le souffle, long, profond. Les bras de Luc l'encerclèrent et la serrèrent fort. Pourquoi avoir attendu si longtemps, songea-t-elle sidérée par la force de la vague qui l'entraînait vers lui, tandis qu'elle sentait ses mains la parcourir avec fièvre, pressantes et impatientes.

— Va falloir remettre tes chaussures…

— Non, je rentre pieds nus… on ira plus vite, riposta-t-elle entre deux baisers.

À peine la porte franchie, leurs vêtements volèrent à travers la pièce. Agrippés l'un à l'autre, ils gravirent l'escalier avant de s'échouer sur le lit d'Alice.

Depuis combien de temps ne s'était-elle pas abandonnée ainsi, offerte, impatiente, presque fiévreuse ? Une éternité !

Sentir le poids de son corps sur elle, en elle, et se laisser dériver. Elle aurait voulu l'engloutir, ses jambes placées en étau autour de ses hanches pour le retenir, ralentir puis accélérer la cadence, tandis qu'il la dévorait de baisers, la mordillait, presque brutal. Corps et bouches offerts, avides. Ils avaient la maison pour eux tout seuls, sans redouter d'être entendus ou surpris. Et quand bien même, plus rien d'autre n'existait autour d'eux que les ondes sismiques qui secouaient leurs corps soudés et ce doux lamento, lèvres contre lèvres, avant d'atteindre enfin la jouissance fulgurante.

Corps pantelants et en sueur. Prolonger l'instant de grâce, collés l'un contre l'autre, et écouter les battements de leurs cœurs s'apaiser peu à peu. Finir par s'assoupir au milieu du lit retourné, bras et jambes mêlés. Puis se réveiller à l'aurore – les volets n'avaient pas été fermés, laissant entrer très tôt la lumière – et avoir encore envie de l'autre, mais en prenant tout leur temps cette fois-ci, faisant durer les caresses jusqu'à l'intenable, s'offrant sans retenue pour jouir encore, plus doucement, plus longuement. Intolérable volupté…

Quelle nuit… et quelle matinée.

Lorsque Alice ouvrit les yeux, son réveil indiquait midi. Luc dormait à côté d'elle, sur le ventre, le visage enfoui dans l'oreiller. Elle le contempla en silence. Heureuse, comblée. Étonnée. Cet homme, elle l'aimait depuis si longtemps. Ce qui était arrivé cette nuit était à la fois inespéré et magnifique.

Sans un bruit, elle se leva et fila à la douche.

Luc la rejoignit un peu plus tard dans la cuisine, après s'être douché lui aussi. Elle n'avait enfilé qu'une simple nuisette blanche, espérant secrètement qu'il la lui enlève rapidement. Se collant derrière elle, il l'enlaça et l'embrassa sur la nuque.

— Quand Camille doit-elle rentrer ? s'enquit-il doucement.

— Demain après-midi. Tu peux donc rester, encore un peu, et même cette nuit si tu veux...

— Oui.

Ils s'assirent à table en se faisant face, se dévorant du regard.

Entre deux gorgées de jus d'orange, Alice se surprit à rire :

— C'est drôle, on se dévisage comme si on ne se connaissait pas ! Ce n'était pourtant pas la première fois que nous faisions l'amour...

— Oui, mais c'était autrefois, il y a très longtemps, et ce n'était pas pareil... On n'était que deux ados qui se découvraient...

Alice laissa passer un moment avant de reprendre, songeuse :

— Tu m'aimais déjà, un peu, à cette époque ?

Luc la dévisagea avec perplexité, comme si elle venait de proférer une énormité.

— Parce que tu ne le savais pas ? Vraiment ? finit-il par lâcher.

Elle haussa les épaules, embarrassée et confuse.

— Hé bien... oui, non... Je ne sais plus trop, en fait. Dois-je te rappeler que tu n'étais ni très causant ni très démonstratif ? Hormis en me faisant l'amour dans toutes les cachettes imaginables dont ne manquait pas la Villandière, tu ne m'as jamais rien laissé entendre qui allait dans ce sens, non ?

— C'est vrai, tu as raison, concéda-t-il, rieur. Et puis, on n'a pas eu vraiment le temps de s'attacher tant que ça puisque tu m'as très vite largué.

— Largué, largué… tu exagères, protesta Alice, gênée.

— Bah si ! largué. Du jour au lendemain, même, sans la moindre explication. Tu ne te souviens pas ?

— Oui, c'est vrai, admit la jeune femme, piteuse. J'avais rencontré Julien.

— C'est ça.

— Tu m'en as voulu ?

Luc lui décocha un regard perçant, tout en mordant à pleines dents dans une tranche de pain beurré.

— Tu n'as même pas idée, murmura-t-il. Je t'ai détestée.

— À ce point ? blêmit Alice.

— Hé oui…

Ils se dévisagèrent, graves et silencieux, durant d'interminables secondes qui suffirent à affoler Alice à l'idée que tout ce qu'ils venaient de vivre était peut-être trop beau et trop fort pour être vrai et durer.

— Je t'aimais comme un dingue et, à l'époque, je ne savais pas comment te le dire ni te le montrer, conclut-il doucement en détournant les yeux.

— Et après ? chuchota-t-elle, le souffle suspendu. Tu m'as détestée pendant longtemps ?

— Non. Bien sûr que non. J'ai rencontré Paula. Pendant quelques années, j'ai cru que je t'avais oubliée et que tout ça était de l'histoire ancienne, digérée.

— Il y a eu Émilie aussi, dit-elle doucement, non sans un pincement au cœur.

— Oui.

— Qu'est-ce qui s'est passé ? Pourquoi ça n'a pas

fonctionné ? s'enquit-elle dans un souffle, le pouls soudain plus vif.

Luc, songeur, ne répondit pas tout de suite et fit traîner le silence longtemps, au point qu'Alice finit par se résigner à l'idée qu'elle n'en saurait pas plus, en tout cas pas aujourd'hui.

— Je me mentais à moi-même et à elle aussi, par ricochet, avoua-t-il enfin. Parfois, pour continuer d'avancer, on se raconte de sacrés bobards… Elle a été plus lucide et plus courageuse que moi. Et en me quittant, elle nous a libérés.

— Vous garderez quand même contact ?

— Non. Une fois qu'on a ouvert les yeux et compris certaines choses, il n'y a plus rien à dire…

— Mais comment vous faites ? Vous êtes tous les deux dans le même lycée ! s'exclama-t-elle.

— Et alors ? Ce n'est pas si difficile que ça de s'éviter, tu sais, quand on le veut vraiment ! Il sourit, amusé de la découvrir si torturée. Bref, tu n'as aucune raison d'avoir peur ou d'être jalouse…

— Je ne suis pas jalouse, protesta-t-elle mollement.

— Inquiète alors…

— Oui, si tu veux…

— Tu as si peu de raison, pourtant.

Par-dessus la table, sa main saisit celle d'Alice sur laquelle il déposa un baiser.

— Pourquoi on s'est loupés à ce point et pendant si longtemps ? gémit-elle, consternée.

— Aucune idée… Parce qu'on n'était pas prêts ? Pas sûrs ? Parce qu'on avait été échaudés et qu'on avait perdu confiance ?

— Et maintenant ?

— Je n'ai plus envie de te perdre.

— Fais-moi l'amour, encore…

Se levant de concert et se rejoignant, ils s'embrassèrent en s'étreignant avec force. Une pluie de baisers ardents partout sur le visage. Puis Luc fit glisser au sol la nuisette blanche, saisissant à pleines mains les seins d'Alice pour les embrasser à leur tour.

Ce ne fut que très tard le soir qu'Alice découvrit les messages de Marjolaine sur son répondeur.

« Mais où êtes-vous passés ? Vos voitures sont toujours devant chez nous ! »

« Ouh ouh, y a quelqu'un ? »

« Ma vieille, demain, tu me devras quelques explications ! »

Oui, demain, peut-être… songea Alice en souriant.

25

Lignes de vie

Les « retrouvailles » inespérées avec Luc, ce fut comme si un nœud invisible s'était soudain dénoué dans la vie d'Alice. Quelques jours plus tôt, elle avançait encore à petits pas mesurés et prudents, le cœur rangé sagement à sa place. Et puis, sans crier gare, elle était passée de l'ombre à la lumière. De l'hiver à l'été.

Éblouissement soudain. Turbulences et vertiges. Il n'était jamais trop tard pour renaître. Ni pour tomber éperdument amoureuse.

Il avait suffi d'une nuit pour mettre toute sa vie sens dessus dessous, l'éclairer sous un jour nouveau, la décupler, la dilater, la retourner comme un gant. Depuis, elle peinait à reprendre pied et souffle. Mais en avait-elle seulement envie ? Elle se sentait vivante comme jamais. Survoltée aussi. En proie à une faim aussi nouvelle qu'insatiable.

Seuls Marjolaine et Adrien avaient été mis dans la confidence. Alice savait qu'il aurait été complètement illusoire de vouloir tromper le « radar Marjolaine », d'autant plus que leurs voitures étaient restées garées devant chez elle tout le week-end. Mais pour ce qui était des autres, ils devraient attendre encore. Alice ne se sentait pas prête à partager ce bonheur tout neuf, si intense qu'il en était presque irréel. Le silence était le seul écrin possible à son amour naissant. La seule idée de devoir le révéler, l'exposer avec des mots ordinaires la rebutait.

La mine jubilatoire – « Je m'en doutais, je le savais ! » –, Marjolaine ne s'en retrouva pas moins acculée dans sa cuisine, entre la table et le frigo, par une Alice déterminée à lui faire jurer le secret :

— Tu n'es au courant de rien, tu m'entends ?

— Mais oui, évidemment, pour qui me prends-tu ?

— On a besoin de temps. Pour l'instant, c'est beaucoup trop tôt… On ne sait pas comment ça évoluera… Si ça se trouve, c'est qu'un feu de paille et…

— Oui, oui ! Okay, okay !

Alice dormait toujours aussi mal qu'avant, mais plus pour les mêmes raisons. Son cerveau surexcité refusait de se mettre en veille, toute impression de fatigue balayée, revivant en boucle les derniers événements euphorisants. Jamais elle ne s'était sentie aussi en forme avec si peu d'heures de sommeil…

Les moments avec Luc étaient d'autant plus précieux qu'ils étaient comptés, contrariés, toujours vécus en catimini. Pas facile de se voir quand on voulait rester discrets, voire invisibles, dans une si petite ville où, fatalement, tout le monde connaissait quelqu'un qui connaissait quelqu'un…

Et puis Alice devait composer avec la présence quotidienne de Camille qui ne se doutait de rien. *Encore trop tôt*, estimait-elle. Non pas qu'elle redoutât la réaction de sa fille – aucune appréhension de ce côté-là ! – mais là encore, elle renâclait, tergiversait. Elle était sérieuse lorsqu'elle disait à Marjolaine que rien n'était acquis avec Luc et que tout pouvait à nouveau basculer. Trop tôt, trop fragile, trop fulgurant. Le charme pouvait être rompu à tout instant. Il n'était plus question d'aimer aveuglément et de se laisser emporter au large par la vague immense, au risque cette fois-ci, de perdre définitivement pied et de couler à pic. Ce serait tellement dévastateur.

— Toutes les histoires d'amour ne finissent pas mal, tu sais, avait objecté Marjolaine, avec une douceur inhabituelle, le regard légèrement embrumé.

— Bien sûr. Mais j'ai besoin d'avancer en suivant mon tempo, avait répondu Alice, à la fois désarmée et tourmentée. Je ne m'en remettrais pas si…

— Moi, je crois que tu devrais lui faire confiance. Il te connaît mieux que quiconque.

— Oui. Mais je suis devenue très différente de la jeune fille qu'il a aimée autrefois.

— On a tous nos éraflures, ma belle. Normal, la vie est passée par là. On n'est plus de première main ! Mais moi, je pense que depuis le temps, tous les deux vous êtes quittes, non ? Alors cesse donc d'avoir peur et tout ira bien…

— C'est débile, hein ? Suis-je à ce point incurable ? J'aimerais tellement être comme toi, parfois. Plus légère, plus confiante…

— Ça viendra… Et tu as raison de vouloir ralentir. Prenez le temps de vous redécouvrir…

Oui. Ralentir. Vital et indispensable pour poser les bases de leur histoire loin du regard des autres, à leur rythme, et exorciser les mauvais débuts. Ils avaient tout fait à l'envers. Il ne fallait plus que tout s'écroule de nouveau au moindre désenchantement, au moindre obstacle. Alors, pour conjurer le sort, il fallait retourner à la case départ, celle des préliminaires doux et tendres, des confidences chuchotées et des promenades main dans la main, de l'attente et du manque, des premiers frissons et des caresses retenues. Celle de l'espérance.

Après ces deux jours passés dans le lit d'Alice, du temps s'écoula avant qu'ils ne fassent de nouveau l'amour. Ce n'étaient pas les opportunités ni l'envie qui manquaient. Mais pour Alice, il y avait encore plus important que l'étreinte ultime et l'euphorie des sens. Désormais, elle voulait tout. Des rendez-vous clandestins, des escapades imprévisibles comme on ferait l'école buissonnière, des pique-niques, de longues conversations à bâtons rompus, étendus dans l'herbe ou sur le sable, tête contre tête, doigts enlacés.

Elle voulait la promesse d'un lendemain.

Luc passait souvent la chercher à l'improviste, au moment de la fermeture du cabinet ou lorsque Camille était absente, pour une heure, deux heures, une journée, rarement plus pour l'instant. De son côté, Alice essayait de caler autant que possible ses rendez-vous professionnels sur l'emploi du temps de Luc, décidée à optimiser la moindre petite opportunité. Pas toujours facile de jongler, les journées auraient eu parfois besoin d'être rallongées, d'autant plus que la jeune femme n'était jamais à l'abri d'une urgence, anéantissant tous leurs projets. Mais quel sentiment d'exultation lorsqu'ils parvenaient à voler quelques minutes, quelques heures, en tête à tête ! Dans le vieux 4 × 4, ils partaient alors au hasard des petites routes de campagne comme s'ils prenaient la poudre d'escampette, riant de plaisir, en quête d'endroits insoupçonnés, au charme secret – vieux pigeonnier au cœur duquel un chêne avait poussé, lavoir oublié, fontaine et source cachées, forêt mystérieuse. Ils se tenaient par la main, cheminant et explorant en silence, tous les sens aux aguets, avant de s'immobiliser soudain, mus par la nécessité impérieuse de s'embrasser, de s'enlacer, de se sentir, de se toucher.

Si seulement ces instants pouvaient avoir valeur d'éternité, priait Alice.

Si seulement le temps pouvait se figer d'un battement de cils, d'un battement de cœur, pour laisser infuser l'instant présent.

La Villandière demeurait le lieu de rendez-vous idéal, le mieux protégé de tous.

Chaque fois qu'Alice s'y rendait, Luc avait un prétexte tout trouvé pour y faire un saut, lui aussi, avec sa caisse à outils. Il y avait tant de choses à réparer dans cette maison que Suzanne et Paulette avaient cessé de s'étonner de le voir surgir à tout bout de champ. Elles le laissaient vaquer à ses occupations, accaparant leur nièce le temps qu'il démonte et change quelques tuyaux, rabote des portes, élague quelques arbres, véritable courant d'air, jusqu'à ce qu'Alice décrète qu'il en avait assez fait pour aujourd'hui. Abandonnant alors les tantes devant leur série télé, elle le rejoignait dans la salle de bains, dans la grange, au grenier, à la cave, lui enlevait les outils des mains, l'enlaçait, posait ses lèvres sur les siennes, chassait quelques toiles d'araignées et, tandis que les mains de Luc se faisaient baladeuses, elle lui susurrait à l'oreille : « Tu te souviens, la première fois qu'on a fait l'amour ? »

Oui, c'était dans l'une des chambres inoccupées du deuxième étage, sur un couvre-lit qui grattait et un sommier qui grinçait tellement qu'ils avaient dû plus d'une fois s'immobiliser pour tendre l'oreille, terrifiés à l'idée d'être surpris.

— Et comment ! murmura-t-il en glissant ses mains

sous le pull d'Alice, cherchant le contact de sa peau nue. Que font les tantes ?

— Là, maintenant ?

— Oui…

— Elles sont devant la télé. Le son mis à tue-tête comme d'habitude.

— Alors on a la maison pour nous tout seuls ? dit-il en dégrafant son soutien-gorge.

— On dirait bien…

Un peu plus tard, tandis qu'ils faisaient une toilette rapide dans la salle de bains, Luc s'enquit :

— Tu crois qu'elles soupçonnent quelque chose ? On « s'absente » chaque fois de plus en plus longtemps, et aucune remarque ?

— Aucune idée… Mais bon, on est discrets et elles sont de plus en plus sourdes, alors… sourit Alice en se rhabillant.

Elle vint se coller contre son buste, son oreille pile à la hauteur de son cœur et, fermant les yeux, lovée dans ses bras, se laissa bercer quelques instants. Sa peau fraîche et lisse sentait le savon de Marseille. Le menton posé sur le haut de son crâne, Luc la serra fort.

— Moi, je pense que Suzanne sait, finit-il par murmurer.

— Pourquoi ? Elle t'a dit quelque chose ?

— Non. Juste une impression…

De fait, pouvait-on vraiment dissimuler quoi que ce soit aux tantes, à Suzanne surtout ? Avait-elle compris, saisi quelque chose, malgré toutes les précautions prises ? Marjolaine avait peut-être raison lorsqu'elle disait qu'il n'y avait rien de plus visible que le bonheur. On pouvait dissimuler ses peines, ses blessures sous des sourires de façade et donner le change, mais le bonheur, c'était bien plus difficile à contenir, on ne pouvait pas l'empêcher de rayonner, c'était dans sa nature. Rayonnait-elle donc à ce point ?

Saisie par le doute, Alice se mit à observer les deux vieilles dames plus attentivement, à leur insu. Elles lui semblaient égales à elles-mêmes, en plus diminuées toutefois. Suzanne était moins alerte qu'autrefois. La maladie l'épuisait, l'étiolait. Elle prenait des comprimés de fer à haute dose pour compenser les pertes de sang intempestives qui la laminaient. Et rien d'autre. Elle avait refusé tout traitement de fond. Elle s'endormait plus souvent et plus longuement devant la télévision l'après-midi. Elle économisait ses moindres gestes et déplacements, ne procédant qu'à l'essentiel. « Je me mets en mode veille, aimait-elle à plaisanter pour dédramatiser. Qui veut aller loin doit ménager sa monture, n'est-ce pas ? »

Pour rien au monde, toutefois, elle n'aurait manqué sa petite balade avec Alice dans le parc, à proximité de la maison, pour aller voir les plantations de l'année passée. Ensemble, elles contemplaient la pousse vigoureuse des hortensias et des rosiers qui avaient vite pris leurs aises, comme s'ils avaient toujours été là. Puis elles allaient jusqu'à l'ancienne grille, adossée au mur du potager, qui se fondait désormais dans le décor, prise d'assaut par les vrilles exubérantes des pois de senteur.

Suzanne profitait de ces moments privilégiés pour parler de Paulette. Paulette qui retombait en enfance et faisait des bêtises comme une petite fille, des colères pour ne pas se laver, qui entendait des voix et parlait toute seule – « Elle se prend pour Léopoldine ! » –, qui ne savait plus qui était mort ou encore vivant, qui ne voulait manger que du sucré, qui faisait chaque fois une crise pour sortir de son lit et qui parlait à ses poupées comme à des enfants de chair et de sang…

L'infirmière venait trois fois par jour, autant pour soulager Suzanne que veiller sur les prises de médicaments de Paulette. Berthe aussi passait parfois à l'improviste. Révolu le temps où elle se faisait systématiquement rembarrer comme une malpropre. Elle avait gardé le jeu de clés qu'Alice lui avait confié au moment de l'hospitalisation de Suzanne et celle-ci semblait dorénavant presque heureuse de la voir débarquer sans crier gare, les bras toujours chargés de victuailles et de petites attentions. Visites éclair plus symboliques qu'autre chose, Berthe ne s'attardant jamais très longtemps, toujours discrète et respectueuse – juste ce qu'il fallait pour adoucir et rassurer Suzanne.

— Tu comprends, si je venais à mourir subitement, Paulette serait bien capable de me laisser là sans rien faire. Voudrais pas finir comme ces petits vieux solitaires dont on trouve le corps des semaines plus tard, bouffé par les vers, quelle horreur !

— Tu n'es pas toute seule, Suzanne. Et cela n'arrivera pas !

Sans détour, elles parlaient de la maladie qui rongeait la vieille femme. La Pieuvre, comme la surnommait Suzanne, avec une féroce ironie. Qui avait eu tout le temps d'infiltrer insidieusement ses longs tentacules, partout, colonisant lentement mais sûrement tous ses réseaux ganglionnaires. Une simple ablation chirurgicale n'aurait plus suffi, la tumeur était trop grosse ; les ganglions lymphatiques tous atteints. Seule une chimiothérapie aurait pu freiner l'avancée du cancer. Mais Suzanne refusait d'en entendre parler.

— À mon âge, ce serait ridicule ! Pour quelques mois de sursis ? Mais à quel prix ? Inutile de m'épuiser dans un combat perdu d'avance. Je veux pouvoir m'en aller dignement.

La mort dans l'âme, Alice la comprenait pourtant. Cette fois-ci, elle ne bataillerait pas et ne chercherait pas à la faire changer d'avis.

La seule chose qui la turlupinait, c'était l'accompagnement de Suzanne vers l'inéluctable et la gestion de la douleur. Il était hors de question de la laisser souffrir sans essayer de la soulager au moins un minimum.

Par expérience, elle savait à quel point Suzanne pouvait être dure à la douleur. Pas le genre à geindre sur son sort, quel qu'il soit, ni à étaler ses misères. Mais elle n'était pas dupe pour autant : la vieille femme avait beau donner le change avec dignité, développant des ressources insoupçonnées de résistance et de détermination, il y avait des signes qui ne trompaient pas, à commencer par cette douceur inhabituelle, incongrue, et ces confidences spontanées, sans fard, donnant l'impression que Suzanne avait brisé tous ses piquants dans son ultime combat face à la maladie, renonçant à ses saillies mordantes et à son caractère de cochon. Se préparant déjà à la capitulation.

— Je n'ai pas peur de mourir, tu sais. Même s'il n'y a peut-être rien du tout après…

— …

Suzanne ricana :

— Dieu m'est témoin que je n'ai jamais cru aux fadaises d'Eugénie, à ses histoires de vie après la mort. Mais va savoir, elle avait peut-être raison… et ce serait drôle de tous les revoir, là-haut. Tu imagines ? ça ferait du monde, dis donc ! En tout cas, pas d'obsèques religieuses, hein ? Cela me contrarierait beaucoup !

— D'accord, promis ! dit Alice en souriant.

— Et puis de toute façon, on a encore le temps !

— Oui, on a le temps…

— Bien. Rentrons maintenant, je suis un peu fatiguée…

Tout en conduisant lentement sur les petites routes de campagne pour aller à ses rendez-vous de la matinée, Alice songeait, dans la lumière intense du soleil levant, à tous ces décès qui avaient jalonné sa vie, de près ou de loin, et à la manière dont elle les avait chaque fois appréhendés, absorbés tant bien que mal. Souvent plus mal que bien, pour être honnête.

Ceux, d'abord, auxquels elle avait été très vite confrontée de par son métier. C'était ainsi, elle l'avait toujours su, dans sa profession, on ne mettait pas que des enfants vivants au monde, loin s'en fallait. Il lui était arrivé de devoir extirper des petits corps bleuis et sans vie des entrailles de leur mère. Des bébés partis avant terme, trop tôt dans la grossesse, ou pire encore, mort-nés. Des mères aussi pouvaient mourir, comme cette patiente qui, à peine quelques jours après un accouchement en apparence idéal, avait fait une embolie pulmonaire qui ne lui avait laissé aucune chance.

Et les décès des proches… Comme Eugénie, comme son père, et ce cousin aussi, tué à moto. Sans avoir le temps de dire au revoir, juste le choc et la mise devant le fait accompli. Une mort nette, implacable, comme on tranche un fil.

Fulgurante et imprévisible, la mort ne l'était pas toujours, cependant. Parfois, elle prenait son temps ou avançait masquée. On pouvait aussi mourir à petit feu. Ne pas finir de s'éteindre.

Et Alice ne savait pas, finalement, ce qui était le pire à vivre pour ceux qui resteraient : le départ brutal ou la lente agonie.

Elle en était consciente, la maladie de Suzanne réveillait en elle de vieux démons, de vieilles blessures. Et même si le contexte était totalement différent, bien plus apaisé qu'à l'époque, Alice sentait encore la morsure de la culpabilité et du remords, prisonnière à jamais du passé. *Maman*, pensait-elle. Est-ce que cela aurait pu se passer différemment ? Avec un peu plus de courage et de lucidité ? Autrement qu'en fuyant tout dialogue et en se réfugiant dans le déni ?

Pourquoi personne n'avait eu le courage de dire, à un moment : voilà, on sait, on a compris, tu vas t'en aller, on a tout tenté, on ne peut plus rien mais tous ensemble, on va faire en sorte de t'accompagner du mieux possible, de t'entourer jusqu'au bout… Au moins ça.

Lorsque sa mère était décédée des suites d'une longue maladie, suivant la formule consacrée, tout le monde avait encaissé la nouvelle, comme tombant des nues.

Pas une seule fois durant cette longue agonie, son père n'avait jugé bon de ralentir la cadence dans son travail. Peut-être parce qu'il estimait qu'en ignorant les choses, en les occultant, on pouvait peut-être les nier, les supprimer tout bonnement ? Si seulement…

Quant à elle, Alice… c'était si dur à l'époque. En plein maelström émotionnel. La grossesse imprévue, difficile. L'affreuse ironie du destin. Devoir porter la vie tandis que sa propre mère était en train de la perdre. Et puis porter à bout de bras son couple qui s'effritait, déjà. C'était beaucoup trop.

Sa mère avait toujours été quelqu'un de discret et de peu causant. Qui se confiait peu, habituée à être seule, souvent. Alice non plus n'avait pas été présente, laissant sa mère s'effacer progressivement, presque en silence, sans que cela ne fasse réagir personne…

Cramponnée au volant, Alice essuya quelques larmes impromptues. Allons, c'était du passé, on ne pouvait plus rien y faire…

Mais avec Suzanne, ce serait différent. Elle ne referait pas les mêmes erreurs.

26

Confidences

— On m'aurait dit que je finirais ma vie ici, je ne l'aurais pas cru. Pire, ça m'aurait horrifiée ! Tu te rends compte ! De nos jours, à qui ça arrive encore de mourir exactement là où il a vu le jour ? Le comble de l'immobilisme et de l'archaïsme. Je sais exactement où je suis née dans cette maison : dans la chambre avec le papier peint à grosses fleurs, au deuxième étage, juste à côté de la chambre bleue. C'était celle de nos parents quand ils rendaient visite. Eugénie vous l'a raconté, c'était dans la tradition familiale que les filles et les brus viennent accoucher à la Villandière. Pareil pour Paulette, puis pour Arthur quelques années après.

— Votre petit frère qui est mort en bas âge ?

Suzanne acquiesça.

Alice avait sorti deux chaises longues sur la terrasse, dans lesquelles elles s'étaient installées face au jardin, enveloppées chacune dans un plaid. Elles profitaient du soleil printanier dont les rayons encore frileux leur caressaient le visage. Si seulement il pouvait redonner quelques couleurs aux joues de la vieille dame, songeait-elle, et lui insuffler un tout petit peu de chaleur, elle qui avait tout le temps froid maintenant et qui ne cessait de trembler comme une feuille, saisie parfois de vertiges qui la laissaient pantelante et tout essoufflée.

Elles avaient laissé Paulette seule, assoupie dans le canapé face à la télévision allumée dont Alice avait coupé le son avant de sortir. Un moment de répit bienvenu pour Suzanne.

— Elle n'est pas méchante mais elle accumule les bêtises, si tu savais ! Pour ça, elle a toujours eu beaucoup d'imagination ! Moi qui n'ai jamais eu d'enfants, j'ai l'impression que ça m'arrive sur le tard, mais vraiment trop tard ! La dernière fois, je l'ai surprise à quatre pattes dans les toilettes, les deux mains dans la cuvette, en train de laver sa culotte ! J'ai cru tomber raide. Une autre fois, ce sont mes chaussons qui ont disparu. Impossible de mettre la main dessus. J'ai fini par renoncer, ça me rendait folle, Paulette disait que c'était les fantômes ! Que c'était Eugénie qui revenait nous faire une blague. Sais-tu où j'ai fini par les retrouver, totalement par hasard ? Dans le congélateur. Bien emballés dans de la cellophane. Pourquoi ? Mystère. Parfois, je me demande ce qui peut bien se passer dans sa tête pour que tout parte en quenouille comme ça…

— On peut avoir une aide à domicile, Suzanne. Je te l'ai déjà proposé. Les dossiers n'ont plus qu'à être envoyés… Ne manquent que ta signature et ton accord.

Suzanne secoua la tête avec vigueur :

— Non, non, on arrive à s'en sortir pour le moment !

— Mais c'est une vigilance de tous les instants et qui t'épuise ! Tu n'as pas besoin de ça !

— Elle dort beaucoup dans la journée, de plus en plus même. Ça me donne du répit.

— Mais qu'est-ce que ça te coûterait d'accepter un peu d'aide ? Je ne comprends pas ! s'exclama Alice, déconcertée par autant de résistance.

La vieille femme mit du temps avant de répondre, enfin :

— Pas envie qu'on la voie comme ça. Paulette, elle était différente autrefois, je t'assure !

— Je sais bien.

— Et si tu savais comme ça me rend dingue de la voir retomber en enfance. Parfois, je rêverais de pouvoir la secouer et de lui donner des gifles pour qu'elle se reprenne !

— …

— C'est affreux à dire mais elle a toujours eu le chic pour me taper sur les nerfs, même quand on était petites. Faut croire que ce sera ainsi jusqu'au bout. Tu ne peux pas imaginer à quel point elle était fatigante, bruyante, collante, très anxieuse aussi. Un vrai moulin à paroles, elle ne s'arrêtait jamais. Toujours quelque chose à dire. Je l'ai beaucoup battue, j'avoue. Griffée et mordue aussi. Je ne sais pas, elle dégageait quelque chose d'horripilant. Parfois je n'en pouvais plus, elle me sortait par les yeux. Mais aujourd'hui, avec du recul, je reconnais que ce n'était pas totalement de sa faute, il y avait forcément une explication pour ce genre d'attitude. Les bêtises innombrables qu'elle faisait, ses pleurnicheries, son anticonformisme total avec le reste de la famille, ce sentiment de rejet, de persécution qu'elle ressentait en permanence… ce n'était pas que dans sa tête. Maman ne l'aimait pas et ne s'en cachait pas. Et c'était déjà le cas bien avant la mort de notre petit frère, quoi que Paulette prétende pour se réconforter. C'est terrible, quand on y pense. Personne ne l'ignorait, même pas moi malgré mon jeune âge, tellement ça sautait aux yeux. Mais tout le monde faisait comme si de rien n'était. À commencer par papa qui était toujours absent, c'était un médecin de campagne qui ne comptait pas ses heures. Jamais là. Et la perte de son fils, pour qui il n'a rien pu faire, a dû être affreuse. Maman, elle, était de nature dépressive. Pétrie de grands principes et de bondieuseries. Je ne l'ai jamais connue autrement. De mère, elle n'en avait que le nom. Nous avons été mises en pension très jeunes, pour ne pas être dans ses pattes. D'une certaine façon, ce fut une chance. Nous avons reçu une excellente éducation qui nous a permis de nous émanciper de la famille. Mais ce fut très dur aussi. Et c'est Paulette qui a sans doute le plus souffert de brimades sur son physique, sur sa façon d'être. Tu comprends, c'était une petite fille entière, spontanée, sensible, qui avait la langue plutôt bien pendue, beaucoup trop selon les critères de l'époque. Et puis c'était un vrai garçon manqué. Pas raffinée pour deux sous. Au pensionnat, les religieuses étaient des vraies peaux de vaches, sadiques comme tu ne peux pas imaginer ! Elle était leur souffre-douleur tout trouvé. Pour autant, nous n'avons pas été si malheureuses, par la suite. La période d'entre-deux-guerres a même été heureuse. Nous étions libres de vivre à notre guise, indépendantes financièrement, et nous avons pris de la distance avec la famille. Et puis il y a eu la guerre. J'ai fêté mes vingt ans en 1940. Ça aussi, quand on y songe… On se relevait à peine de la Première Guerre. Pour la famille, elle avait été très meurtrière. Alors quand Paris a été envahi par les Allemands… Ce jour où ils ont défilé sur les Champs-Élysées… Il y a des événements qui marquent à vie, tu sais. Le souvenir des bombardements, par exemple… Quand on était réveillées en pleine nuit, qu'il fallait descendre dans l'abri le plus proche… Alors on est venues se réfugier ici.

— Jusqu'à ce que les Allemands envahissent aussi la zone libre…

— Oui.

— Et après vous êtes retournées à Paris, vous y avez repris votre vie durant de très longues années. Qu'est-ce qui a fait que vous avez eu l'envie de revenir à la Villandière et de ne plus en partir ? Tu aimais pourtant vivre à Paris, non ?

— Eugénie n'allait pas bien, à l'époque. Elle avait perdu l'homme qu'elle aimait dans des conditions difficiles. Elle avait toujours vécu très seule, quand on y pense, mais là, c'était encore pire. Elle ne pouvait plus rester dans son petit appartement parisien, c'était trop douloureux, tout lui rappelait son chagrin et sa perte. J'avais été sa seule confidente durant toutes ces années, tu sais, même si elle ne me l'a jamais présenté. Un jour, une seule fois, je l'ai croisé dans l'escalier. Ce n'était pas prévu, ça n'aurait pas dû arriver, Eugénie faisait très attention au moindre détail qui aurait pu le compromettre. Je montais, il dévalait les marches en sens inverse, pressé. Il regardait sa montre, comme s'il était en retard. Cet homme était toujours entre deux femmes, deux trains, deux maisons, deux rendez-vous. Pas étonnant qu'il ait fait un arrêt cardiaque. À force de tout vivre en double, de vouloir vivre deux vies en une seule, c'était inévitable, non ? Il a usé son cœur avant l'heure, précocement. J'ignorai tout de sa famille légitime, de son autre vie, mais je pouvais très bien imaginer ce qui l'avait attiré et retenu auprès d'Eugénie. Elle était belle, douce, désintéressée, cultivée, intelligente, libre et indépendante. Jamais elle ne lui a mis aucune pression alors qu'elle aurait pu. Être la femme de l'ombre, toujours, et se contenter des miettes… je n'ose même pas imaginer comme cela a dû être douloureux à vivre. Mais Eugénie n'était pas comme ça. Elle n'était pas de celles qui enchaînaient inconsciemment ceux qu'elle aimait. Et c'est sans doute pour cela que leur histoire a duré si longtemps…

— Sais-tu comment ils s'étaient connus ?

— Oui. Pendant la guerre, Eugénie avait été infirmière à la Croix-Rouge. Le jour de la libération, à Paris, il a été blessé et c'est elle qui lui a prodigué les premiers soins, dans une cage d'escalier.

— Et, bien sûr, il était déjà marié…

— Oui. Issu en plus d'une famille bourgeoise parisienne ultra-catholique.

— Eugénie aussi était très pieuse.

— Oui, et je n'ose même pas imaginer le cas de conscience auquel elle a dû se heurter en tombant amoureuse d'un homme marié. J'ai toujours pensé qu'elle s'était volontairement sacrifiée dans cette histoire, renonçant à son propre bonheur pour ne pas briser celui d'autrui. Elle était comme ça. Comme quoi, on peut être à la fois sainte et putain ! Lorsqu'il est mort, elle a décidé de vendre son petit appartement rue des Cloÿs et elle est venue s'installer ici. Sur le moment, pour être honnête, j'ai cru que c'était pour faire pénitence. Cela ressemblait tellement à un retrait du monde, comme si elle entrait dans les ordres. J'allais la voir de temps en temps. J'étais perplexe. Inquiète aussi. Elle n'allait pas fort. C'est à cette époque que lui est venue cette lubie de faire tourner les tables. Je me souviens, ça me hérissait le poil. Et la maison était tellement grande pour elle toute seule, perdue au milieu de nulle part. Ce n'était pas très rassurant. Elle et moi, nous n'étions plus toutes jeunes, loin s'en faut. Notre jeunesse était très loin derrière nous, désormais. L'heure de la retraite allait bientôt sonner pour moi aussi. J'aurais pu rester à Paris, en ce qui me concerne. J'y avais un bon cercle d'amis, des habitudes.

Je vivais seule mais j'étais entourée. Et puis j'aimais cette ville, beaucoup. Mais j'allais de plus en plus souvent à la Villandière, y prolongeant mes séjours. C'est comme s'il y avait quelque chose d'inéluctable dans ce retour. Comme un appel inconscient. En se jetant à corps perdu dans les travaux de remise aux normes de la maison, j'ai vu Eugénie reprendre pied. Elle m'a raconté des milliers d'anecdotes que même moi j'ignorais sur la Villandière et notre famille. Elle savait des choses qu'à nous, on n'avait jamais dites. C'était passionnant. Et quand Paulette s'est un jour cassé la jambe en chutant bêtement dans l'escalier de son immeuble quand elle descendait la poubelle, c'est tout naturellement que nous est venue l'idée de sa convalescence à la Villandière. Chez elle, à Paris, elle vivait sous les toits, au sixième étage. Plâtrée, elle était coincée dans son petit deux pièces, incapable de sortir. C'était moi qui lui faisais ses commissions. Qu'est-ce que j'en ai avalé des marches, à cette époque ! Je courais dans tous les sens. Jusqu'au jour où j'en ai eu assez. Je lui ai fait descendre à cloche-pied tous les étages, l'ai fait asseoir dans ma 504 sur le siège passager, j'ai jeté sa valise dans le coffre puis on est venues ici. Au départ, il était juste question d'y rester le temps de sa convalescence. C'était le début du printemps. Mais le jour où elle a pu de nouveau marcher toute seule, sans plâtre, contre toute attente, elle a refusé net de retourner à Paris. Elle avait toujours été très têtue. Rien n'y a fait, même pas mes menaces et ma colère. J'ai tenu encore deux ans comme ça, à faire régulièrement des allers-retours entre Paris et la Villandière. De nous trois, j'étais la seule à avoir le permis de conduire. Je m'inquiétais pour elles. Et tu connais la suite…

— Et l'oncle Pacha ? Grand-mère Élisabeth ?

Suzanne ricana :

— Dire qu'ils étaient issus de la même « portée » qu'Eugénie !

— Oui, Élisabeth et Eugénie c'était le jour et la nuit...

— On peut le dire ! Une vraie sorcière, ta grand-mère, paix à son âme !

Alice éclata de rire tandis que Suzanne, partie sur sa lancée, poursuivait :

— Une teigne. Le pire, c'est qu'elle est née comme ça. Je l'ai toujours connue acerbe, prétentieuse, cassante. C'en était... presque caricatural. On avait l'habitude, on n'y faisait plus attention. Paulette disait qu'elle était la réincarnation de notre aïeule Juliette. Elle croyait à ce genre de fadaises. Faut avouer que je ne sais pas d'où ça sortait, ce caractère de chien. Comme Pierre et Eugénie, elle avait été élevée par ses grands-parents, le fameux grand-père Georges qui était un amour. Je l'aimais beaucoup. C'était mon grand-oncle préféré. Toujours un petit mot pour rire, et une sensibilité à fleur de peau. Un rien le faisait larmoyer. À la fin de sa vie, il avait des airs de Georges Clemenceau, avec sa grosse moustache toute blanche et son crâne dégarni. Le pauvre, il était bourré d'arthrite. Le moindre déplacement était un supplice. Cela ne l'empêchait pas d'aller tous les matins dans son potager, par tous les temps, discuter avec le jardinier. Il n'y a dérogé qu'une seule fois dans sa vie, le jour de sa mort, parti dans son sommeil. Une belle mort. J'étais petite encore...

— Et Pierre, le Pacha ?

— On avait douze ans d'écart, tous les deux. C'est énorme. C'était déjà un jeune homme quand Paulette et moi n'étions encore que des gamines. Mais il était très proche de ses sœurs et très protecteur avec nous. Bref, c'était notre idole, nous l'adorions, nous le trouvions beau, intelligent. Après la mort de grand-père Georges, c'est tout naturellement qu'il est devenu le pilier de la famille. Je pense que j'en ai même été un peu amoureuse, à une époque. Même Élisabeth se faisait douce comme un agneau avec lui. Une autre femme. Quand je pense à ton pauvre grand-père ! On peut dire qu'il avait tiré le gros lot…

— Je ne le connais qu'à travers des photos. Élisabeth a été veuve très jeune…

— Oui.

— Et papa n'en parlait jamais.

— Il était lui-même petit quand son père est mort.

— Il était comment ? Avec grand-mère, c'était quel genre de couple ? Papa disait qu'ils se disputaient tout le temps…

— Disputer, je ne sais pas si c'est le terme exact… Ce pauvre Jacques était totalement dominé, écrasé par ta grand-mère. Elle s'était choisi un gentil bonhomme pas contrariant pour deux sous, effacé, soumis, mais avec une excellente situation professionnelle qui leur assurait un train de vie des plus confortables. Et quand il est mort prématurément, elle a hérité une somme colossale qui l'a mise à l'abri jusqu'à la fin de ses jours. Ton grand-père était alcoolique et personne n'a rien vu, peux-tu croire une chose pareille ? Il est mort d'une cirrhose. Apparemment, son foie était dans un état lamentable. Pourtant, je peux t'affirmer que jamais on ne l'a vu saoul. Lors des réunions de famille, il ne buvait pas plus qu'un autre. Il tenait très bien l'alcool et semblait même l'apprécier modérément. En fait, il devait boire en cachette, à petites doses quotidiennes, ni vu ni connu. Jamais assez pour être ivre mort, mais imbibé en permanence. C'était un gros gabarit. Il devait bien encaisser…

Son teint très rubicond aurait quand même dû nous alerter. Mais non, personne n'a rien vu. Même pas sa propre épouse…

— Papa ne me l'avait pas raconté, murmura Alice, stupéfaite.

— Hum… encore un sujet honteux, qu'on préférait ignorer, comme tout le reste… Pour sauver les apparences, on a toujours été très forts, dans la famille. Pas très doués non plus pour la communication…

— En effet, concéda Alice, non sans amertume, songeant au déni silencieux qui avait entouré la maladie de sa propre mère. Et toi, alors… ?

— Moi ?

— Le viol… Comment tu as fait pour vivre comme si de rien n'était, après ça ?

Suzanne haussa les épaules avec ironie.

— Je te l'ai dit à l'hôpital… L'homme qui m'a violée était le meilleur ami du Pacha. Cet été-là, Pierre l'avait invité quelques jours à la Villandière avec toute sa famille. Épouse et nombreuse marmaille. Ils étaient comme cul et chemise tous les deux. Il exerçait la profession de notaire à côté d'Avignon. Pierre lui avait confié toute la gestion de son patrimoine. Je n'ai jamais pu dire que c'était lui, mon violeur. On ne m'aurait pas crue. Pire, on m'aurait sans doute accusée d'affabulation. Comment aurais-je pu oser attaquer la réputation d'un tel homme, si respectable, si admiré ?

— C'est horrible…

— Seuls mes parents, Eugénie et Paulette, ont su pour l'avortement. Mon père parce qu'il a dû intervenir en urgence après l'intervention clandestine qui a failli me coûter la vie. Ma mère forcément. Effondrée, honteuse. Pour elle, j'avais fauté avec un vulgaire garçon de passage, comme la dernière des traînées. J'étais responsable de ce qui m'arrivait, c'était presque bien fait, à l'écouter. Bref, j'étais la seule à devoir m'en mordre les doigts. Voilà ce qui arrivait aux filles qui se croyaient libres et tout permis. Eugénie, parce qu'elle était déjà ma confidente à l'époque et ne m'aurait jamais ni jugée ni trahie. C'est d'ailleurs elle que j'ai appelée d'abord au secours, après cet horrible avortement. Elle faisait ses études d'infirmière. Je pensais qu'elle serait capable de me soigner. J'avais de la fièvre, je me vidais de mon sang, j'avais mal partout à hurler. Mais elle n'a pas eu d'autre choix que de prévenir mon père, c'était trop grave. Et Paulette, forcément. Qui ne laissait jamais passer une journée sans venir prendre de mes nouvelles. Ça a toujours été ainsi, elle avait besoin de me voir, de me parler tous les jours, ne serait-ce que quelques minutes, sinon ça l'angoissait terriblement. Lorsque j'ai été hospitalisée, elle n'a pas changé ses habitudes. Et s'il y avait bien quelqu'un qui était totalement hermétique aux jugements d'autrui et au qu'en-dira-t-on, c'était elle. Bien sûr, il a fallu étouffer l'affaire. Inventer une autre pathologie. Ce que j'avais fait était illégal. Mon père a raconté à la famille qu'on avait dû m'opérer pour des polypes.

— Je suis contente que tu m'en parles.

— Et moi je suis contente que tu puisses l'entendre.

— Tu avais quel âge ?

— Seize ans.

— Mon Dieu… Tu sais, ta maladie n'a peut-être et même sans doute rien à voir avec cet avortement qui a mal tourné… Et j'espère que tu ne la prends pas comme une punition ?

— Seigneur, non ! Et puis quoi encore, il ne manquerait plus que ça ! Non, je sais bien que cela n'a peut-être rien à voir. Et quand bien même, faut bien mourir de quelque chose. Non, c'est plutôt l'ironie des choses qui me frappe… On a beau faire, les souvenirs, le passé, ça finit toujours par nous rattraper…

— Et par la suite, tu n'es jamais tombée amoureuse ?

— Oh si, bien sûr. J'ai eu des amants. Mais j'étais incapable de m'attacher. Et quand certains faisaient mine de vouloir s'engager un peu plus, je le leur disais pour ma stérilité. Jamais ça n'a loupé. Ils restaient encore un peu pour ne pas donner l'impression de fuir mais invariablement, notre relation finissait toujours par se déliter.

— C'est triste.

— Mais non ! Et le jour où j'ai cessé d'espérer et d'attendre inutilement, j'ai arrêté de souffrir. J'en ai pris mon parti et n'ai gardé que les bons moments, que le plaisir. En fait, je suis devenue très égoïste. Et très indépendante. Et pour rien au monde je n'aurais aimé qu'un homme me tienne la bride. J'ai été une femme libre, ma chérie. Et ça n'a pas de prix… En tout cas, merci pour cette conversation…

— Non, c'est moi qui te remercie…

— On devrait aller voir Paulette, maintenant. Elle est peut-être réveillée. La dernière fois que j'ai trop tardé, elle avait eu le temps de vider toute sa commode. Elle n'a pas été capable de me dire ce qu'elle cherchait. Mais on a dû passer tout l'après-midi à ranger…

— Oui, tu as raison, allons-y !

27

L'échappée belle

C'était la première fois qu'ils s'octroyaient une vraie longue escapade en amoureux, profitant que Camille soit partie quelques jours en vacances chez son père. Le printemps était enfin là, bien installé, avec ses journées qui s'étiraient langoureusement. Spontanément, ils s'étaient mis d'accord pour un séjour au bord de l'océan. Il était encore trop tôt dans la saison pour se baigner, et les plages immenses étaient presque désertes. L'empreinte de leurs pieds nus sur le sable mouillé se mêlait aux arabesques formées par celles des oiseaux – plumiers argentés, bécasseaux. Le sable, par endroits, formait comme des ondulations, et plus loin volait au ras du sol, poussé par le vent. Ils affectionnaient particulièrement les premières heures du matin qui leur donnaient l'illusion d'être seuls au bout du monde, tandis que le jour se levait doucement sous un ciel tantôt chargé, tantôt limpide, et le moment où le soleil se couchait, se noyant dans l'immensité de l'océan, embrasant tout. Ils avaient loué une petite maison traditionnelle aux murs très blancs et aux volets rouge vif. Basse de plafond, avec de toutes petites pièces et un mobilier rustique, l'endroit était à la fois chaleureux et intime. L'unique chambre avait vue sur le port et, le matin, ils étaient réveillés par le cri des mouettes et des goélands. En soirée, ils faisaient un feu dans la cheminée et mangeaient juste devant, assis de part et d'autre de la table basse. Ils se promenaient, ils faisaient l'amour et ils parlaient, intarissables. Les jours de gros grain, lorsque le vent et la pluie dissuadaient de sortir, ils traînaient au lit, rêvassant à voix haute blottis l'un contre l'autre, ou bien se perdaient chacun dans un livre.

Pour un temps, ils oublièrent la Villandière et les tantes. Cette escapade, c'était bien plus qu'un moment de répit : une échappée belle, un droit à l'oubli. Ils n'étaient plus que deux amants déconnectés du quotidien et de la réalité, farouchement décidés à préserver leur bulle.

Ce ne fut que sur le chemin du retour, dans la voiture de Luc, qu'ils abordèrent de nouveau le sujet. D'abord du bout des lèvres : Berthe ne s'était pas manifestée, c'est donc que les tantes allaient bien et que tout s'était bien passé pendant leur absence. Puis ils dévièrent sur la Villandière et toutes les factures – assurance, taxes foncières et d'habitation – dont avait hérité Alice. La vente des dernières terres ainsi que le loyer versé par les tantes suffisaient à peine à maintenir son budget à flot. Toutes les économies d'Eugénie, ainsi que la donation de Paulette, avaient été raflées par les frais de succession, jusqu'au dernier centime. Et la demeure ne cessait de se délabrer sans qu'elle ait les moyens d'entreprendre les travaux nécessaires. Et puis il y avait ce dilemme et cette ambivalence qu'elle nourrissait à l'égard de la propriété qu'elle aimait, certes, de toute son âme, qui faisait partie d'elle et dont elle ne pouvait concevoir la perte, mais qui d'un autre côté la vampirisait, l'étouffait. Qu'en ferait-elle le jour où les tantes ne seraient plus là ? Elle ne se voyait pas y vivre, hors de question de s'y enterrer. C'était un chemin qu'elle n'avait absolument pas envie de suivre.

Luc, tout en conduisant, écoutait en silence.

— Si tu ne veux pas vendre, plus tard, faudra la louer, tu ne pourras pas faire autrement, finit-il par dire. Mais vu la taille de la propriété et son isolement, ce sera sans doute très compliqué de trouver un locataire à l'année. Peut-être la transformer en gîte de vacances ?

— Oui, en effet, pourquoi pas… Je vais y réfléchir. Toi, tu en penses quoi, sincèrement ?

— Moi ? Cette décision ne regarde que toi, Alice… Je n'ai pas les mêmes attaches sentimentales que toi, même si voir cette maison changer de propriétaire m'attristerait. Ce serait une sacrée page qui se tournerait. Sans retour possible. Mais d'un autre côté, ce ne sont que des pierres et, dans la vie, c'est normal que les choses changent, évoluent. Il ne faudrait pas que cet héritage devienne un fardeau pour toi.

— Oui…

— Il n'arrive pas à téter et il pleure du matin au soir, je suis éreintée… Pourquoi il ne prend pas le sein ?

— Montrez-moi comment vous positionnez votre bébé. S'il ne prend pas bien le mamelon, vous aurez des crevasses…

— Ça commence déjà !

— Oui, mais ça peut s'arranger, je vais vous expliquer comment. Laissez-moi faire… Attendez… il faut qu'il soit placé contre vous, comme ça…

Alice visitait une de ses patientes tout juste rentrée de la maternité avec son nouveau-né. Un premier accouchement sans anicroche, la maman et le bébé se portaient bien, même si ce dernier, au grand désespoir de sa mère, avait du mal à prendre le sein. Dépitée et inquiète, la jeune femme se plaignait de douleurs – engorgements et mamelons irrités – et désespérait à l'idée de devoir déjà renoncer à l'allaitement si son petit ne parvenait pas à téter.

— Je ne pensais pas que ce serait aussi dur. Ma sœur, ma belle-sœur, mes collègues, elles ont toutes allaité leurs enfants sans le moindre problème. Et moi, ça ne marche pas…

— Il n'y a pas de raison, Sabine. Vous êtes juste fatiguée et c'est votre premier.

C'était ce qu'elle aimait le plus dans le fait d'être passé en libéral. Ce temps précieux qu'elle pouvait davantage accorder à ses patientes, dans un autre contexte, plus intime, plus familier. Pouvoir écouter et rassurer, sans imposer la blouse blanche. Pour ses visites à domicile, par expérience, elle prévoyait toujours une marge de manœuvre, ayant constaté que les futures et les jeunes mères se confiaient plus facilement sur leurs difficultés lorsqu'elles étaient chez elles. Elle se rendait compte qu'elle appréhendait mieux aussi leurs besoins en ayant connaissance de l'endroit dans lequel ses patientes vivaient – maison isolée, à étage, opulence matérielle ou à l'inverse précarité, présence d'autres enfants au foyer, soutien familial ou pas –, il y avait tant de cas de figure possibles !

Elle se rappelait son propre suivi de grossesse, à l'hôpital Lariboisière, qui n'avait pas été un bon souvenir. Elle n'avait pas senti beaucoup de chaleur humaine lors de ses rendez-vous mensuels : des locaux sinistres au rez-de-chaussée, bas de plafond, sans autre éclairage que celui des néons agressifs au-dessus de leurs têtes, et qui ressemblaient davantage à un hall d'aéroport avec ses interminables rangées de sièges et ses plantes en plastique. Les rendez-vous à la chaîne, un numéro sur un dossier qui passait de main en main – pesée, échantillon d'urine, prise de sang, entrevue expéditive avec une sage-femme, jamais la même d'un mois sur l'autre – et ce jusqu'à la fois suivante. À l'époque, cette maternité avait tout d'une usine. Elle se souvenait encore des heures d'attente en compagnie des mamas africaines qui n'avaient que le boulevard de la Chapelle à traverser, pour celles tout au moins qui se faisaient suivre, car combien n'arrivaient que le jour J ? Pour une première grossesse, l'expérience s'était avérée assez éprouvante pour elle qui se sentait déjà si seule.

Puis, en intégrant la maternité de Marsans, elle avait découvert un tout autre univers qui l'avait réconciliée avec le métier et l'image qu'elle s'en faisait : une structure plus petite, à l'échelle humaine, soucieuse de bien accompagner les futures mères. Le jour et la nuit. Malheureusement, c'était trop beau pour durer, les chiffres ne faisant pas bon ménage avec les sentiments.

L'argent… le triste nerf de la guerre, toujours et encore.

C'était sa dernière visite de la journée. Elle consulta sa montre : 17 h 45. Luc devait être rentré chez lui. Il n'habitait qu'à quinze minutes de là. Elle avait envie de le voir, il lui manquait.

Elle n'avait mis qu'une seule fois les pieds chez lui, à l'occasion de la naissance de Nina, pour faire sa connaissance, blottie dans les bras de sa mère. Elle se souvenait encore du mouvement de recul instinctif qu'elle avait eu en découvrant autant de monde autour des jeunes parents – famille et amis proches – et, intimidée, elle avait préféré se tenir à l'écart, contemplant cette scène de vie pleine de joie, se sentant un peu comme une étrangère, en vieille amie déchue invitée par courtoisie, souriant mécaniquement. Elle n'était pas restée longtemps, prétextant qu'elle devait récupérer Camille chez la voisine. Elle avait eu toutefois largement le temps d'observer les lieux et de s'imprégner de l'atmosphère : une ancienne ferme que Luc avait totalement retapée, encore en travaux dans certaines pièces, au confort rudimentaire, meublée d'un mobilier chiné à droite et à gauche, avec une cheminée si grande qu'Alice n'aurait pas été étonnée d'apprendre qu'elle venait de l'ancien château, des tomettes au sol et des poutres au plafond. Elle avait eu aussi tout le temps d'admirer certaines de ses sculptures qu'il avait placées ici et là, dans une encoignure ou le renfoncement d'une fenêtre : principalement des œuvres en bois mais aussi quelques-unes en terre cuite, dont une femme enceinte qui l'avait profondément troublée par sa beauté et la sensualité qu'elle dégageait. Avec Paula, ils semblaient alors heureux. Comblés et épanouis. Paula, son rire cristallin, attirait tous les regards. Physiquement, Nina lui ressemblait beaucoup. Et Alice se souvenait encore, non sans mortification, de la jalousie qui l'avait piquée rien qu'en les observant. Jalouse de leur bonheur, de voir que tout allait si bien pour eux alors qu'elle-même peinait à se relever du naufrage de son couple, tellement seule et démoralisée. Lorsqu'elle avait pris congé, elle n'avait pas regagné tout de suite sa voiture, se dirigeant discrètement vers l'atelier attenant pour lorgner à travers la grande verrière, fascinée par ce bric-à-brac d'artiste autodidacte, aussi doué que prolifique. L'univers de Luc, qui l'avait toujours attirée.

Depuis, la maison avait changé, évolué. Luc avait renouvelé quasiment tout le mobilier. Des sculptures de toutes les tailles continuaient de combler les vides ; la femme enceinte, elle, avait disparu. Paula l'avait peut-être emmenée au moment de leur divorce.

Les volets avaient été repeints récemment, d'un bleu pimpant, et un rosier grimpant courait sur la façade, croulant sous le poids de ses fleurs rose pâle.

Lorsqu'elle arriva, les deux braques somnolaient devant la porte d'entrée entrebâillée. Intrigués, ils levèrent la tête puis se mirent à battre la queue en venant à sa rencontre. Alerté par le bruit de la portière, Luc apparut à son tour sur le seuil de son atelier. Vêtu d'un sweat taché et déchiré aux coudes et de baskets éculées, il était couvert de copeaux de bois. Reconnaissant Alice, son visage s'illumina d'un grand sourire. En trois enjambées, elle se retrouva dans ses bras et s'y blottit, rassérénée. C'est fou, à quel point on pouvait vite prendre goût aux étreintes, songea-t-elle, étonnée. Elle qui en avait été sevrée de si longues années, qui avait appris à vivre sans que cela lui manque particulièrement, elle avait l'impression de redécouvrir ce bien-être intense, tellement puissant qu'il tournait presque à l'addiction. Les bras de Luc, son odeur, sa voix, elle avait désormais l'impression qu'elle ne pourrait jamais plus s'en passer.

Ce soir-là, elle ne put rester longtemps, juste assez pour visiter l'atelier de Luc, déambulant entre les sculptures inachevées. Au centre de la pièce, un poêle ancien habillé de carreaux en faïence vert émeraude était la seule source de chaleur possible durant la mauvaise saison. L'endroit au confort spartiate était aussi très encombré, au point qu'on ne savait où tourner la tête. Fascinée, elle s'immobilisa devant des croquis tracés au crayon que Luc avait suspendus sur un cordage courant tout le long du mur. Sur l'appentis, face à la verrière, des ébauches de sculptures en argile patientaient. Il lui aurait fallu des heures pour tout bien regarder. Son envie était immense de toucher, de caresser les œuvres, certaines encore à l'état brut. Mais elle n'osait pas. L'inspiration de Luc était essentiellement le corps humain dans diverses postures, mais également des oiseaux et des figurines. Elle comprenait maintenant tous ces moments d'invisibilité, d'absence, comme si Luc s'était volatilisé. Il devait passer un nombre d'heures incalculable dans cet atelier. Se tournant soudain vers lui, qui la suivait sans mot dire depuis qu'elle en avait franchi le seuil, elle dit alors : « Je t'aime. » Un cri du cœur, sorti tout seul.

28

Le jour idéal

Assise sur une chaise de jardin, sous la tonnelle, un verre d'eau et sa canne à portée de main, Suzanne tenait compagnie à Alice qui s'employait à désherber les pieds des rosiers, à quatre pattes, les cheveux remontés en un chignon biscornu. Il n'avait pas plu depuis plusieurs jours, la terre était dure comme du ciment. Suzanne avait bien tenté de l'en dissuader, après tout cela ne pressait pas, mais Alice n'en avait pas démordu – elle ne savait pas quand elle aurait de nouveau le temps de s'y consacrer, ce serait donc maintenant ou jamais. Amusée, Suzanne songea qu'elle aussi, jadis, avait été du genre à ne jamais tenir en place, considérant le moindre temps libre comme un gâchis. Ce n'était que maintenant, diminuée par la maladie, contrainte par la force des choses à lever le pied, qu'elle commençait à apprécier ces instants de vacuité totale. Et c'était tout sauf du temps gâché. Elle aurait tant perdu si la vie ne lui avait pas imposé ce ralentissement. Elle serait peut-être passée à côté de la quintessence même de l'existence. Et bien que ses sens fussent désormais émoussés – la vue, l'ouïe, et même l'odorat –, elle prenait davantage plaisir aux petits détails, savourant les variations de lumière et la caresse du soleil sur sa peau flétrie, se perdant volontiers dans la contemplation de petites choses en apparence anodines qu'elle aurait totalement ignorées autrefois, embarquée dans le fleuve tumultueux et toujours pressé de la vie. Elle avait cessé de brasser de l'air inutilement, voilà tout, laissant le reste du monde tourner sans elle. Être pleinement là où elle devait être, c'était tout ce qui comptait dorénavant.

Il lui restait peu de temps.

À un moment, il faudrait bien qu'il y ait une fin. Mais laquelle ?

Comment s'en aller sans regret ni appréhension, dignement ?

Face à la perspective de la mort, rien à faire, elle se sentait aussi anxieuse et vulnérable qu'une petite fille. Son corps avait beau lâcher de partout, rendre les armes peu à peu, la bête était coriace et têtue. Elle refusait de lâcher prise…

Saleté de maladie ! Comme si devoir mourir n'était pas suffisant ! Fallait en plus souffrir et subir la déchéance physique ! Ses pensées dérivèrent alors vers Paulette qu'elles avaient laissée assoupie dans le canapé. De son côté non plus, cela n'irait pas en s'arrangeant. Heureusement, elle dormait énormément, à moitié assommée par les tranquillisants prescrits par leur médecin. Elle ne se rendait plus compte. Incroyable comme elle était retombée en enfance, ces derniers mois ! Au point qu'on doive maintenant lui donner la becquée, en veillant à ce qu'elle déglutisse correctement car cette andouille s'étouffait avec un rien ! Et la gronder comme une petite fille, tout le temps, et toujours la surveiller comme le lait sur le feu ! Épuisant. Rageant. Indigne. Vieillir signifiait-il forcément « retourner en enfance » ? Ce n'était pas le genre de souvenirs qu'elle avait envie de laisser à Alice.

Elle était née à l'aube, c'est ce qu'on lui avait toujours raconté. Pile à ce moment où le ciel passait du bleu nuit au rose flamboyant. En hurlant à pleins poumons, déjà coléreuse et déterminée, ses petits poings farouchement fermés, comme prête à boxer le premier venu. Geindre et s'auto-apitoyer n'avaient jamais été dans son tempérament. Et ce ne serait pas maintenant qu'elle commencerait. Alors, c'était décidé, elle partirait en toute conscience, au moment du soleil couchant, un soir où le ciel serait dégagé, comme on tire sa révérence. Et la boucle serait joliment bouclée.

Elle reporta son regard sur Alice. Sa belle enfant. Au moins la jeune femme allait-elle mieux, cela sautait aux yeux. Elle paraissait plus sereine, apaisée, et c'était le plus important. Elle avait cette petite lueur dans les yeux qui ne trompait pas. Sur ce point, Suzanne pouvait se sentir rassurée. Luc serait à ses côtés, désormais. Plus jamais Alice ne serait seule. Comme quoi, la vie faisait bien les choses aussi, parfois. Luc était revenu au bon moment dans l'existence de la jeune femme.

À mille lieues de soupçonner ces pensées secrètes savamment dissimulées derrière un sourire de façade, Alice s'échinait sur les mauvaises herbes tout en rapportant, d'un ton haché par l'effort, les dernières anecdotes du cabinet ainsi que des nouvelles de Camille.

Suzanne l'écoutait religieusement, se contentant de glousser de temps en temps.

Depuis l'endroit où elle était assise, elle pouvait observer à loisir la maison, derrière les énormes massifs de rhododendrons, devinant plus que ne voyant la terrasse fleurie et sa balustrade. Les volets aux étages étaient tous fermés mais un rayon du soleil s'amusait à faire miroiter les lucarnes sous les toits. Soudain, elle écarquilla brusquement les yeux. Était-ce sa vue qui lui jouait des tours ? Elle se redressa péniblement, se saisissant machinalement de sa canne pour se mettre debout, vacillante. Dans sa précipitation, elle en renversa sa chaise, faisant sursauter Alice.

— Qu'est-ce qu'il y a Suzanne ? Tu veux rentrer ? Tu as froid ?

Les yeux plissés et la mine concentrée, Suzanne ne répondit pas tout de suite, continuant de fixer l'une des lucarnes. Alice suivit son regard et se figea. Au grenier, l'une des fenêtres était grande ouverte et elle venait d'apercevoir, très clairement, une silhouette passer comme un éclair blanc. Sans réfléchir, elle laissa tomber gants et outils puis s'élança en courant en direction de la maison, talonnée par une peur glaçante.

29

Le premier et le dernier souffle

Paulette s'était réveillée beaucoup plus tôt que prévu et, hagarde, était partie en exploration. Qu'était-elle allée chercher dans le grenier ? Mystère ! Pourquoi avait-elle ouvert la fenêtre ? Là non plus, aucune explication rationnelle. Toujours est-il qu'elle avait eu le temps de fourrager dans une énorme malle en osier, d'en sortir une vieille robe mangée aux mites, qui avait dû être en dentelle écru autrefois mais n'était plus que lambeaux gris, et de l'enfiler par-dessus ses deux gros paletots, arrachant les coutures ici et là quand elle avait dû forcer le passage. Sa dégaine improbable était à la fois burlesque et pathétique.

Jaillissant de l'escalier comme une flèche, Alice ne vit rien du capharnaüm qui régnait dans le grenier, des toiles d'araignées monstrueuses qui pendaient des poutres comme des rideaux opaques, des crottes de souris et du parquet à moitié vermoulu. Elle n'avait d'yeux que pour Paulette, bien trop près de la fenêtre grande ouverte, qui se prenait pour quoi – un ange, un fantôme, un pigeon prêt à s'envoler ? –, visage détendu et souriant.

— Tu viens avec moi, Paulette ? Donne-moi la main, s'il te plaît !

— C'est toi, Eugénie ? Tu es dans l'ombre, je ne te vois pas bien.

— Non, c'est Alice, c'est moi. Attention où tu mets les pieds, tu vas te salir et accrocher ta belle robe. Viens !

Tout un bric-à-brac de malles et de cartons les séparait, obstruant le passage. Un véritable labyrinthe. Par où était-elle passée ? Alice s'apprêtait à enjamber les premiers cartons lorsque la voix de Suzanne retentit dans son dos, pleine d'une douceur inhabituelle. Surprise, la jeune femme fit volte-face. La vieille dame l'avait suivie, à son rythme, tant bien que mal, plus mal que bien d'ailleurs. Elle était d'une pâleur effrayante et peinait à reprendre son souffle, se tenant à une poutre, d'où ce filet de voix presque atone :

— C'est l'heure du goûter, Paulette, regarde ce que Berthe nous a apporté hier !

Elle agita un paquet de biscuits au chocolat comme un torero cherchant à exciter le taureau. Alice lui jeta un regard stupéfait.

— Au point où on en est ! se justifia Suzanne avec fatalisme.

Puis reprenant à l'intention de Paulette :

— Mais faut manger dans la cuisine, sinon on va mettre des miettes partout ! Alors viens, maintenant, après ce ne sera plus l'heure, tu n'auras plus faim pour le souper.

— Oui, oui, j'arrive, répondit Paulette qui, dans sa hâte, se télescopa aux objets qui entravaient son chemin.

Alice s'empressa de lui dégager un passage, remuant un nuage de poussière apocalyptique. Un gros crac retentit lorsque Paulette s'accrocha à un clou qui débordait un peu trop d'une poutre. Mais la manche sacrifiée ne freina pas sa progression, le regard comme hypnotisé par le paquet de biscuits que Suzanne continuait d'agiter. Alice s'empressa de refermer la fenêtre derrière elle après avoir escaladé quelques piles d'objets en équilibre précaire puis toutes les trois redescendirent à la queue leu leu, en se tenant bien à la rampe, l'escalier étant particulièrement raide et étroit. Fermant la marche, Alice verrouilla la porte à double tour puis glissa la clé au fond de sa poche de jean. Jamais plus Paulette ne pourrait mettre la main dessus, tout comme sur celle de la cave d'ailleurs, et de toutes les pièces du second étage. Par la force des choses, peu à peu, le champ d'exploration de Paulette se réduisait comme peau de chagrin. Elle n'avait déjà plus le droit de sortir toute seule dans le parc, trop peur qu'elle fugue ou disparaisse.

Après avoir goûté, repue et satisfaite, la vieille dame retourna s'asseoir dans le canapé face à la télévision toujours allumée. Et ne tarda pas à s'assoupir de nouveau.

Depuis le pas de la porte, Suzanne et Alice la regardèrent en silence. Sans se l'avouer à voix haute, l'une et l'autre avaient eu une belle frayeur et se sentaient encore toutes chamboulées par la mésaventure.

— J'ai pris l'habitude de l'enfermer à clé dans sa chambre, la nuit, révéla alors Suzanne à voix basse. Pour éviter qu'elle se promène Dieu sait où… Parfois, je l'entends qui tambourine à la porte. Alors je lui dis d'aller se recoucher et en général, elle obéit…

En guise de réponse, Alice lâcha un lourd soupir.

Elle vivait décidément une période pour le moins déstabilisante, songeait Alice, tout en pesant un nouveau-né qui peinait à reprendre du poids depuis sa sortie de la maternité. La mère, debout à ses côtés, anxieuse, attendait le verdict. Ce ne fut heureusement pas long. « C'est bon Carine, tout va bien, votre petit bonhomme a repris trois cents grammes depuis le début de la semaine ! On est sur la bonne voie ! »

— Ouf, merci ! Je commençais à m'inquiéter !

— Un bébé ne se laisse jamais mourir de faim, vous savez, sourit Alice. Parfois les premiers jours, ça cafouille un peu mais après, ça va beaucoup mieux !

Elle laissa la mère cajoler son petit pendant qu'elle rassemblait toutes ses affaires et rangeait sa sacoche, prête à enchaîner avec le rendez-vous suivant.

— On se revoit la semaine prochaine et, si tout va bien, nous espacerons les visites et c'est votre médecin généraliste qui pourra prendre le relais ! Votre épisiotomie cicatrice bien, les fils devraient se résorber bientôt !

— Merci !

— N'hésitez pas à m'appeler si vous avez un souci entre-temps, bien sûr !

— C'est gentil ! Merci Alice !

La mère et l'enfant raccompagnèrent Alice sur le pas de la porte devant laquelle la Punto était garée. La maison était située tout au fond d'une impasse, dans un lieu-dit situé à quelques kilomètres de Marsans, en plein milieu du bocage. Un dernier salut de la tête, puis Alice démarra.

Oui, c'était vraiment une période déstabilisante.

Tout en manœuvrant pour faire demi-tour au fond de l'impasse, jetant un coup d'œil distrait aux jolis potagers colorés qui bordaient la route, elle songea à l'ironie douce-amère de la vie. Côtoyer en même temps les deux extrémités de l'existence. D'un côté, mettre au monde des enfants, assister au premier cri et puis de l'autre, accompagner deux vieilles femmes jusqu'au moment ultime... Le premier et le dernier souffle.

Pour la première fois, Alice passerait la nuit chez Luc, profitant que Camille était à une fête. La soirée, annonciatrice des jours d'été, était claire et paisible. Impatiente, elle n'avait emporté que l'essentiel dans un tout petit sac de voyage, Luc lui ayant proposé de laisser quelques affaires chez lui pour pouvoir venir dès que l'occasion ou l'envie lui en prenait. Elle aimait cette idée du coup de tête, du coup de cœur, se savoir attendue, guettée, espérée. Et laisser peu à peu son empreinte, ici et là, dans le quotidien de Luc. S'y lover et s'y ressourcer.

Comme d'habitude, à peine garée dans la cour, elle fut accueillie par les chiens jappant d'excitation. Comme d'habitude, deux paires de pattes boueuses tatouèrent sa robe légère – quelle idée aussi de s'être vêtue tout de blanc ! Luc surgit de l'atelier au moment où elle tentait de se dépêtrer des chiens. Un sifflement péremptoire mit un terme aux effusions et les bêtes rappliquèrent auprès de leur maître, la queue entre les pattes.

— Navré. Ils t'ont salie ? La prochaine fois, je les enferme ! grommela-t-il tandis qu'elle se mettait sur la pointe des pieds pour poser ses lèvres sur les siennes.

Pour Camille aussi c'était une première, une « super » soirée entre copines et copains, qui durerait toute la nuit, sa première nuit blanche ! Organisée dans la salle des fêtes d'un bled paumé au milieu des pâturages, avec des vaches et des pommiers à cidre pour seul voisinage. Sa mère l'y avait déposée en début de soirée, avec son sac de couchage. Tout le monde s'était cotisé pour la location de la salle, leur cadeau d'anniversaire pour celle qui en était à l'origine.

Ce n'était pourtant pas gagné, au début : Alice, en mère poule ultra-protectrice, avait tiqué.

Mais Camille, experte en suppliques, chantages et

bouderies, avait fini par avoir gain de cause. Faut dire aussi que toute la classe serait là. Et que les parents de la copine en question resteraient dans les parages. Qu'ils ne seraient pas livrés à eux-mêmes. Et qu'il n'y aurait pas la moindre goutte d'alcool, elle était formelle. Et qu'ils feraient même le ménage avant de rendre la salle, tous ensemble. Et qu'elle pouvait lui faire confiance, qu'elle n'était plus une petite fille, quand même, depuis le temps !

— Mais oui, lâche-lui un peu la bride. Et toi, tu devrais aussi en profiter, intervint Marjolaine, comme chaque fois qu'Alice devait résoudre un dilemme.

Ce même soir, Marjolaine avait enfin prévu de présenter ses deux grands fils à Adrien. L'architecte avait donc été invité à partager leur dîner, pour lequel Marjolaine avait mis les petits plats dans les grands, s'agitant aux fourneaux depuis le matin. Il lui restait à peine quelques minutes pour foncer sous la douche et se débarrasser de toutes les odeurs de cuisine dans lesquelles elle avait baigné sans répit et qui lui faisaient comme une seconde peau. Mais choisir la bonne tenue fut plus long que prévu et lorsqu'elle déboula dans le salon, Adrien était déjà arrivé, confortablement installé dans le canapé, en grande discussion avec ses deux gaillards.

Chez Berthe et Edmond, c'était l'heure de la dernière inspection du côté de la bergerie. Si la majorité du troupeau était dans les prés depuis le retour des beaux jours, Edmond préférait encore garder à l'abri les brebis qui venaient de mettre bas. Comme tous les soirs, il enfila donc ses bottes et un vieux paletot usé, et sortit dans la pénombre naissante, tandis que Berthe dressait la table en criant ses dernières recommandations : « Vérifie le loquet du poulailler ! J'ai un doute ! »

Luc avait enfilé les maniques, sur le point de sortir du four le gratin de pommes de terre, lorsque le téléphone sonna. Occupé, il ne répondit pas tout de suite, prenant le temps de déposer le plat brûlant sur le dessous-de-plat tandis qu'Alice le regardait faire, un verre de vin rouge à la main. La sonnerie du téléphone se tut puis retentit de nouveau, à peine quelques secondes plus tard. Au même moment, le portable d'Alice vibra.

Edmond était sur le point de rentrer, essuyant vigoureusement ses bottes crottées sur le paillasson devant la porte, lorsque cette dernière s'ouvrit soudain à la volée devant une Berthe préoccupée.

— L'infirmière des tantes vient d'appeler. Elle n'a pas pu entrer dans la propriété, les tantes ne répondent pas. Faut qu'on aille voir ce qui se passe, j'ai un mauvais pressentiment.

— Okay, on y va.

30

La lettre

Ma chère Alice,

Ne sois pas en colère ni triste. Dis-toi que pour Paulette et moi, c'était juste le bon moment, le jour idéal.

Faut bien que la vie s'arrête un jour et la nôtre fut bien remplie, rien à regretter de ce côté. De quoi s'en aller la tête et le cœur remplis de beaux souvenirs, le sourire aux lèvres.

Tu le sais déjà, pour moi il était essentiel, pour ne pas dire vital, de partir avant qu'il ne soit trop tard, avant que la maladie décide pour moi et prenne le dessus, me réduisant à une déchéance physique et morale qui m'aurait été insupportable. Or, ce n'était plus qu'une question de jours, mes forces ne cessant de décliner, ma clairvoyance et ma détermination aussi. La douleur, la peur, la colère sont de si mauvaises conseillères. On est si faible et démuni face à la souffrance. Alors, oui, il était grandement temps.

Ne t'inquiète pas pour Paulette, j'ai fait en sorte qu'elle ne se rende compte de rien. Et j'espère que tu me comprendras : je ne pouvais pas partir en la laissant seule derrière moi. Dans son état, tu n'aurais pas eu d'autre choix que de la mettre dans un asile pour vieux grabataires séniles. Chose que l'on ne peut souhaiter à personne, n'est-ce pas ?

Dis-toi que le fait de partir ensemble a quelque chose de rassurant, de réconfortant. Elle a toujours fait partie de ma vie, d'aussi loin que remontent mes souvenirs.

Aujourd'hui fut une journée radieuse. J'ai emmené Paulette faire une petite promenade dans le parc. Nous avons été jusqu'au potager. On s'est assise sous la tonnelle. Nous avons parlé. C'était un peu décousu, forcément, Paulette a toujours été un peu à l'ouest et ça ne s'est pas arrangé !

Oui ce fut une belle journée. Idéale. Nous étions prêtes. J'ai demandé à Paulette : « Voudrais-tu faire un grand voyage avec moi ? On partirait ce soir, pas besoin d'emmener de bagages, juste toi et moi. »

Elle m'a fait un grand sourire et s'est mise à battre des mains, comme quand elle était petite.

« Oh oui, j'adorerais ! J'ai toujours aimé voyager ! » m'a-t-elle répondu. Elle qui a toujours été si casanière…

Merci pour toutes ces merveilleuses années vécues à tes côtés, ma chérie.

Sois heureuse, profite de la vie et des gens qui t'aiment.

Quant à la Villandière, tu sauras bien quoi en faire et, quoi que tu décides, ce sera un bon choix.

Je t'embrasse très fort et je te dis au revoir.

Suzanne

PS : Ah oui ! au fait… Le moment venu, pas de têtes d'enterrement ni d'habits noirs ! J'insiste ! Des rires, de la joie et de la couleur ! Et rien d'autre !

31

Partir sur la pointe des pieds

Edmond et Berthe furent les premiers à arriver sur les lieux, trouvant les deux femmes assises sur le canapé, comme endormies, tête contre tête, mains enlacées, face à la télévision allumée qui diffusait son interminable litanie de publicités. Sans un mot, le visage sombre, Edmond éteignit le poste. Sur la table basse, à côté de leurs grilles de mots croisés inachevées, deux verres, une bouteille de muscat vide ainsi que plusieurs boîtes d'antidépresseurs éventrées. Tous les comprimés avalés jusqu'au dernier. Et sur les genoux de Suzanne, posée bien en évidence, une enveloppe couleur crème avec un seul mot dessus : « Alice. »

Ils ne touchèrent à rien, laissant tout tel quel, et attendirent les secours ainsi qu'Alice et Luc, assis à la table de la salle à manger, dans un silence de mort. De là où ils étaient, ils ne pouvaient voir les tantes, juste le dos du canapé, s'accordant quelques minutes de répit pour assimiler l'immense choc, guettant fébrilement à travers les fenêtres l'arrivée imminente d'Alice et du Samu.

Les secours arrivèrent en premier, précédant de peu le 4 × 4 de Luc. Dehors, la nuit tombait lentement, éclairée comme une scène de crime par les phares des véhicules. L'équipe soignante entra sans précipitation, ils savaient qu'il n'y avait plus rien à faire. Il ne leur fallut pas longtemps pour confirmer la cause du décès, un arrêt cardiaque provoqué par une prise simultanée et excessive d'antidépresseurs et d'alcool fort.

Le bleu des gyrophares trouait la nuit. Clignotements spasmodiques, entêtants, hypnotisants. Parfois un flash argenté ou le rouge vif d'une veste venaient en briser le rythme. Des silhouettes se mouvaient en silence, comme au ralenti. Alice voyait bien que les gens s'interpellaient, qu'ils se disaient des choses importantes, graves, mais aucun son, aucun bruit ne semblait franchir leurs lèvres. Elle était là sans être là, comme si elle assistait à la scène de très loin. Le corps et tous les sens engourdis, les pieds scellés au sol, paralysée. Déconnectée.

Soudain, elle sentit qu'on la saisissait par les épaules, et ce fut comme une décharge électrique, violente, qui la fit tressaillir de la tête aux pieds : « Alice, oh, oh ! Tu m'entends ? On t'appelle… Il faut venir. Ils veulent te parler… »

Machinalement elle saisit la main tendue.

« Allez, viens ! Je suis avec toi, on va y aller ensemble… »

Sa main broyant celle de Luc, Alice s'immobilisa sur le seuil du salon, incapable de faire un pas de plus. L'esprit totalement vide, la jeune femme ne parvenait pas à réaliser ce que ses yeux voyaient. Elle les avait si souvent surprises ainsi, endormies dans le canapé. La scène ne semblait pas si différente. Les deux dames paraissaient si paisibles.

Il fallut les séparer, les détacher l'une de l'autre, avant que les corps ne soient trop rigides. Laissant l'équipe médicale effectuer les gestes ultimes, Luc entraîna Alice dans la bibliothèque, la guidant vers le grand fauteuil en cuir dans lequel elle s'affala, inerte. Ils attendirent ainsi, longuement, sans mot dire, prostrés. Puis Berthe vint les chercher. Elle avait le visage éprouvé et les yeux rougis.

— Alice, ils ont besoin de ta signature…

Une fois le Samu parti et les corps des tantes enlevés, Berthe, Edmond, Luc et Alice se retrouvèrent seuls dans le salon, un peu perdus, sonnés. Tout était resté en l'état, les verres, la bouteille, les médicaments, les coussins retournés, le plaid en boule par terre, les chaises poussées pour faire de la place aux brancards et les traces de pas pleines de terre sur le carrelage.

— D'où sortait cette bouteille de muscat ? murmura alors Alice. Je croyais avoir tout jeté.

— Suzanne avait dû faire des réserves. Pareil pour les médicaments. Certaines boîtes sont périmées, elles avaient été prescrites à Eugénie, autrefois, répondit Berthe. C'était prémédité depuis longtemps…

Elles chuchotaient, par réflexe, comme si les vieilles dames pouvaient encore entendre.

— Jamais je n'aurais pu imaginer qu'elle…

— … tu n'es pas responsable. Suzanne était condamnée à brève échéance. Et elle avait un sacré caractère…

— Oui, je sais.

— Ne restons pas là. Nous allons t'aider à fermer la maison. Couper le gaz et l'électricité. Vérifier tous les volets. Et on y va, d'accord ?

— Oui.

Avant de quitter les lieux, la jeune femme s'isola quelques minutes pour lire la lettre de Suzanne qu'elle n'avait pas encore osé décacheter. Ses derniers mots, ses adieux qu'elle redoutait tant, étrangement, alors que le pire était déjà arrivé. Tremblante, elle déplia la feuille et dut s'y prendre à plusieurs fois pour arriver à saisir les mots qui dansaient à travers ses larmes. Avant de craquer et de fondre en sanglots.

C'était elle, en fait, qui avait eu de la chance, celle de naître dans cette famille incroyable et d'avoir pu côtoyer ces trois femmes si admirables.

Alice ressentit le besoin de retourner seule à la Villandière, le lendemain du décès de Paulette et Suzanne. La journée s'annonçait chaude et belle. Une allégresse, une légèreté dans l'air qui tranchaient singulièrement avec les derniers événements. La jeune femme n'arrivait pas à croire que toute cette période était finie. Que jamais plus elle n'apercevrait les trois silhouettes en embuscade derrière les rideaux, en train de la guetter avec fébrilité. La clé de la maison, énorme et lourde, pesait au fond de son sac à main. Elle demeura de longues minutes plantée devant le perron, observant la façade décrépie, indécise, démunie. Les volets fermés accentuaient l'impression d'abandon, ignorant les rayons de soleil, qui en d'autres temps auraient égayé les carreaux des fenêtres.

Elle ne rentrerait pas dans la maison aujourd'hui, impossible, ses jambes étaient comme en plomb, vissées au sol. Et elle ne savait pas si elle en aurait un jour le courage. Il lui semblait que ce serait comme pénétrer dans un tombeau. Ce silence, épais et anormal. Cette absence étouffante et ce vide. Ses sentiments pour la Villandière avaient toujours été très ambivalents. Et maintenant que les tantes n'étaient plus là, son malaise à l'égard de la propriété s'en trouvait exacerbé.

Elle décida de se contenter d'un rapide tour dans le

jardin pour voir l'état des plantations. Les hortensias étaient en pleine floraison, luxuriants et foisonnants. Il en était de même pour les rosiers. Elle alla ensuite jusqu'à la tonnelle où se trouvait encore la chaise de Suzanne ainsi que les gants de jardin qu'elle avait oubliés quelques jours plutôt. Le tas de mauvaises herbes était toujours là, lui aussi, tout desséché. Comme si rien n'avait changé.

Alors qu'elle s'attelait à la rédaction des faire-part de décès – elle avait dû faire une liste de toutes les personnes à prévenir, famille et amis, pour la plupart perdus de vue depuis des années, ce qui compliquait un peu la tâche –, Alice reçut les premiers mails de condoléances de la part de ses cousins et cousines avec qui elle ne communiquait plus, ou si peu, des presque inconnus désormais. Des messages emprunts, curieusement, de douce nostalgie et de souvenirs évoqués, jaillissant comme par magie, troublants – *C'est une sacrée page qui tourne, dis donc ! Tu te souviens, le lit de l'arrière-grand-mère qu'on avait cassé en sautant dessus ? Non ! Ne me dis pas que les tantes vivaient toujours dans cette immense baraque ? Elles devaient être drôlement isolées ! Envoie-nous des photos de la propriété, s'il te plaît, on serait curieux de savoir ce que la maison est devenue depuis le temps ! Que comptes-tu en faire ? Tu vas la vendre, n'est-ce pas ? Elle tombait déjà en ruine, il y a vingt ans ! Qu'est-ce que tu vas pouvoir en faire ? Et toi, qu'est-ce que tu deviens ? De notre côté, tu dois t'en douter... le temps file tellement vite...*

Ce flot impromptu de nouvelles, soudain, c'était tellement surréaliste. Tous ces visages oubliés qui se manifestaient de nouveau. Mais dont aucun ne se déplacerait aux obsèques, bien sûr, trop loin, trop tard…

Ce fut perturbant d'enfiler une robe colorée, un chapeau de paille et de simples sandalettes le jour des funérailles. Le soleil était au rendez-vous et le ciel était d'un bleu éclatant. Mais son choc fut encore plus grand quand Alice découvrit les tenues vestimentaires des autres : la robe de Marjolaine d'un orange pétant et l'énorme fleur artificielle jaune qui ornait ses cheveux crépus, le t-shirt bleu électrique et la jupe rose pâle de Camille, l'invraisemblable (et immonde) cravate à fleurs d'Edmond, tout droit exhumée des années soixante-dix, la robe bleu turquoise de Berthe et ses souliers écrus joliment rétros, les t-shirts bariolés (il n'y avait pas d'autres mots) d'Adrien et Luc, tous deux venus en short et baskets. Même l'infirmière et la femme de ménage s'étaient passé le mot, un foulard jaune canari jeté négligemment autour du cou pour l'une, des chaussures à talons rouge carmin pour l'autre. Comble de la situation, tous parlaient fort et riaient, détendus comme s'ils s'apprêtaient à aller à un pique-nique. Comme pour Eugénie, il n'y eut pas de cérémonie religieuse. Au moment des derniers adieux, face à la fosse béante dans laquelle les fossoyeurs s'apprêtaient à descendre les cercueils, Alice décida de prendre la parole, émue, déroutée, hésitant entre le rire et les larmes : « J'espère que de là où vous êtes, vous rigolez bien toutes les trois. Tu as vu, Suzanne : pas la moindre trace de noir… »

Puis, lorsque tout fut fini, chacun regagna sa voiture. Dans chaque coffre, des paniers en osier et des glacières patientaient, en vue du pique-nique prévu dans le parc de la Villandière, tous ensemble.

Épilogue

(trois ans plus tard)

> *« On peut aussi bâtir quelque chose de beau avec les pierres qui entravent le chemin. »*
> Goethe

Les échafaudages venaient à peine d'être enlevés. Tout le crépi de la façade avait été retiré, mettant au jour les pierres blanches soigneusement nettoyées. Mais il n'y avait pas que l'extérieur qui avait pris un coup de jeune. L'intérieur aussi avait été totalement métamorphosé. D'abord le gros œuvre – le plus urgent – avec l'indispensable mise aux normes de l'électricité et la plomberie. Un chantier ahurissant. Puis le remplacement des huisseries les plus délabrées, celles dont le bois était littéralement pourri. En tâchant de respecter au mieux l'identité des lieux, la cuisine, la buanderie et les sanitaires avaient également fait peau neuve, dans un style résolument contemporain et fonctionnel qui allait sacrément changer la vie. Aux étages, les chambres avaient été rénovées, une à une. Les parquets vitrifiés. Certaines avaient été transformées en suite parentale et chacune avait désormais sa propre salle d'eau et ses W.-C., avec une décoration personnalisée, Adrien veillant au grain à chaque étape. C'était tout un art, subtil, délicat, que de faire entrer la Villandière dans la modernité sans rien dénaturer, l'objectif à terme étant d'accueillir une vingtaine d'hôtes dans un cadre à l'authenticité préservée, en conjuguant au mieux charme de l'ancien et confort moderne. Les armoires et commodes avaient toutes été vidées, tandis que le grenier et la chambre bleue avaient continué d'engranger malles et cartons pleins à craquer. Ce chantier titanesque avait duré des mois.

Les vieilles photographies sépia qui ornaient autrefois tous les murs de la maison, du sol au plafond, avaient été conservées mais mises en scène différemment, dans les lieux de passage – l'escalier, les couloirs, les paliers, le salon et la bibliothèque. Elles montraient le domaine à différentes époques, dans ses évolutions successives. Tel un voyage dans le temps. Dans la bibliothèque, l'imposant portrait de l'aïeul Charles-Philibert, tout encrassé de suie au-dessus de la cheminée, n'avait pu résister au souffle nouveau. Il avait été décroché et remplacé sans état d'âme par un immense miroir dans lequel les rayonnages de livres anciens se reflétaient à l'infini, puis avait rejoint le tout aussi célèbre perroquet Coco, là-haut dans la chambre bleue. De nouveaux fauteuils et de petits guéridons, disposés ici et là, meublaient désormais la pièce dans une ambiance feutrée et paisible. Dans le salon, le vieux téléviseur à tube cathodique avait disparu ainsi que le canapé en velours côtelé, laissant place à un sofa d'angle et une table basse assortie. Seule la salle à manger était restée dans son jus, volontairement, avec son immense table familiale, tellement lourde et encombrante qu'il aurait fallu la scier pour l'enlever, et ses chaises assorties à haut dossier. C'était à se demander comment ils avaient réussi autrefois à les rentrer, à croire que la maison avait été bâtie tout autour, pierre par pierre. Des plantes en pot distillaient ici et là de discrètes touches de couleurs. Et face à l'insistance d'Alice, Luc avait fini par accepter d'exposer quelques-unes de ses sculptures qu'il changeait régulièrement de place ou remplaçait, au gré de ses humeurs. Les lourdes et poussiéreuses tentures qui avaient la fâcheuse tendance d'occulter la lumière naturelle avaient disparu. Il en était de même du vieux tapis élimé de l'escalier, révélant le parquet aussi brillant qu'un sou neuf. Partout, les ombres semblaient avoir reculé, même dans les recoins les plus inaccessibles.

Le parc n'avait pas été oublié. Les immenses pelouses, devenues des prairies, étaient désormais clôturées. L'archaïque baignoire sabot avait atterri dans l'une d'elles, reconvertie en abreuvoir trônant dignement au milieu des pissenlits en fleur.

Enfin, les écuries et la grange avaient été retapées, afin que la Villandière devienne aussi un gîte équestre. Qu'il y ait de nouveau des chevaux, comme autrefois.

Alice n'était plus propriétaire. Mais elle avait conservé un jeu de clés et continuait de s'y rendre régulièrement pour suivre l'avancée des travaux, tantôt seule, tantôt accompagnée de Marjolaine, de Luc ou de Camille. Berthe et Edmond Millot lui avaient racheté la propriété quelques mois après le décès de Suzanne et Paulette, lorsqu'il s'était avéré que la jeune femme, écrasée par les droits de succession, ne pourrait jamais en assumer la charge financière. Pour cela, ils avaient vendu toutes leurs terres, ne gardant que le corps de ferme qu'ils avaient ensuite mis en location. Conseillés par leur notaire, ils s'étaient portés acquéreurs sous couvert d'une SCI familiale, afin d'alléger la charge fiscale, ce qui était loin d'être anodin. Au début, cela leur avait fait bizarre d'emménager à la Villandière. Quitter leur modeste ferme, celle dans laquelle Edmond était né, comme son père et ses aïeux avant lui, et s'installer dans cette immense maison bourgeoise étaient surréalistes. Ils s'y sentaient comme des étrangers, tout en étant familiers des lieux. Mais Alice, infiniment reconnaissante, s'était empressée de balayer toute trace d'ambiguïté entre eux : elle était tellement heureuse et soulagée de savoir la Villandière entre de bonnes mains, et totalement légitimes à ses yeux. Tout comme elle leur laissait carte blanche quant à la rénovation de la propriété. Elle avait une absolue confiance.

De longs mois, cependant, s'étaient écoulés avant de pouvoir entreprendre les premiers gros travaux. La moindre intervention prenait systématiquement des proportions démesurées, de quoi les décourager plus d'une fois. Les mauvaises surprises s'étaient succédé. Tout était si délabré, par quel bout commencer ? De nombreux conseils de famille eurent lieu. Auraient-ils les reins assez solides pour assumer autant de frais ? Tout cela n'était-il pas une folie ? Berthe et Edmond étaient lucides, ils s'apprêtaient à investir à perte, le sauvetage de la Villandière leur coûterait toutes leurs économies. Jamais ils ne rentreraient dans leurs frais, même avec les aides, même avec les revenus qu'ils comptaient en tirer plus tard, lorsque les chambres seraient enfin prêtes à être louées. Étaient-ils à ce point déraisonnables, totalement inconscients, quand ils auraient pu jouir d'une retraite tranquille, bien méritée ? Peut-être. Mais ils étaient décidés. Il y avait parfois des évidences que l'on ne pouvait ignorer. Intégré au projet dès le départ, Adrien Bosquet avait offert spontanément son aide pour tout ce qui relevait de l'aménagement intérieur. Et tous s'étaient remonté les manches, unis par le même désir de donner un second souffle à la propriété.

La Villandière n'appartiendrait donc jamais plus aux Villandier. La Villandière s'émancipait de ces liens qui n'avaient été que temporels et éphémères, à l'image de la vie humaine. Il avait suffi de quelques signatures sur divers documents dans un bureau de notaire pour définitivement tourner la page. Au moment fatidique, lorsque son stylo s'était posé sur le papier, Alice avait comme senti un souffle sur sa nuque, visualisant, non sans émotion, tous les Villandier penchés par-dessus son épaule, témoins de l'acte – Suzanne, Eugénie, Paulette, mais aussi son père, Robert, et le Pacha, et grand-père Georges, Léopoldine, l'acariâtre Juliette, Louis le fils cadet et tant d'autres encore, plus indistincts, plus flous –, une masse frémissante, qui avait retenu son souffle et s'était évaporée en douceur, apaisée, une fois la dernière signature apposée. C'était fait, c'était fini. Pour autant, Alice n'avait ressenti ni culpabilité ni même chagrin ou regret. Au contraire ! C'était une seconde chance qu'elle avait offerte au domaine. Et elle avait senti ses poumons se remplir d'air, amplement, comme ils ne l'avaient plus fait depuis une éternité.

D'autant que ce ne serait qu'une passation provisoire, une parenthèse… C'était tout sauf un adieu.

Cet été, elle deviendrait la femme de Luc Millot. Un mariage sobre et intime à la mairie de Marsans avant de se retrouver tous à la Villandière, pour un banquet champêtre entre amis et famille proche.

La vie et ses jolis clins d'œil. Un jour, la maison lui reviendrait donc à nouveau. Mais ceci serait une autre histoire.

Un immense feu crépitait dans la cheminée, jetant des ombres fauves sur le carrelage. Le planning des réservations se remplissait déjà. Les premiers hôtes arriveraient dès le week-end prochain, à l'occasion des fêtes de Pâques. Berthe avait décidé qu'elle ferait aussi table d'hôte. Ils cacheraient des œufs en chocolat dans le jardin pour les enfants et elle s'en réjouissait d'avance. Edmond avait redonné vie au potager, taillé les vieux arbres fruitiers et remplacé ceux qui ne produisaient plus que du bois mort. De leur côté, Camille et Nina avaient entrepris de trouver un nom pour chaque chambre – Rêves bleus, Côté jardin, Côté prairie, Soleil levant, Soleil couchant, etc. Depuis qu'elle était rénovée, curieusement, la maison avait l'air beaucoup moins hantée ! Les adolescentes rêvaient désormais à voix haute d'une piscine dans le parc. Leur dernière lubie du moment. Jusqu'à ce qu'elles aient gain de cause, un jour, peut-être… quand les caisses seraient renflouées !

Quelques bibelots ici et là rappelaient encore secrètement les anciennes propriétaires, ainsi que deux photographies prises à trente ans d'intervalle, encadrées à côté de la fenêtre de la bibliothèque. Pour chaque cliché, le premier en noir et blanc, le second en couleur, Suzanne, Eugénie et Paulette avaient posé exactement au même endroit, de façon quasi similaire, assises sur les marches du perron, genou contre genou, souriant de bon cœur face à l'objectif. Gênées par le soleil qu'elles avaient dans les yeux. C'était sûrement l'oncle Pierre qui avait saisi le premier cliché. Pendant longtemps, il avait été le seul de la famille à posséder un appareil photo ; c'était chaque fois tout un cérémonial. La seconde, en revanche, avait été prise par Alice qui s'en souvenait encore très bien. C'était quelques mois après son retour précipité à Marsans, à l'époque de son divorce. Paulette avait bougé au moment de la prise car la partie gauche de son visage était un peu floue. Alice adorait cette photo car c'était ainsi qu'elle aimait se rappeler les vieilles dames – rieuses, cabotines, le caractère bien trempé. Ses trois tantes, ses trois bonnes fées qui discrètement avaient veillé sur elle jusqu'au bout.

« On ne met pas son passé dans sa poche ; il faut avoir une maison pour l'y ranger », récita-t-elle de mémoire, les yeux rivés sur leurs visages, à voix basse, comme on confie un secret. Cette citation de Jean-Paul Sartre ne pouvait mieux convenir.

— Chérie ? Une voiture arrive. C'est ton visiteur, je pense !

Luc se tenait sur le pas de la porte, n'osant pas mettre les pieds à l'intérieur, couvert de paille et ses bottes toutes crottées. Depuis le matin, il aidait son père à engranger le fourrage dans l'écurie, à l'aide du tracteur qu'ils avaient conservé.

— Ah, déjà ?! s'exclama-t-elle en consultant rapidement sa montre. Elle n'avait pas vu l'heure passer et son visiteur était de fait très ponctuel.

Elle sortit sur le perron pour l'accueillir, mue à la fois par l'appréhension et l'excitation, jetant au passage un regard sur la maison et le parc métamorphosés. Elle espérait vraiment un coup de cœur de la part de son visiteur. *Allez, ma vieille, à toi de jouer*, pensa-t-elle très fort. Quelques semaines plus tôt, elle avait inscrit la propriété sur un site en ligne de décors pour des tournages de film. Une autre manière de gagner un peu d'argent. Mais elle ne s'était pas imaginé recevoir une réponse si rapidement. Ce n'était qu'une première visite d'inspection, cela n'aboutirait sans doute pas. Mais c'était un début, un essai. Une Citroën Picasso grise se gara devant le porche et un couple en sortit, un homme et une femme, tous deux âgés d'une quarantaine d'années. En jeans et baskets, lunettes de soleil remontées sur le front, décontractés. On aurait dit des vacanciers souriants et scrutant déjà tout avec curiosité. Alice s'avança, main tendue, et les accueillit chaleureusement.

— Enchantée, soyez les bienvenus à la Villandière.

— Ravis de faire votre connaissance ! Je me présente : Jean-Paul et voici ma collègue, Sylvie.

Tous deux lui serrèrent la main avec vigueur. L'homme reprit :

— Magnifique propriété ! Quelle époque ?

— Aux alentours de 1830. Mais des ajouts successifs ont été faits au cours du temps. Souhaitez-vous boire quelque chose avant de visiter les lieux ?

— Avec plaisir !

Elle les emmena sur la terrasse où une table et des chaises de jardin avaient été placées. Tandis que le couple s'installait face à l'immense pré et au bois tout au fond, elle partit chercher un plateau avec des verres et de quoi se désaltérer – thé, café, jus de fruits.

Il faisait beau et presque chaud en ce début de mars. La nature se parait de ses premiers bourgeons. Tout était vert et jaune à perte de vue. L'air sentait le printemps.

Lorsqu'elle revint, le couple discutait à voix basse, perdu dans sa contemplation. Concentré, l'homme avait chaussé de petites lunettes rondes et, sur un calepin, prenait déjà des notes d'une écriture illisible, esquissant à la va-vite quelques croquis qu'il légendait au fur et à mesure sous l'œil attentif de sa voisine.

— Dans votre annonce, vous disiez qu'il y avait un mausolée ? Une ancienne orangerie également ?

— En effet ! Mais l'orangerie n'a pas encore été restaurée, répondit Alice.

— Héritage de famille ?

— Oui.

— L'endroit est magnifique. En fait, nous cherchons un lieu qui pourrait correspondre à votre domaine pour le tournage d'un téléfilm dont le sujet serait l'histoire d'une famille bourgeoise sur plusieurs générations, du début du dix-neuvième siècle à nos jours, en mettant particulièrement l'accent sur les femmes, les vrais piliers.

Troublée, Alice ne sut que répondre. Il lui semblait que l'homme parlait de sa propre famille et de ces femmes qui avaient porté la Villandière depuis son origine : Juliette, Léopoldine, Eugénie, Suzanne, Paulette…

— Vous-même vivez encore là ? s'enquit alors la femme en la dévisageant avec curiosité.

— Moi ? Oh, non ! Les dernières habitantes étaient mes tantes décédées il y a trois ans. Aujourd'hui, les propriétaires du domaine sont mes beaux-parents. Je le leur ai vendu.

— Pourrions-nous prendre des photos de l'extérieur ? Et après, vous nous ferez visiter l'intérieur ?

— Certainement.

— Si notre choix se portait sur votre demeure, le tournage commencerait l'été de l'année prochaine. Est-ce que cela serait possible pour vous ? Nous serions obligés de réserver l'exclusivité des lieux pendant plusieurs mois, à différentes périodes de l'année. En tout, cela pourrait durer plus longtemps que prévu, suivant les aléas du tournage.

— Je ne pense pas que cela poserait un problème. Je vous montre le parc et les extérieurs ?

— Avec plaisir ! Nous vous suivons…

Remerciements

J'ai toujours été fascinée par ces vieilles grandes demeures bourgeoises, farouchement dissimulées derrière de grands murs ou d'imposantes grilles. Empreintes de mystères, elles m'attiraient, suscitant ma curiosité. Si seulement les pierres pouvaient parler ! Terreau romanesque illimité.

Je remercie du fond du cœur Céline, Emmanuel et leurs enfants qui nous ont chaleureusement ouvert les portes de leur belle demeure, en toute simplicité !

Si j'avais plusieurs modèles de propriétés en tête pour imaginer et représenter la Villandière, la visite de celle-ci fut la cerise sur le gâteau, un émerveillement !

Merci de m'avoir fait part de votre vécu, de cette attention de tous les instants que vous deviez porter à une si « vieille dame », à ce poids moral aussi et à la lourde responsabilité qu'impliquait cet héritage familial, avec parfois plus d'inconvénients que d'avantages. Quand on ne possède pas la « fortune » qui fut celle des aïeux fondateurs, seuls la passion et le désir de transmission font avancer et tenir. Vous vous êtes lancés, en famille, dans une sacrée aventure ! Ne reste plus qu'à écrire, un jour, l'histoire de cette maison ! Il le faudra !

Un grand merci aussi à mes premiers lecteurs qui m'ont apporté de précieux conseils et encouragements durant l'écriture de ce roman. Ils se reconnaîtront ! Certains sont des fidèles !

Un immense merci à Karine Obringer et à toute l'équipe de Nouvelles Plumes pour cette belle « histoire » que nous continuons d'écrire ensemble.

J'adresse toute ma gratitude aux lecteurs du site de Nouvelles Plumes qui ont permis à ce roman de voir le jour.

Merci à Belle Page pour la touche finale !

Et pour finir, une pensée pour toi, Carole… Tu es et tu seras toujours là.

Isabelle Chavy

Composition et mise en pages
Nord Compo à Villeneuve-d'Ascq

Cet ouvrage a été imprimé par
CPI Bussière à Saint-Amand-Montrond
en septembre 2020

FSC
www.fsc.org
MIXTE
Papier issu de
sources responsables
FSC® C108412

Le papier entrant dans la composition de ce produit
provient de forêts certifiées FSC®
FSC® se consacre à la promotion d'une gestion
forestière responsable.

Numéro d'éditeur : 2061452
Numéro d'imprimeur : 2053002
Dépôt légal : septembre 2020

Imprimé en France